Luna APOGEO

RUBÉN AZORÍN

Luna

APOGEO

Primera edición: Marzo 2014
ISBN: 978-84-616-8819-7
Ilustración y maqueta de cubierta: MásGráfica
Printed by: CreateSapce

Agradecimientos

A José Villanueva. Por su apoyo incondicional. Por sus charlas llenas de adrenalina.

A Jordi Gozálvez. Por su amistad. Por su trabajo. Elemento táctico.

A Francisco Amorós. Por su ayuda. Por hacerme creer que esta novela era algo grande.

A Lourdes, mi esposa. Por sus noches de soledad. Por su infinita paciencia.

A José Azorín, mi padre. Porque su orgullo se convirtió en el mío.

A Carmen Martí y Rocío Valentín. Por creer en la novela.

A todos los socios de NEXUS (Enric Costa, Oscar León, Jorge Sánchez, Jesús Belmonte). Por su ánimo y su aliento.

A José y Julia Costa. A José María Pérez. Por su aplauso.

A mi hermano JuanVicente. Por derramar, junto a mí, parte de su alma en esta novela.

Gracias de corazón.

Índice

Año 2028

Capítulo 1

Austin, Texas

¿Quién eres?

Los ojos que le observan no son los suyos. Es su reflejo: su cuerpo, su rostro, su pelo… pero no sus ojos. Los examina con recelo, tratando de espiar en su interior. Hay quien afirma que los ojos son el reflejo del alma; se equivoca. Esa es al menos la esperanza de Phil Rewer, que permanece inmóvil frente al espejo, atemorizado ante el profundo vacío que percibe en ellos.

El agua en su cara disipa temporalmente estos funestos pensamientos. Fuera se ha puesto el Sol, hace frío y, aun así, acaba de darse una ducha con agua helada. Hace días que se encuentra mal, y tanto su cuerpo como su mente lo necesitaban.

Los azulejos del cuarto de baño reflejan la brillante luz del tubo fluorescente e impregnan la habitación de un fulgor blanquecino. Phil está apoyado con ambas manos sobre el lavabo, ligeramente reclinado y con la cabeza gacha. Al erguirla, vuelve a asomarse al espejo y, esta vez, queda atrapado en él, paralizado. Su cuerpo entumecido empieza a temblar ligeramente; su piel desnuda, ajena al frío ambiente del cuarto de baño, suda por todos los poros. Cuando vuelve en sí, no es capaz de determinar cuánto tiempo se ha prolongado el trance. Con manos temblorosas tantea el estante superior y consigue hacerse con una píldora evitando posar de nuevo la mirada en aquel infame espejo. La creciente sensación de amenaza

9

que le oprime se agrava; ¿síndrome físico o mental? Decide ir a urgencias.

El hospital se encuentra cerca de su casa, pero la lluvia colapsa el tráfico en las calles. La lúgubre voz de los cláxones pone música a aquella fría y oscura noche. La luna llena, escoltada por jirones de negras nubes, asoma entre dos rascacielos y se exhibe majestuosa, misteriosa y altiva, allí donde la interminable avenida se funde con la línea del horizonte.

Lleva tiempo detenido, un eslabón más de una larga hilera de vehículos que aguardan impacientes mientras dos hombres discuten acaloradamente junto al coche que obstruye la intersección. Phil apenas alcanza a distinguir una tupida barba canosa bajo la capucha del impermeable amarillo con que se protege de la lluvia el hombre más corpulento. Su contendiente, más joven, gesticula con nerviosismo frente a él; lleva una gorra azul y una camiseta de manga corta, totalmente empapada y pegada al cuerpo. Según transcurren los segundos, la discusión sube de tono. Phil permanece sereno, pero siente cómo un sudor incómodo le recorre la espalda y humedece la camisa. Los cláxones chillan ahora con más furia. La lluvia arrecia, castiga con fuerza su parabrisas y le impide ver con nitidez qué ocurre fuera. Al tratar de activar el limpiaparabrisas, toma conciencia de la rigidez de su cuerpo por la fuerza con que sus brazos entumecidos se agarran al volante. Inspira profundamente para mantener la calma y fija la vista en la pelea, a través de la incansable danza de las escobillas.

El joven se introduce finalmente en su coche con un gesto de desdén hacia el del impermeable que, puño en alto, mantiene su actitud amenazante bajo la lluvia. Parece que todo ha terminado. El rostro de Phil dibuja una mueca de sorpresa cuando el personaje de la gorra reaparece con un bate de béisbol en la mano. Sin mediar palabra golpea en el hombro y el costado al hombre del impermeable, que se retuerce de dolor y a punto está de caer al suelo. En el momento en que levanta el bate, dispuesto a asestar el golpe de gracia a su suplicante rival, Phil vuelve a ausentarse de la realidad. Sus ojos abiertos sólo pueden ver el interior de su mente.

Es necesario un ligero impacto en su parachoques trasero, además de los incesantes pitidos, para hacerle recobrar el conocimiento. Phil despierta sobresaltado y confuso, aunque lo suficientemente lúcido como para no volver a usar el retrovisor y dirigir la vista al frente. Ahora es el primero de la cola y la escena se presenta ante él con mayor claridad: la reyerta aún no ha terminado. El hombre del impermeable se cobija en el interior de su coche mientras el joven de la gorra golpea violentamente la luna con ojos desorbitados. Nadie interviene. Los pitidos insisten a su espalda deseosos de alejarse de allí hasta que, finalmente, Phil atiende sus súplicas. Cierra la puerta, que no recuerda haber abierto, y sortea lentamente el vehículo cruzado en la vía.

Un ajado cartel luminoso le da la bienvenida al acceso a urgencias del hospital estatal, mostrando su cara más lóbrega. Dos ambulancias descansan inquietas con los motores aún calientes. Sus conductores aprovechan para hacerse unos pitillos y charlar, más interesados en guarecerse de la lluvia que en la fútil conversación. Grupos de familiares o amigos de algún inoportuno paciente también se congregan en corros junto a la puerta de entrada; risas nerviosas y caras descompuestas huyen del interior de la sala. Phil sabe que nada bueno le aguarda allí dentro, pero lo prefiere antes que volver a enfrentarse a aquella desconocida soledad.

Capítulo 2

Hospital Estatal, Austin

La sala de descanso para el personal de urgencias es pequeña y cochambrosa, su exiguo mobiliario consiste en una mesita rodeada por cuatro sillas y un sofá destartalado. Arrinconadas contra la pared, reposan dos anticuadas máquinas expendedoras que sirven café y *snacks* las veinticuatro horas del día. Sobre una de ellas languidece una olvidada televisión que ya nadie enciende; últimamente no disponen de tiempo para ella. Un pequeño aseo privado se esconde tras una puerta de papel, todo un lujo dadas las condiciones de los servicios públicos del hospital.

La doctora Allenda, médico al mando de urgencias, toma un café forzando un breve descanso que no puede permitirse. El deteriorado grifo de cocina, con su constante goteo, marca al son de un compás fúnebre cada uno de los segundos que permanece allí, recordándole que debe volver al trabajo. Le aguarda una noche larga. La sala de espera se encuentra abarrotada de gente y Steve, uno de sus mejores doctores, no se ha presentado a su puesto de trabajo. Allenda sólo lleva unas semanas a cargo de la unidad y, a veces, duda de su capacidad para coordinarla con éxito.

Alguien abre la puerta sin molestarse en llamar.

—¿Dónde está el doctor Morrison? ¡Ha entrado un parto urgente!

Allenda reconoce la agobiada voz de la enfermera, pero es incapaz de recordar su nombre. Apura el café de un trago y se incorpora.

—Yo la atenderé. Dile a Peter que me sustituya.

—¿El traumatólogo?

Allenda abandona la sala sin molestarse en responder y la enfermera sigue sus pasos. Las cortinas echadas de los seis boxes donde se trata a los pacientes evidencian que permanecen ocupados. Dos de los cuatros médicos que dirigen el equipo intentan atenderlos con esfuerzo. Allenda cruza unas palabras con ellos antes de dirigirse a la enfermera que, convertida en su sombra, aguarda impaciente.

—Habilite la sala auxiliar y disponga todo lo necesario. Después solicite de mi parte más personal para esta noche.

—¿Qué especialidad?

—Cualquiera que esté de guardia nos servirá —responde con determinación.

La enfermera la mira sorprendida antes de desaparecer.

—Maldita crisis… —masculla Allenda, mientras prepara la intervención.

El interior del hospital le recibe con su olor característico, ese olor que todo el mundo identifica de inmediato y que nadie es capaz de definir, salvo con la manida expresión: «olor a hospital». Para Phil huele a una mezcla de medicamentos, alcohol y desinfectante. También a sufrimiento, enfermedad y muerte. Y, aunque ha de reconocer que un hálito de esperanza se abre hueco entre todos aquellos aromas, no le gusta ese olor. A nadie le gusta.

Permanece indeciso unos segundos en el umbral de la puerta de la sala de espera. Sillas de plástico, similares a las de los viejos autobuses, bordean el perímetro de la estancia con sus respaldos apoyados contra unas paredes amarillentas que otrora debieron de ser verdes. Todas están ocupadas, y a nadie parece importarle lo más mínimo su presencia allí.

Accede a la pequeña recepción de urgencias en la que una mujer de color, visiblemente hastiada y con unos cuantos kilos de más, teclea ausente frente a un viejo ordenador. El monitor CRT le llama la atención; hacía décadas que se dejaron de fabricar esas enormes pantallas de tubo, una auténtica reliquia. No le hubiera sorprendido más verla teclear en una de aquellas legendarias máquinas de escribir, pues desde que ha entrado al hospital tiene la sensación de haber retrocedido varios años en el tiempo, acostumbrado al confort tecnológico que rige en el edificio donde trabaja… donde trabajaba.

Aguarda paciente su turno. Sólo hay un par de personas delante de la gruesa recepcionista, que se lo toma con calma. Cuando llega el momento, sólo necesita una mirada fugaz para hacer *el triaje*; la expresión de sus facciones refleja un disgusto mal contenido, que viene a decir algo así como: «¿por qué he de perder mi valioso tiempo con este sujeto claramente sano?» Efectivamente, una vez tomados sus datos, la recepcionista lo etiqueta como «no urgente» y le insta a aguardar en la sala de espera. Su voz suena tan mecánica y carente de emociones como las locuciones de paradas del metro. Phil dispone de un caro y exclusivo seguro médico con el que sería atendido de inmediato en clínicas privadas mucho mejor acondicionadas que aquel gigantesco montón de ruinas, pero ha decidido no recurrir a él; su antigua vida quedó atrás para siempre.

Ahora encuentra un par de asientos libres en la sala. Reina un ambiente espeso en el variopinto grupo de extraños congregados en la noche por un propósito común. Sus rostros denotan malestar e impaciencia, miedo en algunos casos. Antes de tomar asiento evalúa a sus potenciales compañeros de espera: una posibilidad sería entre una anciana que acuna a un bebé entre los brazos, incapaz de contener su llanto, y un joven que se sujeta el brazo izquierdo contra el pecho con el semblante desencajado por el dolor. En su otra opción, quedaría flanqueado, a su izquierda, por un hombre de mediana edad abrigado con un abultado chaquetón y bufanda enroscada al cuello, y, a su derecha, por un anciano de pelo cano, pulcramente vestido y tocado con un sombrero, que le sostiene la mirada. No parece muy enfermo, aunque evita juzgar con sólo un vistazo; de eso ya se encarga la voluminosa recepcionista.

Nada más sentarse, escucha el estridente ulular de una de las ambulancias, que otra vez parte de caza. Recuerda a los jóvenes conductores de la entrada, apenas habrán llegado a apurar su pitillo. El anciano le saluda cortés con una ligera inclinación de cabeza, su otro compañero le ignora por completo y se limita a frotarse las manos para mitigar el frío que aparentemente le invade. Ahora es uno más de ellos, forma parte de algo.

La mujer de enfrente no ha parado de quejarse desde su llegada. Sobre sus rodillas se sienta una niña de unos doce años que se toca insistentemente la mano izquierda. La mujer echa pestes sobre la plaga de murciélagos que invade la ciudad; asegura que uno ha mordido a su hija. Es extraño, en Austin todos se enorgullecen de su colonia de murciélagos y Phil no recuerda nunca un ataque.

Phil intenta aislarse de la gente que le rodea, relegándolos a un ligero murmullo de fondo, mientras pasea su vista por las deslucidas paredes. Agradece la ausencia de espejos, sólo un calendario maltrecho por la humedad las decora. Si no le falla la vista, es de 2022; no está mal, él le hubiese echado algunos años más. Observa también un pequeño buzón para quejas o sugerencias cuya pintura cuarteada impide descifrar sus instrucciones de uso. Se pregunta si habrá sido abierto alguna vez, quizá contenga alguna carta más antigua que el calendario. Sería un pequeño tesoro.

Las sirenas, seguidas ahora de ajetreo en el exterior, anuncian la vuelta de la ambulancia. Una camilla empujada por dos enfermeros cruza la sala. Distingue a un hombre cubierto hasta el cuello por una sábana blanca manchada de sangre a la altura de las rodillas. Lo pasan directo para ser atendido inmediatamente; antes de que desaparezca repara en la gorra azul y cree reconocerlo.

—Accidente de tráfico. —Aquellas palabras confirman sus sospechas.

Minutos después reaparece la enfermera en la sala. Las puertas de acceso baten a su espalda, como en los salones de las películas del oeste. Éstas son más grandes, de un tono grisáceo y con un ojo de buey de cristal opaco a la altura de la cabeza. La enfermera grita un nombre anónimo y una persona anónima se levanta y las atraviesa en pos de ella. Phil vuelve a la espera junto a desconocidos: un policía intenta dar una cabezadita en una esquina, el bebé sigue berreando y su compañero de asiento se masajea ahora con brío la parte superior de los brazos. Continúa la espera, cada uno centrado en sus problemas personales, inmune al dolor ajeno. Actitud egoísta pero posiblemente necesaria, nadie podría cargar con todos los males del mundo sobre sus hombros, reflexiona Phil.

Un viento helado entra con la nueva urgencia. El hombre de su lado, que no ha dejado de tiritar un solo segundo, se encoge todavía más. Esta vez se trata de un adolescente latino apuñalado, sus gritos de pánico llenan la sala mientras le brota sangre a borbotones del costado. Los enfermeros, incapaces de contener la aparatosa hemorragia, intentan mantenerlo tumbado al pasar por delante de ellos. Phil no logra ocultar su cara de incredulidad.

—Es el segundo caso de herida por arma blanca en lo que va de noche —comenta el anciano del sombrero, antes de consultar un curioso reloj de bolsillo.

Phil permanece en silencio, le cuesta creer que algo así ocurra tan a menudo en su propia ciudad.

—El mundo se está volviendo loco. ¿No tiene esa impresión, caballero?

—Cierto —responde Phil, quien, sorprendido por el trato de caballero, devuelve al anciano una sonrisa de aprobación.

Su breve conversación termina ahí, pero la noche sigue. Y cuando la ciudad duerme, es precisamente cuando despierta la Unidad de Urgencias. Las llamadas se suceden y las ambulancias van y vienen. La espera se eterniza.

Un paciente ya atendido abandona la sala y se despide de la enfermera que vuelve a desaparecer tras las puertas batientes. En ese instante, un adolescente corpulento se pone en pie y se dirige hacia ellas sin haber sido avisado. Su padre intenta detenerlo demasiado tarde. Antes de alcanzarlo, el joven se desploma y empieza a sufrir convulsiones. Nadie reacciona, salvo su padre, que intenta inmovilizarlo inútilmente. Es un espectáculo sobrecogedor; los espasmos del muchacho lo zarandean como si fuese una marioneta de trapo. El resto, incluido Phil, observan pasmados sin prestar ayuda. No por dejadez, simplemente no saben cómo proceder. Todo termina cuando entra en escena una joven médico de cabello rojo, a juego con la sangre que salpica su bata, escoltada por dos enfermeros. La doctora introduce algo en su boca y le inyecta en el cuello algún tipo de tranquilizante con ayuda de los enfermeros que lo inmovilizan en el suelo. Todos permanecen en sus asientos mientras las convulsiones se tornan cada vez más suaves, hasta que queda completamente inerte.

Vuelve la espera. Phil se fija ahora en un par de embarazadas colmadas de atención por parte de sus respectivos novios o maridos. En su actitud nerviosa, se les nota visiblemente más excitados que a ellas mismas. Pronto, aquella tediosa calma se ve interrumpida de nuevo: esta vez son los gritos y el alboroto exteriores los que preceden a un grupo de jóvenes ebrios que irrumpen estrepitosamente llevando en volandas a un adolescente en estado de coma etílico. La sala se convierte en un caos. Phil se levanta.

—Voy a tomar el aire —le dice al anciano de su lado sin saber muy bien por qué.

Antes de salir advierte cómo el anciano apoya el sombrero sobre su asiento. Agradece el aire frío con que le recibe el exterior. La Luna, desprendida ya de las desgarradas nubes, les observa orgullosa desde su cenit. El número de personas que esperan fuera ha crecido sustancialmente; entre ellas más jóvenes bebidos. No hay rastro de las ambulancias, deben de haber salido en busca de nuevos pasajeros. En su ausencia aparece un taxi que para en la misma puerta. De él baja un hombre de unos cincuenta años con una bolsa de supermercado colgada del brazo izquierdo. No podría asegurarlo, pero parece contener sangre en su interior. El hombre actúa con normalidad, paga al taxista y entra en el hospital.

Al volver a la sala de espera, el anciano conversa cordialmente con la doctora, quien se retira sin atenderle. Al advertir su presencia, el anciano toma el sombrero del asiento y le invita a ocuparlo. Phil lo agrace con un ligero asentimiento; no le apetece charlar. Todo le parece surrealista. El servicio se encuentra colapsado y considera intolerable que toda aquella gente deba pasar allí toda la maldita noche para poder ser atendida; comprende que la mayoría son casos sin importancia, aunque también hay algunos graves. Es innegable que la muerte también espera junto a ellos.

Allenda se encuentra en el lavabo, son las cuatro de la madrugada y necesita cambiarse de bata por tercera vez. Antes de salir se enjuaga la cara con agua fría; su pelo rojo y ojos azules contrastan con un rostro extremadamente pálido. Otra noche de locos. Ni rastro de las enfermeras, que ahora ejercen de médicos con los casos más leves. Decide llamar personalmente al próximo paciente.

—Señor Rewer, ¡Phil Rewer! —grita desde el umbral de las puertas—. Sígame, por favor.

Ambos entran en uno de los boxes.

—¿Cómo se encuentra?

Phil se limita a observarla con ojos cansados, abatidos.

—¿Qué le ocurre?

—Sufro pérdidas de consciencia, momentos en blanco —responde finalmente con tono grave.

Allenda le estudia con detenimiento, completamente exhausta. Intenta evaluar el grado de veracidad que hay en sus palabras. No puede permitirse perder tiempo.

—¿Cuánto dura?

—Segundos… en ocasiones, minutos.

—¿Desde cuándo le ocurre? —Sus preguntas son breves y concisas.

—Comenzó hace meses. No recuerdo con exactitud.

Allenda se incorpora y le pide que tome asiento sobre una camilla para practicarle una exploración rutinaria, pese a dudar de que se trate realmente de una urgencia.

—¿Cuándo fue la última vez que sufrió uno de esos episodios?

—Hoy mismo, en dos ocasiones.

—¿En la sala de espera?

—En casa y de camino.

Allenda extrae un oftalmoscopio manual y le inclina ligeramente la cabeza hacia arriba.

—Intente no parpadear.

—No creo que deba mirar ahí, señorita. —La doctora ignora su comentario y enciende aquella especie de linterna minúscula, pero Phil insiste—: Quizá le asuste lo que vea.

Allenda interrumpe el examen y, con los brazos en jarras, le escruta con mirada acusadora. Su rostro cansado se endurece, unas ojeras oscuras son su único maquillaje.

—No tengo tiempo para juegos. Quizá sea mejor que vuelva por la mañana. —Sus palabras le invitan a marcharse.

—De acuerdo. No pretendía molestar. —Phil se incorpora.

El tono de su voz y su actitud sumisa hacen que Allenda se arrepienta y decida darle otra oportunidad.

—Por favor, dígame qué le ocurre exactamente.

—Preferiría mostrárselo. ¿Me deja un espejo?

Allenda vuelve a titubear. Phil le sostiene la mirada con aplomo hasta que, finalmente, abre un cajón y le entrega un pequeño espejo circular. La doctora nota cómo el enigmático paciente se cuida de que el cristal permanezca boca abajo. Un repentino grito de dolor proveniente de un box anexo distrae su atención y Phil aprovecha la ocasión para interrogarla.

—¿Podría decirme qué le ha sucedido al paciente de la gorra azul?

—¿Por? —pregunta Allenda, sorprendida.

—Es un conocido.

—Accidente de... —se interrumpe—. Le han atropellado deliberadamente. Tiene las piernas destrozadas. Una la pierde seguro, la otra ya veremos.

Phil frunce el ceño antes de proseguir con otra pregunta.

—¿Y el de la bolsa en el brazo?

—Está bien —concede Allenda, tras atravesarle con la mirada—. Se levanta de madrugada a cortar jamón, un antojo. Se hace un profundo corte en el brazo izquierdo. Por no despertar a su familia llama a un taxi y, durante la espera, se anuda una bolsa al brazo para retener la sangre por si después necesitase una transfusión. Casi se desangra, por minutos...

Quedan unos segundos frente a frente con cara de circunstancias antes de romper a reír. Es una risa nerviosa, escéptica. Allenda libera con ella parte de la tensión acumulada a lo largo de las últimas horas. Aunque no dispone de tiempo, agradece esa pequeña distracción.

—¿En serio?

—Ya tiene su espejo. Le doy cinco minutos.

—Con uno bastará, aunque no siempre sucede. —Phil le devuelve el espejo—. Será mejor que lo sostenga usted.

Minutos después, cuando Phil cruza la sala de espera para marcharse y se dirige a la salida, repara en que el asiento del anciano se halla vacío. Se pregunta por qué le han llamado a él primero. ¿Se habrá marchado sin ser atendido? Tentado está de preguntar por el anciano, pero finalmente abandona el hospital.

Capítulo 3

Necesita dormir, aunque sólo sea unos minutos más. Su cuarto está envuelto en la más absoluta oscuridad y las cálidas mantas tiran de ella hacia el mundo de los sueños; acurrucada bajo su protector abrazo se siente segura, aislada del mundo exterior. 16:00. El despertador, inclemente, proyecta en un rojo carmesí ese fatídico número sobre el techo de su habitación, para obligarla a volver a la realidad. Es tarde, apenas le queda tiempo para darse una ducha y comer algo antes de volver al trabajo. Se incorpora en la cama y permanece unos segundos con la mirada perdida; no sabe si podrá soportar ese ritmo por mucho más tiempo.

Quieta y en silencio, bajo el dintel de la puerta de la cocina, observa a su marido que, a sorbos de una taza de café, lee tranquilamente las noticias mientras la espera para despedirse. Algo de pasta y un refresco de frutas con dos hielos reposan en su lado de la mesa, como a ella le gusta. Debería sentirse agradecida, pero no es así. No tiene hambre y tampoco está de humor para mantener una conversación. La comida es buena, muy buena, si la compara con su habitual ración de café y *snacks* escupidos por las viejas máquinas del hospital. Aunque sabe que el hombre se esfuerza por complacerla, le gustaría esperar allí, desapercibida, hasta verlo marchar. Entra.

—Buenos días, cariño. Te he puesto la comida. Si falta algo, dímelo. —El tono servicial y monótono que usa, sin apartar ni por un segundo la vista de su lectura, la enerva.

Allenda abre la nevera y se prepara una ensalada.

—Hombre de cuarenta y tres años asesina a su esposa y a su único hijo de cuatro años para luego suicidarse con un salto al vacío —lee Ben en voz alta, absorto en la proyección.

Allenda se sienta frente a él y comienza a comer sin pronunciar una sola palabra. Un agudo dolor de cabeza aguijonea sus sienes;

estira hacia atrás el cuello y las masajea con ambas manos para tratar de aliviarlo.

—Esta sí que es buena: tres menores agreden a un indigente y luego le prenden fuego. Consiguen arrestarlos gracias al vídeo colgado en YouTube. El mundo se está volviendo loco.

Ben, ante el prolongado silencio de su esposa, fuerza que su vista atraviese la proyección holográfica y el rostro de su esposa cobra nitidez. Lo examina con preocupación, pues no le gusta lo que ve. El cansancio se evidencia en sus ojeras y la palidez de sus mejillas. El otrora deslumbrante azul de sus ojos luce ahora apagado y marchito con unas incipientes arrugas a sus lados, en contraste con su brillante pelo cobrizo, ahora descuidado. Aunque está junto a su cuerpo, es consciente de que ella no está junto a él. Aun así, reclama su atención una vez más para intentar traerla de vuelta a su lado.

—¿Cómo te encuentras hoy? Pareces cansada…

—Una noche complicada. —Es su escueta respuesta.

—Pues creo que las cosas irán a peor.

Ben invierte la información proyectada por el lector holográfico de la mesa para que Allenda lea la noticia que lleva suspendida entre ambos como un espectro durante todo este tiempo. Ve cómo hace un esfuerzo por leerla.

El próximo sábado, la Luna se encontrará a «sólo» trescientos cincuenta y seis mil kilómetros de la Tierra. Ese mismo día, además, habrá luna llena, lo cual ha bastado para llenar internet de las peores previsiones catastrofistas. La inusual proximidad de nuestro gran satélite provocará, según los agoreros, descomunales tormentas, erupciones volcánicas devastadoras y terremotos a gran escala por todo el planeta. Y, si bien es cierto que la gravedad lunar afecta de diversos modos a la Tierra, ningún experto cree que este perigeo lunar pueda causarnos daño alguno.

Sin embargo, la mera existencia de extensos estudios realizados para averiguar los efectos del continuo tira y afloja gravitatorio que la Luna ejerce sobre nuestro planeta, han servido de excusa para pronosticar la citada serie de inminentes catástrofes naturales.

En muchos de estos estudios se menciona también la influencia que ejerce la Luna en el comportamiento humano. Siempre hemos escuchado historias acerca de cómo se incrementan las incidencias en los hospitales en las noches de luna llena. Hay más accidentes, más agresiones, más homicidios, más casos de ansiedad y depresión, etc. Incluso se propicia la fertilidad y el parto en las mujeres embarazadas.

Aunque la mayoría de las conclusiones acaban negando esta supuesta relación, resulta interesante que, precisamente, sean las enfermeras psiquiátricas, los médicos de urgencias y los oficiales de policía quienes sostengan esta creencia de manera más arraigada frente a otro tipo de profesionales.

Ben deja pasar un tiempo para que su esposa termine de leer la noticia completa, pero ante la falta de respuesta, insiste.

—Y bien… ¿Es cierto eso, cariño? ¿La nueva médico jefe de urgencias corrobora que los días de luna llena la gente se vuelve un poco más loca?

Capítulo 4

I-35, Austin

Ken Dean dispone del tiempo justo para llegar a casa antes de que anochezca. El trabajo en la universidad se ha retrasado y su *jeep* Sun Cherokee vuela por la I-35 en dirección a San Antonio. Hay un largo camino hasta la impresionante finca que Isa, su mujer, heredó recientemente de su abuelo materno y en la que actualmente residen. Siempre fue la nieta preferida, o eso afirma ella, y a tenor de los hechos debe ser cierto. La finca perteneció anteriormente a su bisabuelo y así sucesivamente a lo largo de varias generaciones.

La enorme mansión de época había sido conservada con exquisito mimo. Cada generación supo adaptarla con tino a las necesidades de su tiempo, de forma que la casa florecía con cada nuevo propietario y nunca llegó a marchitarse, como ocurrió con cada uno de sus ocupantes. Posee, además, diez acres de terreno a su alrededor que lindan con el parque natural Arces Perdidos. Aún conservan abiertas las cuadras y establos, que ahora son sólo una sombra de lo que fueron antaño. A Ken le consta que en otro tiempo se usaron las caballerizas para la cría ecuestre y las cabezas de ganado se contaban por miles. Un imponente porche cubierto de enredaderas sirve de antesala a la entrada principal. Todo un paraíso para los amantes de la naturaleza, y ellos lo son. Aunque no todo son ventajas; el mero hecho de mantenerla les supone una importante merma para su modesta economía, aunque el principal problema radica en que se encuentra muy alejada de Austin, a casi dos horas de la universidad donde trabaja Ken.

Poco antes de llegar a casa se desvía de su ruta habitual y toma un camino secundario de pendiente excesiva, que serpentea con curvas cerradas. No está asfaltado y el barro dificulta su tránsito, pero… ¿para qué se ha comprado un Cherokee? El camino desemboca en un prado rodeado de arces de dientes grandes. Ken apaga el motor y lo contempla con nostalgia desde el interior del *jeep*. Allí pasaron momentos inolvidables cuando aún eran novios. Si se esfuerza un poco, puede ver la imagen de ambos tumbados sobre el fresco y mullido manto de hojas caídas, sitiados por sus antiguos dueños, los arces de intenso color rojo y amarillo, reliquias vivas de la última era de hielo. En este prado crece la flor que tanto le gusta a Isa y con la que pretende obsequiarle al llegar a casa. Hoy es un día especial, pues tal día como hoy, ocho años atrás, tuvo la dicha de conocerla.

Apenas ha recogido media docena de flores, cuando escucha un gruñido. Parece cercano… Ken se pone en pie y escruta el linde de los arces. Allí no hay nadie, sólo le acompaña una ligera brisa de poniente que juega caprichosa con las miles de hojas rojas y amarillas que alfombran la tierra, provocando efímeros remolinos aquí y allá. Decide continuar con su recolecta, no quiere demorarse demasiado. Un nuevo gruñido le hiela la sangre. Aterrado, ve surgir de entre los arces un enorme ejemplar del famoso y temido oso negro. El impresionante animal, de casi dos metros y al menos doscientos kilos, se separa de los árboles y se introduce en el pequeño prado circular mientras Ken permanece agachado e inmóvil. Calcula que está a tres metros diez de su posición cuando se detiene. El oso se balancea indeciso unos segundos antes de incorporarse sobre sus patas posteriores y olfatear el aire con su característico morro marrón y puntiagudo. No muestra signos de haber notado su presencia, pero cabecea erguido durante unos eternos instantes. Ken queda obnubilado ante su imponente figura. De pronto, una ráfaga de viento rompe la magia del momento arrastrando consigo un puñado de hojas que vuelan hacia el oso. Y no lo hacen solas, el miedo también es arrastrado junto a ellas. Ken, al verlas, comprende que está perdido pues sabe bien que estos animales, pese a poseer una visión muy limitada, cuentan con un sentido del oído y olfato tremendamente desarrollado. Le resulta increíble no haber sido descubierto aún. Finalmente, el oso desiste. Se deja caer pesadamente sobre las patas delanteras y lentamente, con su bamboleante paso plantígrado, se aleja de allí para desaparecer en el espeso bosque de arces.

Ken necesita algo de tiempo antes de volver a respirar. «¿Qué hace un oso tan lejos de su hábitat?» Espera inmóvil unos prudentes minutos antes de regresar al *jeep*. Sólo el inconfundible arrullo del motor logra tranquilizarlo.

—Llamar a Steve Rogers.

Su propia voz le suena extraña en la soledad del vehículo. Su antiguo compañero Steve trabaja en un parque natural especializado en el estudio de la población y reproducción de especies protegidas, entre las que se cuenta el peligroso oso negro.

—Parque natural Big Bend, al habla Steve Rogers. —La voz suena alta y clara por todos los altavoces del coche.

—Creerás que estoy loco Steve, acabo de ver un oso negro en el parque natural Arces Perdidos.

—¿Ken? ¿Eres tú? —responde Steve tras unos segundos.

—Sí, soy Ken. Perdona, aún sigo nervioso. Lo he tenido frente a mí. —Ha pasado por alto que llevan meses sin hablar.

—¿Cuándo lo has visto?

—Ahora mismo.

—¿Era un ejemplar adulto o una cría?

—Adulto.

—Ubicación exacta y dirección que ha tomado.

—Dios mío, Steve, ¿qué es esto? ¿Un interrogatorio?

—Disculpa Ken, sigo el procedimiento habitual. Y dime, ¿te encuentras bien?

—Estaba tan cerca que casi podía tocarlo. Lo que me sorprende es que no me haya olfateado incluso con el viento soplando hacia él. ¿Qué hace un oso tan lejos de su área?

—Es extraño, pero no imposible. Hace un par de días recibimos un avistamiento de un osezno al norte de Del Rio, en el área de Covey Ridge, a pocos kilómetros de donde te encuentras.

Quedan unos segundos en silencio.

—Si te soy sincero, últimamente se observa un comportamiento inusual en gran parte de los animales de este y de otros parques. Parecen desorientados, ni siquiera me sorprende que no percibiera tu presencia. En otro tiempo no te hubiese creído. Suponemos que se trata de algo temporal relacionado con el clima.

Al entrar en casa, Ken busca a Isa con ansiedad, todavía excitado por la experiencia. La encuentra en la cocina, pero antes de poder hablar es amonestado por llegar tarde. La deja desahogarse, no está realmente enfadada. La felicidad que desprende el brillo de sus ojos desmiente sus palabras.

—Cámbiate mientras termino de preparar la cena.

Ken desatiende su orden y toma asiento en la cocina. La observa con atención mientras le cuenta su reciente aventura con el oso. Isa le ignora por completo y recorre de un lado a otro la cocina con movimientos gráciles y decididos. Está preciosa, la silueta de su espalda le cautiva la mirada. El reciente embarazo apenas se nota y el cabello negro y lacio cae, libre y despreocupado, hasta su cintura. Unas mallas ajustadas realzan la respingona curva que forman sus nalgas respecto a su arqueada espalda. Lleva unos enormes pantuflos de ir por casa y luce una margarita en la oreja.

—¿Seguro que era un oso? —le pregunta con malicia, sin llegar a girarse.

Ambos ríen. El simulado enfado de su mujer ha desaparecido por completo, aunque es obvio que no toma en serio su relato.

—¿Qué hacías en nuestro prado secreto de Arces Perdidos? ¿No estarías con alguna estudiante de la universidad? —continúa con un guiño.

Ken recuerda el ramo que aún oculta sin necesidad, bueno, lo que queda de él. Con sigilo se acerca a su espalda y, apoyando la mano libre en su cintura, la besa con suavidad en el cuello. Ella se inclina ligeramente invitándole a continuar mientras Ken rodea su cuerpo con la otra mano para ofrecerle el pírrico ramo de flores. Isa lo acepta encantada antes de girarse para darle un cálido beso en los labios.

—¿Has luchado con un oso para traerme tan valioso presente, mi valeroso caballero? —susurra a escasos centímetros de su oído.

—Así es, princesa —responde Ken, mientras la estrecha con un vigoroso abrazo.

Ken, algo frustrado, prefiere no insistir con el tema del oso. Esperaba que su historia suscitara mayor interés, pero ya habrá tiempo de comentarla en otra ocasión.

—Voy a cambiarme.

Antes de terminar de subir la escalera que da acceso al piso superior, un grito de pánico le hace volver a la cocina. Encuentra a Isa visiblemente asustada y con las manos ensangrentadas. Su mirada busca instintivamente el vientre de su mujer y se tranquiliza al comprobar que la sangre no es suya, sino de un huevo roto que hay sobre la encimera. De su interior emana un reguero sanguinolento que gotea viscoso sobre el suelo.

—No te preocupes, ocurre en ocasiones. —Ken respira aliviado.

—Los he recogido esta misma mañana.

Capítulo 5

Ubicación desconocida

www.dudo-existo.com
Clip 395/2028

Bienvenidos una vez más a mi humilde videoblog. Les invito a dudar conmigo, pues la duda, como dijo Aristóteles, es el precursor de la inteligencia. Y el cometido de este blog es precisamente ese: sembrar la duda en sus corazones. Hoy volvemos a hablar, cómo no, de la Luna. La cuenta atrás ha comenzado, quedan cuatro días para la superluna, la mayor luna llena que hayamos podido contemplar en las últimas dos décadas. ¿Nos acercamos al fin del mundo? Antes de responder a esta pregunta, me gustaría que conociésemos un poco mejor nuestro singular satélite.

Órbita Media Luna-Tierra: 384.400 km
Distancia mínima: 356.410 km
Distancia máxima: 406.740 km
Ángulo orbital: entre 5° y 5° 18'
Diámetro: 3.476 km
Masa: 7,34x10^{22} kg
Densidad: 3,34 g/cm^3
Volumen: 21.860.000 km^3
Gravedad: 1,62 m/s^2
Periodo de rotación y revolución: 27d 7h 43min
Velocidad órbita: 3.700 km/h

Los datos aparecen en una pantalla virtual que ocupa el cuadrante izquierdo del clip de vídeo. A su derecha, sobre un fondo que pretende imitar un paraje lunar, un hombre con el rostro distorsionado habla para sus suscriptores.

La Luna no describe una órbita exactamente circular alrededor de la Tierra, sino que traza una elipse en su recorrido de este a oeste. Precisamente por ello, la distancia entre la Luna y la Tierra no es siempre la misma: llamamos perigeo al punto de la elipse donde la Luna se encuentra más próxima a la Tierra y apogeo al punto más alejado. La máxima distancia entre ambos puntos es de unos cincuenta mil kilómetros.

Mientras habla, señala los puntos de perigeo y apogeo en el monitor virtual que ahora muestra una gráfica en movimiento de la órbita Luna-Tierra. Después de una breve pausa, la pantalla recupera parte de los datos iniciales.

Como vemos, el diámetro de la Luna es algo inferior a un tercio del de la Tierra. Su superficie, una catorceava parte. Su volumen, alrededor de una cincuentava parte, y su masa, ochenta y una veces inferior. Por todo ello, su gravedad es aproximadamente una sexta parte de la terrestre, lo que significa que un hombre que en la Tierra pesa sesenta kilogramos en la Luna tan sólo pesaría diez.

El hombre sin rostro interrumpe su exposición y mira fijamente a la cámara:

¿Alguna vez se han preguntado por qué siempre vemos la misma cara de la Luna desde cualquier punto de nuestro planeta?

Deja transcurrir unos segundos antes de continuar para crear expectación ante su inminente respuesta.

En la Luna coinciden sus periodos de revolución y rotación. Es decir, el tiempo que necesita para girar sobre sí misma es exactamente el mismo que necesita para dar una vuelta alrededor de la Tierra. A causa de esta sorprendente «casualidad», la Luna nos muestra siempre la misma cara y mantiene la otra oculta. Para ser exactos, sólo podemos ver un cincuenta y nueve por cien de su superficie.

Otra estudiada pausa, otra inquisitiva mirada sin ojos a sus hipotéticos seguidores.

Curioso... ¿No les parece? Ambos periodos, rotación y revolución, son de unos veintisiete días, y de ahí la duración de nuestros meses.

En la pantalla aparece ahora una gráfica animada con las órbitas Tierra-Luna y Tierra-Sol.

Si comparamos dichos periodos con los de la Tierra, observamos que el periodo de revolución Tierra-Sol es de trescientos sesenta y cinco días, lo que define nuestro año; y el periodo de rotación de la Tierra sobre sí misma es de aproximadamente veinticuatro horas, mucho más rápido que el de la Luna, y viene a determinar nuestro día. Precisamente por su largo periodo de rotación, veintisiete días, la Luna es una esfera casi perfecta pues evita la formación de un notorio ensanchamiento del ecuador, como ocurre en la Tierra y Júpiter a causa de su rápida rotación.

La televisión virtual exhibe ahora la imagen de una enorme luna llena. El hombre se vuelve hacia ella y señala diversos puntos, como si realmente la tuviese delante.

Las manchas oscuras que apreciamos al mirar la Luna no son más que cráteres cubiertos de basalto volcánico, un material muy denso. El suelo que la cubre se compone de fragmentos de rocas y granos de polvo fino, llamado regolito. No posee atmósfera ni agua, por eso, su superficie no se deteriora con el tiempo, salvo por la aparición de cráteres originados por el impacto ocasional de algún meteorito, aunque otros accidentes geográficos denotan un indiscutible origen volcánico.

El sujeto se interrumpe de nuevo y mueve su mano derecha arriba y abajo en un claro gesto de impaciencia.

Volvamos al asunto que nos atañe. El próximo sábado podremos presenciar lo que se denomina «superluna», pues coincide que la Luna se encontrará a sólo una hora de su perigeo y además habrá luna llena. Una coincidencia tan cercana a la perfección sólo ocurre cada dieciocho años aproximadamente. Ese día se nos mostrará un quince por ciento más grande y hasta un treinta más brillante.

Pasea de un lado a otro del falso escenario antes de proseguir.

Llegados a este punto, permítanme formularles una nueva pregunta: ¿Cómo afecta la Luna a la Tierra?

Él mismo, tras unos segundos, responde a su pregunta.

La Luna está lo suficientemente cerca de la Tierra como para que podamos sentir su presencia. La atracción gravitatoria que ejercen la Luna y el Sol sobre la Tierra provoca la subida y bajada de las mareas. Ojo —matiza—, no confundamos mareas con olas, las olas son consecuencia del viento. En los días de luna llena y luna nueva se produce la máxima atracción por estar esos días el Sol, la Tierra y la Luna alineados, ocasionando las mareas de mayor altura, llamadas «mareas vivas». Las «mareas muertas» serían las menos intensas y se producen cuando el Sol y la Luna se hallan en ángulo recto con la Tierra. Si bien, como hemos señalado, el Sol también influye en las mareas, la influencia de la Luna es muy superior por encontrarse mucho más cerca. Estas mareas se producen en las fases de cuarto creciente y cuarto menguante. También sabemos que cuando la Luna alcanza su perigeo, la diferencia entre mareas aumenta o disminuye hasta un veinte por ciento adicional.

Ahora la pantalla muestra espectaculares terremotos y erupciones volcánicas.

La gravedad lunar también es capaz de causar pequeños cambios en los continentes, las llamadas «mareas terrestres». Al igual que ocurre con las mareas oceánicas, sus efectos son mayores cuando Tierra, Luna y Sol están alineados. Ambos tipos de mareas pueden producir terremotos. Varios sismólogos afirman que se aprecia un ligero aumento de la actividad tectónica y volcánica en los momentos de mayor atracción gravitatoria de Sol y Luna.

El efecto de las mareas oceánicas provoca un incremento de la actividad sísmica en las llamadas «zonas de subducción»: allí donde una placa tectónica se desliza por debajo de otra. Durante la marea baja, al haber menos agua, la presión sobre el fondo marino disminuye. Y esa presión del agua es la que, precisamente, mantiene cerradas las fallas e impide su deslizamiento. La actividad sísmica en zonas de subducción durante la marea baja es un diez por ciento mayor que en otros días. También son las responsables de los mayores tsunamis. Al hilo de todo esto debemos recordar que el gran terremoto y posterior tsunami de Japón ocurrió poco antes de la anterior superluna de 2011.

Todo el fondo del videoclip se oscurece y queda sólo la imagen del hombre de rostro distorsionado en primer plano. A su espalda empieza a asomar lentamente una imponente luna llena.

Hasta ahora hemos repasado datos objetivos, medibles e incuestionables. Pero recuperemos la pregunta inicial: ¿nos acercamos al fin del mundo? —Otra pausa— *Obviamente no, aunque confío en que mis palabras hayan despertado su interés por nuestro especial satélite natural y les hagan meditar y reflexionar. Espero que cuando contemplen la Luna durante este perigeo lo hagan de un modo diferente, pues bien se merece nuestro respeto y admiración. Recuerden que la verdad no es universal, nadie la posee. Y quien afirme lo contrario, miente. Se nos presenta con muchas caras y la duda es lo más cerca que podemos estar de ella pues aglutina gran parte de esas caras. También despierta nuestra inteligencia en nuestro afán de solucionarla y nos permite avanzar. En palabras de Galileo Galilei: la duda es la madre de la invención.*

Año 2020

(Ocho años antes)

Capítulo 1

Universidad de Texas, Austin

Ken accede al edificio *Robert Lee Moore*, en el área de ingeniería de la universidad. El enorme edificio le recibe frío y silencioso, avanza con premura hacia su despacho flanqueado por colosales columnas circulares sin más compañía que el eco de sus pasos sobre el níveo mármol. El departamento de astronomía se ubica en la planta quince. Mientras espera el ascensor, se fija en un carrito de limpieza arrinconado, olvidado seguramente por algún bedel despistado. Su mera presencia le acompaña hasta que un leve pitido precede a la apertura de las puertas del ascensor.

El despacho es amplio. Cuatro grandes estanterías repletas de libros especializados hacen de paredes y en su centro domina una mesa rectangular con ocho sillas enfrentadas entre sí. El techo entero, forrado con un papel especial, emula un cielo estrellado en el que destacan las constelaciones más importantes.

Ken deja caer con un golpe sordo una carpeta abombada por un exceso de papeles, que no dudan en derramarse despreocupadamente sobre la mesa. ¿Quién había dicho que el papel dejaría de usarse en un par de años? Sonríe al pensar que la propia reiteración de tal afirmación consigue que nunca sea falsa del todo. Es una hora intempestiva; desde hace varias semanas Ken trabaja desde mucho antes de despuntar el alba. En un lateral del despacho hay una pequeña zona de relax con una máquina de bebidas calientes, una de agua y tres viejos sillones rodeando una mesita de altura insuficiente. Insuficiencia que queda patente a diario, pues cada vez que apoya una taza en ella necesita inclinarse demasiado, tanto, que últimamente opta por mantenerla en la mano hasta terminarla. Precisamente ahora descansa en uno de aquellos sillones con la taza entre ambas manos, a escasos centímetros de la cara, para sentir su cálido tacto.

Tiene la mirada perdida y la mente vacía cuando el breve momento de relax se ve interrumpido. Alguien acaba de acceder al despacho; no hay intimidad en los despachos compartidos. ¿Quién ha podido llegar tan temprano?

Es un hombre de edad avanzada que no ha visto con anterioridad. Su sorpresa inicial se disipa con rapidez, pues no lleva ni tres meses incorporado al proyecto y aún no conoce a todo el equipo. Viste de forma correcta y pulcra pero su indumentaria parece anticuada, de otra época. Su pelo blanco como la nieve le llama la atención. Mientras da algún sorbo, espía con el rabillo del ojo todos sus movimientos. Lo ve buscar pacientemente en una de las librerías; con el dedo índice sigue lentamente toda la fila de libros hasta que, por fin, se detiene y extrae un grueso tomo. Al verlo limpiar el polvo con la manga de su chaqueta, Ken se pregunta cuántas décadas llevará ese volumen reposando en el olvido. El anciano permanece inmóvil, concentrado en el libro, no cree que haya reparado todavía en su presencia. La imagen le recuerda a la escena de la biblioteca de los Cazafantasmas. Si fuera el doctor Egon Spengler afirmaría que está siendo testigo de excepción de la aparición de un ente ectoplasmático de cuerpo completo. Se fija en los pies del anciano para cerciorarse de ello, y, efectivamente, en sus extremidades inferiores calza unos zapatos impolutos que le recuerdan a los de las antiguas películas de claqué. Casi espera que los libros comiencen a volar de un momento a otro.

El hombre, finalmente, toma asiento justo enfrente de donde ha dejado su carpeta, deposita el libro con cuidado sobre la mesa y se toma su tiempo para sacar y colocarse unas gafas antes de abrirlo. Le da la impresión de que se trata del tipo de profesor o investigador jubilado incapaz de alejarse del trabajo, aunque la autoridad que infunde su porte le desconcierta.

Ken apura de un trago su taza de leche ya tibia y, cuando se dispone a levantarse, observa que el anciano ha cogido y lee con atención uno de sus folios. Es muy temprano, está cansado, nervioso y de mal humor. Lo que menos le apetece es que un desconocido octogenario husmee entre sus notas sin su permiso. Sus buenos modales le obligan a limitarse a observarlo con atención sin saber bien cómo proceder.

—Interesante… —murmura el hombre, sin levantar la vista de los papeles.

Ken, desconcertado, se incorpora y vuelve a su sitio, frente al viejo de cabello cano y chaqueta de pana, quien absorto en su lectura, le ignora por completo. En la solapa lleva una especie de tarjeta identificativa que nunca había visto antes. No alcanza a leer lo escrito en ella. Ken intenta olvidar al espectro y centrarse en ordenar sus apuntes para revisar, una vez más, su estudio antes de presentar las conclusiones al jefe del proyecto. Los datos no cuadran, ha revisado las mediciones y repasado los cálculos hasta la saciedad. Alguien se equivoca y espera no ser él, aunque el sentido común le grite que así es.

Necesita concentrarse en su trabajo, aunque no puede evitar fijarse en cómo el anciano estudia con descaro los montoncitos de papeles que acaba de clasificar sobre la mesa. Ante su sorpresa, le ve depositar las hojas que ha estado leyendo en el montón adecuado y toma otras tantas de un montón diferente sin mediar palabra. Ken es educado y mucho más joven, jamás osaría faltarle al respeto a un anciano, pero su paciencia tiene un límite.

—Vaya, vaya… —musita el anciano para sí antes de dirigirse a Ken— Dígame, jovencito, ¿ha llegado usted solo a estas conclusiones?

Ken, incapaz de reaccionar, lo mira sin poder articular palabra.

—Joven, ¿se encuentra usted bien? ¿Puede escucharme?

—Sí, le escucho. Disculpe. —Se avergüenza de sí mismo al oírse pedir disculpas. Es el colmo, pero algo en el carácter de ese hombre le inspira obediencia.

—Bien, bien… Me gustaría saber qué piensa hacer con esto —le interroga mientras levanta uno de sus papeles y lo agita ante sus narices.

—Hoy expongo mi trabajo al jefe de proyecto.

—¿Estas conclusiones…? Je, je, esperemos entonces que *el jefe* se encuentre hoy de buen humor —y extendiendo la mano le devuelve las hojas.

El anciano toma su libro, se pone en pie y recoge una bata blanca y un sombrero del perchero. Antes de salir hace un último comentario sin llegar a girarse.

—Bienvenido al Proyecto de Medición Lunar Láser.

Capítulo 2

Instituto Niels Böhr, Copenhague

Iben Jacobsen espera en su cálida oficina a su colega Otto. Es reconfortante estar de vuelta en casa, aunque sólo sea al abrigo de su modesto despacho. Después de dos frías semanas de oscuridad saborea más intensamente la luz que entra a través de los amplios ventanales. En su regazo descansa un maletín de cuero con todos los datos y anotaciones recabadas durante su estancia en Groenlandia.

Pocos minutos después, astrónomo y geofísico trabajan codo con codo alrededor de una lustrosa mesa de caoba, la única pertenencia ostentosa del estudio. Sobre ella hay un ordenador portátil y varios papeles desplegados, entre los que destaca un desgastado cuaderno de campo saturado de notas, diagramas y esbozos de estudio; no en vano había sido su inseparable compañero de expedición. Iben, en este aspecto, prefiere aferrarse al papel y lápiz frente a la tecnología en forma de tabletas, muy incómodas a la hora de escribir en condiciones adversas e inútiles para reflejar ciertos dibujos y gráficos no predeterminados. Otto contrasta una gráfica que refleja la intensidad de la luz a lo largo del tiempo con los datos suministrados por satélites americanos de defensa contra misiles, mientras Iben se centra en la joya de la corona, que se muestra en la pantalla del portátil: tres segundos de la resplandeciente caída del supuesto meteorito y un intenso resplandor en el horizonte a continuación. ¿Qué más pruebas necesitan?

El 19 de diciembre de 2019 los habitantes de la desértica Groenlandia se vieron sorprendidos por la aparición de una gran bola de fuego que iluminó el cielo ártico. Este suceso atrajo la atención del instituto Niels Böhr de la Universidad de Copenhague, dedicado al estudio de la física, la astronomía y la geofísica, especialmente a la rama llamada Tandem Accelerator Laboratory que se ocupa de investigar la astrofísica, el caos y la turbulencia.

Iben y Otto siguieron con interés este suceso en la prensa sensacionalista sin tomar cartas en el asunto hasta constatar que el mismo día de la supuesta caída del meteorito se registraron movimientos sísmicos provenientes de la misma zona, confirmados por estaciones de Finlandia, Noruega y Alemania. Los temblores se prolongaron durante más de diez segundos. A esto habría que añadir las imágenes tomadas por los satélites meteorológicos que mostraron la señal más directa; al menos dos de ellos captaron una nube oscura de unos seis kilómetros. Todos estos datos fueron corroborados además por un satélite militar estadounidense. Parecía obvio que el impacto realmente se había producido, y ante estas sólidas pruebas comenzaron a fantasear con la idea de organizar una expedición para intentar recuperar los restos del hipotético meteorito. La investigación no tardó en dar sus frutos. Por una afortunada casualidad consiguieron la grabación de un particular que había captado el impacto con una cámara de videovigilancia nocturna instalada para su moto de nieve.

Desde su despacho de Copenhague trabajaron con aquellos datos intentando estimar la dirección y velocidad del meteorito. Gracias al vídeo determinaron que se movía en un plano inclinado de unos cuarenta y siete grados con respecto al horizonte, pero no lograron descifrar cómo se desplazaba en él. Sin dicha información no pudieron acotar una zona de búsqueda de un tamaño razonable.

Por ello, Iben Jacobsen decidió viajar en persona a Groenlandia mientras su compañero Otto, desde Copenhague, se encargaría de convencer a sus superiores de la viabilidad del proyecto y preparar las líneas maestras de la futura expedición.

Iben desconocía la envergadura de la empresa en la que se había embarcado hasta que puso los pies en aquel descomunal desierto blanco. La isla de Groenlandia es inmensa, la más grande del mundo, y alberga unos cincuenta y ocho mil habitantes repartidos entre más de dos millones de kilómetros cuadrados. Con un teodolito a cuestas, Iben se pasó dos oscuras semanas de enero yendo de un pueblo a otro de la isla. En esas fechas, para colmo, la nieve no cesa de caer y el sol se olvida de salir. Consiguió hablar con decenas de testigos oculares del suceso y llenó su cuaderno de dibujos, testimonios y, lo más importante, medidas precisas de los ángulos en que cada observador recordaba haber visto caer la bola de fuego, tomadas en los puntos exactos donde la percibieron. Las declaraciones más reveladoras fueron las de unos pescadores que faenaban al otro lado de la isla y que le sirvieron para cruzarlas con el resto.

Ahora, tras unas horas de estudio desde la vuelta de Iben a Copenhague, ambos investigadores permanecen boquiabiertos ante lo que revelan las pruebas. Si sus cálculos son correctos, la velocidad de entrada del meteoro en la alta atmósfera fue de cincuenta y seis kilómetros por segundo, más de dos veces superior a lo habitual. Y su órbita no parecía provenir del cinturón de asteroides de donde proceden la gran mayoría. Por tanto, cabe la posibilidad de que se encuentren ante el primer embajador conocido llegado de fuera de nuestro sistema, de origen extrasolar. Además, es enorme; los cálculos le confieren una masa de cien toneladas antes de empezar a quemarse con la atmósfera terrestre, mucho mayor de la que nadie pudiese esperar para el primer meteoroide interestelar detectado. Con estos nuevos datos, la expedición cobra mucho mayor interés. Si la exponen con pruebas suficientemente sólidas, confían en que será aprobada.

Ambos investigadores, ilusionados como niños, delimitan la zona de búsqueda triangulando las líneas de visión de los testigos de diferentes zonas con la trayectoria registrada por la cámara del videoaficionado desde la capital Nuuk. Creen firmemente que si algún fragmento resistió al paso por la atmósfera tuvo que caer en un área de cientos de kilómetros cuadrados cerca de la base del Frederkshabs Isblink, el gigantesco y lento puño de hielo glacial de unos mil doscientos metros de espesor.

En ese instante, su colega Anker irrumpe en el despacho sin molestarse en llamar.

—Acabo de hablar con Spalding, el especialista en detección a distancia del laboratorio Sandía de Nuevo México. —Toma aire antes de continuar, mientras Iben y Otto aguardan expectantes las noticias—. Han casado el vídeo del aficionado con los datos de los satélites estadounidenses que también registraron la fragmentación explosiva del meteoro. Los dos destellos del vídeo guardan relación con dos picos muy brillantes en los datos de los satélites. Y lo más importante, Spalding calcula la velocidad de entrada en cincuenta kilómetros por segundo.

Los tres se miran en silencio antes de abrazarse efusivamente. La expedición está asegurada.

Capítulo 3

Universidad de Texas, Austin

—Adelante. —Se escucha una voz tras la puerta.

Ken accede con cautela al despacho de su jefe de proyecto y director del departamento de Astronomía y del Texas Cosmology Center (TCC), centro creado para facilitar y coordinar los esfuerzos conjuntos en cosmología entre los departamentos de física y astronomía de la Universidad de Texas.

Steven Shapiro está al teléfono, ligeramente reclinado en su sillón de dirección. A primera vista, el despacho es similar al suyo, al menos en lo que a amplitud se refiere. La principal diferencia estriba en que se encuentra reluciente y minuciosamente ordenado, además del pequeño detalle de que no es compartido. Hay un par de sillas frente a la mesa de Shapiro pero Ken, incómodo, prefiere no importunar al director en su conversación y espera de pie junto a la puerta. Shapiro continúa con su charla y sólo pasados unos minutos, al reparar en su presencia, le invita a tomar asiento con un gesto de mano mientras sostiene el teléfono entre el hombro y la cara. Ken espera pacientemente a que termine de hablar, revisando por enésima vez sus cálculos y anotaciones.

—Buenos días, señor… —Deja la frase en el aire.

—Dean, Ken Dean.

—Disculpe la espera, —dice por cortesía, pues resulta evidente que no lo siente lo más mínimo—. Y bien, veamos qué es eso tan importante que desea contarme. —Acaba la frase con un guiño que Ken no sabe cómo interpretar, suficiente para hacerle perder la poca confianza que le queda.

—Durante estos meses he comprobado el correcto envío y recepción de las pulsaciones láser emitidas contra los reflectores lunares, como se me encomendó. También he cuantificado el deterioro actual de cada uno de los espejos y estimado su degradación futura. —Mientras habla, coloca un par de hojas al alcance de Shapiro.

—¿Y en tan poco tiempo ha llegado a alguna conclusión? —le interrumpe intencionadamente Shapiro, manifestando su evidente desaprobación.

La pregunta pilla a Ken desprevenido y echa por tierra el discurso de presentación que traía preparado para recitar de carrerilla. Tras unos segundos de vacilación, Ken decide prescindir de los prolegómenos e ir directamente al grano.

—Consideré oportuno estudiar también toda la serie histórica de mediciones tomadas y analizadas desde la puesta en marcha del proyecto en 1969. Supuse que me serviría para entender las desviaciones actuales con respecto a las previsiones.

—Obviamente…

—Pero fui un poco más allá y con los datos pasados y presentes decidí recalcular personalmente la distancia Tierra-Luna y trazar con precisión la evolución de la órbita lunar a lo largo de los últimos años.

—Eso le llevaría mucho tiempo…

—Cierto, sobre todo porque me vi en la obligación de repetirlos más de cien veces al comprobar que a partir de mediados de los ochenta mis cálculos diferían sustancialmente de los que actualmente damos por válidos. Si no estoy equivocado, hemos errado en el cómputo del distanciamiento medio anual de la órbita lunar. Incluso me atrevería a afirmar que su alejamiento no ha sido siempre progresivo y ha experimentado puntuales alteraciones bruscas a lo largo de la historia.

Shapiro junta las palmas de las manos para después cruzar los dedos, excepto los índices, y apoyarlos en la barbilla antes de escrutar a Ken. Estira los segundos con la intención de intimidarlo, o al menos esa es la impresión de Ken. Y desde luego que lo está logrando.

—Si no recuerdo mal… Usted trabajaba como cicerone en las visitas guiadas del Observatorio McDonald.

—Así es. Aún lo hago un par de días a la semana.

—¿Y quiere continuar haciéndolo el resto de su vida?

—¿A qué se refiere? —Es lo único que logra balbucear Ken, sorprendido ante esa pregunta aparentemente fuera de lugar y con amargo sabor a amenaza.

Shapiro no contesta, permanece inmóvil con la barbilla apoyada sobre los dedos índices. Ken, armado de valor, le sostiene la mirada.

—¿Cuánto tiempo hace que trabaja, exactamente, en mi proyecto de investigación? —pregunta Shapiro, recalcando el «mi».

—Tres meses y doce días.

—Tres meses y doce días —le interrumpe con su misma respuesta, para luego dejarla en el aire.

Shapiro se incorpora y apoya pesadamente los codos sobre la mesa.

—¿Realmente cree que le bastan tres meses para poner en tela de juicio el estudio de años y años de prestigiosos científicos e investigadores?

Ken no contesta. La conversación no se desarrolla como esperaba y acaba por bajar la mirada. La mesa impide que la pose en las puntas de sus zapatos, donde siempre la refugia.

—No, señor —responde finalmente, mientras recoge las hojas que Shapiro no se ha molestado siquiera en ojear.

Shapiro le deja hacer, observándole pacientemente hasta que abre la puerta para marcharse.

—Señor Dean, no quiero que se limite a evaluar la calidad en la toma de mediciones, aunque por lo que acabo de escuchar ese paso ya lo ha dado usted solo. —Hay un evidente tono de reproche en su voz—. En adelante usará las mediciones que se obtengan a partir de hoy para rehacer sus cálculos y cotejarlos con nuestras previsiones. Cuando disponga de una estimación real, con un grado de error inferior al uno por cien, la quiero sobre mi mesa.

—Pero, señor… Eso me llevará años —responde Ken, atónito.

—Es usted joven y, por ende, impaciente. Ya aprenderá que la ciencia no es amiga de las prisas. Buenos días, señor Dean.

Ken sale del despacho confuso, aún no ha decidido si lo que acaba de ocurrir es positivo o negativo.

Capítulo 4

Kangilia, Groenlandia

Iben Jacobsen comanda la expedición. Se encuentra en el exterior de la tienda de campaña con forma oval, de tipo cúpula, con un termo en la mano. Se siente insignificante ante la vastedad del desolado paraje. Contempla con atención el trabajo de su equipo, que acaba de desplegar una amplia lona de plástico negro sobre la que echan paletadas de *pukak* —así llaman allí a la nieve en forma de partículas de sal acumulada en la superficie—. Toneladas de nieve se derriten ahora bajo el plástico, que apenas representa una minúscula mancha oscura en aquel eterno blanco.

La «roca» de cien toneladas debió de desintegrarse en su mayor parte al entrar a tal velocidad en la atmósfera terrestre, así que posteriormente filtrarán el agua derretida, casi pura, en busca de cualquier traza de elemento sólido atrapado entre la nieve acumulada durante el invierno.

Los acontecimientos no se desarrollan de acuerdo con lo planeado. Ellos son el destacamento sobre el terreno del proyecto orquestado por Iben, Otto y Anker desde Copenhague y, pese a que esperaron hasta julio para partir, el mal tiempo persiste. El campamento se levanta sobre una capa de nieve que, a estas alturas del corto verano groenlandés, ya debería de haberse fundido por completo, dejando al descubierto la perpetua capa de hielo sólido de más de mil doscientos metros de espesor. La tardía nieve superficial se derrite poco a poco bajo sus pies y lo convierte todo en un gélido fangal que entorpece su labor. El traslado a la cima rocosa y seca de Nunatak para proseguir la búsqueda en el área secundaria prevista se ha demorado varios días debido a que el helicóptero es incapaz de despegar a causa del temporal. Llevan dos semanas incomunicados y apenas les quedan provisiones, hace mucho frío y cada día aumenta la desesperanza entre los expedicionarios. Sólo Iben mantiene el ánimo para tratar de levantar el espíritu del grupo. Ante la imposibilidad de buscar desde el aire como tenían previsto, formaron dos grupos para cubrir a pie una zona de cientos de kilómetros cuadrados y ya acumulan muchos días de lenta e infructuosa búsqueda. Es como pretender encontrar una aguja en un pajar.

Iben se aleja unos metros del campamento por el resbaladizo y traicionero hielo, se acuclilla y con mirada extraviada deshace un puñado de nieve entre sus manos. La visión desde aquella perspectiva es aterradora. Clava la mirada en la tienda en forma de iglú, en la lona negra y en sus hombres que trajinan a su alrededor. Ellos no encajan allí. Nada encaja allí. Todo a su alrededor parece gritarles que se marchen, que abandonen. Que no son bienvenidos.

Los hombres trabajan sin entusiasmo, han perdido la ilusión inicial. Simplemente llenan las horas muertas mientras el mal tiempo persiste. Ya han analizado más de quince toneladas de nieve… Nadie lo dice en voz alta, aunque el fracaso de la misión planea sobre ellos cuando apenas ha comenzado.

Resulta difícil expresar con palabras lo que se siente a alguien que nunca haya estado antes aquí. Este vasto y desértico páramo blanco se apodera de ti, penetra en tu interior por cada uno de los poros de tu piel, como lo hace el maldito frío. Te hace cada día más insignificante e inseguro. Ante tamaña inmensidad adquieres plena consciencia de tu fútil existencia, no eres nada...

Vamos tras un vestigio del visitante entre toneladas de nieve virgen, aunque sólo sea una mota de polvo que nos permita asomarnos tímidamente a otros mundos más allá de nuestro Sistema Solar.

Conforme el tiempo transcurre, nuestro ego empequeñece. Llegados a este punto de la expedición, resulta casi cómica la osadía de pretender contemplar el infinito cuando nosotros y nuestro planeta somos tan insignificantes en el universo como esa microscópica mota de polvo que buscamos. Supongo que si realmente hay un dios ahí arriba, al menos le haremos sonreír con nuestra desmesurada arrogancia, nuestra todopoderosa ciencia y nuestros delirios de grandeza.

Iben termina de escribir estas apresuradas letras en su diario digital y se dirige de vuelta al campamento. Las circunstancias le han obligado a separarse de su fiel cuadernillo; lo echa de menos. Los días son muy cortos y ya empieza a anochecer.

—Recojamos los bártulos, suficiente por hoy.

Pocos minutos después, los cuatro componentes de este grupo de científicos, tres daneses y un groenlandés nativo, descansan frustrados en el interior de la tienda iglú. El tenso silencio permite escuchar con nitidez el ulular del viento y el incesante repiqueteo de la lluvia contra la superficie de la tienda. El interior es de un monótono color amarillo ocre, sólo interrumpido por una pequeña ventana circular de plástico transparente y una puerta de cremallera, ambas completamente selladas ahora. Cuatro toscos baúles de aluminio albergan en su interior las exiguas pertenencias de cada uno de ellos. El más grande ocupa el centro de la tienda y sobre él reposan algunas latas de conservas, cubiertos, termos y tazas metálicas. Acaban de cenar y queda todo por recoger. Extendidas sobre otro baúl aguardan diversas pieles de animales que no tardarán en usar como catre. Los esporádicos contactos de Iben con el otro grupo de búsqueda revelan idénticos resultados, el nerviosismo y la desazón flotan en un ambiente enrarecido. Apenas hablan entre ellos; el pesimismo hiela sus corazones tanto como el intenso frío exterior sus cuerpos.

De pronto, una comunicación por radio consigue agrietar temporalmente la capa de hielo que cubre sus esperanzas. La noticia de que el temporal durará dos o tres días más queda eclipsada por el descubrimiento de un par de cráteres realizado por un guarda local a no más de doscientos kilómetros al oeste de donde se encuentran. Es un momento intenso, los ánimos cambian súbitamente y el interior de la tienda se trasforma en una improvisada fiesta. En un instante olvidan los muchos días de estéril búsqueda y los kilómetros y kilómetros de nieve y hielo recorridos a pie. Lo importante es conseguir una muestra del visitante, sea suyo o no el descubrimiento. Quizá un error en sus cálculos les ha llevado a buscar todo este tiempo en el lugar equivocado.

A Iben, con sus treinta años recién cumplidos, la posibilidad de ser el primero en encontrar restos de un meteorito de más allá del Sistema Solar le hace vibrar de emoción. La expedición le brinda una oportunidad y una experiencia única en su corta y brillante carrera, pero es lo suficientemente inteligente para saber que allí no buscan el éxito personal, sino el orgullo de contribuir a la ciencia y al conocimiento de toda la humanidad.

—Los próximos días, hasta que venga el helicóptero, los dedicaremos a analizar en el interior de la tienda las muestras extraídas —anuncia Iben con entusiasmo.

Esta noticia los anima aún más; el mero hecho de cambiar la rutina ya es un estímulo. Además, les resultará excitante examinarlas en primicia.

Pese a la ventisca exterior han pasado una buena noche y madrugan para transformar la tienda en un pequeño laboratorio científico. El ajetreo es constante, un continuo ir y venir de los investigadores ocupados en sus quehaceres. Excepto Erik, el groenlandés, que permanece apartado y ajeno a la excitación del grupo. Hombre corpulento y rudo, poco hablador, que trabaja con el ímpetu y la fuerza de un toro. Una tupida barba apenas permite distinguir sus rasgos faciales, aunque en sus diminutos y achinados ojos asoma una chispa de aguda inteligencia. La idea de pasar varios días examinando minúsculas partículas a través de la lente de un microscopio no parece seducirle.

—¿Ocurre algo, Erik? —le pregunta finalmente Iben.

—El verano aquí es muy corto, pronto empezará a nevar y no parará hasta el próximo —se limita a responder.

—¿Y?

—Ya habrá tiempo de analizar las muestras en el laboratorio.

—Erik, en un par de días el helicóptero nos llevará al cráter avistado por el guarda.

—Usted no conoce los guardas de este lugar.

—¿Duda de su competencia?

—Al contrario, son hombres de hierro. Expertos en su trabajo… pero sólo en su trabajo. ¿Cráteres? ¿Meteoritos? Ese no es su trabajo.

La meteorología da la razón a Erik. La tormenta no cesa y las muestras analizadas dentro de la tienda se contaminan rápidamente con carbonilla de los quemadores de queroseno, pelo de las pieles de reno y cabello humano. Iben ordena finalmente sellar las muestras para su posterior análisis en Copenhague, donde llevará meses completarlo.

Un par de días después, el tiempo mejora. Iben sale para despedirse ante la inminente llegada del helicóptero, prevista para mañana temprano. Por la noche todo es distinto y espectacular, todo refulge a su alrededor envuelto en un halo mágico. Se siente tan cerca de las estrellas que casi puede tocarlas con sólo alargar la mano, tiene la sensación de encontrarse en otro planeta. ¿Es posible que un trozo del manto de estrellas que ahora contempla se hubiese desprendido y precipitado sobre la inhóspita tierra que está pisando? Iben se acuclilla y extrae su cuaderno de bitácora digital.

Hemos recorrido unos doscientos kilómetros por una resbaladiza capa de hielo con lluvia, viento y restos de nieve virgen. El terreno rastreado es un infinito manto blanco sólo quebrado por grietas profundas y peligrosas. Hemos diluido toneladas de nieve y recogido gran cantidad de muestras, muchas de ellas aún pendientes de analizar; aunque tengo la impresión de que todo ha sido en vano. Al menos nadie podrá acusarnos de no haberlo intentado. Con sólo hallar una porción del tamaño de un guisante sería suficiente. Al caer en hielo seguramente no se haya contaminado y su análisis nos confirmaría si el meteorito es de origen extrasolar. Su estudio podría aportar datos reveladores sobre el nacimiento del Sistema Solar y mucha información valiosísima.

Hoy es nuestro último día en la zona de búsqueda determinada como primaria, el lugar más probable del impacto. Nos vamos con un sabor agridulce; agrio por el esfuerzo aparentemente no recompensado, a falta del análisis en Copenhague, y dulce, porque el helicóptero nos llevará mañana al lugar donde supuestamente se ha estrellado el meteorito. Pero algo me dice que Erik tiene razón. No creo que encontremos lo que buscamos allí donde vamos. Por ello, he decidido continuar con la búsqueda según el plan previsto inicialmente y aprovechar los pocos días que nos quedan.

Un fugaz punto de luz se materializa junto a Iben. El sobresalto le hace perder momentáneamente el equilibrio y el diario digital cae al duro hielo. Erik lo recoge y se lo entrega sin romper su habitual mutismo. Otra calada ilumina levemente parte de su descuidada barba. ¿Cuánto tiempo llevaría ahí?

Capítulo 5

Observatorio McDonald, Texas

Su largo cabello negro ondea al viento mientras recorre en su viejo Mustang descapotable las rectas e interminables carreteras en dirección al oeste de Texas.

El sinfín de enormes turbinas de viento que se pierden frente a ella en el horizonte aparentan ser las únicas responsables del indómito flamear de su pelo. Lo que antaño eran monstruosas bombas de extracción de petróleo ahora se han transformado en estilizados molinos de viento con palas de hasta ochenta metros de longitud. Si el caballero de la triste figura de Cervantes campease por esas tierras a lomos de su fiel corcel Rocinante, aquellos gigantes de tres brazos recibirían su justo merecido, piensa con una sonrisa.

Lleva horas conduciendo sin más compañía que la voz de la obsoleta radio de casete que aún funciona, toda una reliquia de una época ya olvidada. Ambas cantan a dúo con todas sus fuerzas sin oír apenas sus propias palabras; el viento se encarga de hacerlas desaparecer a su espalda. El sol, enorme y rojizo, se oculta en la lejanía. La luz crepuscular baña los gigantescos aerogeneradores y los muestra con tintes difusos y temblorosos, como espejismos humeantes en el horizonte. Ahora la rodean por ambos flancos, tratando de agarrarla con sus amenazantes brazos en continuo movimiento.

Al fijarse con más atención, se da cuenta de que la mayoría presenta las aspas rotas o amputadas; sólo son los despojos de un ejército hace tiempo derrotado. Sonríe al pensar que quizá don Quijote la haya precedido cabalgando por aquel mismo camino, pero el rostro se le endurece al caer en la cuenta de que todo es culpa de la eterna crisis que parece haberse instalado a perpetuidad por todo el planeta, y no del valeroso caballero de la Mancha. Una crisis que ha vencido sin necesidad de lucha, de puntillas y por la puerta de atrás, sin honor, con la actitud cobarde del que prefiere envenenar a sus rivales y verlos morir lentamente antes que retarlos a un duelo.

Intentó, sin éxito, que alguna de sus amigas la acompañase en su escapada de fin de semana; a todas ellas sus jóvenes hormonas les pedían otro tipo de aventura. No comparten sus mismas inquietudes. En su propia familia, ella siempre fue la menos convencional de las tres hermanas, nunca le gustó jugar con muñecas y cocinitas. El regalo de su infancia que la marcó para siempre fue un gran telescopio que le trajo su abuelo por su décimo cumpleaños. Pasaron mil noches escrutando juntos el firmamento.

Su padre es un granjero cerrado de Texas, un vaquero de otra época que se aferra con uñas y dientes a un modo de vida ya extinto. Hombre recio y trabajador, de manos callosas y modales rudos, de mentalidad que sólo puede preservarse en el condado de Texas. Dio una infancia dura a sus hermanas y a ella misma; su madre faltó joven y él las trató como al hijo varón que nunca tuvo. Obligándolas a trabajar de sol a sol en la casa, las tierras, las reses…

Apenas dispusieron de tiempo libre en su infancia. Mientras sus amigas de escuela jugaban o iban de excursión, ellas permanecían en el rancho aisladas del resto del mundo. En cuanto se ponía el sol, su padre las mandaba a su cuarto, ella lo agradecía la mayoría de las veces pues terminaba exhausta después de trabajar todo el día, pero aún se recuerda escapando por las noches simplemente para pasear y admirar la Luna y el cielo estrellado, casi puede sentir ahora la fría caricia de la tierra en sus pies descalzos. No le guarda rencor, a fin de cuentas el hombre se comporta de acuerdo con lo vivido durante su existencia. Todas sus hermanas abandonaron el nido jóvenes, era —y es— difícil convivir con su padre. A veces piensa en él, en la soledad de sus tierras y sin que ninguna hubiese querido seguir sus pasos, siente lástima y algo de culpabilidad. Pero ahora por fin tiene una vida propia, está a un paso de finalizar sus estudios superiores y se siente libre. Se pregunta cómo reaccionaría su padre ante las miles de hectáreas de tierra desperdiciada en aquellas granjas de viento…

Por fin el terreno empieza a cambiar y las extensas llanuras se transforman ahora en montañas. La mayoría de los observatorios se construyen en áreas remotas, alejados de la luz artificial de la ciudad y generalmente a grandes altitudes, en busca de una atmósfera estable y condiciones climáticas óptimas la mayor parte del año.

El Observatorio McDonald está situado a setecientos kilómetros al oeste de Austin, en la cima del Monte Locke. Cuenta con un centro para visitantes llamado *Frank N. Bash,* donde se encuentra Ken ahora. Toma un vaso de leche en el *StarDate Cafe* mientras contempla los domos sobre las cumbres de las montañas Davis, no se cansa de contemplar aquel paisaje. Es sábado y ha estado todo el día planificando las visitas, así que disfruta de aquel breve descanso antes de empezar con el *Programa de Visión Lunar* y la posterior *Fiesta de Estrellas.* En las noches de los sábados se organizan grupos de observación del firmamento, usando los instrumentos ubicados en la parte abierta al público del observatorio, todos donados por particulares, empresas e instituciones con el ánimo de promover el interés por la astronomía.

Faltan escasos minutos para la hora convenida y Ken espera en la entrada del centro a un reducido grupo de asistentes. La mayoría ya curiosea por el patio circular de bienvenida. Al pasar lista comprueba que falta uno y le concede unos minutos de cortesía mientras desvela algunos «secretos» del singular recinto antes de comenzar con la visita. Grabadas en el suelo hay tres piedras circulares de diferentes tamaños; cada una representa el diámetro exacto de los tres telescopios más grandes alojados en el observatorio: el *Otto Struve,* de 2,1 metros; el *Harlan J. Smith,* de 2,7 metros y el gran *Hobby-Eberly (HET)* de 9,2 metros. Después entretiene a los presentes unos minutos más explicando el funcionamiento de un curioso reloj solar.

Han sobrepasado la hora prevista y cuando Ken decide empezar con el programa, la ve llegar: una joven con jersey azul y pantalones vaqueros corre hacia ellos. Un fino pañuelo color azabache enroscado en su cuello deja libre un extremo, que vuela confundiéndose con su largo cabello oscuro, sujetado con unas psicodélicas gafas de un solo cristal a modo de diadema.

—Perdón por el retraso —se disculpa, sofocada y casi sin aliento.

—No se preocupe, señorita. Bienvenida al Observatorio McDonald. Soy Ken, su guía, y estoy a su entera disposición.

Sin más dilación, acceden a una sala interior para visualizar una breve presentación sobre el observatorio, en la que se detalla la función de cada uno de sus telescopios y las investigaciones que actualmente llevan a cabo.

—A partir de ahora nos centraremos exclusivamente en la Luna. Comienza el *Programa de Visión Lunar*. Síganme, por favor.

El grupo, guiado por Ken, sale al exterior en busca de un telescopio de 0,8 metros situado a quinientos metros de la sala de bienvenida, en el interior de un domo semiesférico estático: una gran cúpula blanca de seis metros de altura con apertura mediante pistones hidráulicos. La estancia es de unos siete metros de diámetro y está formada por una estructura de vigas cilíndricas recubiertas por planchas de aluminio. Hace frío allí dentro. En el centro, un enorme brazo mecánico sirve de soporte al telescopio.

—El domo protege tanto el telescopio como los instrumentos en él contenidos, —explica Ken mientras procede a la apertura de la cúpula sobre sus cabezas, lo que despierta el habitual «ooohh» de fascinación.

Pasados los dos minutos necesarios para su total apertura, se centra en el manejo del telescopio y permite que todos lo usen para observar brevemente la Luna.

Ahora llega la parte más entretenida, les da a elegir entre varios puntos de interés de la superficie lunar para verlos con mayor precisión a través del ocular, a la vez que se muestran en un monitor de gran tamaño para que todos puedan contemplarlos simultáneamente. Objetivos típicos son los grandes cráteres, las cadenas montañosas y otras formaciones geológicas. Pero lo que suscita mayor interés entre los asistentes son los lugares de alunizaje de las misiones Apolo. Mientras aparecen en el monitor, Ken recita de perfecta memoria una breve explicación de cada una de ellas.

—Misión Apolo 11: Como todos saben, fue la primera misión tripulada en alcanzar la superficie lunar, y lo hizo el 16 de julio de 1969. Un día histórico. El alunizaje tuvo lugar al sur de lo que conocemos como Mar de la Tranquilidad. Tripulación compuesta por el comandante de la misión Neil A. Armstrong, de 38 años; Edwin E. Aldrin Jr., de 39 años, apodado Buzz, y Michael Collins, también de 38 años, piloto del módulo de mando. La denominación de las naves, privilegio del comandante, fue *Eagle* para el módulo lunar y *Columbia* para el módulo de mando.

El grupo escucha atento y con cierta reverencia las palabras de Ken mientras el Mar de la Tranquilidad colma el monitor. Todos en nuestro interior nos sentimos orgullosos, como especie, de haber logrado llegar a la Luna. Es un hecho. Ken lo ha leído en los rostros solemnes de la multitud de grupos que han pasado por el *Programa de Visión Lunar*. Allí, alejados del ruido y las prisas de la ciudad y sin más luz que la de las estrellas, se crea una atmósfera especial que les hace sentirse un poco más cerca de la Luna. Aunque siempre hay algún gracioso que se encarga de romper el momento, eso también es un hecho.

—¿Es cierto que las primeras palabras de Neil Armstrong al pisar la Luna fueron «enhorabuena, Mr. Gorsky»? —pregunta con picardía un adolescente.

No es la primera vez, ni será la última, que le plantean aquella pregunta, así que la contesta de carrerilla:

—Es muy posible que así fuera, esta posibilidad se filtró a la prensa y en numerosas ocasiones interrogaron a Neil sin obtener una respuesta satisfactoria. Pero en 1995, cuando nuevamente un periodista le formuló por enésima vez la misma pregunta, Neil sí respondió. El señor Gorsky en cuestión acababa de fallecer y finalmente el astronauta desveló el misterio. En 1938, en la pequeña localidad de Wapakoneta, Ohio, Neil Armstrong, siendo un niño, se encontraba jugando al béisbol en el jardín de su casa. Neil golpeó la pelota con la fuerza necesaria para colarla en el jardín de su vecino, el señor Gorsky. Al acercarse para recuperarla escuchó a través de la ventana cómo la señora Gorsky le decía a su marido: «¿Sexo oral? Es que... ¿te has vuelto loco? Lo tendrás cuando el pequeño de los Armstrong se pasee por la Luna.»

La respuesta provoca la hilaridad del grupo, siempre ocurre. Mientras Ken fija el objetivo en la siguiente misión Apolo, interviene la chica que ha llegado tarde:

—Tengo entendido que los soviéticos nos llevaban ventaja en la carrera espacial y cosecharon varios éxitos con sus satélites *Luna*, ¿no es extraño que fuésemos nosotros los primeros en pisarla?

—Efectivamente, a los soviéticos se les deben muchos «primera vez». Su satélite Luna 2 fue el primer objeto artificial que impactó en la superficie lunar en 1959; el Luna 3 fue la primera nave en mandar imágenes de la Luna en octubre de 1959, siendo la primera vez que la cara oculta de la Luna pudo ser observada. En 1966, el Luna 9 fue la primera nave espacial en llevar a cabo con éxito un suave alunizaje. También en 1966, el Luna 10 fue el primer vehículo no tripulado que orbitó la Luna. Sin embargo, fuimos nosotros los que nos llevamos el gato al agua en 1969. —Ken redondea así su exposición, orgulloso de ser norteamericano y de conocer con exactitud la respuesta.

Las imágenes van cambiando en el monitor hasta que Ken selecciona el nuevo objetivo.

—Las misiones Apolo 12 y 14 alunizaron ambas en lo que denominamos Océano Proceloso. La misión Apolo 12 fue lanzada unos meses después del Apolo 11 y alunizó el 19 de noviembre de 1969. Los tripulantes fueron Charles Conrad, Richard Gordon y Alan Bean. Y ya que os gustan tanto las frasecitas... —dice Ken, imprimiendo en su voz un tono de reproche y revancha— ¿sabéis cuál fue la frase que dijo Conrad al pisar la Luna?

Ante el silencio del grupo, Ken se responde a sí mismo.

—Dijo: «Uau, tío, esto fue un paso pequeño para Neil, sin embargo ha sido un paso muy grande para mí», bromeaba respecto a la notable diferencia de estatura que existía entre ambos. —Todos le miran incrédulos—. Otra curiosidad es que un par de rayos alcanzaron el cohete Saturno V durante el despegue.

—¿Ocurrió algo? —pregunta un hombre de edad avanzada.

—Se perdió comunicación con los sistemas de telemetría y con el Módulo de Comando y Servicio, incluso así el Saturno V continuó en la trayectoria prevista y la misión no se abortó. A raíz de esto me gustaría señalar que el ordenador del Apolo, conocido con el acrónimo AGC (Apollo Gudance Computer), tenía treinta y seis kilobytes de memoria ROM y dos de memoria RAM, algo irrisorio si lo comparamos con los ordenadores actuales, incluso menos que nuestras calculadoras de bolsillo. Y lo más curioso es que la memoria del AGC no estaba formada por microchips como ocurre en los ordenadores modernos, sino por varios metros de cable de cobre tejidos alrededor de pequeñas bobinas, llamadas *rope memory*. Si el cable pasaba por fuera de la bobina, entonces representaba un «0». Si atravesaba el centro, equivalía a un «1».

Ken hace una pausa y mira complacido a su reducido público; ha captado su interés.

—¿Alguien sabe qué empresa fue la encargada de fabricar dichas memorias?

Nadie responde.

—Raytheon. A finales de los sesenta, la compañía Raytheon contrató a un pequeño ejército de mujeres para su división de electrónica. Algunas eran antiguas trabajadoras del sector textil, otras tenían experiencia en la fabricación de relojes, pero todas ellas compartían una gran responsabilidad. De su trabajo dependía en gran medida el éxito o fracaso del primer alunizaje de la historia. Su misión fue tejer la memoria del ordenador central del Apolo. Nuestras heroínas se dedicaron a coser literalmente la memoria del AGC con máquinas especiales. Todas las líneas de código binario, el software, debían ser minuciosamente «traducidas» a una matriz de cables y bobinas en un proceso que requería horas de arduo trabajo. Por este motivo, la memoria del AGC se conocía como memoria LOL (*Little Old Ladies*). Por tanto, el software del Apolo no estaba escrito en discos duros o memoria *flash*, era algo real que podías sostener con tus manos. La NASA sabía perfectamente que el éxito de la mayor aventura espacial de todos los tiempos estaba en manos de las trabajadoras de la planta de Raytheon, en Waltham, Massachusetts. Por este motivo, varios astronautas y altos cargos de la agencia recorrieron a menudo la fábrica con el fin de motivar a las trabajadoras y hacer que se sintieran partícipes del programa Apolo. La decisión de construir la memoria del AGC cosiendo cables permitió alcanzar un elevado grado de seguridad. Como muestra tenemos a los citados rayos que alcanzaron el Saturno V mientras despegaba desde Florida, provocando el fallo del ordenador de a bordo, no así el del cohete. Una vez en órbita, la tripulación consiguió reiniciar el ordenador sin mayor problema. ¿Hubiese superado esta prueba un ordenador moderno? No lo creo.

Ken vuelve a interrumpir su disertación y busca con la mirada a la chica de ojos negros y cabello largo.

—Y para completar su pregunta anterior, conviene apuntar que en esta misión el módulo lunar Intrepid alunizó a menos de doscientos metros de nuestra sonda Surveyor 3, que estaba posada en la superficie lunar desde abril de 1967, y de la que los astronautas recuperaron una cámara fotográfica. Con ello quiero decir que nosotros también conseguimos posar una sonda en la superficie lunar no mucho después del alunizaje del Luna 9 soviético.

Ambos cruzan sus miradas. La joven hace amago de intervenir, pero no se decide y Ken continúa.

—El Apolo 14 alunizó el 5 de febrero de 1971, en la zona conocida como Fra Mauro. Tripulantes: Alan B. Shephard, Stuart A. Roosa y el polémico Edgar D. Mitchell. Durante sus dos EVA, Actividad Extra Vehicular o paseos lunares, de casi cinco horas de duración cada una, de un total de treinta y tres horas y media de alunizaje. Shepard y Mitchell instalaron una estación científica llamada ALSEP y recogieron cuarenta y tres kilogramos de rocas y polvo lunar. Dejaron sobre la superficie de nuestro satélite un paquete que contiene la Biblia en microfilm, así como el primer versículo del Génesis en dieciséis idiomas.

»Para estudiar las características del interior de la Luna, se hizo chocar contra ella la tercera fase del cohete Saturno, con el objetivo de que el impacto fuese registrado por los sismómetros depositados por las diferentes misiones Apolo, además de detonar sobre su superficie trece cartuchos de explosivo de un total de veintiuno previstos. Del estudio de las ondas producidas por estas explosiones, se obtuvo un mejor conocimiento del interior de la Luna.

Ken cae en la cuenta de que ha invertido demasiado tiempo en esta parte del programa, así que propone una vista rápida de otros puntos de interés pues luego, en la última parte del programa, visualizarán un vídeo que analiza con detalle los lugares explorados durante las misiones Apolo. Allí profundizarán en las posteriores misiones.

Capítulo 6

Kangilia, Groenlandia

Iben, acuclillado y con los cascos puestos, actualiza el diario *online* de la expedición apartado del resto de su equipo. Aún no ha amanecido y todo está empaquetado y dispuesto para el traslado. Ha ordenado que ambos grupos se reúnan para ser trasladados al campamento remoto, el segundo lugar delimitado desde Copenhague como posible zona de impacto de algún fragmento del visitante, si es que realmente alguno llegó hasta el suelo. Los ánimos, como el tiempo, están más despejados y se enorgullece de ver a sus hombres dispuestos a afrontar con ilusión esta segunda etapa tras la aparentemente infructuosa búsqueda en la zona primaria. De pronto repara en la extraña conducta del grupo, se pone en pie y sigue la dirección en que todos tienen puesta su mirada. La agitación es palpable, pero no distingue nada en el horizonte. Sólo al quitarse los cascos escucha también las hélices mucho antes de vislumbrar el helicóptero.

Minutos después, desde el aire, ya se divisa el lugar escogido para la siguiente fase de la expedición. Consiste en un puñado de rocas oscuras que conforman una pequeña isla asediada por un descomunal océano níveo, tan remota que no dispone de ningún nombre oficial. En ella armarán el nuevo campamento base y centro de operaciones.

Desde la cabina del helicóptero, Iben observa cómo todos se afanan en el traslado y montaje del nuevo campamento. Su vista se pierde por encima de sus *nasak*, donde enormes picachos emergen del blanco mar de hielo para formar pequeñas ínsulas puntiagudas.

—Aunque caminaras mil kilómetros en esa dirección no encontrarías más que hielo. A partir de aquí el espesor del hielo supera los tres mil metros y engulle montañas enteras —comenta el piloto al percatarse de su soñadora mirada.

Pertenece a las fuerzas aéreas danesas y, como todos los demás, es voluntario y sin remunerar. Su papel es crucial en esta segunda etapa de la expedición. Acaba de llevarlos hasta el área secundaria de búsqueda y ya está preparado para trasladar a Iben y Erik a las coordenadas donde han sido avistados los cráteres. Mientras los inspeccionen, el helicóptero volverá para recoger a otros miembros del equipo e iniciar la búsqueda desde el aire. Ahora, desde una altitud de treinta metros, podrán escudriñar mayores extensiones de hielo en una hora de las que han cubierto a pie en dos largas semanas. El plan consiste en explorar cientos de kilómetros cuadrados en una mañana; efectuarán el rastreo trazando retículos preestablecidos: diez kilómetros norte, uno este, diez sur, uno oeste, y así sucesivamente. Aunque para ser sinceros, Iben no alberga muchas ilusiones, consciente de la dificultad de descubrir algo desde esa altura.

Por último, los que se queden en la isla terminarán de establecer el nuevo campamento base y desde ella coordinarán las operaciones. Después recogerán y analizarán varias toneladas de nieve en los lindes de la zona. La segunda fase de la misión está en marcha.

Iben y Erik ven cómo el helicóptero se funde con el horizonte, aunque el sonido, rebelde, persiste varios segundos más antes de dejarlos sumidos en un frío silencio. Se hallan a escasos metros de dos gigantescas grietas que discurren paralelas cientos de kilómetros. Ya desde el aire supieron que no se trataba de cráteres en absoluto. Iben mira a Erik a los ojos en busca de una reprimenda o un «ya te lo advertí», pero sus ojillos opacos guardan silencio, como suele hacer él. En su pétreo rostro tampoco atisba siquiera un ligero movimiento de algún músculo facial. Su actual compañero se limita a inclinar levemente la cabeza cuando le pregunta si descienden a inspeccionar. Las dos abismales grietas son recientes y como geofísicos se ven en la obligación de estudiarlas. Quién sabe, quizá aparecieron como consecuencia de un movimiento sísmico tras el impacto.

Iben se asoma a la primera de las simas. Parte de la nieve virgen que aún cubre la boca resbala hacia su interior dejando una estela de humo blanco tras de sí. Es interminable, la vista se pierde con ella a ambos lados. En ese punto alcanza unos cuatro metros de anchura y una insondable profundidad, un pozo de oscuridad.

Erik le pasa los piolets y parte del equipo para que los sostenga mientras clava dos grandes estacas de aluminio a pocos metros del borde. Después prepara los arneses, las sujeciones de las cuerdas y los nudos, todo ello con manos diestras y seguras. Iben se alegra de haberlo elegido como compañero para esa incursión pese a las malas caras del resto de sus compañeros. No es un profesional de la escalada, pero comparado con el resto del grupo podría considerarse un experto.

Erik arroja las cuerdas al interior de la grieta y las ven desaparecer en la oscuridad de sus fauces. Sin mediar palabra pasa la cuerda por su arnés e inicia el descenso; no tarda en ser engullido también por ella. Iben, estupefacto, queda asomado al borde, incapaz de reaccionar hasta que la ronca voz de su compañero le reclama desde las mismas entrañas del hielo:

—Adelante, es seguro.

Iben duda, aquello es una locura y es consciente de que asumen un riesgo innecesario. Se dice a sí mismo que bajarán sólo unos metros para tomar algunas muestras antes de que estas recientes e inexplicables hendiduras queden sepultadas para siempre con las próximas nieves. Todo en aras de la ciencia.

Se descuelga muy despacio, frenando continuamente con el ocho del arnés. Las paredes son largas escamas azuladas de hielo liso y resbaladizo que se estrechan según avanza y todo se oscurece a su alrededor. Enciende la linterna del casco y prosigue su lento descenso con la esperanza de alcanzar pronto a su compañero. Unos treinta metros más abajo Erik le espera de pie sobre un gran bloque de hielo incrustado entre las paredes. Al alcanzarle y pisar en firme consigue respirar con cierta tranquilidad; en ese nivel el ancho de la fisura es ligeramente superior a un metro. Iben enfoca hacia ambos lados y hacia abajo: la grieta no parece tener fin. Es como si el hielo se hubiese escindido limpiamente, seguramente provocado por un reciente corrimiento de tierras. A esa profundidad la oscuridad es absoluta, hecho que queda constatado cuando apagan simultáneamente las linternas durante unos segundos.

Erik le ilumina la cara, deslumbrándolo, antes de proseguir el descenso. Iben aguarda intranquilo, nunca antes había sentido claustrofobia pero aquella estrechez comienza a agobiarle. Quisiera pedir a Erik que los saque de inmediato de allí, cuando es requerido de nuevo por la voz de su compañero desde las profundidades.

Iben baja unos metros más, convencido de que ya no debe quedar mucha cuerda. La oquedad continúa contrayéndose, sus rodillas y codos rozan una y otra vez contra las heladas paredes. El piolet que cuelga de su cinturón también entorpece sus movimientos. Detiene unos segundos su avance y trata de serenarse y controlar la respiración para evitar que el pánico se apodere de él. Unos metros más abajo, a su izquierda, vuelve a encontrar a Erik sobre otro enorme pedazo de hielo. Ayudándose de rodillas y codos logra deslizarse lateralmente hasta él. Siente el corazón latir acelerado y el miedo gana definitivamente la batalla a la excitante sensación de aventura inicial. Todo su ser le grita que salga cuanto antes.

Ajeno a sus inquietudes, Erik rosca un clavo de tubo en el lateral del improvisado segundo escalón de hielo que los soporta.

—¿Qué vas a hacer? —le pregunta atónito.

—Llamar a la cuerda.

Iben, incapaz de replicar, lo observa jalar la cuerda.

—Espera aquí, voy a echar un último vistazo. Esto no es normal.

Erik ancla la cuerda al clavo que acaba de fijar y vuelve a desaparecer de su vista. Iben queda solo de nuevo, preguntándose si realmente ha acertado con la elección de compañero. Cuando se tranquiliza decide hacer su trabajo, así que recoge algunas muestras y toma unas cuantas fotos. A esa profundidad cualquier cosa podría llevar millones de años conservada en el hielo, sólo de pensarlo se anima un poco.

—¿Va todo bien? —grita al pozo de oscuridad.

—Todo bien.

Algo más relajado y optimista extrae la linterna de mano, mucho más potente que la del casco, e inspecciona ambos lados y fondo. Sigue sin poder ver su fin. Al enfocar la diagonal superior derecha aparecen varios carámbanos de diferentes tamaños atrapados entre las paredes, seguramente desprendidos durante el corrimiento. Sin embargo, en la diagonal inferior descubre una gran piedra de intenso gris oscuro incrustada en el hielo, a no más de quince metros de distancia. ¿Me estará jugando la luz una mala pasada?

Erik tarda demasiado y decide intentarlo mientras espera. Tensa la cuerda y comprueba la sujeción antes de abandonar la seguridad que le brinda la plataforma de apoyo y volver a quedar suspendido sobre el abismo. Salvar los escasos metros que lo separan de la supuesta roca no es fácil; la estrechez le impide inclinar el cuerpo y clavar la punta de los crampones en la pared frontal. Como alternativa, hinca con dificultad el talón en la vertical trasera pues las rodillas chocan contra la opuesta, dificultando el movimiento. Se detiene a mitad de camino para estudiar la roca con mayor claridad: es grande y no parece haberse quedado encajada tras un desprendimiento reciente, más bien diría que el hielo se ha separado justo en su posición y ha dejado parte de ella al descubierto. Por un instante fantasea con haber encontrado el meteorito que buscan, aunque lo rechaza con rapidez ante la evidencia de que aquella roca lleva mucho más que unos pocos meses aprisionada en ese lugar. Se conforma con conseguir una muestra.

La luz del casco apenas emite un débil resplandor y usa la linterna de mano para enfocar en su vertical hasta comprobar que el final de la cuerda pende a pocos metros de él. Ajustado, pero será suficiente. Así que prosigue su lento descenso lateral hacia la roca; sólo un par de metros más...

Con las afiladas púas del crampón de su pie derecho apenas consigue peinar el extremo de la roca. La cuerda no da más de sí, ha llegado a su fin. No da crédito a su mala suerte, ya que en esas condiciones le es imposible recoger las muestras y con un metro más le hubiese bastado. La expedición ha sido un completo fracaso hasta ahora, y como líder de la misma siente la obligación moral de al menos intentarlo. Su postura es incómoda, pero al apoyar el pie en la firme roca encuentra la estabilidad suficiente para maniobrar y no resbalar poco a poco a causa del traicionero hielo. Rosca un clavo de tubo en la pared, tal y como ha visto hacer a Erik, para anudar la cuerda a él. Respira profundamente; lo que está haciendo es una auténtica locura. Confía en que si sale mal, siempre puede recurrir a Erik, aunque quede como un completo irresponsable. Un precio asumible dadas las circunstancias, así que suelta la sujeción del arnés y, dejando su peso sobre el pie derecho, se posa suavemente en la piedra renunciando a toda seguridad. Un sudor frío le empapa las sienes, pero la inyección de adrenalina le hace sentirse más vivo que nunca. Pese al reducido espacio, se las arregla para tomar las ansiadas muestras con un pequeño cincel. Ahora que lo ha conseguido, resta la parte más complicada: debe volver a introducir la cuerda en su arnés para retornar a la plataforma de hielo. Al más mínimo contratiempo esperará allí hasta recibir la ayuda de Erik... Y el contratiempo se presenta en la voz ahogada de su compañero.

—Iben, el clavo está cediendo. Necesito que claves otro y sujetes la cuerda a él.

Iben enmudece. Antes de conseguir articular palabra, el grito de Erik resuena desde el abismo.

—¿Me escuchas? —La distorsionada voz parece provenir de todas partes y de ninguna.

—Te escucho. Necesito cinco minutos.

Quedan envueltos en un espeso silencio. Iben, paralizado, se concentra e intenta que sus manos dejen de temblar.

—Iben, estoy a varios metros de mi último apoyo. Me sujeto contra el hielo para no dejar el peso en la cuerda. No aguantaré mucho tiempo así. —Su voz suena monótona y pausada, es obvio que intenta controlar los nervios que asoman inconfundibles en cada una de sus palabras.

—Cinco minutos.

Sin embargo, el haz de luz revela un clavo solitario, sin rastro de la cuerda. Dos nudos, ¿por qué no hice dos nudos? Una súbita sensación de pánico le paraliza en la fría oscuridad.

—¡Iben! —El eco replica su nombre una y otra vez por toda la hendidura.

Aquel sonido gutural le hace reaccionar. Con la linterna de mano ilumina el bloque de hielo que nunca debiera haber abandonado. Está cerca y quizá sea posible salvar esa distancia sin necesidad de sujeción alguna. Asegura la linterna al cinto y desengancha el piolet. La estrechez le impide maniobrar con comodidad, ni siquiera puede girar sobre sí mismo. Aun así tiene que intentarlo.

—Aguanta unos minutos más —grita, encaramándose a la grieta.

Con la mano izquierda incrusta el piolet lo más alto posible y, acto seguido, hunde la espuela del crampón izquierdo contra la pared de su espalda. Con esos dos apoyos, separa el pie derecho de la sólida roca y queda a merced del precipicio. Lo fija entonces contra el hielo casi sin doblar la pierna. Rodillas y codos apoyan contra la pared. Cuando se siente suficientemente estable desclava el piolet, se impulsa sobre los crampones y extiende el brazo en diagonal para volverlo a clavar. Después repite la operación de afianzado de pies. Apenas ha logrado avanzar un par de metros cuando la llamada angustiada de Erik le hace estremecer.

—¿Qué estás haciendo?

Iben no contesta, no puede hacerlo. La tarea requiere de toda su concentración. Se siente cansado y un sudor pegajoso cubre todo su cuerpo. La luz de la frente no es más que un débil fulgor mortecino y la linterna de mano cuelga inservible de la gruesa riñonera trasera que, repleta de artilugios que ahora se le antojan innecesarios, araña el hielo con cada uno de sus torpes movimientos. Erik le urge insistentemente desde la oscuridad en su lento y agotador avance. Logra desplazarse algunos pasos lateralmente, pero los escasos metros que debe remontar en vertical le parecen insalvables. Se detiene al sentir los primeros calambres en los muslos, completamente exhausto. Esos segundos son suficientes para desmoronar sus esperanzas. Su mente racional se impone: no conseguirá ascender los tres o cuatro metros que le separan de su objetivo. La luz frontal empieza a parpadear y es tan débil que no le permite distinguirlo. En ese instante los crampones ceden y le hacen descender unos centímetros hacia el interior de la grieta.

Ha perdido la fuerza en el brazo izquierdo, es incapaz de maniobrar con tino el piolet y mucho menos de clavarlo con garantías. Se lo cambia a la mano derecha para poder continuar, y aunque consigue avanzar un par de metros más en lateral, resbala cuando trata de izarse con todo su peso sobre el piolet. Se agrieta el hielo y cae otros pocos centímetros que para él son eternos. Su grito ahogado despierta la voz del hades.

—¿Qué ocurre, Iben? No aguanto más. Voy a apoyar algo de peso en la cuerda. ¿Me oyes?

En su breve caída la luz del casco ha golpeado contra el hielo y ahora está a oscuras. Totalmente a oscuras. En un segundo ha retrocedido gran parte de lo ascendido con tanto esfuerzo. Ya no le quedan fuerzas ni ánimos para continuar; brazos y piernas le tiemblan descontroladamente, casi no pueden sostenerle. Todo ha terminado. Lanza el piolet al vacío y luego desabrocha la maldita riñonera para dejarla caer también, con el propósito de desprenderse de todo lo que le estorba. El repiqueteo se pierde poco a poco en aquella oscuridad sin fin.

—Dios mío, Iben, ¿qué diablos sucede?

Ignora a su compañero, el instinto de supervivencia relega a un segundo plano todo lo demás, empujándole a volver a intentarlo en un acto mecánico y casi suicida. No ve absolutamente nada, sólo escucha el sonido entrecortado de su respiración y centímetro a centímetro se va hundiendo en el abismo: por cada metro lateral que gana, desciende medio. Pese a ello sigue luchando, ha perdido el control de su cuerpo. Sólo quiere salir de allí, nada más importa. El tormento de Erik suena distante y brumoso, como si proviniese de otra dimensión. Vuelve a perder el apoyo y patina otros centímetros antes de afianzarse contra el resbaladizo hielo. Queda inmóvil, se rinde. La oscuridad absoluta torna insoportable su creciente sensación de claustrofobia y pánico. No soportará mucho tiempo más así, pero su mano, rebelde, tantea en la oscuridad negándose a rendirse, como lo ha hecho ya su mente. Toca una cuerda. Es imposible, el extremo final de la suya debe estar algunos metros por encima de él. ¿Será una alucinación? Al asirla, su cuerpo rendido responde y, aferrándose a ella, comienza a trepar.

—Si tiras de la cuerda, el clavo cederá.

«Es la cuerda de Erik, el bloque de hielo debe estar justo encima…», ese pensamiento se instala en su mente mientras trepa a la desesperada desoyendo las reiteradas advertencias de su compañero.

De pronto todo cede, suelta la cuerda y se desliza por el hielo en otra caída, sus dedos apenas arañan las resbaladizas paredes, cierra los ojos y siente en su estómago el descenso sin fin, bloques se suceden hielo a su alrededor, Erik le observa con sus ojillos acusadores, hay más rocas negruzcas que no alcanza… puntos de luz, luces que palpitan está rodeado de estrellas, poco a poco hasta sentirse flotar… todo está iluminado…

Sin embargo, al abrir los ojos vuelve la oscuridad y su cuerpo sigue aferrado al hielo con crampones, rodillas y codos. La cuerda sigue allí, el clavo no debe de haberse desprendido del todo, pero ya no está tensa. «¿Erik?»

—Presta atención. Mi cuerda no aguantará el peso de los dos. ¿Lo entiendes?

Antes de que Iben pueda responder, Erik continúa:

—Nos alternaremos, tu peso es muy inferior al mío y quizá lo soporte. Mientras pueda sostenerme sin usar la cuerda, tú treparás. Cuando necesite descansar la dejarás libre. ¿Entendido? ¡Responde! —La última palabra la pronuncia con tono autoritario, es una orden que Iben no se atreve a desobedecer.

—Entendido.

—Es mi turno. Ahora te aviso.

Transcurridos un par de interminables minutos le da luz verde y bajo sus estrictas instrucciones logra alcanzar el bloque de hielo. Está empapado en sudor y los músculos no le responden, pero continúa cumpliendo sus dictados paso a paso, sin rechistar. En completa oscuridad y sin instrumental, todo lo ha tirado al vacío. Ahora, en la seguridad del bloque, poco a poco el terror se disipa y deja paso a la vergüenza y la culpabilidad. Le ha fallado a su compañero, se ha dejado dominar por el pánico y por su culpa casi quedan sepultados para siempre en aquel foso.

Finalmente, Erik consigue sacarlos; quedan tumbados en el frío manto blanco, a pocos metros de las fauces de la grieta, extenuados.

—Por fin algo interesante que escribir en tu diario.

Ese es el único comentario de Erik. Ningún reproche, ningún abrazo. Permanecen inmóviles, cada uno imbuido en sus propios pensamientos mientras esperan el helicóptero. Iben amaga un patético simulacro de sonrisa al reparar en que aún conserva las muestras de la roca en el bolsillo; las daba por perdidas junto con todo lo demás.

Mientras sus hombres recogen el equipo para la despedida definitiva, Iben, apartado y en su acostumbrada postura de cuclillas, observa la imponente e infatigable figura de Erik. Le debe mucho a ese hombre. Una disculpa o un simple agradecimiento, entre otras cosas. Pero no encuentra el momento, apenas han cruzado un par de palabras desde lo sucedido en la grieta. Finalmente, decide seguir su consejo y usa el diario para hacerlo, así que comienza su última página.

Diario de un fracaso...

Capítulo 7

Observatorio McDonald, Texas

El centro para visitantes del observatorio dispone de un pequeño anfiteatro, una sala oval con una enorme pantalla en su centro. Ken, desde su discreto atril, aguarda paciente mientras su pequeña congregación toma asiento en las cómodas butacas que conforman la grada semicircular. No activa el vídeo hasta que cesan todos los murmullos.

El origen de la Luna continúa siendo un misterio en la actualidad. Se han formulado infinidad de teorías y la gran mayoría se ha desechado con el paso del tiempo. Citaremos las más relevantes:

Teoría de Fisión: La Luna surgió de una especie de «hinchazón» de la Tierra, que acabó desprendiéndose por la fuerza centrífuga.

La pantalla muestra una recreación virtual mientras la voz en off desarrolla las teorías. Entre unas y otras se oscurece, a la par que una música apoteósica envuelve la sala.

Teoría de Cocreación: La tierra y la Luna nacieron de la misma masa de materia que giraba alrededor del Sol.

Teoría de la Captura: La Luna fue un astro independiente que, al pasar cerca de la Tierra, quedó atrapado en su órbita. Formulada en 1909 por el astrónomo Thomas J.J. See.

Las cosas dieron un vuelco muy interesante a comienzos de los años setenta tras los análisis químicos de los cientos de kilos de rocas lunares traídas por las seis misiones Apolo. Sirvieron para refutar algunas de las teorías existentes y establecer las bases para el surgimiento de una nueva hipótesis de la génesis lunar, que se convertiría en la más aceptada hasta hoy. Así, en 1974, los astrónomos William Hartmann y Donald Davis formularon la llamada Teoría del Gran Impacto: un objeto del tamaño de Marte, llamado Theia u Orfeo, impactó con la Tierra cuatro millones de años atrás. Semejante colisión desprendió escombros de ambos cuerpos, muchos de los cuales quedaron atrapados en órbita alrededor de la joven Tierra. La fusión de esta vorágine de rocas acabaría formando la Luna. Este supuesto también explicaría la gran inclinación axial del eje de rotación terrestre como consecuencia del impacto.

Ahora señalaremos los puntos débiles de las tres primeras teorías y pasaremos a analizar esta última con más detalle...

En ese instante, Ken pausa la grabación y abre una ronda de preguntas. De nuevo la joven de cabello largo y el adolescente son los que más intervienen pero logra salir indemne del lance. La grabación continúa hablando de la orografía lunar, de los cráteres más impresionantes, de las distintas fases lunares y finalmente de las misiones Apolo. Ken omite las que ya ha comentado avanzando la grabación:

La misión Apolo 15 alunizó el 30 de julio de 1971 en la grieta de Hadley, perteneciente a la región conocida como Mar Imbrium. Los tripulantes fueron David R. Scott y James B. Irwin. Usaron por primera vez un LRV, vehículo de exploración lunar, con el que recorrieron un total de veintiocho kilómetros sobre su superficie.

—Luego veremos una maqueta a escala natural del LRV en la sala adjunta. —comenta Ken.

Realizaron tres EVA. Instalaron una estación científica en la grieta de Hadley y recogieron varios kilos de roca —el monitor muestra una vista de pájaro de la citada grieta—. *También dejaron en la Luna unos quinientos kilogramos de instrumental geofísico, así como una pequeña figura de un astronauta con una placa grabada que contiene el nombre de los catorce cosmonautas soviéticos y americanos fallecidos en los ensayos o durante los vuelos espaciales.*
Veamos algunas grabaciones realizadas por los propios astronautas durante la misión...

El vídeo muestra ahora al astronauta Scott efectuando el famoso experimento de Galileo con un martillo y una pluma; los sostiene con sendas manos a la misma altura para luego soltarlos. Los dos objetos caen al mismo tiempo. En el instante en que impactan simultáneamente en el suelo lunar, Ken interrumpe la grabación:

—¿Por qué ocurre esto? —pregunta desafiante, aunque sabe de antemano que esta pregunta sí la acertarán.

—Por la ausencia de atmósfera en la Luna. —Varios murmullos similares conforman dicha respuesta.

—Efectivamente. En el vacío, sin la resistencia del aire que tenemos en la Tierra, los objetos caen siempre a la misma velocidad. Desde los experimentos de Galileo Galilei es bien sabido que la aceleración que adquiere cualquier cuerpo en caída libre es independiente de su masa.

Ken observa cómo todos asienten con la cabeza en silencio. Allí, frente a su modesto grupo, se siente como un profesor y no como el alumno que aún es, pues todavía está cursando Astrofísica en la Universidad. Ese tipo de charlas no se le dan mal y aunque lo disimula, disfruta impartiéndolas.

—No debemos olvidar la diferencia entre peso y masa. La masa es la cantidad de materia de un cuerpo y se mantiene constante independientemente de la altitud y latitud en que se encuentre ese cuerpo. El peso es la fuerza que ejerce la gravedad sobre una masa. Ambas magnitudes son proporcionales entre sí pues están vinculadas por el factor aceleración de la gravedad, pero no representan lo mismo. Aunque el peso se mide en newtons, en la Tierra acostumbramos, incorrectamente, a medirlo en kilogramos, como la masa, pues aquí las magnitudes peso y masa coinciden. Hago esta matización porque es importante tenerla en cuenta cuando salimos de nuestro planeta. Por ejemplo, la masa de un cuerpo en la Tierra y en la Luna coincide, pero su peso varía.

»Dicho esto, mi nueva pregunta es: si Scott hubiese puesto en el suelo lunar un cristal bajo la pluma y otro bajo el martillo, ¿qué hubiese ocurrido?

Ken reanuda la grabación justo en el momento en que Scott inicia el experimento de Galileo, es curioso ver cómo ambos objetos caen en paralelo, como a cámara lenta. Finalizado el experimento, pausa de nuevo la grabación y todos quedan en silencio. Se miran unos a otros sin decidirse a responder.

—El martillo hubiese roto el cristal —aventura finalmente la morena.

—Efectivamente. Aunque el peso del martillo en la Luna es seis veces menor que en la Tierra, su masa es la misma. La masa representa la inercia o resistencia de un cuerpo a los cambios de estado de movimiento, además de hacerlo sensible a los efectos de los campos gravitatorios. Por ello, tanto la fuerza necesaria para desplazarlo a cierta velocidad como el impacto del martillo al chocar contra otro objeto serán constantes en cualquier punto del universo.

Tras la aclaración, Ken pulsa el *play* de nuevo.

La misión Apolo 16 alunizó el 21 de abril de 1972 en lo que conocemos como meseta Descartes, en las llanuras Cayley. Tripulantes: John W. Young y Charles M. Duke. Realizaron tres EVA, recorriendo unos veintiséis kilómetros con el rover lunar LRV y recogieron casi cien kilogramos de muestras. Instalaron una estación científica ALSEP y el mortero que servía para realizar pruebas sísmicas se disparó diecinueve veces.

La misión Apolo 17 alunizó el 11 de diciembre de 1972 en los Montes Taurus, junto al cráter Littrow. Tripulantes: Eugene A. Cernan y Harrison H. Schmitt. Harrison pretendía alunizar en la cara oculta, en el cráter Tsiolkovski, pero la NASA lo desestimó por considerarlo peligroso. Llevaron a cabo tres EVA, a pie y con el LRV. Recogieron otros cien kilogramos de rocas e Instalaron una ALSEP más avanzada.

Con este vuelo finalizó el proyecto Apolo, que logró situar a doce hombres en la Luna del total de veintisiete que la orbitaron. Se consiguió el objetivo inicial de trasladar un ser humano a nuestro satélite antes que la Unión Soviética; demostrando la posibilidad no demasiado lejana de establecer bases lunares permanentes en la corteza lunar, rica en minerales, y se instalaron complejos instrumentales de estudio, algunos de cuyos aparatos aún prestan un gran servicio a los selenógrafos actuales. En 1972 fue la última vez que los seres humanos visitamos la Luna.

Han sobrepasado el tiempo previsto para el programa lunar, así que Ken no vuelve a interrumpir en lo que resta de grabación. Sólo abre una última ronda de preguntas cuando el vídeo finaliza.

—¿Por qué nunca hemos vuelto a la Luna? —pregunta un hombre de color y pelo rizado que acompaña a un grupo de estudiantes.

—Hay muchas especulaciones sobre eso, pero en mi opinión la respuesta es muy simple: no es rentable. Todavía no han encontrado la forma de obtener un beneficio económico directo capaz de cubrir el elevado coste de una misión tripulada.

—¿Volveremos? —interviene de nuevo la joven.

—Estados Unidos hace años que tiró la toalla y Rusia no tardó mucho en seguir sus pasos. China, con su ambicioso proyecto espacial, ha tomado el testigo. Pronto finalizará su propia estación espacial y pretende poner un hombre en la Luna antes de dos años, sin embargo la crisis empieza a afectarles seriamente y esta fecha se retrasará casi con toda seguridad.

Ya han excedido en casi treinta minutos la duración habitual de tres horas y media del programa y puesto que la mayoría del grupo participará después en la *Fiesta de Estrellas*, Ken les acompaña junto al resto de visitantes del observatorio. Esta fiesta nocturna se celebra en el exterior y se prolongará hasta el alba.

Hay preparado un piscolabis informal entre los diversos instrumentos ópticos operativos que usarán a lo largo de la noche. Ken permanece con ellos, hace una noche espléndida: cielo descubierto, baja humedad relativa y máxima visibilidad. Existen pequeños placeres en la vida que pasan desapercibidos por no saber apreciarlos, uno de ellos es el privilegio de pasar una noche observando el firmamento, lejos de las distintas formas de contaminación que conviven en la ciudad. Ken es uno de los afortunados capaz de saborear aquellos momentos de paz, que debe interrumpir en ese instante al ver a la joven de cabello negro algo separada del grupo y que, frotando sus brazos cruzados, parece aterida de frío.

—Señorita, en las especificaciones del programa resaltamos expresamente la importancia de traer ropa de abrigo, a esta altitud hace un frío intenso cuando se pone el sol.

Sin permitirle replicar, la cubre por encima de los hombros con su abrigo.

—Acompáñeme, la invito a un café para entrar en calor — propone, esquivando en todo momento su mirada.

El *StarDate Cafe* está cerrado, pero Ken tiene acceso al reservado de personal. Seguido de la joven, y valiéndose de la débil luz que se filtra del exterior, camina derecho a una mesita algo apartada de las demás que hace esquina junto al ventanal, su preferida; desde allí las vistas son asombrosas. Corre una silla y la invita cortésmente a tomar asiento antes de rogarle que aguarde un minuto y desaparecer tras la barra. El inconfundible silbido de la vieja máquina de café caldea la sala y arranca una sonrisa de la joven, que Ken no puede ver. Minutos después, Ken le sirve una humeante taza de café al tiempo que le ofrece un poco de leche que se ha calentado para acompañarla. Agradece la escasa luz que les rodea mientras, sentados frente a frente, la ve recuperarse al tomar la bebida.

—¿Mejor?

—Mucho mejor, gracias. Me llamo Isa, disculpe por no haberme presentado antes.

—¿Ha venido sola, Isa?

—Sí, hay un largo trayecto desde Austin y me encuentro algo cansada.

—¿Austin? —la interrumpe gratamente sorprendido—. Yo estudio en su Universidad.

—¿Va y viene todos los días?

—Qué va... —sonríe—, sólo los fines de semana. Tengo un cuarto alquilado en Austin, cerca de la facultad. Estudio astrofísica y este trabajo me puntúa como prácticas y de paso saco algo de dinero.

Aunque también lo haría sin cobrar —susurra a modo de confidencia.

—Qué interesante.

Tras unos segundos en silencio, Isa habla con voz soñadora mientras contempla la Luna desde el ventanal.

—Siempre me ha atraído la Luna, las estrellas... De niña pasaba horas observándolas desde mi habitación, muchas noches me fugaba sólo para pasear bajo su luz.

Vuelve a quedar pensativa. Ken no dice nada, limitándose a bucear en sus ojos negros.

—Por cierto, me ha encantado la visita y su forma de exponerla. Ha resultado interesante y amena.

—Se lo agradezco.

Ambos pierden la mirada en el exterior. La Luna baña las copas de los árboles y los domos blancos, que resplandecen con su reflejo. Isa queda atrapada ante el mágico paisaje y Ken la observa en silencio. Es preciosa.

—¿Ve esa cúpula más grande? —pegunta Ken, señalando con el brazo extendido.

Isa sigue la dirección marcada y asiente en silencio.

—Es el gran HET, el buque insignia del observatorio.

Acto seguido le indica la localización de los otros dos telescopios más potentes del observatorio.

—Lástima que no estén abiertos al público.

—¿Los ha visitado? —pregunta Isa con cierta envidia.

—Sí, algunos fines de semana me quedo a dormir en el hospedaje de astrónomos, al pie de la montaña. Aquí todos los telescopios importantes son operados por verdaderos astrónomos. Son muy interesantes los proyectos de investigación que llevan a cabo.

—¡Qué pasada!

—El proyecto HETDEX usa el telescopio HET para intentar descubrir la influencia de la energía oscura sobre la materia visible. Calcula la posición de un millón de galaxias para... —Mientras habla, Isa le observa con ojos brillantes y curiosos. Unos ojos rasgados de un negro intenso de los que es difícil salir indemne si llegas a caer en ellos—. Un día podríamos visitarlo y luego pasar la noche en la residencia de los astrónomos.

Ken se interrumpe, consciente de que aquella propuesta ha sonado a cita. Se sentía tan cómodo con ella que, sin quererlo, ha provocado una situación un tanto violenta.

—No pretendía… —se disculpa sonrojado.

Sonríen y vuelven al exterior caminando el uno junto al otro. Ken junta sus manos tras la espalda e Isa continúa con los brazos cruzados pese a llevar puesto el abrigo de Ken. Avanzan con pasos lentos y oscilantes, charlando y evitando cruzar sus miradas. Pasan desapercibidos para el resto de visitantes pero no para la Luna... que ilumina sus caras con una sonrisa complaciente al ver nacer otro romance bajo su hechizo.

Capítulo 8

Ubicación desconocida

Una angosta escalera desciende casi en vertical desde el interior de la vivienda hasta el sótano, desembocando en una especie de búnker subterráneo sin otro punto de contacto con el exterior que una gruesa puerta de seguridad de cierre totalmente hermético, oculta e invisible para un eventual intruso. El refugio es un habitáculo de diez por veinte metros, estanco e insonorizado. Tanta precaución parece fuera de lugar pues Kevin vive completamente solo, jamás recibe visitas y no es precisamente a tocar con una banda de rock a lo que se dedica.

Lo cierto es que allí pasa recluido la mayor parte de su tiempo, por lo que no sorprende que esté mejor atendido que la propia vivienda. Su singular interior sería tildado de *frikada* por un profano, mas a los ojos de un iniciado se revelaría como un santuario. La esquina suroeste la ocupa un auténtico cementerio de ordenadores despiezados: placas base, fuentes de alimentación, cables de datos, unidades de CD y DVD, disquetes de 3 ½ y 5 ¼... Todo un mestizaje de esqueletos metálicos de diferentes épocas que se cruzan entre sí en la composición de una obra de arte abstracto. A su derecha linda con una serie de cabinas ordenadas por décadas que contienen los modelos de ordenadores más representativos de cada una de ellas, todos ellos perfectamente conservados y en funcionamiento, con su monitor y sistema operativo originales. Por ejemplo, en la cabina correspondiente a los ochenta encontramos el Spectrum de Sinclair y el mítico Commodore 64: ocho bits y sesenta y cuatro kilobytes de RAM. Gráfica de dieciséis colores y un intérprete *basic*. El ordenador viene a ser como un teclado de mesa grueso que conecta directamente con un periférico. Sobre la mesa reposan varios juegos originales en forma de casetes: Bruce lee, Infiltrate, Barbarian, Decathlon...

En estos momentos está encendido y el monitor muestra su inmortal pantallazo de bienvenida sobre un fondo azul, con el cursor en forma de cuadrado parpadeante bajo el *Ready*:

```
**** COMMODORE 64 BASIC V2 ****
64K RAM SYSTEM XXX BASIC BYTES FREE
READY.
```

A día de hoy, todavía es el ordenador personal más vendido del mundo y el computador de ocho bits de culto más importante de la historia.

En la esquina sudeste reposa una antigua gramola, con el arco superior de vivos colores iluminado y repleto de discos. Su melódica voz colma la sala con un agradable susurro. Aún funciona con el clásico sistema de moneda y selección de número de canción. Junto a ella hay una cuidadosa selección de vinilos de todas las épocas y estilos, entre ellos destaca algún platino o edición especial de genios atemporales. La perdición de Kevin es bucear en internet en busca de galeones hundidos y olvidados. Así decora su preciado refugio.

La zona nordeste es la más amplia de la estancia y donde pasa gran parte del tiempo. Es a la vez cocina y sala de estar, cuenta con un cómodo sofá cama enfrentado a una enorme pantalla de proyección de los ordenadores. Un minigimnasio, una despensa y una amplia cámara frigorífica. Contiene agua y todo tipo de alimentos no perecederos, algo indispensable cuando se pasa meses allí recluido. Unas largas tiras de plástico delimitan los diferentes compartimentos interiores; uno está reservado para almacenar servidores en continuo funcionamiento, con ello mejora el rendimiento de los procesadores y dilata las averías. Empotrado en un lateral, junto a la cámara frigorífica, duerme un generador preparado para asegurar el funcionamiento de la luz y de los equipos informáticos en caso de cortes en la red eléctrica. Es algo antiguo y funciona con gasolina.

La zona noroeste la ha reconvertido recientemente en el estudio de grabación que necesita para su nuevo proyecto. En él precisamente se encuentra Kevin en estos momentos, rodeado de focos de iluminación con paraguas, micrófonos colgantes, trípodes y cámaras de vídeo. Habla y gesticula dando la espalda a un fondo de color verde sólido y uniforme, para posteriormente sustituirlo, mediante la técnica de inserción croma, por un entorno generado mediante ordenador. Una espuma de poliestireno recubre el pequeño cuarto para mejorar la acústica.

Finalizada la grabación, Kevin se dirige al centro de la estancia, donde se encuentra lo que denomina *centro de mando*: una estructura metálica en forma de mesa circular con un anillo interior de aproximadamente un metro de diámetro. Su presencia acciona un mecanismo que recoge lateralmente un pequeño sector de la mesa en forma de porción de queso, para después, una vez en su interior, volverse a cerrar y completar el círculo.

Todo cobra vida a su alrededor en cuanto ocupa su puesto en el sillón giratorio. Una única pantalla de cristal circular surge del interior de la mesa, como los elevalunas eléctricos de los coches. Se detiene a un metro de altura y, con un sonido eléctrico, ilumina su contorno con un fulgor azulado tridimensional. Acto seguido, un teclado láser se proyecta frente a él, a unos quince centímetros sobre la mesa metálica. Kevin comienza a mover las manos frente a la pantalla, como un director de orquesta sin batuta. A su son, distintas secciones tridimensionales cambian sus contenidos mientras consulta toda la información que lo envuelve haciéndola girar a su alrededor con rápidos movimientos de mano, similares a los de un policía de tráfico al ceder el paso. Según la velocidad del gesto, la información rota más o menos rápido. En ocasiones, la estudia haciendo girar su sillón, lo suele hacer cuando reflexiona arrellanado en él.

Finalmente teclea en el aire www.dudo-existo.com, atravesando con sus dedos el láser rojo que conforma las letras del teclado virtual. Instantáneamente aparece su recién estrenado videoblog, todavía inaccesible para el público. El clip de vídeo de bienvenida, en el que ahora trabaja, es una grabación de sí mismo sobre un rojizo desierto marciano, con la salvedad de que su rostro se visualiza distorsionado.

La duda es el principio de la sabiduría. Es uno de los nombres de la inteligencia. Es la jactancia de los intelectuales. Cito estas célebres frases pues, por y para ella, he creado este videoblog. ¿Quieren respuestas? No las tengo. ¿Desean la verdad absoluta? Búsquenla en otro sitio. Sólo les ofrezco la duda. Estoy aquí para sembrar la duda en sus corazones, y poco a poco hacerla germinar. La duda despierta la imaginación y la inteligencia dormidas. Este mundo material quiere privarnos de ese privilegio, quiere que nos acomodemos y aceptemos su «verdad», quiere que vivamos dormidos. ¡Despierte!, dude conmigo y obtenga su propia verdad.

Año 2026

Capítulo 1

Universidad de Texas, Austin

Ken pasa muchas de sus horas libres en la biblioteca de la facultad de física, atraído por el ambiente que allí se respira. En su interior experimenta una sensación de sosiego y exaltación intelectual, se siente parte de las interminables hileras de estanterías repletas de miles de años de conocimiento contenido en tinta, papel y cuero. Sin mucho esfuerzo percibe su aroma, ese aroma propio, curtido por los años... se deja embriagar por él. Los esporádicos cuchicheos, los pasos furtivos y apresurados, el sonido de un libro depositado sobre la mesa, el pasar de las hojas... son la música que siempre suena de fondo, ayudando a crear aquella atmósfera. La reciente digitalización de la biblioteca le entristece, aunque reconoce que es un mal necesario.

El proyecto para el que trabaja se tambalea, la virulencia de la crisis económica global ha estrangulado la inversión en investigación y desarrollo. Le consta que otros proyectos han sido cancelados o paralizados y su personal drásticamente reducido. De todos modos, su trabajo va más allá de lo meramente académico, sus conclusiones le inquietan y necesita publicarlo para que sea evaluado por la comunidad científica. Estos últimos años han sido complicados, los reflectores se han deteriorado por culpa del polvo lunar y emiten una luz más débil en su reflexión, casi inservible para las mediciones.

Para poder continuar con el estudio se ha puesto en contacto con sus colegas de la Universidad de San Diego. Desde allí controlan el observatorio Apache Point de Nuevo México, que alberga un telescopio mucho más potente que el gran HET de McDonald. Aun así, los registros son más costosos y menos precisos que en los inicios del programa. Pero lo que realmente le preocupa son las crecientes trabas que ponen a la hora de facilitarle los datos. Algo sucede más allá de la degradación de los espejos y ha llegado el momento de intentar hablar directamente con Whitemann.

Sus pensamientos se ven interrumpidos al reparar en la figura de un hombre sentado dos mesas delante de él. Viste con gabardina, bufanda y sombrero; vestimenta tan pulcra y elegante, como desfasada.

No lo ha visto llegar, y antes no estaba, seguro que no. El hombre le observa fijamente, con descaro. Aunque la ensimismada mirada parece traspasarle, como si no pudiese verle. Aun así, Ken aparta la vista y lo vigila con disimulo. El sombrero que ahora hace girar con ambas manos escondía unos cabellos de un blanco intenso. Es extraño, tiene la sensación de estar contemplando una imagen grabada, a alguien que estuvo allí hace décadas… y su mente vuela a su despacho justo seis años atrás, hasta aquel extraño individuo que curioseó sin pudor sus notas y luego…

Posteriormente se interesó por la identidad del anciano, sin encontrar a quien pudiera —o quisiera— dársela. Con el tiempo llegó a creer que lo había imaginado todo. Sin embargo, lo más alarmante es que poco después, al revisar sus propias notas, encontró un par de correcciones, que además resultaron claves. Rectificaciones imposibles de efectuar dedicándole tan sólo treinta minutos a una pequeña parte de su estudio. A falta de una respuesta racional, trató de convencerse de que fue él mismo quien las realizó, si bien en su interior siempre supo la verdad.

Al levantar la vista, el sombrero yace solitario sobre la mesa. El anciano se ha esfumado de nuevo. No piensa desperdiciar la oportunidad. Recoge el sombrero y va en pos del espectro que le visita. No da con él hasta prácticamente la salida de la biblioteca.

Camina ligero y decidido, muy erguido para su edad, pero... ¿qué edad es esa que le presupone? Le ve anudarse la bufanda antes de acelerar el paso. Es curioso, no hace casi frío. Ken le sigue durante un buen trecho, mientras piensa la forma de iniciar la conversación. Se haría valer, claro está, de la excusa de devolverle el sombrero.

Atraviesan un amplio paseo bastante concurrido, el anciano camina como si nadie hubiese a su alrededor. Ahora sabe con certeza que no persigue a un fantasma, pues más de uno de los descuidados viandantes se aparta in extremis de su ruta para evitar tropezar con él. El paseo desemboca en la plaza situada a los pies de la emblemática Torre del Reloj: una imponente construcción que se eleva noventa y cuatro metros sobre el edificio principal del campus. Erigida sobre la piedra angular de la tubería vieja de 1899, la pieza arquitectónica más antigua de la universidad. La torre es un símbolo tanto para la universidad como para Austin, casi como el propio Capitolio del estado. En lo alto se encuentran el famoso reloj y un carrillón de cincuenta y seis campanas, el más grande y más alto de Texas. Desde su plataforma de observación ubicada en el vigésimo octavo piso, un antiguo estudiante disparó y asesinó a dieciséis personas un fatídico 1 de agosto de 1966, lo que hizo tristemente famosa a la universidad.

El esquivo personaje se detiene en la entrada ubicada en la fachada sur de la torre. Ken, pensativo, gira el sombrero con ambas manos apoyadas en los extremos de sus alas, imitando a su dueño. Parece envejecer con cada giro. Aún no sabe exactamente cómo abordarle y teme que la baza del sombrero acabe por consumirse entre sus manos. Para cuando se decide, el hombre ya ha entrado en el edificio. Su interior está desierto, aguarda inmóvil unos segundos para evitar que el eco de sus pasos le traicione, mientras observa la silueta del hombre de pelo cano alejarse sin emitir sonido alguno; el silencio no desaparece hasta que reanuda la persecución.

Se detiene frente al ascensor que da acceso a la Torre del Reloj; para su sorpresa, en lugar de subir, el anciano desciende por unas estrechas escaleras situadas junto a este y en las que nunca antes había reparado. Ken titubea; su situación puede resultar comprometida después de haberlo seguido hasta tan lejos. Finalmente baja tras él. Las escaleras terminan en un pequeño cuarto escasamente iluminado y completamente desnudo. Sólo cuatro paredes deslucidas por la humedad, sin puertas ni ninguna otra vía de escape y, lo más desconcertante, allí no hay nadie.

Ken mira a su alrededor, se siente burlado y empieza a pensar que está siendo objeto de una broma. Aquel cuarto debe de usarse como trastero o algo similar. Respira aliviado cuando descubre la discreta puerta del ascensor, tan deteriorada y mohosa que se confunde con la misma pared. Pero ignora su llamada, los botones no funcionan. Vuelve a hacer girar el sombrero frente al ascensor mientras intenta pensar… Sube una planta y prueba a llamarlo. Desde allí sí funciona y no tarda en abrirse ante él; la sensación de irrealidad regresa al comprobar que en el panel no existe un acceso al sótano, el botón iluminado revela que la planta inferior es precisamente en la que ahora se encuentra. ¿Cómo es posible?

Desconcertado, abandona el edificio. Está seguro de haber visto al anciano en otras ocasiones. Al esforzarse por recordar, su mente vuelve a aquel primer encuentro en el despacho. El anciano, además de curiosear su trabajo, recogió un libro…

Entra en su despacho y se coloca en el lugar exacto desde donde presenció la escena seis años atrás. Ken posee una memoria fotográfica, es una de las razones que le permiten trabajar en el proyecto. Instantes después, sumido en un estado cercano a la hipnosis, su mente recrea el anterior encuentro: el cuarto entero retorna al pasado, los objetos sufren una regresión, como si alguien hubiese accionado el botón de rebobinar, y sólo se detiene cuando la imagen insustancial de aquel hombre se materializa en el despacho. Ahora sí podría afirmar que está espiando los movimientos de un verdadero fantasma. Aguarda paciente a que el anciano extraiga el libro, consciente de que al más leve movimiento o cambio de perspectiva la visión se desvanecería. Cuando llega el momento en que la mano del anciano se funde con la biblioteca al tratar de coger el libro, Ken vuelve en sí y, aturdido, va al punto exacto indicado por su visión. Encuentra un tomo grueso que destaca sobre los demás. La cubierta, menos polvorienta que la de sus vecinos, evidencia un uso reciente. Se trata de un libro falso que esconde en su interior un compartimento con una llave circular, una especie de identificación a nombre de un tal Leslie Lean y un pequeño papel con gran cantidad de números y anotaciones entre sus innumerables pliegues. No es lo correcto, pero decide llevárselo.

Capítulo 2

Universidad de California, San Diego

Whitemann estudia con atención los currículum de cientos de colegas de reconocido prestigio en las diversas ramas del conocimiento: astrónomos, físicos, matemáticos, geólogos, médicos, arquitectos…

Desde niño se ha sentido atraído por las estrellas; algo en su interior le empuja hacia ellas. Contemplar el firmamento es asomarse al infinito, pero también es mirar al pasado. Su estela de luz esconde las claves del origen del universo y en ellas se escribirá nuestro futuro; no le cabe la menor duda.

Matemático y astrónomo de vocación, trabaja en la universidad combinando investigación y enseñanza. A diferencia de lo que mucha gente cree, la vida de un astrónomo no se limita a largas horas de observación con un telescopio. La mayor parte del tiempo que no invierte en sus clases, lo dedica en su oficina a analizar datos y crear modelos matemáticos con su computador.

Nunca hubiese imaginado que los astros le obligarían a formar parte de algo como el proyecto NOE. Un proyecto al margen de la ley, descabellado y que sólo mira a su propio ombligo. Le gustaría saber cómo se habría sentido el bíblico Noé de haber tenido que seleccionar a los mejores ejemplares de cada una de las especies y no al azar, como Whitemann entiende que hizo.

El mundo se está yendo al carajo; eso es evidente. La nueva oleada de crisis lo ha arrasado todo como un tsunami. Europa está rota; Estados Unidos, arruinado; los que se llamaban «países emergentes», sumidos en el caos, y el gigante chino vuelve a bostezar. En todos los países domina el sálvese quien pueda. La televisión no es más que una sucesión de noticiarios informando sobre revueltas en distintos puntos del planeta, cada vez más violentas. Cada día que pasa queda más patente la fragilidad de la línea que separa una civilización avanzada, libre y democrática, de una caótica y salvaje. Se precisan siglos de evolución para llegar a la primera y muy pocos años para volver a la ley de la selva. Ya antes habíamos asistido a acontecimientos similares. Desde la seguridad de nuestro sofá los veíamos suceder en lugares remotos y de inferior nivel cultural, nos servían para amenizar las charlas de sobremesa, para opinar desde la absoluta convicción de que algo así nunca podría ocurrirnos a nosotros. ¿En Estados Unidos? Imposible. Sin embargo, el egoísmo y el instinto animal jamás han abandonado al ser humano; podemos contenerlos con los grilletes de la sociedad, pero nunca destruirlos. Permanecen latentes, agazapados en nuestro propio ser, a la espera de una oportunidad para despertar. Y esa oportunidad ha llegado, la acostumbrada seguridad de las calles empieza a quebrarse por los violentos que, bajo la justificación de su propia supervivencia, desatan su furia interior saqueando, destrozando y violando. Whitemann, consciente de todo ello, no descarta la posibilidad de que realmente un segundo diluvio se estuviese cerniendo sobre la Tierra.

Todos estos años de evolución han sido incapaces de aplacar ese instinto animal que nos empuja a la violencia y a la supremacía de la fuerza física. En los tiempos que corren, ser intelectual es sinónimo de bicho raro. Hubo épocas en que fueron venerados, admirados, casi idolatrados por el pueblo. Ahora son simples marginados sociales, excluidos de la actual sociedad en decadencia por una malsana envidia disfrazada. La enseñanza se está degradando de tal manera que apenas produce alumnos brillantes, los más destacados sufren burlas por parte de sus propios compañeros, contagiados por una insana atmósfera materialista y conformista con lo establecido. Los valores sociales han cambiado, la ambición personal y la cultura del esfuerzo han muerto, ya nadie quiere ser astronauta, ya nadie quiere ser poeta… Los políticos no quieren ni oír hablar de ellos, sólo son gastos que deben eludir. Están acorralados.

Murphy, sujeto al pensamiento científico de antaño, sabe que su visión quizá sea un poco exagerada y sesgada; aunque es cierto e indiscutible que esa es la tendencia, y parece imparable. Por todo ello, una reducida parte de la comunidad científica ha optado por guardarse un as en la manga, una excusa pobre y egoísta, aunque suficiente para intentarlo y dejar naufragar al resto. Whitemann es plenamente consciente de que no son mejores que los demás, su actitud lo evidencia, no hay necesidad de engañarse.

Su mesa digital muestra dos complejos subterráneos, uno en forma de pirámide invertida y otro constituido por cuatro anillos concéntricos colocados uno debajo de otro en forma de cilindro, cada uno de ellos seccionado por dos corredores cruzados en aspa. Lugares ideales para vivir como ratas y otras alimañas, lejos de la límpida mirada de las estrellas.

Una llamada interrumpe sus funestos pensamientos. No la hubiese atendido de no reconocer su antiguo número de facultad, desviado ahora a su dispositivo móvil.

—Buenas tardes, soy Ken Dean de la Universidad de Texas. ¿Hablo con Markus Whitemann?

Whitemann se toma su tiempo antes de responder, no recuerda ningún Ken Dean.

—Le escucho.

—Trabajo en el *Proyecto de Medición Lunar Láser*. Llevamos tiempo teniendo serios problemas con la toma de mediciones desde el Observatorio McDonald.

Whitemann permanece en silencio, sorprendido. Decide no intervenir.

—En ocasiones he solicitado colaboración al departamento que usted dirige. Pero últimamente…

—Señor Dean, ¿nos conocemos? —le interrumpe con tono severo.

—No, señor.

—¿Me llama en nombre de alguien…?

—Disculpe —titubea Ken; se nota que ha perdido la audacia inicial—. Simplemente quería pedirle permiso para consultar los registros recabados por su equipo durante los últimos años. Estoy…

—Tenía entendido que ese proyecto quedó paralizado desde la Universidad de Texas.

—Así es, digamos que soy el último bastión que se niega a rendirse…

Whitemann no contesta.

—Bromas aparte, me gustaría consultar dichos datos. Es importante. Mi estudio ha concluido y necesito contrastar los últimos años antes de exponer mis conclusiones a Steven Shapiro. —Ken nombra deliberadamente al jefe de proyecto con la esperanza de allanar el terreno, le consta que se conocen.

—¿Me llama en nombre de Steven?

—No.

—Lo imaginaba, y usted ha decidido hacerlo sin su consentimiento. ¿Me equivoco?

—Cierto, sólo pretendía…

—Escúcheme con atención, señor Dean. —Hace una pausa—. Los reflectores lunares se han deteriorado, el polvo lunar ha cubierto su superficie y ha llegado incluso a rayarlos e imposibilitar su lectura desde 1971. Los diecisiete reflectores Luna ya no son útiles. No puedo ayudarle.

—Permítame…

—Le agradecería que la próxima vez hablase con su jefe de proyecto antes de molestarme —le interrumpe autoritariamente.

Whitemann cuelga y se recuesta en su sillón con la mirada perdida en el techo, caviloso.

Capítulo 3

Austin, Texas

La quietud que trae consigo la noche le ayuda a concentrarse. Ken evoca su reciente conversación con Whitemann en la soledad de su habitación, que también le sirve de estudio. No hay sitio para armarios y decenas de cajas apiladas a su alrededor decoran la estancia, todas ellas repletas de revistas y artículos científicos. Cajas, cama, mesa y silla pelean entre sí por conseguir un hueco en el reducido cuarto y Ken lucha a diario para disponerlo todo sin cegar el paso.

Sobre la mesa reposa el libro sustraído del despacho de la universidad junto a varios ejemplares de la revista científica Ícaro pertenecientes a números antiguos, que colecciona y almacena como un pequeño tesoro. Pronto deberá elegir entre ellos o él. El espacio es el precio a pagar por residir tan cerca de la universidad. Entonces no podía imaginar que pocos años después se invertirían totalmente las tornas.

Está sentado sobre la cama con las piernas cruzadas en actitud reflexiva. En la mano sostiene una de las revistas incapaz de retener sus pensamientos, que se encuentran lejos de aquellas paredes. La conversación con Whitemann le ha dejado mal cuerpo, quizá no debió llamar. El número lo encontró anotado en la hoja contenida en el libro «robado» al extraño anciano. Markus Whitemann; enseguida relacionó el nombre con el profesor asociado de Astronomía en la Universidad de San Diego, California. Llevaba tiempo tratando de contactar con él y aprovechó la ocasión, pues encabeza el experimento de medición lunar en el Observatorio Apache Point de Sunspot, Nuevo México, donde dirige un equipo de científicos que disponen de unas mediciones muy precisas gracias a instrumentos mucho más sofisticados que los del Observatorio McDonald. Ken creyó que con su consentimiento conseguiría solucionar sus problemas a la hora de obtener esas mediciones —que necesita con urgencia— de la Universidad de San Diego. La realidad había sido muy distinta; se había precipitado.

Efectivamente, la llamada no obtuvo los frutos esperados pero está seguro de que algo se le escapa. Los datos no cuadran: el número de espejos reflectores situados en la Luna que usan los distintos observatorios para realizar las mediciones son cinco y no diecisiete como había dicho Whitemann, y obviamente él lo sabe mejor que nadie. Además, acaba de rescatar un artículo antiguo que alude al propio Markus Whitemann, reza textualmente:

> *[...] Whitemann ha rastreado las mediciones que se remontan a la década de 1970 y concluye que el problema apareció por primera vez entre 1979 y 1984, y que no ha dejado de empeorar. Sin embargo, no es capaz de predecir si los espejos se deteriorarán aún más. [...]*

Por teléfono no sólo afirmó que su lectura era inviable desde 1971, confusión impensable en un científico de su envergadura, sino que además los llamó reflectores *Luna*, la primera vez que escucha a alguien mentarlos de tal forma. Ken vuelve a cerrar los ojos y sondea en su memoria. Recuerda otro artículo sobre Whitemann que podría resultar clave, y la única forma de hallarlo entre la infinidad de cajas es recordar su año de publicación, pues pese al aparente desorden, se encuentran perfectamente catalogadas.

Lo tiene; es una noticia del año 2014. Las opresoras cajas ocupan ahora prácticamente la totalidad de su cama, así que lo lee sentado en el suelo.

> *Un equipo de físicos, liderado por Markus Whitemann, ha señalado la ubicación de un reflector de luz depositado en la superficie lunar por la Unión Soviética. Se daba por perdido pues muchos científicos lo llevan buscando más de cuarenta años sin éxito.*
>
> *El reflector láser de fabricación francesa fue enviado a bordo de la <u>misión no tripulada Luna 17</u>, que alunizó el 17 de*

noviembre de 1970. Liberó un vehículo robótico que vagó por la superficie lunar portando el reflector extraviado. El robot, llamado _Lunokhod 1_, envió señales por última vez el 14 de septiembre de 1971.

«Se requieren tres reflectores para definir la orientación de la Luna. Un cuarto añade información sobre la distorsión por marea de la Luna, y un quinto enriquece los datos. El Lunokhod 1, en virtud de su ubicación, sería el idóneo para mejorar la comprensión del núcleo líquido lunar, y para producir una estimación precisa de la posición del centro de la Luna, algo de suma importancia en el registro de la órbita», apuntó Whitemann.

El hallazgo se produjo el mes pasado, cuando la cámara de alta resolución del Lunar Reconnaissance Orbiter, o LRO, obtuvo imágenes del lugar de alunizaje. El equipo de la cámara, dirigido desde la Universidad Estatal de Arizona, identificó el vehículo como un punto iluminado por el Sol en la imagen, a kilómetros de donde Whitemann y su equipo habían estado buscando durante años. «Nadie había visto el reflector desde 1971», señaló el profesor Whitemann.

El 22 de abril enviaron pulsos de luz láser desde el telescopio de tres metros y medio ubicado en el Observatorio Apache Point de Nuevo México, dirigidos a las nuevas coordenadas. Encontraron el reflector perdido del Lunokhod 1 y determinaron su distancia desde la Tierra con una precisión de un centímetro. Treinta minutos después realizaron una segunda observación que les permitió triangular su latitud y longitud, es decir, el punto exacto en la Luna, con una precisión de diez metros. «No está mal para una media hora de trabajo», bromeó Whitemann.

En los próximos meses, se estima que será posible establecer las coordenadas del reflector con una precisión menor a un centímetro.

«Rápidamente verificamos la señal y comprobamos que era asombrosamente brillante; por lo menos cinco veces más *brillante que la del otro reflector soviético incluido en el vehículo Lunokhod 2, al que habitualmente enviamos pulsos de láser», explicó Whitemann. «La mejor señal recibida del Lunokhod 2 en varios años de esfuerzo fue de setecientos cincuenta fotones de regreso, contra los cerca de dos mil fotones del Lunokhod 1 en nuestro primer intento. Al parecer tiene mucho que decir después de cuarenta años de silencio».*

Al releer el artículo, tras haber subrayado las palabras clave que Whitemann había usado erróneamente en la conversación telefónica, no le cabe la menor duda de que apuntan al reflector encontrado «recientemente» y que parece funcionar mejor que el resto. Sus frías y escuetas respuestas esconden un sencillo mensaje cifrado para revelarle que continúan recibiendo señales gracias al reflector incluido en el robot soviético *Lunokhod 1*, o esa al menos es su impresión, su anhelo. Quizá la llamada no resultó un completo fracaso después de todo. La pregunta es… ¿por qué no decirlo abiertamente? ¿Por qué tanta cautela? ¿Estarían los teléfonos intervenidos? ¿Y si el equipo de Whitemann hubiera llegado a unas conclusiones similares a las suyas?

Capítulo 4

Munich, Alemania

—Tengo entendido que coordina las telecomunicaciones en el centro de información de la Agencia Espacial Europea Hubble y que también es director del Departamento de Educación y Extensión del Observatorio Europeo Austral (ESO).

Iben observa al periodista, un joven con atuendo correcto, de semblante serio y educado, que no superaría la veintena. Le ha solicitado permiso para usar su *econverter* y almacenar la entrevista en formato texto. Por lo visto ahora lo usan todos los reporteros para obtener una información más tratable a la hora de elaborar sus artículos. ¿Por qué la gente, pese a usar casi exclusivamente soportes digitales para acceder a cualquier tipo de información, prefiere la noticia escrita frente al vídeo o al audio? Curioso, pero es así. Iben se cuenta entre ellos.

Odia las interrupciones en horas de trabajo, pero al menos esta vez no se trata del posmoderno antitodo de pelos extraños y ropa chillona. Así pues, decide darle una oportunidad porque, para ser sinceros, llevan años sin que nadie se interese por los trabajos de investigación que desarrollan y no les vendría mal ser noticia para recaudar fondos.

—Así es —responde finalmente.

—Los asteroides tienen un nuevo rey. ¿Es cierto?

—Cierto. Recientemente hemos detectado desde el observatorio Cerro Tololo, en Chile, el más grande conocido hasta la fecha con unos dos mil setecientos kilómetros de diámetro.

—¿Hay mucha diferencia con respecto a sus predecesores?

—Hasta 2002 el récord lo ostentaba Ceres, descubierto en 1801 con un diámetro de novecientos setenta kilómetros. —Iben apoya los antebrazos sobre la mesa—. Antes de continuar quiero matizar algunos conceptos: en un primer momento se denominaba «asteroides» a los cuerpos que orbitan alrededor del Sol en una órbita interior a la de Neptuno, la mayoría con órbitas semiestables entre Marte y Júpiter. Todos ellos forman el Cinturón de Asteroides, cuya masa total es de apenas un cuatro por ciento de la masa de la Luna, y la mitad está acaparada por cuatro cuerpos: Ceres, Palas, Vesta e Higia. Aunque Ceres tiene una masa doble a la de Palas y Vesta juntos.

»Pero desde la redefinición de planeta llevada a cabo por la Unión Astronómica Internacional en 2006, el término clásico de asteroide se incluye dentro de los denominados cuerpos menores del Sistema Solar, junto con los cometas, la mayoría de los objetos transneptunianos (con órbita superior a la de Neptuno) y cualquier otro sólido que orbite en torno al Sol y sea más pequeño que un planeta enano. Si consideramos los cuerpos transneptunianos, Quaoar, con un diámetro de casi mil trescientos kilómetros, le quitaría el puesto a Ceres en junio de 2002 pese a pertenecer al cinturón de Kuiper.

»Al descubrimiento de Quaoar le siguieron otros, como los de Sedna, Haumea, Makemake, Eris… Y debo señalar de nuevo que, a tenor de la mencionada redefinición de planeta de 2006, todos ellos se reclasificaron como planetas enanos por poseer el diámetro y la masa requeridos para ser considerados como tales. Se incluyó también a Ceres, que pasó a convertirse en el más pequeño de ellos y el único perteneciente al cinturón de asteroides. También Plutón se reclasificó como planeta enano. —Iben se interrumpe; está divagando y trata de reconducir la respuesta—. Lo que quiero decir es que, aunque nos guste llamarlos asteroides, realmente son planetas enanos.

—Interesante. —Esta afirmación no se corresponde en absoluto con la cara del reportero que, sin duda, no ha ido a escuchar sermones ni detalles técnicos—. La pregunta es: ¿ese coloso entraña algún peligro para nuestro planeta?

Iben medita antes de contestar, obviamente no existe amenaza alguna, pero también es cierto que en pocos años se aproximaría a nuestro Sistema Solar, así que tampoco puede considerarse mentir decirle lo que quiere escuchar, y quizá sea noticiable.

—Realizamos un seguimiento exhaustivo de su órbita, pues estimamos que en unos doce años pasará relativamente cerca de Urano —dice con semblante serio—. Una supuesta colisión de un objeto tan masivo tendría consecuencias devastadoras para el resto de planetas del Sistema Solar. Incluido el nuestro.

—Dios mío… —Iben sonríe para sus adentros—. Y dígame, ¿tiene ya nombre el nuevo rey?

—Le hemos llamado provisionalmente 2026 KZ76, hasta que le demos un nombre relacionado con la mitología…

En ese instante, unos golpes secos en la puerta de su despacho interrumpen la entrevista. Una silueta se perfila en el umbral sin esperar a ser invitada. Es un hombre corpulento y basto embutido en un traje de chaqueta y corbata, quedando patente que no es su indumentaria habitual. No lo reconoce hasta que cruza la mirada con sus característicos ojos rasgados, aparentemente cerrados, que apenas logran escapar de la tupida y descuidada barba que cubre gran parte de su rostro.

—Dios mío, Erik, adelante.

Iben se las arregla para despachar al periodista y atender a su colega. A fin de cuentas tampoco puede quejarse, pues ya tiene su titular apocalíptico. En cualquier otra circunstancia se hubiese enojado terriblemente con su secretaria y con el maleducado intruso, pero existe un poderoso vínculo entre ellos a raíz de lo vivido en la fallida expedición a Groenlandia. Nada como la fría mirada de la muerte para estrechar lazos.

Erik permanece en el marco de la puerta hasta que el periodista se retira, limitándose a observarlos con sus ojillos de topo, que no encajan en aquel rostro ancho y rollizo, apuntalado por una nariz redonda surcada por una intrincada ramificación de finas venas rojizas y azuladas. Finalmente entra y le propina un escueto y recio abrazo, que bien podría haberle fracturado un par de costillas.

—Y bien, cuéntame, ¿qué te ha hecho abandonar tu gélido hogar?

Erik se mesa la barba mientras le observa fijamente. Va directo al grano, como es su estilo.

—¿Has oído hablar de las montañas subglaciales Gamburtsev?

Iben esboza una mueca de sorpresa.

—Algo he leído, si te refieres a la famosa cordillera enterrada bajo tres kilómetros de hielo en la Antártida, cerca del mismísimo centro del Polo Sur.

Erik asiente complacido y no da más detalles. No duda de que Iben los conoce sobradamente.

—En Groenlandia nos jugamos la vida por nada, aquí lo haremos en aras del futuro de la humanidad.

Iben aparta la mirada, aún siente la necesidad de disculparse, y lo intenta torpemente:

—Pocos días después del fin de nuestra expedición conseguimos el vídeo del impacto del meteorito a una resolución mucho mayor. Nuevos estudios sugirieron una velocidad de entrada del cuerpo celeste inferior a la que en un primer momento estimamos. Se descartó la posibilidad de que proviniera de fuera del Sistema Solar, los ánimos se enfriaron y las muestras recogidas quedaron apartadas en el laboratorio de Copenhague y aún duermen allí. He intentado...

—Iben —le interrumpe Erik sin miramientos—, te necesitamos allí. Han aprobado un titánico proyecto para perforar el hielo y obtener las primeras muestras de roca de las Gamburtsev.

—¿En qué podría ayudar un astrónomo a varios kilómetros bajo el hielo? Ya lo intenté una vez sin muy buenos resultados. —Iben sonríe, supone que se trata de algún tipo de broma.

Erik da un breve paseo por el despacho. Finalmente se detiene frente a una ventana y habla de espaldas a su amigo.

—Cuesta abandonarlo todo... Dirijo el equipo de perforación gracias a nuestras peripecias en Groenlandia. No todo fue en balde, las cosas siempre ocurren por un motivo. —Por un instante da la impresión de que va a ponerse a disertar. Sólo por un instante—. Te quiero allí abajo, a mi lado. Además, un astrónomo y geofísico —recalca la palabra «geofísico»— de tu talla nos es necesario.

Iben queda desconcertado; Erik parece dar por sentado que le seguirá hasta la Antártida. En cierto modo sigue en deuda con él, así que busca la manera de declinar su oferta de forma cortés pero contundente, no quisiera ofenderle. Erik, que aún sigue dándole la espalda, interviene justo antes de dejarle hablar, como si pudiese verlo.

—Vamos Iben... no pongas esa cara. Te gusta el hielo, las rocas... Además, alucinarás con la rift de la Antártida Oriental, las dos grietas de Groenlandia te parecerán simples arañazos. Si quieres la exploraremos juntos, por los viejos tiempos... —La barba oculta la leve sonrisa que se dibuja en su cara.

Iben empieza a preocuparse, ¿se habrá trastornado su compañero de expedición? Nunca lo ha visto tan hablador y menos con aquella determinación que raya en lo insolente.

—Ya puse una vez en peligro mi carrera al arriesgarme en la expedición a Groenlandia, era joven y estúpido. Arrastré a otros conmigo, te pido disculpas por ello. —Tras una breve pausa, añade—: No creo que las rocas de Gamburtsev guarden relación con mi trabajo actual sobre las explosiones de rayos gamma en las galaxias lejanas —afirma en tono serio y en broma a la vez.

Erik, aún de espaldas, levanta la mano en una clara petición de que guarde silencio. Iben obedece. Al girarse lleva una especie de plano en las manos, que deposita sobre su mesa para terminar de desplegarlo. Iben no puede evitar echarle una ojeada; contiene el diseño de algún tipo de complejo circular de varias plantas alojado en el mismo corazón de las montañas enterradas, encabezado por el acrónimo ARCA: Refugio Abisal Complejo Antártico.

—¿Todo esto para conseguir un trozo de roca?

Iben intenta disimular su desconcierto bromeando con aquella pregunta, pero en su voz se filtra una dosis de curiosidad que no pasa desapercibida para Erik. Entonces cambia de tema con una sonrisa enigmática.

—Un geoquímico de Copenhague me debe un favor. Ahora es alguien importante. Quizá aún logremos obtener los resultados de Groenlandia después de todo.

Capítulo 5

Dallas, Texas

Isa se siente feliz. Los nervios han pasado y se encuentra animada. En esto último es posible que hayan influido los sucesivos brindis con champán. La boda ha transcurrido sin incidentes, el banquete impecable, buena comida y un servicio ágil y diligente. Todas las formalidades y los saludos por fin han quedado atrás. Ahora la gente charla amistosamente en sus respectivas mesas y visita intermitentemente la mesa de bebidas. La música ha empezado a sonar y los más audaces salen a la pista de baile. Se respira un ambiente distendido. El salón es precioso, y la finca cuenta también con una amplia terraza rodeada de elegantes jardines. Aunque fuera empieza a oscurecer y baja la temperatura, aprovecha aquellos segundos de tregua para darse un respiro.

Sale discreta a la terraza, inspira profundamente y siente los fríos dedos del límpido aire acariciar el interior de sus pulmones; lo agradece. Los luceros más brillantes empiezan a dejarse ver en el firmamento y el incesante correr del agua en una fuente iluminada pone música a la noche. No hay nadie más en el exterior. El frescor de la noche se convierte en su aliado al retener a los invitados dentro. Isa permanece quieta durante unos segundos y saborea el momento. Se siente feliz.

Un sinfín de abetos podados en forma de figuras geométricas delimitan las estrechas callejuelas de un curioso laberinto. Ya deben de estar buscándola, así que decide perderse en su interior para disfrutar de unos minutos más de soledad. Interrumpe su paseo al vislumbrar una silueta sentada en un banco de piedra a pocos metros de ella. Un brote de luz incandescente alumbra parte de su rostro antes de desvanecerse. Isa, sigilosa, retrocede unos pasos para alejarse sin ser descubierta.

—Está usted radiante, señora Dean.

Isa se detiene, indecisa. Duda entre acercarse o volver al salón. Es obvio que se dirige a ella, aunque juraría que no puede verla.

—Mi nieto es afortunado.

El comentario disipa su recelo. Al aproximarse, el hombre se incorpora cortésmente.

—Leslie —dice con una suave e inusual reverencia—, me alegro de conocerla al fin.

—Isa —se presenta, algo sonrojada.

El hombre toma su mano y, con una agilidad impropia para su edad, se inclina para simular un beso sin contacto. Luego señala el banco.

—¿Tendría la amabilidad de acompañarme durante unos instantes?

—Faltaría más —accede Isa, contagiada de aquel lenguaje respetuoso.

El hombre permanece en pie hasta que ella toma asiento. Ahora puede observarlo con más detalle: su rostro, sereno y curtido, coronado por un pelo totalmente cano, le hace parecer mayor pero también le da un toque de elegancia y carisma. Pulcramente vestido, con bufanda y gabardina larga. Una pipa de madera es lo que había visto iluminarse fugazmente momentos antes. Ambos quedan unos segundos en silencio con la vista fija en el horizonte, donde la Luna se alza majestuosa. Un espectáculo digno de contemplar.

—La Luna… es como un globo que se aleja, que se nos escapa de las manos…

—No se preocupe, mañana volverá. —comenta Isa divertida.

El hombre apoya su mano sobre la de ella y la abraza con una sonrisa. La pipa se ilumina una vez más antes de que retorne la vista hacia el horizonte.

—Cuando era niño deseaba atraparla, la quería para mí. Aún recuerdo aquellas noches de verano en la granja de mi tío. Algunas tardes subía a un prado y la esperaba, cuando la veía aparecer por el horizonte corría hacia ella, con ímpetu. Pretendía alcanzarla antes de que se elevara del suelo. —Su voz soñadora la encandila—. Años después nos mudamos a la gran ciudad, al distinguirla entre los rascacielos subía raudo a la azotea, pero siempre se me escapaba…

—A mí la Luna siempre me ha fascinado. Conocí a su nieto cuando asistí a un programa de visión lunar en el observatorio donde trabaja. Fue muy romántico.

—¿Es cierto eso? —Isa asiente radiante—. Es increíble la infinidad de formas en que la Luna influye en nuestras pequeñas vidas. ¿No le parece?

No le da pie a responder: el anciano se lleva las manos a los bolsillos y extrae un par de cajitas de joyería. Las deposita sobre el banco y las ilumina con una cerilla. Ambas contienen un par de pendientes con forma de luna creciente; sólo se diferencian en su grosor. Un juego representa la fase lunar algo más avanzada que el otro sin llegar al cuarto creciente. Destellan al reflejar la llama y lo más curioso es que, una vez consumida ésta, los pendientes refulgen en la oscuridad.

—La luz de la Luna los hace brillar —susurra el abuelo de Ken guiñándole un ojo, mientras sostiene un pendiente de diferente juego en cada mano—. No supe por cuál decidirme y pensé que usted tendría mejor gusto que yo… ¿Me permite?

Isa se deja hacer y el anciano le coloca diestramente un pendiente en cada oreja. Luego extrae un pequeño espejo y enciende otra cerilla. Isa se mira en él. Los pendientes responden al menor movimiento con un dulce titilar; son preciosos. Finalmente elige los más finos. Cuando Leslie le quita el descartado, Isa siente un ligero pinchazo.

—Espero sepa disculpar la torpeza de un anciano, mis manos ya no son lo que eran.

Isa sonríe y deja que le coloque la pareja. Se siente cómoda con él, como si se conociesen de antes. El anciano le entrega la caja vacía y deposita con esmero el pendiente retirado en la otra antes de guardarla en un bolsillo interior de su gabardina.

—Muchísimas gracias —y espontáneamente, Isa le besa en la frente.

—¿Puedo ser algo indiscreto?

—Adelante.

—¿Han pensado en niños?

El brillo en los ojos de Isa es la respuesta que quería escuchar; revela una firme determinación.

—A los dos nos encantaría.

—Una decisión valiente tal y como está el mundo hoy en día. Es una gran responsabilidad.

—¿Acaso no quiere ser bisabuelo? —le acusa Isa risueña.

Leslie la ve tan feliz que lo deja correr. No vale la pena estropear aquel instante. Quedan un rato más charlando plácidamente, como si fuese su propio abuelo y no el de Ken.

Capítulo 6

Edificio Chrysler, Nueva York

Se encuentra cómodo en la jungla de cristal que le rodea, no en vano se ha criado allí, entre sus fríos muros. La enorme sala de reuniones ubicada en el ático del edificio Chrysler de Nueva York es su ambiente, casi parte de su hogar.

Habla a placer para su distinguido público. Ejecutivos y gigantes de las finanzas ocupan su lugar alrededor del oscuro vidrio que corona la estilizada mesa digital. Las paredes exteriores son enormes paneles de cristal y Phil observa a través de ellos la miríada de lucecitas que adornan el resto de edificios de la ciudad; parecen estrellas que han bajado a escucharle, lideradas por una augusta luna llena.

Al concluir su elocuente discurso apoya ambas manos contra el frío vidrio de la mesa, en el extremo norte, desde donde preside la reunión. Mientras espera que cese el torrente de aplausos, inclina ligeramente la cabeza y se tropieza con su reflejo. Es la imagen del éxito y se recrea en ella: muestra a un joven de treinta y cinco años en la cumbre, apuesto, traje impecable, pelo engominado y peinado hacia atrás, dueño de la empresa NEXUS 6 y capaz de cerrar el contrato más importante de la última década pese a la actual situación de dificultad económica. El acuerdo de perforar en el mar del Norte mediante la instalación de una plataforma de última generación en forma de isla flotante cerca de la costa de Noruega les asegura un futuro próspero por muchos años.

Antes de levantar la vista se hace un guiño a sí mismo, pero el guiño devuelto por su reflejo desdibujado entre las triunfantes cifras se le antoja artificial y un mar de dudas inunda su mente. Al escrutar su propia imagen, la mueca de éxito se transforma en una burla mal contenida. ¿Y si todo es mentira? ¿Y si aquellos interminables aplausos no son más que una obligada adulación al propietario de la empresa? ¿Le respetan? ¿O sólo le ven como al hijo mimado del verdadero fundador e impulsor de la empresa?

Phil estudia su reflejo, ¿qué esconde aquella mueca? Antes de encontrar una respuesta a la pregunta, queda atrapado en él, hipnotizado. Las dudas se suceden en su interior, la seguridad se desmorona. Todo lo que le rodea pierde importancia, poco a poco se torna insustancial hasta que termina por desaparecer. Pierde toda noción del tiempo.

Tom Murphy intuye que algo no marcha bien. Conoce a ese chico desde que nació: aunque arrogante y presuntuoso, es un buen chico. No tiene la culpa de haber sido criado por y para el dinero. Su corazón es noble, eso lo sabe. Tom se levanta para atraer la atención de los doce asistentes restantes sobre él. Desde el extremo opuesto camina hacia Phil en una sucesión de saludos y apretones de mano a cada uno de los que se sientan entre ellos. Su iniciativa provoca que los aplausos vuelvan a cobrar fuerza mientras prosigue su avance sin quitar la vista de Phil, que permanece inmóvil en la misma postura. Al llegar a su lado, lo rodea por el hombro en un simulado abrazo y le obliga a sentarse antes de tomar brevemente la palabra.

—Señores, ha sido todo un honor para mí haber conocido y trabajado para G. Rewer, padre del señor Phil Rewer. Siempre estaré en deuda con él. Hoy honramos su muerte de la forma que él más querría, haciendo la empresa más grande y más sólida. Eso se lo debemos a nuestro trabajo y en especial al del señor Phil Rewer. Me alegro de poder continuar trabajando a sus órdenes.

Phil ahora parece más relajado y Tom, aún intranquilo, cede la palabra a su abogado para que comience con la parte técnica y legal.

Phil, sobrepuesto, se acomoda en su asiento dispuesto a soportar estoicamente las aburridas formalidades. Hay que saber comportarse ante cualquier circunstancia. Además, es lo suficientemente inteligente como para intervenir pertinentemente en un par de ocasiones sin necesidad de prestar la más mínima atención. Mientras escucha, abre una estilizada botella de vidrio y se sirve un vaso de agua. Desde su asiento estudia a todos los presentes que asienten con semblante serio y aparentan escuchar atentamente. Todo cambia cuando contempla los mismos rostros a través del cristal de la botella de agua que reposa frente a él; ahora aparecen desfigurados. Los examina uno a uno. Al inclinar ligeramente la visión, sus rostros se alargan y ondulan grotescamente, como falsas caretas. ¿Quiénes son realmente aquellas personas? ¿Qué esconden bajo las máscaras? ¿Puede fiarse de ellos?

Unas voces lejanas y distantes parecen susurrar su nombre. Aguza los sentidos para intentar descifrarlas, sin conseguir concentrarse; flotan a su alrededor... Cuando vuelve en sí, todos los rostros están vueltos hacia él, curiosos. Sus miradas inquisidoras y expectantes le estudian con insolencia. ¿Qué esperan de él? Phil permanece en silencio, desafiante, y la tensa situación se prolonga unos interminables segundos hasta que Tom interviene para tratar de ponerle fin.

—Phil, por favor...

—¡Silencio! —le interrumpe, y se incorpora con una orden tajante—: Fuera.

Todos permanecen inmóviles. Puede verlos cruzar miradas interrogantes entre sí.

—¿No me han oído? ¡He dicho que largo de aquí! —grita Phil.

Uno a uno, confusos, abandonan la sala. Tom queda el último. Antes de salir intenta acercarse a Phil, pero tras cruzarse con su mirada, desiste y sale también, derrotado y apenado.

Capítulo 7

Universidad de Texas, Austin

Ken se halla de nuevo en la biblioteca. Ha transcurrido justo un mes desde el encuentro con su particular fantasma de las navidades pasadas. Es incapaz de concentrarse, inconscientemente levanta la cabeza con regularidad convencido de volver a encontrar al anciano frente a él. El libro que extrajo del despacho le tienta desde la mesa. Siempre le han fascinado los enigmas y acertijos. Una vez planteados, le obsesionan hasta conseguir dar con la solución. Frente a él tiene uno nuevo, desafiándole, incitándole burlón.

Ken alza la cabeza por enésima vez y escruta la biblioteca: sólo hay un par de mesas ocupadas además de la suya; son estudiantes jóvenes. Ni rastro del misterioso anciano. Toma el sombrero por las alas y vuelve a juguetear con él, estos últimos días lo ha llevado consigo con la esperanza de encontrar a su propietario y poder devolverlo.

Considera dos opciones: acudir a su jefe de proyecto para relatarle la conversación con Whitemann, su encuentro con el anciano y posteriormente entregarle el libro; o lo que está haciendo justo ahora: abre el libro, extrae la llave circular y desdobla el pequeño trozo de papel para estudiarlo con detenimiento. Garabateados en su interior contiene múltiples números y anotaciones casi ilegibles por la peculiar caligrafía empleada. La tinta cubre casi la totalidad de una de las caras, sin apenas dejar hueco para el blanco. Ken vacía su mente y la llena con los trazos del viejo recorte de papel, que deja caer distraídamente sobre la mesa. Aunque sus ojos permanecen abiertos, sólo ven la imagen grabada en su interior, mientras su cerebro hace y deshace combinatorias de números.

Cuando vuelve en sí, la biblioteca está desierta. Activa el localizador en su dispositivo móvil e introduce lo que sin duda son unas coordenadas cifradas en la parte superior de la hoja. En su teléfono móvil aparece un punto rojo que comienza a parpadear mientras el mapa satélite se dibuja a su alrededor. Indica un lugar incluido en el recinto universitario, sin duda. Recoge sus cosas y, móvil en mano, busca el lugar señalado. No tarda en adivinar su destino, el mismo hasta el que siguió al anciano: la Torre del Reloj. Hacia ella encamina sus pasos jugueteando con la llave circular entre sus dedos. El asunto parece muy sencillo.

Olvidándose del móvil, acelera y casi a la carrera accede por el lateral de la torre. Baja al extraño sótano y encaja la llave en la puerta del falso ascensor: se abre ante él con un suave clic.

No es más que una cabina de ascensor, idéntica a la de la planta superior. ¿Qué esperaba encontrar? El panel muestra números del cero al veintiocho. Acaba por pulsarlos todos, pero ninguno funciona. Es imposible que pueda elevarse —razona— pues justo encima se encuentra el verdadero ascensor, como comprobó el mes pasado. Así que, inspecciona espejo y suelo de la cabina en busca de una posible salida secreta, que no encuentra. Pero Ken no se rinde tan fácilmente. Apoyado contra un lateral, proyecta en su mente los números contenidos en la nota. Lo más lógico es que el panel responda a algún tipo de código numérico de varios dígitos. Tan sólo necesita tres intentos para accionar el ascensor: 1, 7, 28. Le alerta un ligero temblor inicial e inmediatamente después percibe una leve sensación de movimiento; desciende. ¿Desciende? Está excitado, aunque es consciente de estar haciendo justo lo que el autor de la nota quiere. No puede atribuirse mérito alguno; resolver aquellas claves ha sido un juego de niños.

Tras el breve descenso, es incapaz de aproximar la distancia recorrida. Al abrirse la puerta del ascensor, la débil luz de la cabina es lo único que le separa de la oscuridad absoluta. Permanece quieto y, por qué negarlo, algo asustado. Pero su pie derecho ignora las mil preguntas que se formula en su interior: «¿Dónde estoy? ¿La nota iba dirigida a mí? ¿Es peligroso?».

Ese rebelde primer paso apaga todas sus dudas interiores al propiciar la iluminación encadenada de un sinfín de tubos fluorescentes, que, precedidos del típico sonido tubular y parpadeo, se encienden uno tras otro, recorriendo el techo en línea recta hasta perderse en el horizonte. La luz que emana de ellos crea un extraño ambiente artificial debido a su tono verdoso y eléctrico. El túnel es un cuadrado de unos dos metros por dos y, pese a su evidente antigüedad, parece cuidado. Pegados a la pared lateral derecha, justo por debajo de las rodillas, corren paralelos tres gruesos tubos metálicos a lo largo del interminable pasillo.

Apenas ha recorrido unos metros cuando escucha cómo el ascensor vuelve automáticamente al piso superior. Se pregunta si habrá más plantas subterráneas y, sobre todo, si existirá algún otro modo de salir de allí.

Todo es tan simétrico que, después de caminar durante varios minutos, parece encontrarse en el punto de partida. Hace un alto para tratar de ubicar su localización con el GPS del teléfono móvil; vano intento, pues allí no hay cobertura. Finalmente usa la brújula digital y determina que avanza en dirección noroeste. En numerosas ocasiones ha oído hablar de una gran red de túneles subterráneos bajo la universidad. Se rumorea que conectan unos edificios con otros, incluso los más fantasiosos aseguran que antaño los usaban órdenes masónicas, pero nunca imaginó algo así. Además, según se dice, el sistema de túneles permanece desde hace años cerrado y protegido con un infalible sistema de alarmas y, sinceramente, duda de su existencia real. La única realidad indiscutible es que, si continúa a este ritmo, acabará fuera del perímetro de la universidad.

Veinte minutos después continúa caminando y todo sigue igual. Sólo cabe destacar un par de pequeñas puertas de hierro macizo cerradas a cal y canto. Ahora está seguro de haber rebasado los dominios de la universidad. ¿Hacia dónde diablos se dirige?

El campus de investigación J.J. Pickle, perteneciente también a la Universidad de Texas, se halla a unos diez kilómetros en esa misma dirección. Distancia que debe ser considerablemente inferior en línea recta; mucha distancia, en cualquier caso. ¿Es realmente posible que un túnel subterráneo conecte ambos campus?

Capítulo 8

Universidad de Texas, Austin

¿Qué pinta una cinta transportadora ahí abajo? Le recuerda a las usadas en las gigantescas terminales de los aeropuertos, la diferencia es que ésta ocupa todo el pasillo y permanece estática.

Sus primeros pasos sobre ella la activan y, según avanza, adquiere paulatinamente más velocidad. A ambos flancos se sucede la misma escena una y otra vez en un bucle interminable. Sólo varían las distintas formas que toman las manchas de humedad en las paredes. El opresivo silencio y esa monótona y repetitiva imagen fija atenúan la sensación de movimiento. Aun así, sabe que es rápida.

Se deja llevar y aprovecha el descanso para colocarse alrededor del cuello la tarjeta identificativa que había en el interior del falso libro. Tarde o temprano se encontrará con alguien y la situación puede resultar comprometida, por lo que empieza a incomodarse al estimar las posibles consecuencias de sus actos. Aquella intrusión podría costarle cara. La cinta, ajena a sus pensamientos, guía su destino.

Antes de llegar al final, la cinta aminora la velocidad suavemente hasta detenerse por completo. ¿Cuánto habrá recorrido? El túnel desemboca en una sala cuadrada algo más amplia. Vacía, salvo por un par de puertas de acero reforzado enfrentadas entre sí. Una voz metálica, de claro tinte femenino, le ahorra el comprobar si están abiertas.

—Aguarde unos segundos, enseguida será atendido.

No hay asientos. El sombrero gira entre sus manos nerviosas mientras espera inquieto en pie. Justo cuando se lo cala en la cabeza, se abre una de las puertas y aparece el anciano de pelo cano. Viste una bata blanca de laboratorio que no logra ocultar las solapas del vetusto traje que oculta debajo. Al fin conocerá a su escurridizo fantasma. Desde el quicio de la puerta le invita a pasar con un gesto.

—Adelante, por favor.

Ken entra sin mediar palabra. Ahora el túnel muestra otra cara, las enormes placas de color azul metálico que lo revisten le confieren una apariencia moderna y cuidada.

—Se ha retrasado, le espero desde hace varios días. —El tono afable y despreocupado de su voz denota completa normalidad.

Ken, cansado de tanta pantomima, se detiene y le espeta:

—¿Quién es usted? ¿Por qué me sigue?

El anciano se sitúa frente a él y le mira entre sorprendido y divertido.

—¿Aún no lo sabe? Yo soy usted. —Acompaña dicha afirmación con un guiño.

Aquel lugar y tanto misterio desata su imaginación. Infinidad de hipótesis descabelladas asaltan su mente en un microsegundo, incluso llega a pensar que aquel hombre es una versión de él mismo venida del futuro. Pero el anciano pone punto y final a tan desatinadas cábalas cuando, asiéndolo por los hombros, lo gira hacia su izquierda. Al ver su imagen en el espejo y la sonrisa del anciano a su lado, comprende. Lleva puesto su sombrero y su supuesta tarjeta de identificación, como si pretendiese suplantar su identidad. Ken sólo puede rendirse y sonreír. Se quita el sombrero y se lo entrega al legítimo dueño, cansado ya de tanto hacerlo girar.

—Muy bien, usted gana —consiente Ken, sin más preguntas por el momento.

Hileras de puertas de acero se suceden a ambos lados del pasillo. Ken sigue sus pasos hasta la puerta apodada «Lab 7» por una pequeña placa metálica situada sobre un ojo de buey convexo de color azul oscuro.

El anciano se sitúa frente al lector biométrico y, tras un destello verdoso, la puerta se desliza lateralmente con un sonido sibilante. Ocultaba una amplia sala rectangular, en cuyo centro destaca una estructura con dos maquetas de algún tipo de instalaciones subterráneas que se hunden en su interior y son visibles gracias a sus paredes laterales transparentes. Le recuerda a los típicos hormigueros de cristal. El anciano toma asiento y le deja contemplar la maqueta a placer. *Rascasuelos* y *ARCA* son sus respectivos nombres. A Ken le pica la curiosidad, pero opta por examinar el resto del despacho sin hacer preguntas. La pared norte es de cristal opaco; sirve de separación con otra estancia aún mayor visible a través de pequeños rectángulos transparentes. Parece una especie de laboratorio médico. Da un paso atrás al ver un «paciente» con el torso desnudo y repleto de electrodos en la cabeza y el pecho. Un enorme tubo circular atraviesa la otra mitad de la estancia y sigue hasta donde le alcanza la vista. En él está impresa la amenazante señal de tres aspas negras sobre un fondo amarillo chillón. ¿Será parte del famoso reactor nuclear que alberga la universidad?

Finalmente queda frente al anciano. Les separa una mesa ovalada, también de cristal y base en acero cromado empernada al suelo. *Proyecto NOE*, así reza la tapa de la carpeta que descansa sobre ella. Ken toma asiento y deja la tarjeta de identificación junto a la carpeta.

—¿Cómo se encuentra su esposa?

Ken decide seguirle el juego, aunque no logra ocultar la sorpresa pintada en su rostro. ¿Cuánto sabe aquel hombre sobre él?

—Muy bien. Gracias.

—Ken, estoy viejo y cansado. A mi edad la vida cuenta ya con pocos alicientes. He visto… He vivido —se corrige— demasiadas cosas y la rutina diaria me aburre. El dinero y los placeres mundanos hace años que no me interesan. La televisión, la política, la gente... siempre es lo mismo. Incluso el arte, en todas sus formas, ha dejado de seducirme. Hubo un tiempo en que fui un apasionado, pero poco a poco perdí el interés. Si inventasen la pócima de la juventud eterna, no la tomaría. A veces quisiera asomarme al otro lado de la muerte, no la temo. Todo lo contrario, siento curiosidad, y créame cuando le digo que existen muy pocas cosas que aún despierten mi curiosidad… —Le observa durante unos segundos—. Supongo que le estoy aburriendo, la juventud siempre encierra impaciencia…

—No me aburre, creo que entiendo cómo se siente.

—Durante muchos años me he refugiado en la ciencia. Nuevos hallazgos, rebasar fronteras que parecían infranqueables, descubrir nuevos horizontes. Observar el espacio y atisbar tímidamente su inmensidad. ¿Qué secretos esconde? Explorar otros mundos, conocer otras formas de vida… Observar lo más pequeño y descubrir que es inmenso.

Ken le observa. Su voz triste y soñadora atrae su atención y termina por desarmarle. Empieza a sentir respeto y afecto por el anciano, al que apenas conoce y que de algún modo le resulta familiar. Con todo, no deja de preguntarse qué querrá de él.

—Ser padre, formar una familia, son experiencias que no las cambiaría por nada del mundo, he disfrutado de ellas y me las llevaré conmigo al otro lado, pero no quiero repetirlas. No en este mundo. Estoy convencido de que a este mundo hemos venido a vivir. Cuando digo «vivir», lo digo con mayúsculas, y me refiero a experimentar. Experimentar lo bueno y lo malo de las distintas etapas de la vida: alegría y pesar, risa y llanto, amor y odio... Nadie escapa: ricos y pobres, sabios y necios, justos y pecadores… Creo firmemente que tales experiencias son la única razón de nuestra presencia aquí y posiblemente el único equipaje permitido cuando abandonemos este mundo. Dinero y bienes materiales son un invento humano, un lastre demasiado pesado que quedará aquí, como en las tumbas de los faraones. Aunque quizá peque de arrogante, creo que todas esas emociones ya las he vivido; mi maleta está saturada… Sin embargo, usted y su familia tienen toda la vida por delante.

Ken lo observa desconcertado. El carácter de aquella primera conversación con el anciano dista mucho de sus previsiones. Se obliga a permanecer en silencio y no interrumpir.

—Corren tiempos extraños, no me interesan. Pero desde un punto de vista científico, quizá algo fascinante esté por acaecer y yo estoy demasiado viejo para vivirlo. Quise reservarme un asiento para asistir en primera fila, junto a mi familia. No le engaño si le digo que pensaba más en mi esposa y en mi hija que en mí. Sus repentinas muertes me han hecho recapacitar. Ya no me interesa la película. —Se recuesta y continúa divagando con mirada extraviada—. Antes disfrutaba con el cine, ahora todas las películas me parecen la misma... —Otra pausa. Silencio. Vuelve en sí con un leve respingo—, así que me gustaría ceder mi asiento a quien sí le interese.

Ken ya no está enfadado, no sabe cómo sentirse. Infinidad de preguntas cruzan por su mente.

—El nuevo mundo necesitará savia nueva, jóvenes ambiciosos e inteligentes, cargados de energía y de impaciencia, curiosos. La curiosidad es importante... ¿No ha sido la curiosidad lo que le ha traído hasta aquí? Ávidos de experiencias, gente con ganas de vivir. Vivir. —repite, enfatizando cada una de las sílabas—. Mi momento ha pasado.

El anciano recoge la acreditación de la mesa y se la tiende a Ken.

—Disculpe mi descortesía por no haberme presentado. Leslie Lean, aunque supongo que eso ya lo sabe. —Sonríe, con la vista puesta en la acreditación—. Quiero que usted y su familia ocupen mi lugar. —Ante el desconcierto de Ken, Leslie se pone en pie y con un guiño de complicidad le coloca el sombrero—. Es un regalo.

Capítulo 9

Ubicación desconocida

www.dudo-existo.com
Clip 296/2026

Hoy he de darles una mala noticia. Ya es oficial, la NASA abandona definitivamente la Estación Espacial Internacional, quedando así frustrado uno de los mayores pasos en común de la humanidad para la futura conquista del espacio. La EEI es un laboratorio internacional en el que participan cinco agencias espaciales que representan a dieciséis países: la norteamericana NASA, la Agencia Espacial Federal Rusa, la

Agencia Japonesa de Exploración Espacial, la Agencia Espacial Canadiense y la Agencia Espacial Europea.

Orbita alrededor de la Tierra a una altitud aproximada de trescientos sesenta kilómetros. Su construcción completa finalizó en agosto de 2011, aunque desde el 2 de noviembre de 2000, fecha en que accedió el primer equipo permanente, permitió que siempre hubiese presencia humana en el espacio, al menos dos personas.

Fue mantenida en principio por el sistema de transbordador espacial estadounidense, hasta que los recortes presupuestarios obligaron a la NASA a cancelar el programa en julio de 2011. Desde ese momento hemos asistido a más recortes y a una larga cadena de fracasos y promesas incumplidas. La NASA es una sombra de lo que fue y ha entrado en una espiral que la hará desaparecer rápidamente si nadie lo evita. El pueblo americano ha perdido el interés por el espacio y la persistente crisis económica está precipitando su desintegración.

Desde que la NASA retiró los transbordadores, Estados Unidos no cuenta con una nave propia para que sus astronautas viajen a la Estación Espacial. En su día, pretendieron que las empresas privadas desarrollasen una nave capaz de hacerlo en su lugar, mientras la NASA se centraba en diseñar un vehículo apto para viajar más allá de la órbita terrestre baja.

Estimaron que los viajes tripulados operados por empresas privadas a la EEI comenzarían en 2017. La realidad fue muy distinta, en 2016 la cápsula privada tripulada CST-100 de Boeing se paralizó, la Dragon de SpaceX se aplazó hasta 2021, para luego volver a aplazarse, y la Dream Chaser de Sierra Nevada nunca pasó del estado de pruebas. Hasta la fecha sólo funcionan la capsulas no tripuladas Dragon y Cygnus para abastecer a la EEI. La triste realidad es que, a día de hoy, en 2026, Estados Unidos todavía no dispone de nave propia —ni pública ni privada— para llevar astronautas a la EEI.

Después de 2011, la estación ha sido mantenida por las lanzaderas rusas Soyuz y la nave Progress. El programa ruso, *aún vigente, ha reducido drásticamente el número de viajes y tiene los días contados. Y, como he dicho al principio, la NASA, con cada vez menor presupuesto, ha anunciado hoy oficialmente que abandona la Estación Espacial. Yo me atrevo a afirmar que, sin estación a la que viajar, el programa espacial tripulado de los Estados Unidos languidecerá lentamente hasta desaparecer antes de 2030. De hecho, ya se han paralizado el MPCV (Vehículo de Tripulación para Usos Múltiples) y el nuevo lanzador pesado, el SLS. Por ende, también quedan paralizados indefinidamente los proyectos que necesitan el SLS para llevar a cabo misiones tripuladas a asteroides cercanos (NEOs) en 2028 y a la órbita marciana en algún momento de este siglo, por lo que se rompe así el sueño de viajar más allá de la órbita terrestre baja.*

Ante esta desoladora noticia me gustaría compartir algunas reflexiones: dada la incapacidad de transportar a un hombre fuera de la órbita terrestre desde la misión lunar Apolo 17 en diciembre de 1972, aún hay quien se pregunta si realmente hemos sido capaces de pisar la Luna. Todos conocemos la infinidad de rumores que afirman en la red que el alunizaje emitido en 1969 fue un montaje: la bandera ondeando sin aire, una huella donde no debiera, la luz y las sombras erróneas...

No insistiré en este asunto, pues la llegada del hombre a la Luna es un hecho probado e indiscutible. Sin embargo, existe otro rumor menos extendido y, a mi juicio, más creíble. No hemos de olvidar que Estados Unidos se jugaba mucho por aquel entonces. Pongámonos en antecedentes:

El presidente Kennedy tuvo una visión, deseaba con ansiedad que Estados Unidos liderase la carrera espacial. La primera vez que declaró su objetivo de poner un hombre en la Luna fue ante el Congreso en mayo de 1961.

La imagen del hombre de rostro desfigurado desaparece y el vídeo muestra al presidente Kennedy frente al Congreso:

«Primero, creo que esta nación debe asumir como meta el lograr que un hombre vaya a la Luna y regrese a salvo a la Tierra antes del fin de esta década. Ningún otro proyecto individual será tan impresionante para la humanidad ni más importante que los viajes de largo alcance al espacio; y ninguno será tan difícil y costoso de conseguir.»

Esta declaración marcó el inicio de una frenética carrera para alcanzar la hazaña que marcaría el comienzo de una nueva era. En septiembre de 1962, Kennedy ahondó en este tema con el famoso discurso pronunciado en la Universidad de Rice. Veamos unos fragmentos: —El vídeo vuelve a mostrar partes representativas del discurso del presidente—. *«[...] Ninguna nación que espere ser líder de otras naciones puede mantenerse atrasada en la carrera por el espacio. [...] Elegimos ir a la Luna en esta década, no porque sea fácil, sino porque es difícil. Porque esta meta servirá para organizar y probar lo mejor de nuestras energías y habilidades, [...] porque este desafío es uno que estamos dispuestos a tomar. Un desafío que no estamos dispuestos a posponer, y uno que pretendemos ganar. [...] Y hacer todo esto, hacerlo bien, y hacerlo primero. Antes que termine esta década, y porque debemos ser audaces.»*

Quizá más adelante me decida a hablar del discurso que tenía previsto pronunciar el presidente Kennedy en 1963 durante su visita a Dallas y que nunca llegó a ser pronunciado. Para ello llevaba en su bolsillo un sobre titulado «No estamos solos», cuyo supuesto contenido circula por la red. Pero centrémonos en el programa espacial.

En 1962 se presentó el programa Gemini, su objetivo no era llegar a la Luna, sino desarrollar una tecnología que permitiese unas estancias más largas en el espacio, el acoplamiento de naves en órbita y el perfeccionamiento de las técnicas de reentrada en la atmósfera y aterrizaje. El paso definitivo fue el desarrollo del programa Apolo a partir del año 1963, pues su principal objetivo sí era alcanzar la Luna. Ya no se veía este viaje como algo remoto, sino que la promesa de Kennedy comenzaba a parecer real.

Estados Unidos no podía permitirse un nuevo fracaso. Por un lado tenemos la promesa en público del presidente Kennedy y, por otro, las presiones de la Guerra Fría con la Unión Soviética, que llevaban la delantera en la conquista del espacio.

En este contexto, no es descabellado pensar que el gobierno estadounidense decidiese guardarse un as en la manga por si la misión fracasaba. Se dice que el director Stanley Kubrick recibió órdenes de filmar un falso alunizaje. Por aquel entonces rodaba la película 2001: Una odisea del espacio y contaba con el plató y la capacidad necesaria para realizarlo. Su esposa lo confirmó pocos días después de su muerte. No digo que finalmente se emitiera, digo que es muy posible que se rodara «por si acaso».

La pantalla virtual muestra ahora el vídeo del alunizaje emitido en 1969.

Y me despido con otra reflexión personal: recientemente he leído el libro Secretos del futuro del inmortal Arthur C. Clarke, que como bien saben escribió también 2001: Una odisea del espacio y colaboró con Stanley Kubrick en el rodaje de la ulterior película. Pues bien, el libro fue publicado en el año 1962. En él, el autor nos da sus previsiones de cómo evolucionará la sociedad e intenta definir los límites dentro de los cuales estará encerrado el futuro de la humanidad. Para ello se basa en la progresión de los avances científicos de los últimos años y los extrapola para aventurar un posible futuro. Al terminar de leerlo no pude menos que sonreír. Los éxitos y avances de aquellos años nos tenían borrachos de soberbia, nos creíamos capaces de todo. Incluso este juicioso y riguroso científico se permitió soñar frente a una página en blanco.

Nos encontramos en el año 2026, en el futuro, y casi nada de lo predicho ha ocurrido. Incluso me atrevería a afirmar que estamos más lejos de lograrlo que cuando lo escribió. Todos hemos estudiado historia, el nacimiento y la caída de grandes civilizaciones... Imperios que florecieron y se marchitaron. Fijémonos en la todopoderosa Roma, centro del mundo. Todos conocemos su posterior decadencia y caída. Por no hablar de Grecia... ¿Qué fue de su arte y cultura?, ¿qué de sus filósofos? Egipto, su esplendor lo alcanzó durante la cuarta dinastía, casi cinco mil años atrás, cuando eran capaces de erigir las mayores pirámides. Jerusalén y la profética frase de Jesús de Nazaret: «En verdad os digo que días vendrán en que no quedará aquí piedra sobre piedra que no sea derribada.» ¿Quién le creyó entonces? La civilización musulmana en Al-Ándalus, la Atlántida de Platón... Estos ejemplos históricos los aceptamos con normalidad, aunque les aseguro que los romanos de la época de esplendor jamás sospecharían que su imperio caería con el paso de los años. Sinceramente creo que en la actualidad nos está sucediendo algo similar. La revolución industrial, el progreso científico, los libros, internet, la era espacial... Nos creemos imparables, es común escuchar «en pocos años los coches volarán, en pocos años habremos colonizado Marte, en pocos años tendremos la cura del cáncer, en unos años usaremos mayor porcentaje del cerebro...» Pero los años pasan y la realidad se impone; nada de eso llega. Es más, las nuevas generaciones degeneran. ¿Quién no ha escuchado quejarse a un profesor de cuánto ha bajado la calidad de la enseñanza y el nivel de sus estudiantes? Antaño muchos hombres daban la vida por sus ideales o en aras de la ciencia: filósofos, científicos, escritores, pensadores, artistas... ¿Dónde están ahora? ¿Qué está ocurriendo? ¿Es la enseñanza? ¿La sociedad? ¿Los gobernantes? ¿O es la propia especie que se corrompe con el paso del tiempo?

Creo firmemente que estamos ante un claro e irrevocable proceso de involución. No queremos verlo, no queremos creerlo, pero es la realidad. Que usemos ordenadores y máquinas para facilitarnos la vida, eso sí, sin saber nada de su funcionamiento o fabricación, no nos convierte en mejores que nuestros antepasados. ¿Qué ocurriría si desapareciera la tecnología? ¿Y si empezásemos de cero? ¿Seríamos capaces de levantar una nueva civilización? Y lo más importante... ¿lo haríamos mejor que ellos?

¿No seguimos el camino del antiguo Egipto o de Roma...? Les invito a reflexionar sobre ello y a charlar con los jóvenes de ahora para conocer sus inquietudes y valores.

Año 2028

Capítulo 6

Observatorio Apache Point, Nuevo México

Anderson y Jim ascienden a toda velocidad por la incómoda carretera que serpentea hasta la cima de un escarpado pico. Allí se encuentra el Observatorio Apache Point, a unos dos mil ochocientos metros sobre el nivel del mar, al oeste de las montañas Sacramento, en el centro-sur del estado de Nuevo México.

El observatorio alberga cuatro grandes telescopios, entre ellos el célebre ARC, el más grande del observatorio, con un diámetro de 3,5 metros en sus espejos primarios. Y el responsable de su presencia allí. El Departamento de Astronomía de la Universidad Estatal de Nuevo México, al que pertenecen Anderson y Jim, opera el observatorio para la corporación de investigación astrofísica, una asociación en la que participan varias universidades.

Dieron parte del mal funcionamiento del control remoto del ARC a primera hora de la mañana de este mismo viernes, algo que lamentablemente es cada vez más frecuente debido a los continuos recortes en inversión y personal. Según el procedimiento habitual, los técnicos se ocuparían de la avería en los próximos días, pero una inoportuna llamada de un jefazo de la Universidad de San Diego les ha obligado a efectuar inmediatamente un reconocimiento *in situ*. El maldito teléfono sonó con los minutos de antelación suficientes para arruinar el inicio de un fin de semana prometedor.

Así pues, allí están, en la cumbre de un picacho abandonado de la mano de Dios, a más de dos horas en coche de la universidad. Está oscureciendo y hace un frío del carajo a tanta altura.

Las cuatro grandes estructuras blanquecinas que cobijan los telescopios se agrupan en un claro rodeado de árboles. Son las únicas almas en el recinto, que por su nula iluminación parece abandonado.

Anderson se frota las manos para calentarse y sigue con la vista el ascenso de su aliento condensado por el frío hasta dejarla clavada en el cielo. No cabe duda de que es un lugar idóneo para un observatorio. El firmamento se presenta despejado y nítido, cubierto por un manto de estrellas que apenas dejan huecos entre ellas. La Luna, casi llena, luce con intensidad.

—Anderson, aquí no pintamos nada. Es un problema mecánico o informático y esas asignaturas se olvidaron de incluirlas en la carrera de astronomía —rezonga Jim malhumorado.

El ARC es un telescopio robótico diseñado para trabajar de manera autómata sin necesidad de personal en sus instalaciones. El operador puede dirigirlo desde cualquier punto del planeta simplemente con su ordenador conectado a internet. Aunque no directamente, las instrucciones pasan por un sistema informático que las almacena, procesa y ejecuta cuando procede.

—Eso explícaselo a Whitemann. Mientras tanto, si queremos conservar nuestro puesto, limitémonos a echar un vistazo y volvamos a casa cuanto antes.

—Mi puesto… Trabajar de sol a sol, sin contrato fijo y por una miseria... No sé si lo quiero. Adelante, echa un vistazo. Yo te espero aquí.

Jim se apoya con hastío contra el coche y enciende un cigarrillo mientras observa cómo su compañero se dirige hacia el domo más voluminoso, en su interior aloja el gran ARC. Es un cuadrado enorme fabricado con láminas de aluminio y asentado sobre una base cilíndrica, que le permite rotar sobre sí mismo mediante un motor para que el telescopio pueda cubrir todo el campo de visión del cielo. En un lateral hay una ventana cegada por dos grandes planchas, denominadas «obturadores».

Obviamente se trata de una avería. Una especie de cortocircuito provoca que los obturadores se desplacen automáticamente hacia los costados, de forma que descubren la ventana y dejan operativa la lente del telescopio. Posteriormente, toda la estructura gira 180° sobre la base cilíndrica, para luego cerrarse y volver a la posición inicial. Cada ciclo dura unos tres minutos y se repite en bucle. Como suponía, el fallo causante de la pérdida de control queda fuera de sus competencias. Su compañero pierde el tiempo.

Anderson acaba de acceder al domo. Algo le huele mal, pues las puertas estaban entreabiertas. ¿Un acto de vandalismo? Con los días que corren, y sin vigilancia nocturna, no le sorprendería. El interior le recibe con un eco vacío y oscuro. El interruptor falla. Sólo hay una fase eléctrica operativa, que apenas permite una iluminación mínima. Siente el suave movimiento giratorio mientras observa el lento deslizamiento de las compuertas superiores.

Conecta algunos ordenadores para intentar recuperar el control, cuando una sensación de peligro le paraliza. Todo parece en calma; parece... Algo ha cambiado, ya no percibe el movimiento rotatorio bajo los pies y nota que los obturadores se han detenido. ¿Cómo es posible? Contiene la respiración para aguzar al máximo sus sentidos. Un zumbido le sobresalta. El brazo mecánico que controla el telescopio se acciona y vuelve a quedar estático tras fijar una posición determinada. Otra vez silencio, otra vez oscuridad. Deja que su vista se aclimate a la inquietante penumbra, aprovechando la débil luz de las estrellas y la Luna que se cuela por la ventana descubierta. De pronto, unos destellos verdosos iluminan la sala a pulsos, como latidos fugaces. Alguien ha conectado el láser lunar. Imposible. Evita mirar directamente la delgada línea de luz y busca unas gafas de protección. En su búsqueda descubre que la puerta de acceso se encuentra ahora entornada, la había dejado abierta de par en par.

—¿Jim? —pregunta con voz trémula.

Nadie contesta, un ruido cercano le hace reaccionar y, asustado, sube por una escalerilla metálica hasta la estrecha terraza exterior, justo debajo de los obturadores. Desde allí entreví la silueta de su compañero junto al coche.

Fuera ha anochecido por completo, pero el claro de luna es suficiente para que Jim vea cómo toda la estructura se inmoviliza y la compuerta queda descubierta.

—Joder, Anderson, ¿cómo lo has conseguido? —murmura para sí.

Apura una última calada, tira la colilla al suelo, la pisa y, cuando se dispone a acercarse, ve el láser. Un fino haz de luz verde sale del domo y se pierde en el firmamento con variaciones intermitentes de intensidad.

—Maldita sea, Anderson, ¿por qué has encendido el láser? ¿Quieres que nos despidan realmente? —masculla en la oscuridad de la noche.

Quiere irse cuanto antes y no le gusta el cariz que están tomando las cosas. Está furioso. Se propone entrar, apagar el láser, sacar a Anderson y volver a casa. Así de simple. Pero un chasquido a su espalda frustra su sencillo plan. Se vuelve hacia él. La oscuridad apenas le permite distinguir el contorno de los primeros árboles en la linde del bosque. Cuando se calma, abre el maletero y saca una linterna sin perder nunca de vista el bosque. Un segundo ruido dirige el foco de su linterna. Al no descubrir nada extraño, alumbra todo el linde con idéntico resultado. Finalmente desiste y vuelve la vista al domo. Joder. Su compañero se encuentra en la terraza exterior, no puede distinguirlo con claridad, pero sus gestos exagerados tratan de llamar su atención. ¿Qué querrá? Jim se acerca con cautela.

—¿Anderson? —pregunta, ya en el interior del domo.

El golpe sordo de la puerta al cerrarse tras de sí es la única respuesta que obtiene. El miedo mantiene el foco de la linterna alumbrando sus pies; es incapaz de enfocar las puertas. Ahora sabe que algo no va bien, no están solos.

—¿Quién anda ahí? —vuelve a preguntar a la verdosa oscuridad con voz trémula.

No recibe respuesta. Tampoco la necesita. La tenue luz que ilumina toda la estancia materializa sus temores en forma de dos chicanos que custodian las puertas de acceso.

—¿Quiénes sois? ¿Dónde está Anderson?

No está seguro de haber articulado las palabras con la fuerza suficiente para poder ser escuchado, seguramente sólo ha sido capaz de pronunciarlas en su mente. De una u otra forma, los dos hombres no se inmutan, se limitan a mirarle con desinterés. Su indecisión prolonga la situación durante unos interminables segundos hasta que escucha unos golpes metálicos a su espalda. Anderson desciende por una escalerilla en espiral de hierro forjado seguido de un tercer hombre. Jim pasea la mirada entre el nuevo individuo y los custodios de la puerta. Está en medio. A una orden, dada con un gesto casi imperceptible por el que parece el jefe, los dos gorilas abandonan su posición y sujetan sin miramientos a su compañero, uno por cada brazo. El jefe, ignorando su presencia, da un paseo circular alrededor de Anderson. Jim mira furtivamente la puerta; es el momento de huir. La amistad, el miedo, o un cóctel de ambos, le obligan a permanecer allí plantado y presenciar cómo el cabecilla toma con delicadeza las gafas de protección de las manos de su compañero. Tras observarlas con curiosidad se las coloca antes de efectuar otro gesto a sus hombres. Llevan a Anderson en volandas. Su resistencia es inútil, parece un niño en las manos de los dos bestias. Lo llevan al punto exacto desde donde se emite el pulso láser y, pese a sus inútiles forcejeos, uno de ellos le sujeta la cabeza y la inclina sobre el láser. Anderson grita y patalea con tesón antes de quedar tendido en el suelo cubriéndose el rostro con ambas manos.

El jefe se vuelve hacia él e inmediatamente después lo imitan los dos gorilas; es su turno. «¿Por qué no ha escapado cuando ha tenido oportunidad?», se recrimina. «Corre. ¡Tienes que correr!», grita en su cabeza mientras los ve acercarse, paralizado por el miedo.

Capítulo 7

Aeropuerto Internacional de Austin-Bergstrom, Texas

Isa observa sus uñas como un pintor ante una obra recién concluida, por las imperfecciones del contorno no podría tildarla de obra maestra aunque, dadas las circunstancias, se da por satisfecha. Agita ambas manos frente a ella y luego sopla suavemente sobre el esmalte. Es un rojo mate, discreto. Nunca le ha gustado arreglarse, todo lo contrario que a sus hermanas y amigas, que dedican horas y horas al espejo. Siempre lo ha considerado una pérdida de tiempo y ahora paga las consecuencias. Deja pasar un tiempo prudencial y, torpemente, tratando de no estropear el esmalte, deja caer el pintauñas en el interior del bolso. Un bullicio a su alrededor la pone en alerta y, antes de ponerse en pie, se abotona la rebeca. Todo su cuerpo se estremece; el aire acondicionado, sigiloso, le ha calado hasta los huesos.

El vuelo procedente de Madrid ha llegado con casi dos horas de retraso y por fin empiezan a desfilar sus pasajeros ante un público que aguarda ansioso. Una cinta roja les separa de ellos; es como asistir a un pase de modelos.

Francisco y su marido fueron íntimos amigos. Crecieron y estudiaron juntos hasta que eligieron carreras diferentes en la Universidad de Austin, donde incluso compartieron algunas asignaturas. Fue en una conferencia sobre la teoría de cuerdas durante su noviazgo con Ken donde conoció a Francisco y a Katy, su antigua novia, con quienes mantuvieron una intensa amistad. Siempre salían juntas las dos parejas. Fueron años que jamás olvidaría y que acabaron cuando una oferta de trabajo lo cambió todo: el Instituto de Astrofísica de Canarias propuso a Francisco trabajar en la Red Española de Supercomputación, en una isla perdida llamada La Palma. Francisco se vio en el dilema de tener que renunciar a todo para alcanzar el sueño de su vida. La decisión final de aceptar el puesto fue traumática para todos, especialmente para Katy. Francisco añoraba España; allí pasaba los veranos con sus padres hasta que los perdió siendo todavía un niño. La posibilidad de trabajar a cargo del supercomputador, también llamado *La Palma*, fue demasiado tentadora para él. Por aquellas fechas, Katy no había terminado sus estudios y, careciendo de las raíces españolas de Francisco, renunció a acompañarle. Isa y Katy llegaron a ser buenas amigas, inseparables. Se lo contaban todo, o casi todo…, y, pese a que a Isa le constaba que Katy lo quería con locura, acabaron separándose.

Ahora, años después de su marcha, Francisco regresa a Austin para participar en un proyecto relacionado con las telecomunicaciones en su antigua universidad. Continuaron en contacto durante varios meses tras su partida, hasta que poco a poco terminaron por distanciarse. Por ello les sorprendió y alegró, a partes iguales, su llamada después de tantos años de silencio.

El desfile ha terminado. Ya han salido todos los pasajeros del vuelo y no hay ni rastro de Francisco. Son necesarios veinte minutos adicionales para que Isa recuerde su móvil, que, cómo no, descansa zombi en lo más profundo de su bolso. Diez llamadas perdidas de Ken, lo que significa una nueva reprimenda por permanecer incomunicada. Odia los móviles.

—Llevo toda la tarde intentando hablar contigo. ¿Qué ha ocurrido?

—No he escuchado el móvil, lo siento.

Isa acompaña su disculpa con unos conmovedores ojos tristes —lástima que Ken no pueda verlos— y aguanta estoicamente la ya usual amonestación por no estar localizable, del tipo: «Si algún día ocurre algo grave…»

—Ha perdido el vuelo.

—¿Cómo que…?

—*Overbooking*. Al parecer hay problemas en España con algunas aerolíneas.

Con una fugaz mirada al reloj, Isa toma conciencia de lo tarde que es.

—¿Estás en casa?

—Aún estoy en la universidad, quería hablar contigo antes de irme.

—Pronto oscurecerá —afirma Isa pensativa.

—Hace una noche perfecta y conozco un lugar ideal en el campus...

Hora y media después, ambos están recostados en uno de los numerosos jardines del campus, una zona alejada de las facultades y escasamente iluminada. Frente a ellos se alza una loma rasa con un pequeño lago donde conviven varias especies de patos. De ahí su nombre, el Lago de los Cisnes. Isa los observa con curiosidad mientras Ken le cuenta que habitualmente aquellos animalitos salen de excursión y pasean en fila por algunas facultades con su gracioso y torpe caminar.

Isa se las ha arreglado para improvisar un *picnic*: un pequeño mantel azulado, un par de sándwiches vegetales, patatas fritas, algo de picar y una botella de champán abrazada por su helada bufanda. Se siente como una adolescente, no muy diferente a las parejas de jóvenes universitarios que suelen frecuentar aquellos lugares apartados en busca de intimidad. ¿Acaso no son jóvenes aún? Brindan con champán mientras esperan. Las copas, de plástico, dan el pego para la ocasión; después fijan la vista en el horizonte, la invitada de honor pronto hará su aparición.

El cielo está despejado, sin rastro de nubes, y aún les da tiempo a brindar un par de veces más antes de que la Luna entre en escena. Un resplandor anaranjado precede su aparición por el horizonte, cautivando sus miradas hasta que la esfera completa se alza ante ellos, enorme. En ese instante cruzan una mirada de complicidad antes de buscarse con un beso. Se besan intensamente, con ansiedad; la Luna y el champán han cumplido eficazmente con su parte del trabajo.

Isa coge el teléfono móvil de Ken y, después de trastearlo un rato, una seductora melodía los envuelve. Se descalza ante su interrogante mirada y, sonriente, le hace un guiño pícaro antes de alejarse unos pasos hasta encumbrar un pequeño montículo, interponiendo su cuerpo entre Ken y la Luna, como lo hace la Tierra en un eclipse lunar. Ken permanece tumbado, ligeramente incorporado para observarla. Isa comienza a bailar.

Ken se bebe la escena. Isa contonea su cuerpo de forma sensual y provocativa al compás de la música, con movimientos lentos y armónicos. Una silueta oscura sobre el blanco brillante de la Luna como telón de fondo. Se desprende lentamente de la chaqueta en un simulado *striptease*, la hace girar sobre su cabeza y la lanza fuera del foco de la Luna. Su pelo flota suspendido en el aire, incapaz de seguir los rápidos movimientos de cabeza. Su cuerpo es perfecto: en la oscura silueta se perfilan claramente las curvas de pechos y cintura; también la incipiente barriga fruto del reciente embarazo. La escena le recuerda a las secuencias iniciales de las antiguas películas de James Bond, o al mítico Michael Jackson en Moonwalker.

Es un momento mágico, ensalzado por el misterioso halo lunar que la envuelve. Cuando la Luna se eleva a su espalda, Isa vuelve junto a Ken para fundirse en un tierno abrazo. Sus cuerpos ruedan enlazados hasta que queda a horcajadas sobre él. Cuando la cosa se pone realmente picante, Isa se separa y comparten otra copa de champán. Al brindar, Ken repara en los pendientes en forma de fino de luna, delatados por sus intensos destellos al exponerse a la luz de la Luna.

—Bonitos pendientes. ¿Cuándo los has comprado?

—Me los regaló tu abuelo el día de nuestra boda.

—¿Mi abuelo…? —pregunta Ken con una sonrisa perpleja.

—Muy simpático, por cierto.

—Yo no tengo abuelo.

Isa ríe divertida y se tumba boca arriba con los brazos extendidos. En silencio observa el lento e inexorable ascenso de la Luna, que pronto alcanzará su cénit. Disfruta del momento.

—Dicen que se encuentra más cerca de la Tierra que nunca. Que se ve un treinta por ciento más grande y un quince más brillante.

Ante el silencio de Ken, Isa continúa.

—La luna llena en este perigeo aún está unos kilómetros más cerca que la anterior superluna de 2011, aunque tú eso de sobra lo

sabes… Incluso sabrás el número exacto de kilómetros ¿verdad? —
Isa espera la cifra, pero Ken permanece en silencio—. Fue la Luna
quien nos unió. ¿Recuerdas?

—Lo recuerdo —responde Ken con voz soñadora…

Tumbados, con la mirada perdida en el firmamento, rememoran
con placer su primer encuentro en el Observatorio McDonald: las
insistentes preguntas de Isa durante el programa lunar, el caballeroso
gesto de Ken al prestarle su abrigo, la breve charla en el StarDate
Café, la posterior fiesta de estrellas y cómo meses después la invitó
extraoficialmente a visitar el HET, el telescopio más grande del
observatorio y uno de los más grandes del mundo. Una brillante
lágrima resbala por la mejilla de Isa mientras la magnética mirada de
la Luna les vigila desde el cielo.

Dan buena cuenta de la segunda botella de champán en silencio,
un silencio agradable, cómodo. Cuando dos personas saben
compartir un silencio, hablan sin necesidad de hablar. De repente,
Ken rompe el placentero silencio:

—Es mentira.

Ahora el silencio es diferente: tenso, incómodo. Un vacío que
debe ser rellenado. Algo inquieta a su marido y le anima a que lo
comparta.

—¿A qué te refieres?

—La Luna está más lejos, cada vez más lejos…

—Ya me lo has contado, cada año se aleja unos cuatro
centímetros de la Tierra. Es increíble la precisión con que se puede
medir.

De nuevo silencio. Ken nunca habla de su trabajo con nadie. Pero
se trata de su esposa y el champán le suelta la lengua.

—Los cálculos son erróneos, a partir de los años ochenta cada
vez se aleja más rápidamente de nosotros…

—¿Qué quieres decir? —pregunta Isa incrédula.

—Quiero decir que en 2011 el perigeo lunar estuvo mucho más
cerca de la Tierra que ahora.

Isa se incorpora y lo mira con una mueca a medio camino entre
la sorpresa y la sonrisa, sospechando que le toma el pelo.

—Si es así, ¿por qué nadie lo dice?

—Eso es lo que yo me pregunto…

Ken deja la frase en el aire… y al momento sentencia:

—Se aleja de nosotros exponencialmente. —Su voz suena triste.

Isa vuelve a escrutarle con mirada escéptica, pero su marido no parece bromear. Un ligero pinchazo en el vientre le impide insistir. Pronto el dolor se intensifica y la obliga a encorvarse ligeramente. Nota algo cálido y húmedo en su mano, y no tarda en notar una pequeña mancha rojiza en la entrepierna.

Capítulo 8

Hospital estatal, Austin

Allenda se refugia una vez más en el aseo reservado para el personal médico de guardia. Se enfrenta a otra noche de locura. Sentada sobre la tapa del inodoro, presiona con intensidad sus orejas. Los sonidos y el trasiego del exterior se cuelan en su cabeza; necesita unos segundos de tranquilidad antes de continuar. La falta de horas de sueño y el estrés le pasan factura, al menos ella lo cree así. Precisa silencio. Las manos aún tratan de taponar inútilmente los oídos. Cierra los ojos e inclina ligeramente la cabeza hasta dar con el mentón contra el pecho, en un esfuerzo por dejar la mente en blanco y no pensar en nada. Todo su cuerpo tirita y un sudor pegajoso le humedece la espalda. Empieza a mecerse ligera e involuntariamente.

Ken introduce el coche hasta las mismas escaleras de acceso a la sala de urgencias del hospital. No se detiene hasta impactar con un golpe seco contra una de las ambulancias que custodian la puerta de entrada. Ignora la acusadora mirada de su conductor y baja rápidamente del vehículo para ayudar a Isa. Está pálida y débil, parece que va a desmayarse en cualquier momento. La sujeta por la cintura y la obliga a rodearle el cuello con el brazo, que siente sin fuerza, laxo.

La sala de espera está abarrotada. Ken apenas repara en las variopintas siluetas que los rodean, busca la puerta de acceso y se dirige a ella casi arrastrando el cuerpo flácido de Isa. Reza por que no se haya desmayado. Abre las puertas con la presión de su espalda y choca con una gruesa enfermera.

—Ayúdeme, está sangrando.

—Deben registrarse y esperar su turno —responde molesta por el empujón.

—Está embarazada. —Su voz histérica acapara todas las miradas de la sala.

La enfermera, aunque vacila, les impide el paso hasta que aparece la médico jefe, que inmediatamente se hace cargo de la situación. Aparta a la enfermera con autoridad y sostiene a Isa con firme delicadeza.

—Marta, acompañe al caballero a registrarse. Por favor. —Aquel «por favor» es una orden sin posibilidad de réplica.

Ken titubea, no quiere separarse de Isa, pero finalmente es arrastrado por la enfermera hasta una mesa donde una mujer de color, más gruesa aún, le toma los datos.

La sala de espera es un auténtico manicomio. Su estado de nervios hace que perciba como un sueño difuso todo lo que le rodea. Aun así, no puede dejar de escuchar los constantes llantos y gemidos. Un grupo de críos extranjeros que aseguran haber sido atacados por vampiros no paran de alborotar. Dos bandas de pandilleros no han terminado del todo su pelea y se desafían entre sí; al parecer un par de heridos no les parece suficiente. Un vigilante de seguridad trata de poner orden sin mucho éxito. También repara en otras dos embarazadas, que aguardan su turno junto a sus parejas, y todo ello con el ulular de fondo de las sirenas de las ambulancias que vienen y van. Es un caos. Ken se evade de todo y acecha la puerta con la esperanza de ver reaparecer a Isa o a la doctora de cabello cobrizo que la ha atendido. Pero es siempre la obesa enfermera la que entra y sale con pacientes tras de sí. En cada una de sus apariciones gruñe un «maldita luna llena». Resulta evidente que el servicio está colapsado, no podrán atenderlos a todos.

La enfermera gorda, en su enésima aparición, llama a un tal Phil Rewer, pero nadie responde. Se planta en medio de la sala y las puertas quedan balanceándose a su espalda.

—¡Señor Rewer! —insiste con voz estridente, visiblemente alterada por aquella inútil pérdida de tiempo.

Expresa su disgusto negando con la cabeza antes de volver a desaparecer tras las puertas. Un minuto después entra la doctora y, antes de que Ken pueda reaccionar, lo busca con la mirada entre los presentes y lo tranquiliza sin necesidad de palabras. Ken respira aliviado y, sin mover un músculo, sigue sus movimientos. Aunque arde en deseos de abordarla y preguntar por Isa, los ojos de la doctora le han pedido calma. La ve dirigirse hacia un hombre relativamente joven que está de pie, cara a la pared.

—Phil, acompáñeme, por favor —susurra con voz afable, mientras apoya delicadamente la mano en su hombro

El hombre no reacciona. Lo zarandea suavemente sin obtener respuesta alguna. El vigilante empieza a acercarse. Toda la sala está pendiente de ellos, envuelta en un antinatural silencio. Incluso la enfermera los espía temerosa a través de las puertas entreabiertas. Finalmente, el individuo se vuelve; la expresión de su rostro le pone los pelos de punta. La médico retrocede instintivamente un par de pasos y el vigilante se interpone entre ambos. La sala entera contiene la respiración, pero el sujeto parece volver en sí, y desaparece esa siniestra mirada. Sonríe a la doctora y dócilmente se pliega a su voluntad.

—¿La acompaño? —pregunta el vigilante de seguridad.

—No será necesario, gracias.

Ambos desaparecen por la puerta doble. A aquella doctora no le falta valor.

Capítulo 9

www.dudo-existo.com
Clip – 437/2028

Ha pasado la superluna y seguimos aquí. El fin del mundo tendrá que esperar casi dos décadas más. Si bien es cierto que el hombre lobo que todos llevamos dentro sí parece haberse desatado estos últimos días, basta con ojear las noticias de sucesos para comprobarlo.

Hemos temido por las posibles consecuencias de una excepcional aproximación lunar a nuestro planeta, pero... ¿qué sucedería si pasase justo lo contrario? ¿Y si es su apogeo y no el perigeo lo que debe preocuparnos? ¿Qué ocurriría si la Luna se alejase demasiado de nosotros?

Ha llegado a mis oídos una confidencia. Un astrofísico de la Universidad de Texas en Austin, asegura que la Luna se está alejando velozmente de nuestro planeta. He indagado sobre el asunto y permítanme que les haga un breve resumen:

Cuando hablamos de la llegada del hombre a la Luna, a todos nos viene a la mente la imagen de la bandera americana o la huella de Neil Armstrong grabada en la desértica superficie lunar. Pero nadie recuerda lo que Armstrong depositó a treinta metros de aquella pisada una hora antes del fin de su último paseo: una matriz retrorreflectora que supuso el punto de partida del experimento de medición lunar láser, del que me gustaría hablarles hoy.

El reflector dejado por la misión Apolo 11 en el mar de la tranquilidad no fue el único, se depositaron otros similares en Fra Mauro, misión Apolo 14, y en la fisura de Hadley, misión Apolo 15. A estos habría que añadir el conjunto de espejos a bordo de los vehículos de exploración lunar Lunokhod 1 y

Lunokhod 2, liberados en las misiones soviéticas no tripuladas Luna 17 y Luna 21. Veámoslos.

La pantalla virtual muestra unas imágenes de los reflectores y de los citados vehículos de fabricación francesa, quizá el robot de aspecto más impresionante jamás construido. El hombre de rostro distorsionado se vuelve hacia la cámara.

¿Para qué sirven esos espejos? —La pregunta queda en el aire durante unos segundos.

Lo realmente increíble es que, más de cincuenta años después de su instalación, continúan funcionando y se usan para tomar medidas de las distancias entre la Luna y la Tierra. Para conseguirlo se necesitan una luz muy potente y un reloj muy preciso. La luz potente consiste en un láser que durante todos estos años un grupo de astrónomos dispara repetidamente en forma de pulsos de luz. El objetivo de estos pulsos son esos pequeños reflectores instalados en la superficie lunar. Luego se recogen sus tenues reflexiones y así se mide el tiempo de ida y vuelta de la luz.

¿Desde dónde se disparan los rayos láser? —Otra estudiada pausa—. *Un lugar clave de medición fue el Observatorio McDonald, ubicado en Texas. Desde 1969 hasta 1985 usó un telescopio de 2,7 metros de diámetro a tiempo parcial para la toma de mediciones. A partir de 1985, dedicó un telescopio algo más pequeño pero a tiempo completo. Mediciones adicionales fueron realizadas por los observatorios de Hawái, California, Francia, Australia y Alemania.*

En 2005 se avanzó significativamente en el proyecto con la puesta en marcha, desde el Observatorio Apache Point de Nuevo México, de la llamada operación APOLLO: Apache Point Observatory Lunar Laser Ranging Operation. Utilizó un telescopio de 3,5 metros, mucho más potente y preciso que los utilizados en el Observatorio McDonald.

A la derecha de Kevin aparece un gráfico en movimiento con la órbita Tierra-Luna sobre una cascada de valores numéricos.

Tras décadas de estudio de dichas mediciones, los investigadores lograron trazar cuidadosamente la órbita de la Luna con una precisión diez veces mayor que anteriormente. Gracias a ello, desde el año 2002 conocemos la distancia Tierra-Luna con un margen de error inferior a un milímetro y se han descubierto una serie de hechos destacables, como por ejemplo, que la Luna traza una órbita espiral alejándose de la Tierra a un ritmo de 3,8 centímetros anuales. De esta precisión milimétrica se sirven también los físicos, que emplean los resultados del láser para intentar encontrar grietas a la teoría de Einstein de la gravedad. Hasta ahora todo es correcto: las ecuaciones de Einstein predicen la forma de la órbita lunar tan exactamente como es posible determinarla con el láser. La fuerza universal de la gravedad es muy estable. La constante gravitacional de Newton, G, ha cambiado menos de una cien milmillonésima desde que el experimento láser comenzó. Pero Einstein, siempre sometido a prueba, no está aún fuera de peligro.

Actualmente, casi sesenta años después de las misiones Apolo, aún nos sorprenden con nuevos descubrimientos gracias a los trabajos de investigación que llevaron a cabo los astronautas en ellas. Por ejemplo, instalaron una serie de sismómetros para estudiar su interior, pero nadie fue capaz de sacar conclusiones de los datos recogidos por los sensores hasta cuarenta años después, cuando se volvieron a analizar con técnicas más modernas que revelaron un núcleo de hierro líquido en la Luna.

Lamentablemente, los proyectos de medición lunar se han visto afectados por la crisis y por el deterioro de algunos espejos a causa del polvo lunar. Últimamente apenas se obtienen datos, y se necesitan telescopios muy potentes para conseguirlo. El Observatorio McDonald, como la gran mayoría, ha abandonado el proyecto y sólo Markus Whitemann, desde la Universidad de San Diego, continúa en la brecha encabezando el experimento en colaboración con el Observatorio Apache Point, ubicado en Sunspot, Nuevo México.

Les cuento todo esto porque, como he dicho al principio, un investigador que todavía participa en el Programa de Medición Lunar desde la Universidad de Austin afirma que las estimaciones de alejamiento de la órbita lunar son erróneas. Al parecer, desde la década de los ochenta el distanciamiento anual es muy superior al previsto y se incrementa exponencialmente con el tiempo. Ante esta información me surgen tres dudas: Primera, ¿no está abandonado el Proyecto de Medición Lunar Láser, como se afirma desde la Universidad de Austin? Segunda, ¿por qué no hay ninguna noticia de este descubrimiento, ni tan siquiera en prensa científica? Y la inmediata que se desprende de las dos anteriores, ¿lo están encubriendo? Todo es muy extraño, continuaré investigando e informando.

Año 2029

Capítulo 1

Alburquerque, Nuevo México

El cristal tintado desluce el paisaje exterior, que parece tener prisa por apartarse de su vista. Whitemann, cansado de contemplarlo, apoya la nuca en el reposacabezas del asiento trasero del Ford negro que le conduce hacia el aeropuerto internacional de Alburquerque y clava su mirada desenfocada en el techo del vehículo. Se siente responsable de la muerte de Jim. No debería haberlos mandado al observatorio. La imagen de su cuerpo sin vida, colgado y mancillado, permanece grabada en su retina. Las mafias de narcos cruzan la frontera con frecuencia y en Nuevo México ya se sienten como en casa; amenazas y chantajes a universidades y personal docente están a la orden del día. La policía, desbordada y sin presupuesto ni efectivos suficientes, es incapaz de pararles los pies. Pronto serán los amos del Estado, como lo son de México desde hace años.

Un agente de seguridad ocupa el asiento del copiloto junto a su chofer. Desde detrás distingue un discreto audífono en su oreja izquierda. Odia tener que ser escoltado pero, después de lo sucedido en el observatorio, no debe arriesgarse. Lleva años recibiendo e ignorando todo tipo de extorsiones, pero ahora la situación es límite. El mundo conocido se está desmoronando ante sus narices y nadie sabe cómo impedirlo.

Sin embargo, no todo son malas noticias. Esta misma mañana recibió una grata e inesperada nueva: Anderson, el compañero de Jim, vive. Así se lo ha confirmado un colega suyo desde México, D.F. Por lo visto, un grupo de asaltantes trató de franquear los muros de Ciudad Amurallada. La seguridad del perímetro frustró el intento, abatiendo a más de diez asaltantes y reteniendo otros tantos. Uno de los retenidos renegaba de la banda y aseguraba ser empleado suyo en Nuevo México. Su colega Irwin, con muy buen criterio, prefirió ponerse en contacto directamente con él para comprobar la veracidad de la historia y entregárselo personalmente antes que dejarlo en manos de la policía. Tratar con la policía de México fuera de Ciudad Amurallada resulta incluso más peligroso que hacerlo con los propios narcos. Whitemann acogió la noticia con entusiasmo y decidió acudir a México personalmente para traerlo de vuelta cuanto antes. No se perdonaría que algo le ocurriera también a Anderson.

La pantalla holográfica integrada tras el asiento delantero se ilumina y compone un icono de alerta que parpadea en un rojo chillón reclamando su atención. Whitemann se incorpora antes de pasar la mano a través de él para activarlo. Inmediatamente, escucha la pregunta de una voz incorpórea con marcado acento de mujer:

Aerolíneas Borras le informa que su vuelo ab987 con destino México, D.F., ha sido cancelado. ¿Desea más información?

Whitemann atraviesa con desazón las palabras «más información», que ahora flotan ondulantes frente a él.

Aeropuerto bajo amenaza terrorista, terminal desalojada. No se reanudarán los vuelos antes de veinticuatro horas. ¿Desea más información?

El chófer no hace comentario alguno pero aminora la velocidad. Whitemann ignora el mensaje. No desea más información, ya tiene la suficiente para saber que sus planes han quedado frustrados.

Malditos terroristas. Totalmente erguido, con una mueca de enfado y determinación en su rostro, usa el dispositivo holográfico para calcular la distancia entre su posición actual y Ciudad Amurallada, de México, D.F. Sólo son necesarios unos segundos para que se materialice el recorrido virtual, que queda rotando sobre sí mismo lentamente. El tiempo estimado en coche es de veinte horas.

—Cambio de rumbo, nos dirigimos a México, D.F. —Su voz no admite réplica; es una orden.

El vehículo instantáneamente comienza a ganar velocidad. Whitemann sonríe para sus adentros cuando el copiloto mira incrédulo al conductor; es la primera vez que lo ve moverse.

—Señor, es peligroso y necesitamos permisos…

—Encárguese usted de todo —interrumpe Whitemann—. Voy a intentar descansar. Gracias.

Tras dar por zanjada la conversación, Whitemann se acomoda en su asiento. Está de un humor de perros. Apoya la cabeza y se dispone a contemplar el lóbrego y escurridizo paisaje durante las próximas veinte horas. Su decisión es imprudente, pero no piensa permitir que algo le ocurra a Anderson... Al ser consciente de sus pensamientos, una extraña mueca le desfigura el rostro. ¿A quién pretende engañar?

Seis horas después llegan a la frontera. Allí, custodiado por decenas de militares, les espera un murete fortificado que se prolonga por ambos lados hasta donde alcanza su vista. Cuesta creer que tal despliegue de seguridad sea tan fácilmente franqueado por los narcos en ambos sentidos…

No necesitan salir del coche; el copiloto ha tramitado el permiso de paso durante el trayecto. ¿Tramitar? Lo que ha hecho es abonar las tasas correspondientes. Todo se reduce a eso: pagar. Lo demás es puro teatro, una falaz puesta en escena. Algo que, sin duda, los narcos también saben.

Esperan unos minutos hasta que se levanta la barrera, al otro lado hay un vehículo esperándoles, un vehículo blindado con una metralleta en la parte superior controlada por un militar del que sólo puede ver su casco. Aquella especie de tanqueta se incorpora a la carretera y se limitan a seguirla.

En México impera la ley marcial. Su corrupto gobierno comparte con las bandas organizadas el control del país, sometiendo a la población y abocándola a un estado de extrema pobreza, especialmente en las zonas más deprimidas, que son las más numerosas. Muchos territorios son una continua guerra, donde ejército y policía reprimen cualquier altercado sin molestarse en preguntar.

Su mirada sigue durante un tiempo indefinido el avance de la tanqueta que les guía, hasta que termina por enturbiarse y visualiza la escena desde fuera: se siente protagonizando una incursión militar a Irak o Afganistán como ha visto en tantas películas. Pero pronto un traqueteo la desvanece. La escolta al otro lado de la frontera es obligada y de un coste elevado, y no le cabe duda de que además es necesaria. Conocedor de los niveles de corrupción, teme que sean conducidos directamente a una emboscada. Esa incertidumbre no le permite dormir, pero se esfuerza en, al menos, descansar. Apoltronado en el asiento trasero, cierra los ojos y se deja llevar, consciente de que toda visión del exterior sólo puede empeorar su ánimo.

En el sopor inducido por un estado entre el sueño y la vigilia, su mente vuelve una y otra vez a los hechos acaecidos en el Observatorio Apache Point. Pese a no haberlos presenciado, recrea una versión de los mismos valiéndose de las imágenes y noticias de lo sucedido. Hay sangre por todas partes, Jim grita, resistiéndose a ser atado al frío brazo metálico del telescopio. Dos energúmenos con machete en mano se acercan por ambos flancos, alguien dispara... Los disparos son reales, provienen del exterior. Sus ojos se abren para no volver a cerrarse en lo que resta de trayecto. El dispositivo indica que aún se encuentran a tres horas del increíble Rascasuelos, ubicado en el interior de la ciudad amurallada. Deben encontrarse en las afueras de Ciudad de México, el panorama es desolador... Todo el paisaje se resume en un páramo desolado y baldío, un desierto donde sólo cactus y piedras informes se atreven a habitar. Una zanja profunda corre paralela a la carretera, usada como basurero y repleta de todo tipo inmundicias. En ella posa la mirada mientras las primeras chabolas empiezan a asomar por ambos lados de la carretera. Los desperdicios contenidos en la zanja se incrementan con cada metro que les acerca a la ciudad. La visión de lo que parece un caballo muerto, hinchado, desparramado entre la basura, hace que se incorpore instintivamente y le revuelve el estómago. Pero eso no es nada… Unos kilómetros más adelante empiezan a emerger extremidades humanas de entre los escombros, algunas tan tiesas que da la impresión de que algunos cadáveres pretenden salir de sus tumbas impuras, como en una película de zombis. Cada vez hay más. La zanja ahora es un cementerio de despojos humanos, unos carbonizados y otros blancos por la cal. Whitemann supone que al menos cada cierto tiempo toman medidas para prevenir enfermedades.

Se obliga a mirar al frente y agradece la presencia de la tanqueta que les escolta. Está asustado.

Aparecen las primeras construcciones sólidas: casas tan viejas y deterioradas que considera una proeza que aún se mantengan en pie, pero al menos ya no son chabolas de madera y uralita. Aún no ha visto ni un alma en ellas; parecen habitadas exclusivamente por antenas y ropa tendida ondeando al viento.

Ya en el interior de la ciudad, su particular convoy se ve obligado a aminorar la velocidad. Los esporádicos transeúntes y desvencijados vehículos se apartan de su paso. No hay semáforos, ni pasos de cebra ni aceras, sólo lo que queda de ellas. Las carreteras no están señalizadas y muchas vías están obstruidas por derrumbes o por herrumbrosos esqueletos de vehículos abandonados. Es como si estuviesen atravesando las ruinas de la capital polaca después de ser devastada por Hitler en la Segunda Guerra Mundial. Ahora, altos edificios en ruinas les rodean. El militar a cargo de la metralleta vigila moviendo su cañón entre la carretera y diversas posiciones elevadas, parece temer una emboscada en cualquier momento. Es increíble que se hubiese llegado a esto. Cada vez cobra más solidez en su mente la idea de que quizá un nuevo diluvio sea necesario para purgar el planeta. No culpa a Dios por lo que se les viene encima.

Whitemann nota cómo reducen la velocidad. Un destartalado carro ocupa gran parte de la vía, y grupos dispersos de gente descamisada y armada se congregan a ambos lados de la carretera, siguiendo su paso con mirada desafiante y cargada de odio. Whitemann siente los latidos del corazón en las sienes.

—Despejen la carretera.

Escucha la imperativa y mecánica voz proveniente del vehículo que les escolta.

—Despejen la carretera —insiste el altavoz—. No lo repetiré una tercera vez.

Whitemann ve aparecer las lenguas de fuego en la boca del cañón. La gente corre despavorida y el carromato es literalmente acribillado. No vuelven a reducir la velocidad en ningún momento. Dos hombres quedan tendidos en el suelo; aquello ha sido un asesinato. Han disparado antes de que nadie hiciese amago de atacar y sin dar tiempo a dispersarse. Al pasar junto a los restos del carro queda estupefacto: está repleto de cadáveres que, sin duda, acabarían engrosando la zanja exterior. Ahora hay que añadir un par más al peculiar coche fúnebre. Se desprecia por ser incapaz de evitar aquel pensamiento.

Los edificios acaban de súbito y penetran en los cientos de metros de terreno yermo y raso que separan la ciudad de la impresionante muralla circular que protege y da nombre a Ciudad Amurallada. Sus muros, de altura imponente y estrechamente vigilados, impresionan más que los que separan México de Estados Unidos. Es un auténtico fortín, una ciudad artificial concebida sobre plano por un grupo de excéntricos millonarios para aislarse y protegerse del resto del mundo. Cuenta con una élite de exmilitares y mercenarios como fuerza de seguridad que, junto con la muralla, la convierten en una fortaleza. Dentro viven en la abundancia, alejados de la miseria y el crimen que les rodea. Lo llaman «oasis», pero Whitemann lo ve como una cárcel lujosa, como una ratonera que no tardará en caer.

Les están esperando. Aun así, son bajados del vehículo frente a los enormes portones de acero de entrada. La tanqueta mantiene su posición pocos metros detrás. Unos hombres ataviados con uniformes de camuflaje y rifles de asalto, similares a los de las fuerzas especiales americanas, inspeccionan el vehículo con un detector de metales. Luego es el turno de sus integrantes: huellas, cacheo, preguntas... Whitemann conoce el protocolo, no es la primera vez que visita aquella ciudad exclusiva para tratar sobre los progresos de Irwin. La tanqueta se aleja en el mismo momento en que las colosales puertas empiezan a cerrarse a sus espaldas. El interior de la muralla es otro mundo. La palabra oasis le hace justicia; el lujo lo impregna todo: jardines, agua, torres de cristal... En el centro destaca una enorme piscina plateada, salpicada de islotes verdes que bordean el vacío de la impresionante pirámide invertida, la joya del oasis y, en gran parte, el motivo de su visita.

Capítulo 2

Universidad de Texas, Austin

Ken se encuentra en su nuevo despacho. Desde su visita a las catacumbas de la universidad no ha tenido noticias del anciano que responde al nombre de Leslie. Tampoco ha vuelto a acceder a aquellos túneles. Eso sí, ahora cuenta con un despacho propio y goza de acceso total e inmediato a los datos que precise. Dispone de todo lo necesario para profundizar en su estudio sin obligación de responder ante nadie, ni siquiera ante su antiguo jefe de proyecto, Steven Shapiro. Si bien ha aceptado, sin cuestionarlas, esporádicas interrupciones en forma de trabajos puntuales de diferente índole solicitados vía e-mail con una única rúbrica: N.P. Resulta extraño trabajar para dos siglas, pero Ken está satisfecho con su nuevo estatus, salvo en el detalle de que su sueldo no se ha visto incrementado ni un céntimo. No es su prioridad y tampoco ha firmado aún ningún nuevo contrato. Confía en que todo llegará a su debido tiempo.

Su reunión en el sótano concluyó como había comenzado, sin explicaciones ni posibilidad de preguntas. Fue un mero espectador de un enigmático monólogo, aunque reconoce que le persuadió. «Discreción y paciencia», esas fueron las únicas palabras de despedida de Leslie, palabras que ha cumplido al pie de la letra.

La puerta de su despacho se abre precedida de dos golpes sordos e imperativos que no precisan de permiso de entrada. Irrumpen dos hombres trajeados. El más alto se adelanta, con su gabardina gris lamiendo el suelo tras sus pasos. Al cruzar las miradas inclina ligeramente la cabeza a modo de saludo.

—Buenos días, señor Dean. No es necesario que se levante. Le agradecería que permaneciese sentado y colaborase. —Sus palabras son educadas pero autoritarias, casi insolentes.

El compañero pasea por el despacho mientras el supuesto jefe se quita la gabardina y la dobla metódicamente sobre el antebrazo sin apartar de él la mirada, aunque parece no verle. Con un ligero respingo, como si acabase de despertar de una ensoñación, se dirige al perchero para cuidadosamente colgar la gabardina. Debajo lleva un chaleco gris sobre una camisa de seda blanca. El compañero se acuclilla frente a su archivo y empieza a vaciarlo. Ken, incrédulo y molesto, hace ademán de intervenir, pero enmudece ante el gesto imperativo del jefe.

—Por favor, permanezca quieto y no toque nada.

Ken, confundido, obedece durante unos segundos hasta que finalmente explota.

—¿Tienen autorización?

—Sí, la suya. —El hombre alto deposita sobre su mesa una de las cláusulas que debió firmar al incorporarse al proyecto varios años atrás.

En ese preciso instante le suena el móvil. Ken, indeciso, pasea la mirada entre la pantalla iluminada del móvil y el hombre del chaleco.

—Adelante —le anima.

Se pone en pie antes de contestar, quiere escapar de la escrutadora mirada de aquel individuo.

—Señor Dean, permita a los caballeros hacer su trabajo. Lamentablemente no podrá usar su despacho en las próximas horas, así que podría ser un buen momento para vernos. ¿No le parece?

La llamada se interrumpe e instantáneamente aparece en su móvil un punto titilante que marca una ubicación. Cuando retorna su atención al despacho encuentra al ayudante haciendo una copia de su disco duro y clasificando parte de sus documentos, mientras el del chaleco, arrellanado en su sillón, le observa con una inconclusa sonrisa que se le antoja burlona. Para colmo, su gabardina pende apaciblemente del perchero. Parece haberse apropiado de su maldito despacho. ¿Quién se cree que es este tipo? Ken arde en deseos de cruzar unas palabras con aquel engreído, pero termina por abrir con brío la puerta de salida.

—Un momento.

Ken se para.

—Necesito una réplica de su dispositivo móvil.

Ken titubea. El jefe espera con la mano extendida hacia él, seguro de que se lo entregará.

—No se preocupe, los temas personales y no relevantes serán eliminados.

—¿Relevantes para qué? —Hay furia en su voz.

—Señor Dean, no perdamos más tiempo.

La tranquilidad y arrogancia de ese tipo le enerva; no se molesta siquiera en incorporarse y Ken se ve obligado a dar un paso para entregarle el teléfono móvil. El jefe lo pasa con desgana a su ayudante y, un minuto después, vuelve a sus manos. Ken abandona el despacho con una expresión de rabia contenida y un sonoro portazo a su espalda.

Las indicaciones le llevan directamente al Campus de Investigación J.J. Pickle. Las zonas comunes de ambos campus están conectadas por líneas de bus, pero ciertas áreas de sus dos kilómetros cuadrados son de acceso restringido. A ellas se dirige.

El anciano le recibe en una especie de laboratorio. Viste su habitual bata blanca y, afanado en su trabajo, apenas le presta atención.

—Permítame una pregunta. ¿Ha filtrado algo de su trabajo?

—No —responde Ken, sorprendido.

—Lo imaginaba. Ahora piense con calma antes de responder. ¿Con quién ha hablado del asunto?

—No he…

—He dicho con calma —insiste Leslie, interrumpiendo su apresurada respuesta—. Mientras lo medita, hágame el favor de abrir ese cajón de ahí.

Ken obedece. Allí encuentra una tarjeta identificativa a su nombre. La mira con perplejidad.

—Olvídese de su despacho. A partir de ahora trabajará aquí.

Capítulo 3

Barton Springs, Austin

Francisco pasea como un turista más por el centro de Austin. Aterrizó ayer noche y se cuidó de no avisar a Ken de su llegada a la ciudad. Su amigo vive lejos del aeropuerto y no quiso volver a importunarle por si había nuevos contratiempos o retrasos, conocedor de la larga espera de su mujer unos meses atrás. No había vuelto a Austin desde que concluyó sus estudios universitarios, pero una parte de él siempre ha echado de menos esta ciudad y los momentos vividos en ella con su novia y amigos. Por fin ha regresado, aunque ya nada será como antes.

Sus despreocupados pasos le conducen hasta la enorme escultura con forma de murciélago erigida entre la calle del Congreso y la ruta Barton Springs. La impresionante escultura de hierro negro fue realizada por un artista local y, con el tiempo, se ha convertido en icono de la ciudad y en uno de los puntos más famosos de Austin. La rodean varios grupos de verdaderos turistas, que curiosean y toman las obligadas fotos mientras esperan a que oscurezca para dirigirse al puente del Congreso, ya repleto de gente ansiosa por que dé comienzo el espectáculo.

Se abre paso entre los cientos de personas que esperan también junto al cauce del río, bajo el puente. Desde allí distingue al otro grupo de espectadores como una miríada de diminutos puntos negros que cubren toda su barandilla. No es la primera vez que asiste, pero acaba contagiándose de la expectación y nerviosismo del público allí congregado.

Bajo aquella estructura de hormigón reside la colonia urbana de murciélagos más grande del mundo. Cada atardecer, entre los meses de marzo a noviembre, alrededor de un millón y medio de murciélagos cola de ratón emergen desde el puente para salir a cazar. Durante estos vuelos nocturnos devoran entre seis y siete mil kilogramos de insectos; el mejor pesticida jamás inventado. Estos murciélagos, en su mayoría hembras, migran cada primavera desde el centro de México hasta Austin.

La espera no resulta muy larga. Pronto, una nube oscura cubre el cielo sobre sus cabezas; una columna de humo negro que brota del vientre del puente y se ensancha según se aleja de él, sin llegar a superar los dos metros de diámetro. Le recuerda a un tornado. Los vítores y gritos de asombro, junto a los flashes de cámaras y móviles, acompañan el impresionante espectáculo.

La columna de murciélagos se separa finalmente del puente y evoluciona sobre ellos con movimientos acompasados, como los de un banco de peces en el agua. Se inclina, se estira, se contrae, se hace horizontal o vertical, pero mantiene siempre la línea armónica. Sorprende la increíble coordinación de aquellos animalillos ciegos al volar en formación. El enjambre de murciélagos que conforma la nube permanece un tiempo danzando a su vista para júbilo de los asistentes, pero de pronto sucede algo insólito: la columna se parte por la mitad, rompiendo la formación. Francisco no recuerda que ocurriera algo así en las otras ocasiones que lo ha presenciado.

Ahora son dos nubes con un comportamiento errático. Algunos ejemplares escapan de ellas para perderse en solitario por el horizonte. En uno de los vaivenes, ambas parecen colisionar entre sí, y Francisco juraría que varios murciélagos chocan realmente entre ellos. Arrecian los gritos de asombro a su alrededor. La gente mira fascinada y boquiabierta, pero Francisco intuye que algo no va bien.

La situación toma otro cariz cuando una de las nubes comienza a perder altura, precipitándose sobre ellos. Todos se protegen instintivamente y se escuchan los primeros gritos de pánico. sin embargo, antes de alcanzarlos, los murciélagos remontan el vuelo y el enjambre pone rumbo hacia el puente; los allí ubicados no tienen tanta suerte. Miles de murciélagos caen literalmente sobre los espectadores. Algunos chocan directamente contra el hormigón para luego caer muertos al río, pero el resto lo hace sobre la multitud que observa desde la balaustrada. Francisco, anonadado, escucha sus histéricos aullidos mientras los ve correr quitándose los murciélagos de encima para ponerse a cubierto. La gente que le rodea se contagia de la histeria y le arrastra con ellos. Mientras huyen, la otra nube vuelve a caer en picado y pasa con un vuelo rasante sobre sus cabezas rumbo a la ciudad.

El centro de Austin es un auténtico caos. Empujones y gritos. Cientos de miles de animales impactan contra edificios y gente por igual. Entre los alaridos de pánico escucha a alguien gritar: «¡Nos atacan!». ¿Realmente les están atacando? El miedo corea aquella afirmación mientras Francisco corre sin rumbo ni concierto, diluido entre la muchedumbre.

Capítulo 4

Hogar de Allenda Witzel, Austin

Allenda corre por un callejón oscuro, cuyas ajadas y mugrientas paredes se estrechan frente a ella convirtiéndolo en un angosto embudo. La sensación de prisa es intensa, pero no sabe realmente por qué corre. ¿La persiguen? A su espalda no distingue más que oscuridad. Un sonido recurrente incrementa su sensación de premura; no llegará a tiempo. Siente cómo el corazón le late desbocado contra el pecho. El sonido es cada vez más nítido y cercano. El tiempo se acaba. Escucha un chillido agudo que se replica con un interminable eco al rebotar contra las paredes. Algo negro y enorme vuela a su espalda. Frente a ella espera una ambulancia con la puerta trasera abierta donde una figura con chaleco reflectante resplandece en la oscuridad y la urge con gestos exagerados a que se apresure. Los destellos anaranjados de la sirena iluminan intermitentemente el callejón, pero el sonido que emite no se corresponde con el real, es cada vez más estridente. Antes de conseguir alcanzar la ambulancia, ese algo la agarra por la espalda y Allenda despierta sobresaltada.

Abre los ojos. Sólo hay oscuridad. Necesita unos segundos para ubicarse, mientras intenta despejar la mente, el despertador atruena a su lado. Nota el acelerado latir del corazón y un sudor frío empapa sus sienes. Silencia el despertador y cierra los ojos para descansar unos segundos más antes de levantarse. Instantáneamente reaparece en el callejón oscuro y vuelve la sensación de urgencia. Todo se desvanece gracias a la nueva llamada del despertador. Allenda, asustada, abre los ojos y lidia con el peso desmesurado de sus párpados para no volver a cerrarlos. No quiere caer de nuevo en las redes de la oscura pesadilla. Incorporada sobre la cama coge el despertador y, con una determinación pasmosa, lo lanza contra la invisible pared que hay frente a ella. Nunca ha hecho algo así. El fuerte crujido del impacto induce en su mente la imagen destrozada del reloj. La visión de sus restos esparcidos por el suelo de su cuarto la calman. Lo necesita.

Enciende la luz, abre el cajón de la mesita de noche y, mientras contempla el despertador destripado en el suelo, extrae una pequeña caja de madera. De su interior saca una bolsita de plástico con cierre de cremallera. Busca las hojas de coca que ha empezado a suministrarle una compañera; últimamente se encuentra exhausta. Ha probado con vitaminas e infinidad de remedios caseros sin ningún resultado; es hora de atender los consejos de la gurda Ximena. Está desesperada. Se mete un par de hojas en la boca y comienza a masticarlas con la vista fija en la pared, como si pudiera atravesarla con la mirada.

Minutos después coge unas cuantas hojas más y, cuando va a guardar el resto en el cajón de la mesita, advierte con fugaz asombro que el despertador continúa sobre ella, intacto.

Se levanta, mete las hojas en uno de los bolsillos de su albornoz y baja a la cocina. Se sobresalta al ver a su marido sentado a la mesa disfrutando plácidamente del almuerzo. ¿Qué diablos hace allí?

—Buenos días, cariño —saluda Ben despreocupadamente.

Allenda lo ignora y atraviesa la cocina en busca de una jarra de agua. ¿Por qué no iba a estar si siempre ha estado en los últimos… años? La jarra se desborda al introducirla en el microondas.

—¿Te has enterado?

Allenda no responde; continúa trajinando de espaldas a él.

—Austin amanece con miles de murciélagos muertos en sus calles.

Ben interrumpe su lectura, pero Allenda no está de humor para interesarse por la noticia, así que disfruta del apacible silencio hasta que lo escucha continuar.

—Cientos de miles de murciélagos cubrían las calles de Austin esta madrugada. Los servicios de limpieza han recogido toneladas de animales muertos. Varios turistas han resultado heridos por impactos o mordeduras…. Prohíben visitar el puente y las cuevas temporalmente. Se cree que…

Allenda escucha entrecortadamente a su marido, hasta que por fin deja de prestarle atención. Tritura las hojas de coca interponiendo su cuerpo para evitar tener que dar explicaciones. El murmullo incompresible de su voz la molesta; quisiera incrustarlo en el dichoso lector holográfico. Da un respingo al sentir el abrazo de su marido.

—¿Estás bien? —le susurra al oído tras notar su reacción.

Allenda siente cómo las manos de su marido le recorren todo el cuerpo, una de ellas le aparta delicadamente el pelo antes de recibir un beso húmedo en el cuello. La otra le acaricia el vientre y baja hacia sus nalgas, para después entretenerse allí con movimientos circulares. Allenda siente repulsión, pero permanece en una tensa inmovilidad. En ese instante repara en que ha olvidado ducharse y lo aparta de sí con un movimiento brusco. ¿Qué me está pasando?

—¿Va todo bien? —insiste Ben con perplejidad.

—Estoy cansada, sólo eso. Anoche fue terrible con la locura de los murciélagos…

—¿Peor que con la luna llena?

No le da tiempo a contestar; dos niños irrumpen en la cocina como un huracán, dan vueltas a su alrededor arrastrando sus mochilas con pasos ruidosos. Hablan muy deprisa y no logra entender absolutamente nada. Mientras cierra los ojos para evitar que le estalle la cabeza, siente los tirones en el albornoz que reclaman su atención. La calma no llega hasta que le da dos besos a cada uno y su marido se los lleva.

Sola, y algo más relajada, llena un termo para llevárselo y se sirve un vaso con lo que sobra. Lo bebe a pequeños sorbos, sentada en su extremo de la mesa. Está ardiendo. Necesita descansar, reponerse. Algo no va bien, algo falla en su mente. Los niños al entrar… ha tardado en reconocerlos como suyos. ¿Cómo es posible? Las lágrimas le resbalan por las mejillas mientras bebe.

Al terminar, deja caer el vaso al suelo y sube a ducharse. Siempre lo hace antes de desayunar y le inquieta haberlo olvidado hoy. Frente al espejo hace un guiño a su cuerpo desnudo. Ahora se siente mucho mejor, preparada para otra larga noche de trabajo.

Capítulo 5

Hospital Estatal, Austin

Phil sigue con la vista los mudos e intermitentes destellos de la sirena de la ambulancia. Mismo *modus operandi*: el conductor baja y abre la puerta trasera para ayudar al enfermero a introducir la camilla en el hospital. Esta vez la ocupa una mujer de cabello rubio y ojos asustados, muy joven. Según sus cuentas, es el duodécimo viaje de ida y vuelta de las ambulancias que están hoy de guardia desde que ha llegado. Sus conductores acaban por lanzarle miradas que pasan de la curiosidad al recelo, pero no van más allá. Phil fuma con desdén apoyado contra la pared. Pronto amanecerá y hace frío; una noche como cualquier otra.

Cuando ve salir a Allenda sólo quedan él y las dos ambulancias. La luz crepuscular lo tiñe todo de un color anaranjado, anunciando que es la última urgencia de la noche. La ve detener sus apresurados pasos antes de cruzar el carril de uso reservado para ambulancias. Phil, al verla inmóvil, tiene la impresión de que teme girarse.

—Buenas noches, señor Rewer. —Su voz pretende ser firme, pero suena trémula.

Phil se sitúa a su lado en silencio. Allenda, sin volverse, continúa hablándole:

—Es demasiado tarde para atenderle. Lo siento. —Y, cuando por fin se decide a mirarle, añade—: ¿Se encuentra usted bien?

Phil le sostiene la mirada sin poder evitar fijarse en sus acusadas ojeras. Da una última calada antes de tirar el cigarrillo y apagarlo con la punta del zapato.

—Hoy no vengo como paciente.

Aquella aseveración parece inquietar a la doctora, que hace además de continuar. Phil la retiene a su lado sujetándole el brazo con firmeza.

—Parece cansada. Quizá ahora pueda hacer yo algo por usted...
—Sus facciones se relajan—. ¿Qué tal si la invito a desayunar? —
pregunta con la voz más afable posible.

Allenda mira hacia los encargados de las ambulancias, que los
observan con interés.

—Vamos, doctora. No pretendo hacerle ningún daño —la anima,
aflojando la presión en su brazo.

Allenda le mira directamente a los ojos. Por la expresión de su
rostro, no debe agradarle lo que ve. Aunque, siendo sinceros, a él le
ocurre exactamente lo mismo frente a un espejo. Este pensamiento
provoca una carcajada en su interior.

Finalmente Allenda acepta y entran a una vieja cafetería ubicada
junto al hospital. El tintineo de la puerta al abrirse les da la
bienvenida, atrayendo las miradas de las tres o cuatro personas
presentes. Sus caras, largas e inexpresivas, acusan la resaca de una
noche de insomnio, seguramente por velar a pacientes del hospital.
El ambiente es lúgubre y, aun así, acogedor. Se sientan el uno frente
al otro e inmediatamente son atendidos por una señora mayor, cuya
equivocada indumentaria es incapaz de devolverle la ansiada
juventud. Phil pide dos cafés, tostadas y un plato de huevos revueltos
con bacón ante la intrigada mirada de Allenda. Permanecen en un
apacible silencio hasta que la camarera cincuentona les sirve el café
junto al generoso plato, que Phil desliza frente a Allenda, terminando
de desconcertarla.

—Necesita comer.

Allenda no se decide, y Phil aguarda pacientemente hasta que
comienza a tomar algo.

—Doctora, agradezco todo lo que ha hecho por mí y me gustaría
corresponderle.

Allenda levanta la cabeza del plato y, tras una fugaz mirada,
retorna toda su atención a la comida. Parece que se le ha abierto el
apetito. Phil sabe que no le toma en serio, pero continúa:

—También he venido a despedirme. Sigo un novedoso
tratamiento que pronto me llevará lejos de aquí. Hoy es mi última
visita a su hospital.

Allenda vuelve a levantar la vista. Phil quiere leer una sombra de tristeza en aquellos ojos cansados y sin brillo. Intenta decir algo, pero Phil no se lo permite.

—Digamos que voy a un centro vanguardista donde cuentan con especialistas en diversas ramas de la medicina, pero carecen de personal habituado a tratar con personas y enfermedades comunes. Necesitan a alguien con ese perfil… y he pensado en usted.

Allenda le observa con mirada apenada. Debe suponer que está completamente loco, y seguramente no le falte razón. Phil espera.

—Se lo agradezco, señor Rewer, pero no puedo aceptar. Tengo mi vida aquí.

Phil sonríe complacido ante la cortés negativa. Su voz cansada no está exenta de compasión.

—Creo que es una propuesta que no podrá rechazar —insiste con enigmática seguridad.

—¿Ah, sí? —Allenda sonríe; parece dispuesta a seguirle el juego—. ¿Y dónde está ese lugar tan maravilloso?

—Muy lejos.

—Mmm… Imagino que entonces pagarán muy bien.

—No he hablado de sueldo. No creo que eso importe.

Allenda se incorpora y le desafía con semblante severo.

—Le aseguro que a mí sí me importa. —Phil le sostiene la mirada hasta que ambos rompen a reír.

—Y dígame, ¿usted irá?

—Sí, pero como conejillo de indias. Es un centro muy selecto. Además, he pagado mi billete, y bien pagado. Se lo aseguro.

—Por lo que me cuenta, todo es perfecto… —comenta con sarcasmo. Phil la interrumpe:

—No todo, existen algunos inconvenientes. Debe renunciar a su marido y a sus hijos.

—¿Y al trabajo?

—Como le he dicho, eso es lo único que conservará. Aunque el sueldo…

Phil no consigue terminar; ambos vuelven a reír. En ninguna de sus numerosas visitas a urgencias la había visto siquiera sonreír.

—En fin, todo arreglado entonces. Quería ser yo el que le diera la noticia personalmente. —Corona el comentario con un guiño de complicidad.

—Se lo agradezco. —Allenda simula seriedad.

Pero cuando Phil deposita sobre la mesa dos estuches de joyería, ve cómo una sombra le oscurece fugazmente el rostro.

—¿Es que ahora va a pedirme matrimonio? —pregunta la doctora, de nuevo con una sonrisa.

—Sólo es un regalo en agradecimiento a la paciencia y los cuidados recibidos por su parte.

—No puedo aceptarlo, es mi trabajo. Me pagan por ello.

Phil abre las dos cajitas. Cada una contiene un par de pendientes plateados en forma de hoja de hoz. Extrae cuidadosamente uno de cada caja y, sosteniéndolos por el extremo, los hace girar frente a ella.

—Por favor. Así no me olvidará hasta que volvamos a vernos —dice, alentándola con un ademán.

Allenda vacila un instante antes de rendirse y permitir que Phil se los coloque con evidente torpeza. Sus miradas se cruzan durante un instante: dos miradas cansadas y sin esperanza que brillan al encontrarse. En ellas no hay amor ni odio. No son miradas lascivas ni de amistad; están por encima de eso. Son miradas de compresión mutua, desinteresadas. Un parpadeo basta para romper el instante. Phil saca un pequeño espejo del bolsillo y se lo tiende a Allenda, evitando mirarlo.

—Dios mío, nunca hubiese imaginado que precisamente usted anduviera con un espejo encima.

Ambos sonríen. Los ojos de Allenda han recuperado momentáneamente su brillo original. Calor, comida y algo de atención parecen ser la cura, pues se la ve animada. ¿Cuánto hace que no lo está?

—Está usted preciosa con los dos, pero debe elegir.

—¿Elegir? Creí que ambos eran para mí… —Con una sonrisa pícara, añade—: Los otros deben de ser para alguna amiga que, sin duda, le estará esperando allí donde va.

Phil se disculpa por el ligero pinchazo al retirar el pendiente descartado y le entrega su pareja, al contacto de sus manos una descarga eléctrica hace que ambos las retiren en un acto reflejo. Phil se guarda la otra cajita y abandonan el bar, quedando el espejo olvidado sobre la mesa.

Nada más salir, Phil se planta frente a ella y habla con firme convicción, sin atisbo de chanza en su rostro.

—Doctora, dentro de muy poco deberá usted volver a elegir. —Toma su mano entre las suyas—. Sólo le pido que lo medite detenidamente antes de tomar una decisión. ¿Me lo promete?

—Prometido.

Quedan frente a frente. Los ojos azules de Allenda son ahora demasiado brillantes. Brillo que se derrama en forma de lágrimas de agradecimiento ante su incapacidad de articular palabra. Aparta la mirada de él y se aleja. Sin despedidas.

—Por cierto, ¿cómo se encuentra usted? —grita Phil a su espalda.

Allenda se detiene pero no se vuelve, tampoco contesta.

—¿Se ha mirado últimamente en el espejo? Hágalo antes de decidirse.

La doctora permanece inmóvil unos segundos más y, sin llegar a girarse, reanuda su caminar. Phil la sigue con la mirada hasta que desaparece.

Capítulo 6

I-35, Austin

Ken conduce de vuelta a casa. Su cuerpo pilota como un autómata, instintivamente, con movimientos reflejos y mecánicos adquiridos con la rutina, al igual que antaño hicieran los carreteros con sus mulas mientras dormitaban. Al tiempo, su mente, lejos de reposar, revive una y otra vez lo ocurrido en su despacho y la breve conversación mantenida con Leslie.

Ni siquiera tiene claro de qué se le acusa. «Soy inocente», esa es su única certeza. Un inocente declarado culpable sin oportunidad de defensa. Le hierve la sangre al visualizar a aquellos dos individuos registrando su despacho y husmeando entre sus cosas privadas. Está enojado incluso con Leslie. Le trata con respeto; es más, aparenta estar de su parte, pero… ¿Por qué no le avisó de la inspección? ¿Por qué no le ha permitido explicarse? ¿Por qué no le ha aclarado de qué va todo esto? Es obvio que Leslie da por sentada su culpabilidad y la acepta de forma condescendiente, perdonándole de antemano, como hace un padre con el hijo que ha hecho algo mal inconscientemente. Eso le enfurece aún más.

«¿Ha filtrado algo de su trabajo? Lo imaginaba. Ahora piense con calma antes de responder. ¿Con quién ha hablado del asunto?»; «El próximo día continuaremos la conversación». Esas fueron las únicas palabras de Leslie en referencia al asalto a su despacho. Ya está, asunto zanjado.

Se ha metido en algo que nada tiene que ver con sus metas profesionales, algo grande y misterioso; por eso le atrae. Pero es consciente de que no se trata de un juego. O lo deja ahora o no habrá marcha atrás, quizá ya sea demasiado tarde. No es idiota, intuye —sabe— que todo guarda relación con su estudio sobre la Luna y, evidentemente, no es el único que ha llegado a conclusiones similares. Las impredecibles consecuencias a largo plazo, he ahí el quid de la cuestión. Posiblemente las cosas estén peor de lo que piensa, pero prefiere no especular hasta que finalmente confíen en él y le muestren todas las cartas.

Se yergue tenso en el asiento cuando un recuerdo le invade la mente como un destello. El enfado desaparece de súbito y un incómodo sentimiento de vergüenza ocupa su lugar. Él siempre es metódico y muy celoso con su trabajo, jamás desvelaría los pormenores del mismo hasta su exposición, pero…

Acelera ansioso. Necesita llegar a casa y poner punto final a sus sospechas. Ya ha oscurecido cuando accede a su finca. El garaje es un pequeño adosado a la casa, suficientemente espacioso para servir también de trastero y taller. Hace frío y no hay ni una sola luz encendida en el interior de la casa; algo inusual, pues Isa odia el frío y la oscuridad. No está en el salón ni tampoco en la cocina. Grita su nombre asomado a la escalera que da a la planta superior, pero no obtiene respuesta. Es extraño, su coche está en el garaje y en su estado apenas sale de casa. ¿Dónde puede haber ido a estas horas? Un ruido en el exterior inmoviliza su pie en el primer escalón. Antes de subir decide echar un vistazo por el porche y el jardín que rodea la casa sin mucha esperanza de encontrarla; no hace una noche como para salir de casa.

El ruido proviene de los establos. Busca una linterna del garaje y se acerca con cautela. En los tiempos que corren, los robos en haciendas apartadas están a la orden de día. Los caballos piafan nerviosos; parecen asustados. El resto de animales se remueven inquietos. Con pasos vacilantes inspecciona el interior. Allí no hay nadie. Algún animal debe haberlos asustado. Y, palmeando el hocico de Rayo, el *mustang* negro preferido de Isa, lo calma e intenta calmarse él también.

Vuelve a la casa intranquilo y comprueba por enésima vez que no tiene ninguna llamada perdida en el teléfono móvil. Isa está embarazada de ocho meses y teme que haya podido ocurrirle algo.

La habitación está a oscuras, pero por la rendija inferior de la puerta del aseo escapa un hilo de luz junto a una suave melodía que confunde la voz de su mujer con la de la radio. Está cantando. Ken se sienta en la cama y suspira aliviado en la oscuridad de la habitación. La puerta del baño no tarda en abrirse y en su brumoso interior entreví la etérea silueta de Isa. Guarda silencio, sólo la observa pensativo. Conforme se disipa el vaho, la figura de su mujer va adquiriendo forma hasta materializarse en la habitación con una toalla anudada al pelo y otra al cuerpo.

—¡Ken! Qué susto me has dado… —dice Isa sobresaltada.

—¿Recuerdas la noche de la superluna? Antes del hospital… —No quiere evocar malos momentos, aunque afortunadamente todo quedó en un susto.

—¿Cómo no acordarme? —sonríe Isa, traviesa.

—Me refiero a lo que hablamos.

Isa se desenrolla la toalla de la cabeza y empieza a secarse el pelo antes de interrogarle con la mirada.

—Hablo de mis descabelladas teorías sobre la Luna —Ken intenta aparentar indiferencia.

Isa continúa secándose el pelo, pero su rostro se endurece ligeramente.

—Lo recuerdo, conseguiste asustarme un poco... —Tras una pausa, añade—: ¿Recuerdas tú esto?

Le lanza la toalla húmeda del pelo y vuelve a sonreír con picardía. Con movimientos sensuales se sitúa bajo el dintel de la puerta del aseo y, aprovechando la diferencia de luz entre ambos cuartos, imita el baile sobre la Luna. Eso sí, meciendo ahora su cuerpo al son de la música de forma más suave por lo avanzado del embarazo. Esta vez juega con la corta toalla que envuelve su cuerpo para realizar el striptease. De pronto, con una carcajada, se sienta sobre él y le da un cálido beso.

—¿Le contaste a alguien lo que te dije?

—Claro que no.

—Antes de contestar, piénsalo con calma —le interrumpe Ken, sorprendiéndose a sí mismo de parafrasear a Leslie.

Isa, algo molesta por no seguirle el juego, se separa de Ken con cuidado y cruza la habitación. Abre el armario y pasa un buen rato escrutando el interior. Saca algo de ropa y la deposita sobre la cama. Deja caer la toalla, que resbala suave por su cuerpo. Ken sigue todos sus movimientos con atención. A la tenue luz de la habitación se recrea viendo el pronunciado y atractivo vientre de su esposa; es muy sensual. Sigue estando preciosa, espera no haberla irritado. Se pone, con cierta dificultad, la ropa interior y, secador en mano, vuelve a su lado.

—Con quién voy a hablar si apenas salgo de casa. ¿Te has fijado en esto? —pregunta irónicamente mientras se frota la barriga.

El zumbido del secador hace ondear su oscuro cabello mientras Ken permanece en silencio debatiéndose entre insistir o dejarlo correr.

—Es posible que en un chat…

Ken no la deja terminar.

—¿Qué dijiste exactamente? —eleva la voz para hacerse oír sobre el molesto zumbido del secador, incapaz de ocultar el tono apremiante.

La inesperada reacción de Ken pone a Isa en alerta y deja el secador sobre la cama para prestar más atención.

—Siempre estás trabajando y yo apenas puedo moverme. En ocasiones me conecto a un chat para distraerme. —Al ver la cara expectante de Ken decide ir al grano—: Fue justo después de la superluna, en la sala hablaban de las posibles catástrofes naturales propiciadas por la proximidad de la Luna... —Hace una pausa para recordar—. Recuerdo haber comentado en un privado que el verdadero problema no era su cercanía sino todo lo contrario, que la Luna se alejaba de nosotros y que pronto la perderíamos.

Ken palidece.

—¿La he cagado? —pregunta Isa, sintiéndose culpable.

—¿Dijiste algo más?

Isa mira al suelo dubitativa; segura de que Ken se enfadará con ella.

—Dime… —la apremia.

—Afirmé que un estudio científico realizado por un prestigioso investigador así lo probaba.

—¡Joder! —exclama Ken.

—Lo dije sólo para darme importancia y asustarle un poco. Todo eso no son más que tonterías… ¿Qué mal pueden hacer? —Pero, al ver la expresión de Ken, añade con un hilo de voz—: Porque no es cierto, ¿verdad?

Ken la mira fijamente y toma sus manos entre las suyas.

—¿A quién se lo dijiste?

—No lo sé, no lo conozco… Es un chat. Pero recuerdo su alias, se hace llamar «hombre lobo».

Quedan un tiempo en silencio. Ken relaja la presión sobre sus manos y logra serenarse. Ha sido culpa suya y no de ella. Sólo suya. Decide cambiar de tema para quitar hierro al asunto.

—Francisco está aquí.

—¿Cómo que está aquí?

—He hablado con él esta mañana, no ha querido molestarnos.

Capítulo 7

Ciudad Amurallada, México, D.F.

Markus Whitemann pasea por los exteriores del Rascasuelos mientras espera a su colega; necesita estirar las piernas. Es una amplia zona de recreo totalmente rasa, libre de construcciones elevadas y la luz del sol lo inunda todo. Jardines exquisitamente cuidados junto a piscinas brillantes como espejos rodean el enorme pozo que perfora la tierra.

Desde su posición no puede asomarse a él, pues cuatro enormes planchas de metacrilato transparente cercan su perímetro y, pese a que son prácticamente indestructibles, se mantiene un estricto nivel de vigilancia en torno a ellas. Anexas a la plancha oeste, unas máquinas colosales construyen una basta estructura que rompe con la armonía del paisaje.

—Las obras del Tapón ya han comenzado. Impresionan, ¿verdad?

Irwin aparece a su lado. Sin darle tiempo a articular palabra, se cuadra frente a él y le estrecha la mano con energía. Ante su imponente presencia siempre duda entre aceptar la mano o ejecutar el saludo militar. El viejo general Irwin, un hombre de hierro de aguda inteligencia, el más inteligente con diferencia de los militares que ha conocido hasta la fecha. Expulsado del ejército mexicano por su férrea oposición a permitir que se convirtieran en una panda de mercenarios corruptos, algo que no tardó en ocurrir tras su marcha. Por increíble que parezca, aún quedan hombres de honor en este planeta marchito. Whitemann desconfía instintivamente de políticos y militares, pero siente cierto aprecio por este hombre. Fue contratado por magnates para proteger el ambicioso proyecto de Ciudad Amurallada del exterior y garantizar la seguridad en su interior. Con su reputación, sus dotes de mando y su notable inteligencia, no tardó en convertirse en amo y señor de aquella ciudad. La seguridad es hoy en día el bien más preciado entre aquellos muros. Cada día que pasa, el país entero se vuelve más inestable y la ciudad un poco más dependiente de su persona. Nada ni nadie entra, sale o circula por el interior sin su permiso. Ha realizado un trabajo impecable, en toda la ciudad impera una especie de ley marcial sostenida por los llamados SIS, (Servicio de Seguridad Interna), su ejército privado, que también defienden la muralla exterior con numerosos puestos de vigilancia intensamente armados y la hacen inexpugnable. Lo que en principio pareció una rebaja de galones al aceptar el puesto, ha acabado por convertirle posiblemente en el hombre más poderoso de todo México. Esta repentina e inesperada escalada de poder le ha granjeado muchos detractores, pero aún le quedan algunos amigos allende la muralla.

—¿Un viaje sin novedad?

—En coche.

La lacónica respuesta de Whitemann es un resumen perfecto. Las facciones de Irwin se endurecen tras un atisbo inicial de incredulidad. Un viaje así evidencia la gravedad de la situación.

—Las cosas están feas ahí fuera, y se pondrán peor. — Whitemann abarca la muralla exterior con un movimiento circular de la mirada—. ¿Podrás aguantar?

—Lo tengo bajo control. Además, no son los de ahí fuera lo que más me preocupa.

—Deberían, este oasis es muy apetecible.

—Sé hacer mi trabajo.

El tono frío de Irwin deja claro que no quiere discutir sobre ese asunto. Le invita a seguirle con unas enérgicas palmadas en su espalda.

—Y dime… ¿Cómo vais con vuestra ARCA? ¿Has conseguido reunir una pareja de cada especie?

Whitemann sigue sus pasos en silencio, con semblante adusto, sin intención de continuar la broma.

—¿Podrá vuestro bíblico barco navegar en un mar de hielo? —insiste Irwin.

Whitemann permanece en silencio. Cuando llegan a la entrada del Rascasuelos, sus hombres se arrugan ante la presencia de Irwin, cuadrándose tensos a su paso. La seguridad es impresionante.

—¿Cómo se encuentra Anderson? —cambia de tema Whitemann.

—Físicamente recuperado. Mentalmente abatido.

Whitemann se deleita con lo impresionante de aquella obra de ingeniería a través de la cabina del ascensor de superficie: las terrazas exteriores de cada una de las plantas contienen zonas de recreo y abundantes jardines que sirven de pulmones para renovar por completo el aire del edificio. Dichas terrazas son enormes cuadrados que van menguando según el ascensor desciende, conformando así el vacío en forma de pirámide invertida sin cubierta superior, lo que permite que todas las áreas habitables disfruten de ventilación y luz natural con la ayuda de un intrincado sistema de espejos y fibra óptica. Además, con este sistema de construcción piramidal, todos los muros laterales son de contención para soportar mejor el empuje de miles de toneladas de carga. Whitemann arruga la nariz ante lo irónico de que se construyera aquel complejo en una zona de alto riesgo sísmico, como México D.F. Espera que la resistencia de los muros sea suficiente. Las primeras plantas están dedicadas a centros comerciales y de ocio; después vienen las viviendas residenciales: cientos de apartamentos equipados con todos los adelantos tecnológicos, y, por último, las plantas inferiores están destinadas a oficinas. El edificio genera su propia atmósfera y cuenta con plantas de tratamiento de aguas y residuos. Está preparado para ser autosuficiente y albergar a miles de personas. El ascensor para en el vértice inferior, donde confluyen los cuatro ascensores exteriores que parten de cada una de las esquinas superiores.

—¿Puedo verlo?

—Antes he de mostrarte algo y discutir unos asuntos —dice el general con rudeza.

Se hallan en la cúspide de la pirámide, en lo más profundo del edificio, sólo accesible a personal autorizado. Un reducido pasadizo les lleva a una gran sala acorazada, revestida exclusivamente por grandes planchas de acero y completamente desnuda. A una orden de Irwin la sala cobra vida: varios paneles se iluminan formando figuras geométricas en paredes y techo mientras decenas de monitores se proyectan en el aire, con miles de datos luminosos bailando en su interior.

—El alma de la pirámide. Desde aquí controlamos el edificio completo —explica Irwin con orgullo—. La coraza la protege de toda injerencia exterior y la inmuniza ante cualquier tipo de onda. Sólo puede ser operada físicamente desde dentro.

Whitemann camina por la sala atravesando con su cuerpo los monitores sin prestar apenas atención al contenido.

—¿Todo listo?

—Sistema de comunicación completado, control de sellado listo, a falta de la culminación de las obras exteriores, sistemas de medición en funcionamiento, autoabastecimiento energético operativo. Somos completamente autosuficientes, en nada dependemos del exterior.

Whitemann, visiblemente complacido, bordea la estancia hasta volver junto a Irwin.

—¿Está ocurriendo realmente? —Se miran fijamente durante unos segundos—. Ni siquiera este lugar es inmune a la maldita crisis; ya no manejo los presupuestos de antes. Pronto estallará una auténtica guerra y necesito más soldados y armamento. Todo esto —Irwin abarca con los brazos toda la sala—, las obras exteriores, los equipos requeridos… Los que pagan empiezan a hacer preguntas. No comprenden en qué gastamos el dinero. No sé si podré mantenerlo por mucho tiempo más en secreto.

—¿En secreto? Lo que empezamos en la sombra ahora es una necesidad. No tenéis alternativa. Dime, cuando seáis atacados… ¿Cuánto crees que resistirá la muralla?

Irwin le mira fríamente, no tolera que se ponga en entredicho su capacidad, aún a sabiendas de que está en lo cierto.

—Ni siquiera tú puedes repeler el ataque de todo un país famélico. Todos los extras requeridos: autoabastecimiento de energía y víveres, sistema de comunicación exterior, aislamiento… Todos —recalca Whitemann— quedan plenamente justificados como medidas preventivas ante un más que probable, casi inminente, ataque. Un último recurso, una vía de escape, como el caracol que se esconde en su concha ante una guerra que no puede ganar. Esa, y no otra, es la razón de todo esto. Ya no hace falta mentir, nadie te lo reprochará. Se dice que no hay nada más cobarde que un millón de dólares, pero si lo hay: quienes lo poseen.

Whitemann sostiene la acerada mirada de Irwin mientras deja que sus palabras calen en él; también es un buen orador, especialmente cuando sabe que le asiste la razón. Finalmente Irwin le entrega un dispositivo de almacenamiento y se aleja. Tras sus pasos, la sala muere de nuevo.

—Mediciones y estudios solicitados, son todo castillos en el aire, especulaciones sobre algo que nunca ha ocurrido.

—¿Estás seguro de eso?

—Veamos a Anderson. —Irwin pone así punto final a la conversación.

Caminan en silencio. Irwin es un hombre difícil pero razonable. Simplemente quiere tener todo bajo control y odia que le digan lo que debe hacer. Ha nacido para dar órdenes, no para recibirlas.

—¿Qué piensas hacer con él?

—Llevármelo de vuelta a casa.

—¿En coche? —Un amago de sonrisa se dibuja en su agrietado rostro—. No fue culpa tuya. Aquí tenemos bajas todos los días, si tuviese que cargar con la muerte de cada vigilante que he apostado ahí arriba…

—Todo esto nos está deshumanizando, y no pienso tolerarlo.

Irwin lo sujeta por los hombros y le atraviesa con aquellos fríos ojos azules.

—Está bien. Daré órdenes para disponer un vuelo de máxima seguridad. En menos de veinticuatro horas partiréis, pero antes discutiremos asuntos pendientes.

Irwin añade un último comentario antes de entrar en la sala:

—Recuerda que Anderson no es una de las especies que faltan en tu lista. No estás en deuda con él y no debe saber nada. Adelante.

Anderson les observa impasible desde su asiento. Tan sólo sus ojos —su ojo— sigue sus movimientos. El globo ocular izquierdo carece de iris y el blanco destaca como un luminoso de neón en su rostro. Whitemann se esfuerza por no mirarlo de forma descortés. Al rehuir su ademán de saludo, toman asiento en el otro extremo de la mesa.

—¿Cómo se encuentra?

—Yo bien, señor, pero Jim está muerto. —Su voz suena ausente.

El mobiliario de la sala consiste únicamente en la mesa rectangular, las tres sillas metálicas que ocupan y un enorme espejo en un lateral. A Whitemann le recuerda a una fría sala de interrogatorios, y no es eso lo que quiere transmitir, al menos no con Anderson.

—No se preocupe. Le llevaré de vuelta a casa. ¿Le han tratado bien aquí?

Anderson no contesta, se limita a observarle con aquel ojo acusador. Whitemann trata de llevar la conversación a un terreno cordial, pero Anderson o no habla o lo hace con monosílabos. Ante aquel mutismo decide ir al grano.

—¿Sabe qué querían aquellos hombres?

Un golpe seco de Whitemann contra la mesa rompe el silencio de la sala antes de repetir la pregunta con tono severo y acuciante. Irwin mira de reojo a su colega ante el inesperado cambio de actitud, pero se mantiene erguido y en silencio, sin mover un músculo.

—¿No me ha oído? Jim está muerto.

—¿Activaron el láser lunar?

—¡Míreme! —Anderson, desafiante, acerca el rostro a escasos centímetros del de Whitemann—. ¿Responde esto a su pregunta?

Whitemann abandona la sala. La conversación está fuera de su control. No esperaba aquel comportamiento de Anderson y tampoco puede tolerarlo.

—¿Qué me he perdido? —le interroga Irwin nada más salir.

—Los secuestradores encendieron el láser lunar. No se trata de una simple banda de narcos. Llevamos tiempo siendo extorsionados por ellos, pero esta vez es distinto.

—Entiendo, interrogaremos a los capturados. Pero acabar con esas bandas es poco menos que imposible.

—No pretendo acabar con la banda, sólo saber quiénes son y qué quieren realmente.

En la mirada de Whitemann refulge la determinación de un hombre dispuesto a llegar hasta donde sea necesario. Irwin, sorprendido, sonríe para sus adentros. Es como si los papeles se hubiesen intercambiado. No puede negar que le ha descolocado; lo tenía por un científico de laboratorio incapaz de mancharse las manos. Ahora comprende que su presencia posiblemente no tenga nada que ver con ayudar a Anderson. Se siente idiota por haberle compadecido y aconsejado que no sea blando con su hombre. Situaciones excepcionales requieren la actuación de gente excepcional, y Whitemann lo es, vaya si lo es. Quizá por eso no pueda permitir que sus sentimientos interfieran en sus obligaciones.

Capítulo 8

Hogar de Ken Dean, San Antonio

Francisco se encuentra como un extraño ante la puerta de Ken. Fueron amigos inseparables y ahora ni siquiera reconoce su casa. Tampoco asistió a su boda con Isa. El día en que recibió la invitación, un par de años atrás, algo se agrietó en su interior y ya no pudo volver a silenciar muchos de los recuerdos enterrados que afloraron. Se siente un traidor; a fin de cuentas fue él quien los abandonó.

Ambos permanecen inmóviles cuando Ken abre la puerta. Tras unos segundos de indecisión, Francisco extiende una mano insegura, pero Ken la ignora y se funden en un abrazo. El ramo que sostiene en la mano izquierda apenas le permite corresponder con la misma efusión.

El salón es enorme, a juego con el resto de la casa. Nota que todo se halla ordenado y dispuesto con esmero para recibir su visita: la mesa pulcramente preparada, el fuego encendido y un delicioso aroma que se cuela desde la cocina termina por recrear el cálido ambiente de hogar del que Francisco carece. Ken toma su chaqueta y vuelve a la cocina, mientras Francisco se acomoda en un gran sofá junto a la chimenea. Queda unos segundos ensimismado en la eterna danza de las llamas. Hay mucho que decir y no sabe por dónde empezar. ¿Volverá a comportarse como un cobarde? Al levantar la vista repara en la figura de Isa que le observa en silencio desde el umbral de la puerta. Antes de entrar se quita el delantal y se arregla graciosamente el pelo; sigue estando guapísima. Francisco se incorpora con torpeza para entregarle el ramo y darle dos besos. Al abrazarla le cuesta sortear el voluminoso vientre y repara en cómo una solitaria lágrima cae por su mejilla. Ken aparece con un par de cervezas y le arrastra de vuelta al sofá, mientras observa cómo Isa desaparece camino de la cocina.

Ya en la mesa, Isa y Ken desfilan ante él colmándola de platos y bebidas. No le permiten ayudar. Isa se mueve con soltura pese a lo avanzado de su embarazo, siempre rodeada, eso sí, de los atentos cuidados de su marido. Cuando finalmente toman asiento, Francisco es debidamente reprendido por haberse presentado en Austin de improviso y por no dar señales de vida en tanto tiempo; palabras amistosas que no son más que una forma de darle la bienvenida. Pronto, un incómodo silencio no tarda en planear sobre ellos. Hay mucho que contar para llenar la laguna creada en su amistad por todos estos años de separación, aun así, su infancia y su relación tabú con Katy pesan más y derivan la conversación hacia temas más superficiales.

—¿Qué tal por España? —pregunta Isa para romper el hielo.

—Muy bien. En esta época del año ya andamos en bañador —asegura Francisco, desviando su mirada hacia la chimenea encendida. Todos sonríen.

—¿El trabajo cumple con tus expectativas? —interviene Ken.

—El superordenador es fascinante. Con él controlamos los dos observatorios de las islas. Me gustaría enseñártelo algún día.

—Aquí poco se nombra a España, pero las noticias sobre Europa no son muy alentadoras. ¿Cómo está la situación económica?

—Complicada, desde la salida del euro y la vuelta a la neopeseta las cosas han ido a peor. Es como si hubiésemos retrocedido varias décadas. La fuerte devaluación de nuestra moneda nos ha hecho más competitivos, pero no veas lo que me ha costado el viaje con el tipo de cambio. —Francisco esboza una sonrisa.

—¿Has vuelto por eso? ¿Problemas económicos?

El tono agrio de Ken, incluso algo acusador, le cuesta una reprobadora mirada por parte de Isa. Pero Francisco contesta con normalidad.

—Supongo que os llegarían noticias de la catástrofe acontecida en la isla de El Hierro, devorada hace unos años por el magma tras una erupción submarina sin precedentes. Los sismógrafos detectan ahora movimientos similares cerca de La Palma, isla donde trabajo y resido. Nos han evacuado por prevención. De momento no lo han hecho público y esperemos que no sea necesario.

—Dios mío... —suspira Isa, y Francisco aprovecha la ocasión para cambiar de tema:

—¿Y por aquí? ¿Todo bien?

—La situación económica también es difícil. Están estrangulando la inversión en investigación. Pero no podemos quejarnos… —Ken evita mencionar su nuevo trabajo.

—Por cierto, ¿habéis oído lo de los murciélagos? Estuve allí, fue increíble. Parecía como si pretendiesen atacarnos.

—Los murciélagos no atacan más que a los mosquitos —sentencia Ken—. Nos costó creerlo al escucharlo en las noticias... —Ken deja la frase en el aire y pregunta sorprendido—: ¿Qué hacías allí?

Pero Isa interviene antes de que Francisco pueda responder.

—No es tan raro. A Ken casi lo devora un oso en la puerta de casa.

Francisco los mira con incredulidad. Cuando Isa le propina un codazo, los tres rompen a reír, aunque a Ken le duele que nadie crea su encuentro con el oso.

Terminada la cena, y la botella de buen vino español que ha traído Francisco, se crea un ambiente más relajado. La conversación, más fluida, agrieta los muros del incómodo silencio. Francisco adula a Isa por la exquisita comida y afirma que la encuentra más guapa que nunca. Poco a poco, la charla toma tintes más sentimentales: rememoran los buenos momentos vividos juntos en su época de universitarios y Francisco termina por excusar su marcha apelando a la necesidad de regresar a su tierra, a sus raíces. De momento lo han evitado, pero el nombre de Katy pronto saldrá a relucir. Ken no quiere estropear la velada, así que aprovecha que Francisco es experto en informática para insinuar que le gustaría conocer la verdadera identidad de un usuario de un chat. Evita dar un motivo concreto; simplemente alega que se trata de un *hacker* molesto en su trabajo. Quisiera contar con algo más sólido antes de disculparse ante Leslie.

Francisco le escucha con atención. Le deja hablar sin hacer preguntas y, cuando termina, se levanta y abandona el salón sin mediar palabra. Isa y Ken cruzan una mirada de desconcierto. Al cabo reaparece con un maletín circular.

—¿Dónde nos ponemos? —Y, ante la sorpresa de sus amigos, explica—: Siempre lo llevo encima. Trabajo.

Los tres se acomodan alrededor de una mesilla circular. Francisco deposita el maletín cuidadosamente sobre ella, lo abre y retira la mitad superior dejando ver un disco grueso de superficie negra y completamente lisa, como la de un imán. Ante la curiosa mirada de Isa y Ken, comienza a irradiar una tenue luz sobre ella, que va cobrando intensidad hasta convertirse en un fulgor azulado y brumoso que acaba formando una imagen tridimensional a escasos centímetros de la base.

—Dime nombre de la sala y alias del usuario.

—Inet, Hombre Lobo.

La inmediata respuesta de Isa sorprende a Francisco, que interroga a Ken con la mirada esperando su confirmación.

—Muy bien. —La proyección muestra infinidad de información al ritmo de las rápidas manos de Francisco, que parece un mago ante su bola de cristal. Con una sonrisa confiada, añade—: Dadme unos minutos.

Ken e Isa aprovechan para preparar y servir unas copas. Al depositarlas sobre la mesa, Francisco continúa absorto. El juego de luces que baila en su rostro revela una profunda concentración. Sólo reacciona al sentir las miradas puestas en él.

—No es tan fácil como pensaba.

Una sombra, que no pasa desapercibida para Francisco, cruza el rostro de su amigo. Insiste un rato más.

—El tío es bueno, muy bueno. —Hay admiración en su voz—. Me ha sido imposible rastrear su ubicación y sus datos personales. Tendréis que darme un poco más de tiempo. De momento tenemos esto:

En la pantalla aparece una web que atrapa su atención. No es necesario que se muevan, pues la proyección muestra siempre la misma cara desde cualquier perspectiva.

—¿Qué es? —pregunta Isa.

—Su videoblog personal. —Francisco navega por la web bajo la atenta mirada de sus amigos—. Lleva operativo desde 2020. Yo diría que añade uno o dos clips de vídeo cada semana, aunque últimamente se aprecia una mayor actividad. ¿Vemos alguno?

Y sin esperar respuesta, Francisco reproduce unos segundos de diferentes clips elegidos al azar. Siempre es lo mismo: un hombre desfigurado habla mientras el fondo de pantalla y un monitor virtual varían acordes al tema tratado; nada novedoso. Los últimos clips se refieren a la Luna. Ken le indica con un gesto que no cierre el que ahora visionan.

En el vídeo se suceden imágenes de la Luna. Ken reconoce algunas; son antiquísimas, de las que tomaron los primeros satélites. Toda una reliquia digital. Isa y Ken las observan con interés, todo lo relacionado con la Luna les atrae. Mientras, partes de dichas imágenes se van ampliando al compás de una voz en off:

La NASA ha desdibujado estructuras masivas en la Luna, torres de millas de altura.

Tras esta afirmación, zonas de la foto que aparecían borrosas van cobrando nitidez digitalmente hasta mostrar algo parecido a columnas no naturales.

La NASA ha emborronado ciudades enteras.
La Luna muestra evidencias de bandas uniformes.

Estas últimas sentencias también son acompañadas de un retoque digital de las fotos originales, revelando así todo tipo de estructuras aparentemente artificiales. Acto seguido, las fotos se reducen hasta encuadrarse dentro de la pantalla virtual y, a su derecha, aparece en escena el hombre de rostro desfigurado dirigiéndose directamente a sus hipotéticos seguidores.

Científicos de la NASA lo han sabido durante años y aún no lo han difundido. ¿Hasta cuándo tendremos que esperar...? Veamos ahora el testimonio del sargento Karl Wolfe, de la fuerza aérea de Estados Unidos. Trabajó como técnico fotográfico dentro del proyecto Lunar Orbiter en la década de los sesenta.

En el vídeo aparece el sargento hablando en el club nacional de prensa de Washington, en 2001:

«Me dijo con toda tranquilidad: "Por cierto, hemos descubierto una base en la cara oculta de la Luna". Me puso las fotografías enfrente y, claramente, en esas fotografías había estructuras, edificios en forma de seta, edificios esféricos y torres dentadas verticalmente. En ese momento quedé muy preocupado porque sabía que estábamos trabajando bajo seguridad extrema... Trabajé ahí tres días más y recuerdo haber ido a casa pensando ingenuamente: "No puedo esperar a escuchar acerca de esto en las noticias". Aquí estamos, más de treinta años después, y espero que lo escuchemos esta noche. Testificaré bajo juramento ante el congreso que lo que digo es verdad.»

Una música precede la reaparición del hombre sin rostro:

Ahora veamos algo similar en las imágenes recibidas del planeta Marte...

La pantalla se transforma en el inconfundible rojo y árido desierto Marciano, pero Ken, con un suspiro, deja claro que ya ha escuchado suficiente. Francisco detiene la reproducción.

—Dios mío, llevo más de diez años trabajando en el programa de visión lunar del Observatorio McDonald y todavía no he visto esas estructuras —dice Ken con tono sarcástico, simulando un hondo pesar.

Francisco e Isa le miran y los tres acaban riendo.

—En mi país, un famoso investigador aseguraba que las misiones Apolo se llevaron a cabo precisamente para examinar dichas estructuras descubiertas previamente por los satélites. Afirmaba que eran hangares construidos por civilizaciones alienígenas —apunta Francisco con manifiesto escepticismo.

Ken e Isa, aún sonrientes, mueven negativamente la cabeza.

—Y falta lo mejor: después de estudiarlas decidieron volver para destruirlas con bombas nucleares que contaminaron la Luna; explosiones que, según él, fueron registradas por varios astrónomos y observatorios. Además, alegaba que esa es la razón principal de que no hayamos vuelto nunca a la Luna. Quizá por ello no puedas ver a día de hoy las famosas estructuras.

Ya no parece que llevan varios años sin verse. La reunión deriva en una agradable charla de fin de semana entre amigos de toda la vida. Lástima que sólo sea un espejismo, como las supuestas estructuras ocultas en las imágenes de la Luna. Ken interviene; es muy puntilloso y no puede dejar el argumento sin rebatir.

—Las misiones Apolo, desde la 14 en adelante, detonaron explosivos e incluso provocaron que fases del cohete chocaran contra la superficie lunar para realizar pruebas sísmicas, así que es perfectamente posible que ciertas explosiones fuesen vistas o quedasen registradas.

—¿Y tú te lo crees? Qué ingenuo… Esa fue una simple excusa para ocultar la destrucción de las ciudades lunares; resulta evidente. Nunca pensé que fuese tan sencillo engañarte —bromea Francisco, pinchando a su amigo.

Isa se anticipa a la segura réplica de Ken con un esfuerzo por contener la risa.

—No nos des una de tus lecciones, que no estamos en el observatorio. —Y giñando el ojo a Francisco, continúa—: Así me cautivó a mí. Mira qué guapo está cuando se pone intelectual.

—Está bien —transige Ken—. ¿Puedes poner el videoclip posterior a la superluna?

—Claro, están ordenados por fechas. Fue el pasado mes de…

Pronto aparece el vídeo en que el Hombre Lobo revela la conversación mantenida con Isa. Además, lo acompaña de un escueto resumen sobre el Proyecto de Medición Lunar. Lo escuchan con interés; es más riguroso y está mejor argumentado que los anteriores videoclips. La preocupación pintada en el rostro de Ken se recrudece cuando Francisco apunta que el vídeo ha superado los tres millones de reproducciones.

—Este tío no es más que un *freaky* paranoico. ¿En qué os puede perjudicar lo que diga?

—En nada, pero no me gusta que la gente meta las narices en mi trabajo —responde Ken secamente.

El resto de la velada transcurre sin novedad. Ken permanece menos participativo y algo distraído, ausente. El comentario en intimidad con Isa sobre su investigación la noche de la superluna, le ha hecho quedar como un auténtico bocazas y no consigue sacárselo de la cabeza. Nada más despedir a Francisco, se van a dormir. Isa no tarda en conciliar el sueño; lo confirman los rítmicos y suaves ronquidos que escucha Ken mientras busca la forma de explicárselo todo a Leslie. No tiene intención de ocultar nada; con un error es más que suficiente. También le preocupa el hecho de que Francisco no haya podido desenmascarar al Hombre Lobo. Debe de ser realmente bueno, pues Francisco siempre ha sido un auténtico genio de la informática. Incapaz de dormir, y sin esperanza de conseguirlo, se levanta sigiloso de la cama, como viene haciendo las últimas noches. Creía tenerlo controlado… Pero antes de refugiarse en la bañera sin agua, se sienta frente al ordenador portátil. El reflejo del monitor ilumina su rostro blanquecino en la oscuridad de la habitación. Es un rostro cansado e impaciente cuyas pupilas dilatadas saltan de un extremo a otro, hasta que finalmente pincha en el último clip de la web del Hombre Lobo.

Capítulo 9

Ubicación Desconocida

www.dudo-existo.com
Clip 477/2029

Bienvenidos un día más a mi humilde vlog. Me gustaría proseguir, cómo no, con nuestra misteriosa Luna. Investigando en internet he encontrado este interesante vídeo:

Unas rayas verticales aparecen en la televisión virtual y una cuenta atrás que empieza por «9» se inicia en ella, emulando el comienzo de las primeras proyecciones cinematográficas. Poco a poco va ampliándose hasta ocupar toda la pantalla del clip de vídeo, justo al llegar al «0». La reproducción consiste en una sucesión de frases de texto blanco sobre fondo negro, sin audio ni imágenes.

¿Qué es realmente la Luna?
La Luna es distinta a cualquier otro satélite de todo el universo conocido.
La Luna es más antigua que la Tierra según algunas dataciones científicas, aproximadamente en unos ochocientos mil años.
Nuestra luna es la única del Sistema Solar que describe una órbita circular estacionaria casi perfecta.
Debido a su distancia orbital, cerca de treinta veces el diámetro de la Tierra, la Luna tiene en el cielo justo el mismo

tamaño que el Sol, lo que le permite cubrir exactamente el astro en los eclipses solares totales.

Coinciden rotación y traslación. Necesita justo los mismos días en girar sobre sí misma que en girar alrededor de la Tierra.

Nuestra luna no comparte características con ninguna otra luna dentro de nuestro Sistema Solar.

«Algo» ha estado manteniendo a la Luna en su precisa altitud, curso y velocidad para que mantenga su órbita.

Conclusión: La Luna fue construida como un satélite artificial y aún sigue las disposiciones de algo o alguien, por un motivo concreto.

Esta última frase se oscurece lentamente hasta fundirse con el fondo negro, mientras entra una lúgubre melodía. Segundos después reaparece el simulado plató lunar con el hombre sin rostro.

¿Es la Luna algún tipo de nave controlada por alienígenas? Lo dudo, pero lo cierto es que, cuanto más profundizo, más dudas surgen. Y aquí estamos para eso, ¿no les parece? —Otra vez la triste melodía—. ¿Qué es realmente la Luna? ¿Ha estado siempre ahí? ¿Es indispensable para la vida en la Tierra?

Si tomamos por válida la hipótesis de que se aleja velozmente de nosotros, nos enfrentamos a nuevas incógnitas: ¿Por qué este súbito alejamiento? ¿Acabaremos perdiéndola? ¿Cómo afectaría a la Tierra? ¿Cómo nos afectaría a nosotros?

Intentaré responder a todas estas preguntas en los sucesivos clips, prestando especial atención a la última de ellas, pues la vida en la Tierra está sujeta indudablemente al ritmo de la Luna. Hombres, animales y vegetales vivimos bajo su constante influjo. La reciente oleada a nivel mundial de crímenes violentos, robos, suicidios... ¿guardan relación con su progresivo alejamiento? ¿Puede realmente afectar a la psique de las personas? No quisiera adelantarme, pero antes de despedirme, y como aperitivo previo a la próxima cita, permítanme esbozar unas pinceladas de cómo la Luna está mucho más presente en nuestras vidas de lo que creemos. Nuestro día a día está plagado de alusiones a ella, sin que muchas veces nos demos cuenta. Su prominencia en el cielo y su ciclo regular de fases la han convertido en una importante influencia cultural desde la antigüedad: en el lenguaje, el calendario, el arte, la mitología... Es venerada desde el amanecer del hombre. Quizá aquellos hombres primitivos no anduviesen tan desencaminados.

Por ejemplo, nuestro mes es una unidad astronómica de tiempo, usada en el calendario como el período que tarda la Luna en dar una vuelta alrededor de la Tierra. Los hallazgos arqueológicos demuestran que ya en el Paleolítico contaban el tiempo y algunos fenómenos periódicos sirviéndose de las fases lunares. El calendario lunar es la forma de calcular los años según las lunaciones o meses lunares. Siendo el mes lunar o sinódico el período que transcurre entre dos mismas fases consecutivas de la Luna, con una duración aproximada de 29,53 días. La repetición de doce lunas sería un año lunar. Actualmente ,el calendario lunar sigue siendo la base de muchos calendarios.

De hecho, el mes le debe su propio nombre a la Luna. Originariamente, en las lenguas indoeuropeas, mes y luna se designaban con el mismo nombre: «mensis» en latín, «mene» en griego. Pero posteriormente, debido quizá a la mala influencia que se atribuía a la Luna, esta palabra comenzó a considerarse tabú y se sustituyó por otra para denominar a la Luna: «selene» en griego, de «selas» o «esplendor»; luna en latín, de «la luminosa» con raíz «leuk»: «brillar».

«Mensis» tiene la misma raíz en latín que «metiri», «medir», pues la Luna mide el tiempo; y es a su vez origen de palabras como «menstruación». El «mes lunar» siempre fue utilizado por los seres humanos para calcular ciertas regularidades en la naturaleza, como el ciclo sexual de las mujeres o las mareas. En ambientes rurales, «mes» todavía se utiliza para designar el

176

ciclo menstrual. En otros idiomas de origen eslavo se refieren a la Luna y al mes con la misma palabra; por ejemplo, en checo «měsíc» o en ruso «месяц».

Algo similar ocurre con el día de la semana «lunes». Su nombre proviene del latín «Dies Lunae», o «día de la Luna». En Japón, el vocablo «lunes» se simboliza con el kanji «月», que vemos en pantalla y que significa «Luna». Observamos el mismo paralelismo en idiomas de origen germánico, como el alemán «Mond-Montag», o el inglés «Moon-Monday».

En el siglo sexto antes de Cristo se introdujo en Roma el culto a Diana, que fue divinidad del astro de la noche, de pura y fría luz. A Diana le fue consagrado un día de la semana, el lunes.

La Luna afecta al comportamiento del hombre desde que este mora la Tierra, y no sólo del hombre, sino de toda la naturaleza: los gusanos marinos suben una vez al año a la superficie del océano para aparearse la noche anterior a la luna nueva. Los fotorreceptores del coral del Gran Arrecife se activan una vez al año con la luz de la luna llena, marcando a finales de la primavera austral el inicio del desove. Esta señal lunar sirve igualmente para que otras muchas especies se reproduzcan en distintas épocas del año. Lobos y búhos cazan por la noche alumbrados por su luz...

Mientras Kevin habla, en la pantalla se suceden imágenes documentales que apoyan sus palabras.

La Luna también influye indirectamente en los animales al regular las mareas, y éstas, sus hábitos: cuando las mareas alcanzan su punto más alto durante la luna nueva y la luna llena, las tortugas marinas anidan en la playa para depositar los huevos, sabiendo que los cangrejos emergen de sus entierros subterráneos sólo cuando hay marea baja. En las islas Galápagos, las iguanas marinas se anticipan hasta dos horas a las mareas bajas para conquistar la orilla, que comparten con las focas, y alimentarse con sus algas.

Pero, volviendo a su influencia sobre nosotros y nuestra psique, encontramos que es origen de expresiones tan habituales como «lunático», que proviene de latín «lunaticus», palabra que usamos para referirnos a personas que padecen locura transitoria, a intervalos, como las fases lunares. Ya en el tiempo de los romanos se había observado que los crímenes, delitos, suicidios y conductas dementes eran más frecuentes durante las noches de luna llena. También se decía que si alguien se dormía con la luz de la Luna reflejada en su cabeza se volvía loco. De ahí proviene otra acepción de «lunático» usada para calificar a personas que no tienen los pies puestos en la tierra, que viven mirando la Luna o que tienen los pies sobre ella... ¿Interesante, no les parece?

En América, especialmente en Argentina y Uruguay, «tener mala luna» significa estar de mal humor. Esta expresión tiene posiblemente su origen en la expresión italiana «avere la luna».

Como vemos, la Luna siempre ha estado y está presente en nuestras vidas, en nuestro día a día. Además, desde siempre la hemos creído capaz de condicionar la conducta humana, principalmente por su cercanía, llegando incluso a desequilibrarnos. No olvidemos la leyenda viva del hombre lobo.

En ese instante, la imagen del videoblogger se transforma en lobo y prosigue con voz ronca y cavernosa:

Hombres que se convierten en lobo al contemplar la luna llena... Y yo me pregunto: Si tan presente está la Luna en nuestra vida, ¿que ocurriría si de pronto su influjo desapareciera? ¿Cómo nos afectaría? ¿Cuál sería la antítesis del hombre lobo?

Año 2030

Capítulo 1

Hogar de Phil Rewer, Austin

Un elegante Chrysler 300S negro destaca como un diamante entre el resto de coches aparcados —abandonados— a ambos lados de la calle: carrocerías abolladas y herrumbrosas, grotescos muñones metálicos que penden a dos palmos del asfalto ocupan el lugar de extremidades inferiores amputadas, lunas agrietadas o ausentes... Un fuerte aguacero castiga a todos los coches por igual, sin distinción. Tom aguarda pacientemente en su interior. No comprende por qué Phil se ha mudado a un apartamento del tres al cuarto en una zona tan deprimida.

A cierta edad, superadas ya las prisas inherentes a la juventud, el fluir del tiempo se experimenta de un modo diferente. Lleva horas esperando; no importa, esperará el tiempo que sea necesario. La tupida cortina de agua le ampara de las indiscretas miradas de los escasos viandantes que osan desafiarla.

El tiempo pasa y la lluvia, lejos de amainar, arrecia con fuerza. Le impide distinguir su rostro, pero aquel caminar parsimonioso y sosegado, completamente ajeno a la lluvia, sólo puede pertenecer a Phil. La difusa silueta se detiene unos segundos con los brazos extendidos y la cabeza inclinada hacia el cielo; parece disfrutar de la lluvia. Su forma flemática de proceder, que raya en la locura, le hace torcer el gesto. Llegará empapado a casa, así que cuando lo ve desaparecer en su portal decide darle unos minutos para que pueda cambiarse de ropa. Tom cruza la calle desierta guarecido bajo su amplio paraguas negro. Al alcanzar el soportal siente los pies húmedos dentro de sus elegantes zapatos de piel. El estado en que se encuentra el telefonillo es deplorable, llevándole a dudar de si Phil le ignora o simplemente no funciona. Insiste, pero no obtiene respuesta. No es su estilo, pero las precarias condiciones de la puerta difícilmente aguanten una moderada embestida.

Ni siquiera hay ascensor. Escurre el paraguas antes de plegarlo meticulosamente. Mira las escaleras y, con un suspiro de resignación, se dispone a iniciar el ascenso al cuarto piso. Es incapaz de recordar la última vez que subió unas escaleras, y eso que trabaja en un rascacielos. Seguramente sea este uno de los motivos que le obligan a detenerse en el segundo piso para recuperar el aliento. El rellano de Phil es patético, viejo y descuidado. Lo observa con cierta aprensión y, suponiendo que hace años que han dejado de pagar al servicio de limpieza, sonríe. Se arregla el traje frente a la puerta antes de llamar. Nada. El tercer intento lo acompaña con voz firme:

—Soy Tom Murphy. Necesito hablar con usted. —Unos segundos después añade—: No me marcharé, lo sabe bien.

Escucha pasos en el interior y la puerta se abre.

—Adelante, Tom. Me alegro de verle.

En el mismo recibidor, Phil se presta a recoger su paraguas y chaqueta. Tom vacila un instante pero acaba entregándoselos.

—Lo siento, el personal de servicio se ha tomado el día libre — bromea Phil.

Acceden al salón. Phil le invita a tomar asiento en un raído sofá antes de desaparecer. Tom, sorprendido por su comodidad, aprovecha la momentánea soledad para estudiar el cuarto: viejo, deteriorado por el uso y de mobiliario austero pero utilitario. Queda relativamente complacido con lo que ve pues, la verdad, le inquietaba lo que pudiese encontrar en su interior.

Phil retorna con una bandeja de bebidas y le sirve un San Francisco, su favorita, antes de sentarse frente a él. Tom va al grano:

—Lleva semanas sin aparecer por su despacho. Todos preguntan por usted, y se me acaban las excusas. Si no vuelve perderá el control de la empresa.

Phil se limita a observarle.

—No hemos recibido los últimos pagos del trabajo en la Antártida. El consejo está nervioso, conspira para expulsarle de su propia empresa.

Tom le mira fijamente. Le ha costado decírselo, pero a Phil parece no importarle en absoluto. En otro tiempo, el amago de traición hubiese desatado su ira, acarreando la toma de decisiones apasionadas y precipitadas; otro error propio de la juventud.

—En serio, Phil, entre usted y yo. ¿Qué es eso de la Antártida?

—Un proyecto científico. —Es su parca respuesta.

—¿Y desde cuándo le interesa la ciencia?

—Pagarán. —Más que un acto de fe, es una evasiva para zanjar el asunto.

Tom se levanta. Presume de ser hombre paciente, pero le cuesta permanecer impasible cuando está en juego la supervivencia misma de la empresa a la que ha dedicado toda la vida. Una de sus cualidades es entender a la gente, saber anticiparse a sus inquietudes y anhelos. No en vano ha trabajado de consejero durante todos estos años. A estas alturas de su vida, poca gente consigue sorprenderle, pero el comportamiento de los últimos meses de Phil le desconcierta. Es como si tratase con un completo extraño. Phil, precisamente Phil, al que había criado como al hijo que nunca tuvo, el niño que había pasado más tiempo en la oficina junto a él que en su propia casa, el mismo al que había enseñado todo lo que sabe para convertirlo en el gran presidente que es hoy. Siempre fue transparente para él y, sin embargo, ahora… ¿qué le sucede? Tom pasea por el salón imbuido en sus propios pensamientos, mientras lo hace aprovecha para arreglarse el traje de forma casi instintiva; nunca hay que perder las formas ni la compostura.

—Vamos, Phil, ¿qué está ocurriendo? Estamos retrasando infundadamente lo de Noruega…

Al escucharse, no le gusta el tono de su propia voz. No ha logrado dotarla de la calma pretendida. Debe serenarse.

—¿El aseo, por favor?

—Segunda puerta a la derecha. —Phil señala la dirección indicada.

Tom entra en el aseo y enciende la luz, que necesita parpadear un par de veces antes de encenderse del todo. La reducida estancia está completamente revestida de pequeños azulejos amarillentos que juegan de un modo extraño con la luz, colmando todo con sus infinitos reflejos. El lavabo es muy bajo, obligándole a encorvarse demasiado para enjuagarse el rostro. Para colmo, al incorporarse no hay espejo; en su lugar se topa con los malditos azulejos, que en aquella zona presentan un tono ligeramente más oscuro y delimitan claramente el contorno del desaparecido espejo. Algunos aparecen desconchados en sus extremos, como si lo hubiesen arrancado de cuajo. Acerca un poco más el rostro y busca su reflejo en los propios azulejos para acicalarse. No se marchará sin decir lo que tiene que decir.

Phil le espera tranquilamente. Le ha servido un nuevo coctel. Antes de tomar asiento, Tom posa la mirada en la pared frontal: un rectángulo de un tono diferente destaca sobre el blanco deslucido. Allí el tiempo ha sido más clemente. Antes había supuesto que estuvo protegido por un cuadro, ahora aseguraría que por un espejo. Se sienta.

—Debemos volver a tomar las riendas de la empresa. Hay viejos incondicionales que están cambiando de bando. Le tachan de lunático.

—¿Lunático? —le interrumpe Phil, pensativo.

Se reclina en el sofá con una sonrisa dibujada en el rostro, mientras repite con la palabra con apenas un murmullo de voz, lunático, como si hubiese dicho algo ocurrente.

—Quizá estén en lo cierto. ¿Usted qué opina?

Pese a la confianza de toda una vida se tratan de usted, el respeto es uno de los principales valores de la empresa, especialmente para Tom.

Por una vez, Tom no sabe qué responder, no al menos en el breve margen de tiempo que le deja Phil antes de matizar su pregunta. Se avergüenza de ello.

—Me refiero a si ya ha elegido bando.

—Nunca traicionaría a su padre, usted bien lo sabe.

—Mi padre ya no está.

Phil le mira inquisitivamente. Tom sostiene su mirada, pero durante un instante ve en sus ojos un vacío que le perturba. Son dos círculos negros, profundos, inánimes… Nada puede leer en ellos, se siente desprotegido. Phil vuelve a tomar la iniciativa.

—¿Está usted bien? Quiero decir, ¿cómo le ha tratado la vida? ¿Ha gozado de una vida plena? ¿Está satisfecho?

Tom se toma su tiempo antes de responder enfrentándose de nuevo a aquellos ojos. No es un cobarde pero siente alivio al volver a encontrar a Phil en ellos.

—Creo que puedo enorgullecerme. He formado una familia y la he honrado con mi trabajo.

—¿Es usted feliz?

—No creo que nadie pueda ser completamente feliz, no en esta vida. Yo he estado cerca, sin desmerecer los momento malos. Todo cuenta.

Tom está sorprendido, responde a preguntas que bien podría haberlas formulado él mismo amparándose en la diferencia de edad y en la experiencia de toda una vida. Quedan unos segundos en silencio.

—No me necesita, dirigirá la empresa mucho mejor que yo. Ambos lo sabemos —afirma Phil con un guiño de complicidad.

Tom no responde. Coge el refresco aún intacto y apenas se humedece los labios.

—¿Le apetece algo más fuerte? ¿Un whisky, quizá? Tengo escondido un Chivas de 20 años, cuesta desprenderse de ciertos placeres.

—No, gracias. Está bien.

—Agradezco la visita y su lealtad, pero no tengo intención de volver al trabajo. Tom, le dejo al mando de todo. Sólo debe prometerme una cosa: la Antártida debe ser un asunto prioritario.

Phil deposita sobre la mesa una gruesa carpeta y una pluma.

—Le traspaso todos los poderes, por lo que pasa a ser el socio mayoritario de NEXUS 6. Voy a estar fuera una larga temporada.

El semblante de Tom se endurece. Los pliegues en la frente y el rostro le hacen parecer cansado.

—Es un honor que haya pensado en mí, pero soy viejo y no lo necesito. ¿Hay alguna manera de disuadirle?

—No es un favor. La empresa es más suya que mía. Lleva dirigiéndola todos estos años, trabajando en la sombra. Sé que no me hará caso, pero no debe trabajar tantas horas; viva el momento, y sobre todo, no tome decisiones a largo plazo. —Phil hace una pausa y borra la sonrisa—. No permita que se hagan con el control esas sanguijuelas, aunque eso nada importa ya... —matiza con resignación—. Usted conoce a la gente, obre según estime oportuno. Y recuerde, sólo le pido una cosa: Antártida.

—Si quisiera localizarle...

—Yo me pondré en contacto con usted.

Brindan con el whisky antes rechazado. Tom no sabe cómo sentirse, quiere a ese chico.

—Mi padre fue un hombre rudo, ambos lo sabemos. Nunca tuvo tacto con la gente. Yo le quería, era mi padre. Pero le agradezco que siempre estuviese ahí en los momentos difíciles y también en las cosas pequeñas. Fue duro conmigo y también con usted. Era su forma de ser.

—Le debo mucho a ese hombre.

—No más que nosotros a usted. Quiero que sepa que en sus últimos momentos mencionó su nombre. Me pidió perdón, confundiéndome con usted, y me entregó esta llave. Es suya, él así lo quiso. No sé qué abre.

Tom toma la llave visiblemente emocionado y, tras observarla con curiosidad, la aprieta con fuerza en el interior de su puño. Posteriormente hablan del pasado. Al calor de la botella de whisky reviven viejos momentos y brindan por el hombre que les había dejado. Tom, al ponerse en pie, repara de nuevo en la deslucida pared.

—¿Por qué no hay espejos en toda la casa?

—¿Quién ha dicho eso?

—Yo lo digo.

Ambos ríen, pero Phil no responde. Tom, con la lengua más suelta, vuelve a la carga:

—¿Sabré algún día qué hay en la Antártida? ¿Extraterrestres?

Al despedirse se abrazan como padre e hijo. Tom sabe que es un adiós definitivo, para siempre. Nunca habría podido imaginar que su visita acabase así, y su voz tiembla.

—¿Cómo supo que vendría?

—Llevo unos días esperándole. ¿Cómo no saberlo? Usted ha sido un padre para mí.

Capítulo 2

Campus J.J. Pickle, Austin

—Según sus estimaciones, ¿cuánto se alejará la distancia media de la órbita lunar en una década?

El súbito cambio de tema en la conversación descoloca a Ken, quien sólo necesita unos segundos para responder mediante cálculos mentales.

—Cincuenta y cuatro mil trescientos kilómetros.

—¿Y si le dijera que se equivoca?

La cuestión importuna a Ken, que sabe morderse la lengua y dejarlo terminar. Ha aprendido que la paciencia con el anciano es más una necesidad que una virtud.

—Mejor dicho, ¿está seguro de que sus cálculos son correctos?

—Los he revisado cientos de veces.

—Entonces, con toda certeza, sus conclusiones son erróneas.

Ken intenta intervenir, pero Leslie se lo impide levantando la mano derecha con un gesto que exige paciencia.

—Cálmese, Ken. No dudo de su capacidad —continúa Leslie—. Lamento comunicarle que le hemos estado facilitando unos datos sesgados que no se corresponden con la realidad. Pero no todo ha sido en vano. Aplicando un sencillo coeficiente de corrección sobre sus conclusiones, podemos obtener los resultados reales. No es culpa suya: sus estimaciones son erróneas porque parte de unos datos adulterados. Aún no podíamos confiar en usted, compréndalo.

—¿Desde cuándo? —pregunta Ken con voz gélida.

—Desde casi el principio.

—Estará más lejos, ¿verdad?

Leslie no contesta. Prosiguen andando por los simétricos e interminables pasillos subterráneos.

—¿Por qué este mutismo? ¿Por qué los gobiernos no informan?

—¿Los gobiernos? —le interrumpe Leslie, recriminando su ingenuidad con desdén—. Lo intentamos en su día y nos ignoraron. Admitir esa posibilidad equivalía a asumir un gasto inoportuno y prefirieron hacer oídos sordos ante una amenaza incierta y lejana en el tiempo. Ya se ocuparían los gobiernos venideros en caso de ser preciso. Nos silenciaron. Desde entonces, las cosas no han hecho más que empeorar, las partidas destinadas a la ciencia han sido congeladas o retiradas en casi todo el planeta y los gobiernos se han ido degradando al son de la crisis. Están corruptos y pelean por repartirse las migajas de dinero y poder. Resolvimos dejarlos con su lucha. Sólo unos pocos científicos hemos seguido adelante, manteniendo a todos al margen.

Ken se detiene y, obstaculizándole el paso, le desafía con la mirada. Osadía que es consecuencia de la furia desbocada que crece en su interior.

—¿Por qué se aleja? —le conmina Ken.

Leslie le mantiene fija la mirada hasta que Ken baja la suya y, empujándole apaciguadoramente del hombro, le invita a continuar.

Caminan un rato en silencio, el tiempo que Leslie considera necesario para que se le bajen los humos.

—De momento centrémonos en cómo nos afectará dicho alejamiento.

Finalmente se detienen en la puerta apodada «lab M» y, mientras el lector biométrico realiza el reconocimiento facial, Leslie hace un último comentario antes de acceder:

—Usted se centrará en las consecuencias físicas, pero no debemos olvidar las psíquicas.

Ken, de un solo vistazo, queda abrumado ante la descomunal inversión en equipo que debe de contener aquella especie de laboratorio médico futurista. Inmediatamente, su atención recae en el hombre de torso desnudo y ojos cerrados sentado frente a un gran holomonitor, con electrodos en cabeza y pecho conectados a distintos monitores. En uno de ellos fluctúa una gráfica en continuo movimiento, que le recuerda a un electrocardiograma; otro parece mostrar sus constantes vitales. El que supone un médico, por la bata blanca con la que viste, gira atareado a su alrededor consultando una y otra vez los diferentes monitores e ignorando clamorosamente su presencia. Leslie, con un gesto, le ordena que permanezca quieto y en silencio.

Cuando la proyección que flota en medio de la sala se convierte en un espejo, el paciente abre los párpados y gira levemente la cabeza hacia Ken, que reacciona con un respingo ante aquellos profundos ojos negros. Sin mediar palabra, el sujeto desvía la mirada hacia el espejo con expresión grave. Hay una solemne determinación en su proceder. ¿Será el mismo hombre que vio desde el despacho de Leslie? De cualquier forma… está convencido de haberlo visto antes. El doctor se encorva, una vez más, para examinar los pequeños monitores. Ambos permanecen absortos, pero no parece ocurrir nada; al menos esa es la impresión que tiene Ken desde su perspectiva. De pronto las pantallas intensifican su actividad, líneas onduladas de diferentes colores serpentean en su interior y emiten pulsos de distinta frecuencia. Ken, sin comprender nada, observa al doctor tomar notas concentrado en su labor.

La situación se prolonga unos minutos, hasta que el espejo empieza a desdibujarse y se vuelve translúcido. Poco a poco, los monitores recobran la calma. El paciente continúa inmóvil, con la mirada extraviada, pero el doctor pierde el interés en él y en los monitores, y se sitúa frente a ellos para estudiar a Ken sin escrúpulos.

—Le presento al doctor McKee y al señor Phil Rewer. —Leslie señala al paciente, que ya recobrado, les observa con esforzada sonrisa.

Phil inclina ligeramente la cabeza a modo de saludo, pero McKee desatiende sus palabras y persevera en el examen de Ken, girando ahora a su alrededor. Una vez saciada su curiosidad, se separa de ellos y comienza a hablar para todos y para ninguno.

—La actividad vital de cualquier ser vivo, sea de la índole que sea, como puede ser la excitabilidad de un músculo o de un nervio, el crecimiento, la reproducción, el comportamiento, la respiración, etcétera, se manifiesta siempre con una variación regular y no como un proceso continuo. ¡La vida es un fenómeno rítmico! En muchos casos, las causas que activan los relojes biológicos tienen un origen externo, impuesto desde fuera del ser vivo, y actúan sobre el organismo a través de su sistema nervioso, accionando normalmente el sistema endocrino. Un factor desencadenante es el ambiente, pero también lo son los fenómenos cósmicos: alternancia día-noche, fases lunares, variación de estaciones...

Mientras habla, el doctor va separando los electrodos, que siguen adheridos como sanguijuelas al cuerpo y a la cabeza de Phil.

—Persiste cierta confusión sobre la relación existente entre los movimientos de translación y rotación lunar y ciertos fenómenos biológicos. Aunque los datos científicos son numerosos, son poco conocidos para el gran público, que por el contrario percibe abundante información de tipo legendario y tradicional.

Ahora le practica un examen ocular sirviéndose de un oftalmoscopio manual.

—¿Se han preguntado alguna vez cómo saben los animales cuándo deben migrar? ¿Cómo logran orientarse durante dichas migraciones? ¿Por qué se aparean en momentos determinados? ¿Por qué los insectos invaden con más ímpetu ciertas plantas en épocas determinadas? ¿Por qué, durante los eclipses, los animales quedan desconcertados: los pájaros no cantan, los perros se esconden...?

El doctor interrumpe su reflexión y quedan unos minutos en silencio. Ken sigue con curiosidad los movimientos del peculiar individuo.

—Las fases lunares explican gran parte de este tipo de comportamientos, aunque estos no sólo dependen de la Luna. ¿Existe una fuerza cósmica que dirija el comportamiento de estos animales e insectos? Y no hablo sólo de animales. Los agricultores, por ejemplo, se sirven de las fases lunares para una óptima siembra y recolección de sus productos en la llamada «luna de cosecha». Según ellos, la Luna influye sobre la savia facilitando su ascenso e incluso en la fotosíntesis y la germinación. ¿Sabían que los bodegueros franceses prefieren vendimiar en los días próximos a la luna llena y prensarla en los días de luna nueva? En ese momento, afirman que la influencia de la Luna está en su punto más bajo y, por tanto, el vino tiene menos poso y es más claro.

»¿Por qué las mujeres son más fértiles para concebir en determinados momentos? ¿Nacen más niños cuando hay luna llena? ¿Afecta la fase lunar al sexo del niño durante la concepción? Todos hemos oído hablar de los cambios de humor propiciados por la Luna, pero, ¿existe realmente una conexión entre las energías cósmicas y la psiquis humana? ¿Realizan estas algún tipo de influencias en la personalidad?

»Todo nos afecta de una forma u otra: el ambiente que nos rodea, los alimentos que ingerimos a través de reacciones químicas y, por supuesto, la Luna y el resto de astros. La ciencia ahora empieza a comprender... Los astrólogos, tan criticados, no estaban equivocados del todo. Les debemos una disculpa. Ahora sabemos a ciencia cierta que la conducta de muchas personas, animales e insectos varía, por ejemplo, con la manifestación de la llegada de los fotones solares, cuyo origen son las manchas solares. De forma similar ocurre con el geomagnetismo o los campos magnéticos.

El doctor McKee continúa realizando tareas puntuales por la sala; habla para sí e ignora su presencia por completo. Ken mira a Phil y a Leslie, que también permanecen en silencio, dando por válido aquel comportamiento.

—Quién sabe qué provocó que adquiriéramos conciencia de nosotros mismos... ¿Una mutación genética? ¿El monolito de Kubrick? —McKee se detiene un instante y se mesa una barba inexistente—. ¿Podemos descartar que tuviera su origen en un determinado suceso astral? ¿Y si ciertos eventos cósmicos lograsen estimular partes del cerebro a día de hoy dormidas?

Ahora se apoya en un ordenador y realiza unas consultas.

—La psique del hombre, y de todo ser viviente de este planeta, puede cambiar —enfatiza la palabra «cambiar»— con determinados eventos cósmicos. ¿Y si estamos asistiendo a un cambio en la misma esencia del ser humano? ¿A la germinación de una nueva raza? ¿Y si estamos escalando un nuevo peldaño en el arduo y lento proceso de la evolución?

McKee se detiene y observa, entre curioso y sorprendido, a los visitantes, como si acabara de reparar en su presencia. Además, por cómo tuerce el gesto, no parece aprobar la intromisión.

—¿Sabían que, para algunos científicos, el hecho de que el hombre adquiriera consciencia de sí mismo es involución y no evolución? El alma...—deja la frase en el aire—. Pregúntense esto: ¿En que nos beneficia? ¿Somos más felices que los animales? —Nueva pausa—. Otros colegas aseguran que el poseerla nos ha hecho enloquecer un poco. Afirman que no somos más que animales neuróticos, siempre preocupados por el ¿quién soy?, ¿de dónde vengo y adónde voy? ¿Qué ocurrirá mañana? ¿Podré comer? ¿Enfermaré? ¿Moriré? ¿Existe Dios?

Todas las preguntas las formula con un tono que imita al de un niño pequeño haciendo preguntas tontas a sus padres. Se sitúa frente a Ken.

—¿Tiene usted animales?

—Varios.

—Y, dígame… ¿Se preocupan por todas estas cosas? ¿Es usted más feliz que ellos? —Y prosigue sin dejarle responder—: Por no hablar de nuestra ambición infinita, el pozo sin fondo de nuestra recién estrenada «alma». Estamos vacíos por dentro, incompletos. Siempre necesitamos más, nada nos sacia. El resto de seres vivos de este planeta viven en perfecta armonía con la naturaleza y su entorno. Se conforman con lo que tienen, con lo que la naturaleza les provee, con cómo son. Podrían vivir millones de años en equilibrio con el medio ambiente; nosotros arrasamos con todo. No es tan descabellado pensar que algo fallara en nuestro proceso de evolución o, simplemente, que aún esté incompleto, que todavía seamos la crisálida entre la oruga y la mariposa.

Leslie aprovecha uno de los incesantes paseos del doctor McKee para llevarse el dedo índice a la sien y hacer el gesto universal de locura. No debe de tomar muy en serio sus palabras. El doctor se coloca a espaldas de Phil, que sigue sentado, y apoya ambas manos sobre sus hombros. Phil no se inmuta, acostumbrado al extraño proceder del doctor.

—A nuestro amigo Phil, durante sus periodos de letargo o enajenación mental, el cerebro le funciona como un Fórmula 1 respecto a su habitual seiscientos. ¿Qué ocurre ahí dentro? —El doctor tamborilea con sus dedos sobre la cabeza rapada de Phil—. Él no recuerda nada, absolutamente nada. ¿Ve alucinaciones en su interior? Está más que demostrado que las experiencias alucinatorias son comunes en la población general. Cerca del diez por ciento de la gente experimenta alucinaciones sutiles o leves. Incluso el cuarenta por ciento ha experimentado alguna vez una alucinación severa. La pregunta es: ¿su locura empeora, u ocurre algo más en su interior? Les aseguro que no hay deficiencias en el funcionamiento de su cerebro; todo lo contrario, las conexiones sinápticas entre las células ciliadas y las alojadas en el tallo encefálico y en los lóbulos occipital y temporal se disparan.

—Discúlpele. —Leslie trata de exculpar al doctor McKee.

Phil le resta importancia con un gesto indolente. El doctor, indiferente, reanuda su interminable perorata, aunque hay que reconocer que ha despertado el interés de Ken.

—En sus lapsus, sueños, alucinaciones —acompaña cada una de las tres palabras dibujando en el aire el signo de comillas dobles con las manos—, o como quieran que los llamemos, la actividad cerebral de Phil se incrementa de forma portentosa. Zonas hasta ahora dormidas del cerebro humano cobran vida. —Hay asombro y fascinación en el timbre de su voz—. ¿Es este hombre un lunático o un genio? Todos conocemos la delgada línea que separa la genialidad de la locura. Y lo más importante: ¿Nos ocurrirá a todos? ¿Queremos que nos ocurra?

Leslie aprovecha una de las frecuentes pausas del doctor para despedirse de Phil y arrastrar a Ken fuera del laboratorio, sin más cortesías. Escuchan a McKee continuar con su plática mientras salen. Ya fuera, Leslie no puede reprimir una sonora carcajada.

—No sé cuál de los dos está más loco.

Capítulo 3

Universidad de Texas, Austin

Ken se siente culpable. No ha vuelto a ver a Francisco desde la cena en su casa, descontando la fugaz visita que les hizo al hospital tras el parto de Isa. Entre el trabajo y el bebé, Ken ha estado tremendamente ocupado, o eso al menos se dice a sí mismo para tratar de acallar su mala conciencia. Pero en realidad lo ha estado evitando. El pasado —Katy— y el presente —proyecto NOE— se interponen entre ellos y ya no está cómodo en su presencia. La reciente noticia sobre España finalmente le ha hecho decidirse: al parecer, la isla de La Palma sigue los mismos pasos que El Hierro y acabará siendo devorada por el magma del volcán submarino.

Francisco trabaja ahora en el área de ingeniería de la Universidad de Austin, precisamente en su antiguo edificio: el Robert Lee Moore. Ken recorre con cierta nostalgia sus pasillos. Ha cambiado aquel níveo mármol y las enormes columnas por angostos pasillos subterráneos. Necesita unos segundos frente a la puerta para decidirse a llamar. Es increíble cómo la distancia y el tiempo pueden envilecer una vieja y sincera amistad. Ahora son casi extraños.

—Adelante.

Ken examina con curiosidad el despacho antes de estrecharle la mano.

—Lamento lo que está ocurriendo en Canarias.

Francisco, visiblemente abatido, resta importancia con un ademán de resignación.

—Por lo menos, la isla ha sido totalmente evacuada. No volveremos a cometer los mismos errores que con El Hierro, aunque los daños materiales serán cuantiosos. Mucha gente perderá sus casas y la ciencia perderá un magnífico observatorio y un valiosísimo instrumental… Pero contra la naturaleza no se puede luchar.

Ken frunce el ceño al escuchar la funesta afirmación.

—¿Qué sucederá con tu trabajo?

—Creo que voy a permanecer aquí una larga temporada. —Intenta imprimir ánimo en la voz, pero su rostro refleja una mal contenida impotencia.

Ken opta por dejar el tema y da un giro a la conversación.

—Veo que te has instalado bien, casi el primer día y con despacho propio. —Abre los brazos para evidenciar la amplitud del mismo—. Yo tardé años en conseguirlo.

Francisco sonríe pero no contesta, así que Ken continúa.

—Supongo que trabajarás en algo realmente importante…

—Preparo un nuevo sistema informático para operar con precisión simultáneamente varios observatorios y estaciones de medición vía satélite desde cualquier punto del planeta; entre ellos se incluye tu McDonald. Creí que un pez gordo como tú estaría al tanto, es más, daba por sentada tu recomendación.

Aquel comentario, no exento de ironía, reaviva una vieja discusión. Francisco siempre le había criticado por trabajar de mero celador en aquel observatorio situado a cientos de kilómetros de Austin y prácticamente gratis. Pero Ken, desconcertado con la respuesta, no sigue la chanza y apenas consigue disimular su asombro.

—Siempre soy el último en enterarme de todo.

Francisco lo mira con una sonrisa enigmática pintada en el rostro.

—Y lo mejor de todo: tengo el control total de un satélite. Un satélite propio. Acércate.

Ken rodea la mesa y se sitúa junto a su amigo. La pantalla muestra una recreación virtual de un satélite orbitando la Tierra. Al seleccionarlo, aparece una imagen real de parte del satélite tomada por una cámara exterior y diversos datos se imprimen en un lateral: distancia, velocidad y periodo orbital, tipo de órbita, tasa de datos…

La sorpresa de Ken aumenta al comprender que tal despliegue de medios sólo puede ser cosa de Leslie. Cada vez es más consciente del enorme poder que ostenta el grupo de científicos para los que ahora trabaja. ¿Es simple casualidad que su mejor amigo haya vuelto después de tantos años reclutado, precisamente, por ellos? ¿Cuánto sabe Francisco? Estas inevitables preguntas crecen en su interior, pero Ken prefiere mostrarse discreto. No volverá a ser reprendido por irse de la lengua.

—No debiera hablar de ello, pero… ¡Qué diablos! ¿Disponemos de algún observatorio importante en la Antártida? Aparte del telescopio de neutrinos alojado en la base científica Amundsen-Scott.

—¿En la Antártida? No he oído nada. —El asombro de Ken no es fingido.

—También me han encargado encontrar a nuestro amigo.

—¿Qué amigo?

—El Hombre Lobo. —El videoblog en el monitor acompaña su respuesta.

El desconcierto de Ken se troca en irritación. Ya no existe la más mínima duda de que la mano de Leslie dirige el trabajo de Francisco. ¿Por qué no ha sido informado? Este arrebato de ira pronto se disipa, pues Leslie nunca le ha dado explicaciones ni tiene por qué dárselas. ¿De qué se extraña? Él no es nadie. Arde en deseos de interrogar a Francisco, pero vuelve a contenerse.

—¿Has podido localizarlo?

—He de reconocer que ese tipo sabe lo que hace. Es inteligente, muy inteligente. Me ha detectado antes de que llegará a desenmascararlo y se ha esfumado borrando todas sus huellas. Ahora su rastro es difícil de husmear. Ha redoblado sus sistemas de protección, usa diversos *proxys*, cambia periódicamente de identidad…

—¿No eras el mejor? —Ken le hiere el orgullo recordando una de sus egocéntricas afirmaciones del pasado.

—Je, je… No te preocupes, le he puesto varias trampas y pronto caerá en alguna de ellas. Es cuestión de tiempo. —Francisco levanta la vista del monitor—. He echado un ojo a su videoblog. Pura superchería, un compendio de toda la basura que circula por internet. ¿Tan importante es?

—Sólo una simple molestia.

—No creo que sea ilegal lo que hace, a veces me pregunto qué haremos cuando demos con él. ¿Liquidarlo? —pregunta con sorna.

El rostro de Ken se oscurece durante un instante antes de esbozar una forzada sonrisa.

—Vayamos a tomar algo.

—Tengo que… —pero Francisco se interrumpe—. ¡Qué diablos! Saltémonos la clase, como en los viejos tiempos.

Una sombra de tristeza y añoranza le enturbia los ojos y le quiebra la voz al mentar el pasado.

—Lo pasábamos bien, ¿verdad?

Ken asiente, percibiendo su tristeza, y algo que lleva mucho tiempo dormido se agita en su interior. Permanecen en silencio, imbuidos en sus propios pensamientos.

—¿Sigues conectándote?

La pregunta queda en el aire, pesando entre ambos. Ken baja la mirada, pero Francisco vuelve a la carga con otro espinoso asunto.

—¿Sabes algo de Katy? —A Francisco le cuesta el mero hecho de pronunciar su nombre en voz alta. Había querido saber de ella desde el mismo día en que llegó.

—Perdimos el contacto hace años. Lo siento… —responde Ken, aún sin mirarle.

—Aquí todo me recuerda a ella… Fui un completo imbécil al abandonarla ¿no es cierto? —reflexiona en voz alta sin esperar respuesta—. Ella me quería. —afirma con certeza.

Ken no sabe qué decir, nunca ha sabido manejarse en este tipo de situaciones. Además, se siente sucio por no contarle toda la verdad a su amigo.

—Quizá Isa… —balbucea.

—Tú tienes una familia, ¿qué tengo yo?

Capítulo 4

Campus J.J. Pickle, Austin

Es la tercera vez que visita el despacho de Leslie, emplazado en el subsuelo del campus de investigación, un nivel por debajo de donde él —y el resto del equipo— trabaja ahora. Debería considerarlo un honor pues le consta, por los comentarios de sus nuevos compañeros, que muy pocos han tenido la oportunidad de visitarlo. Es más, menos aún se cuentan entre los privilegiados que lo conocen personalmente. Pero a Ken nada le importa ahora este supuesto trato de favor; hoy no saldrá de aquel despacho sin respuestas. Su trabajo se ha intensificado notablemente en las últimas semanas y ha experimentado un vuelco en las condiciones y planteamientos iniciales. Incluso le han asignado un compañero. No puede quejarse, Li es extremadamente inteligente y un trabajador empedernido. En ocasiones se pregunta si duerme en el mismo despacho. Hay muchas incógnitas, y su reciente conversación con Francisco sólo ha servido para acrecentarlas. El trabajo no le deja tiempo para su familia, y la llegada de su hijo le ha hecho replantearse el futuro, incrementando sustancialmente su preocupación por los acontecimientos venideros. Necesita respuestas para poder continuar trabajando, y las necesita ahora.

—Adelante.

Toda su determinación se derrumba al acceder al despacho y comprobar que Leslie no está solo. Le acompaña un hombre al que nunca ha visto antes. Mediana edad, traje impecable, barba poblada pero cuidada y pelo ondulado y entrecano. Titubea antes de aproximarse, empequeñeciéndose ante sus atentas miradas.

—¿El famoso Ken Dean? —pregunta el desconocido.

—El mismo —responde Leslie con indescifrable sonrisa.

La falta de confianza de Ken en sí mismo le lleva a percibir cierta ironía en sus palabras, pero consigue guardar la compostura mientras el desconocido se aproxima y se toma su tiempo para escrutarle sin pudor. Es el tipo de hombre que desprende autoridad e irradia confianza en su persona sin necesidad de palabras. Algo similar ocurre con Leslie, y les envidia por ello, aunque es consciente de que la experiencia adquirida con la edad juega un papel primordial.

—Su reciente trabajo nos ha dado muchos quebraderos de cabeza. —Tras aquella afirmación en tono serio, el desconocido queda unos segundos con el ceño fruncido en actitud reflexiva—. También nos ha iluminado. Es brillante, le felicito.

Ken casi puede sentir cómo le atraviesan sus penetrantes e inteligentes ojos negros mientras le extiende la mano. Acaba por apartar la mirada para esconderla en la punta de los pies, como hace siempre.

—Markus Whitemann. Es un placer conocerle por fin en persona.

Ken vacila un instante antes de estrechársela. Aquel hombre en nada se parece al que figura en las fotografías de sus artículos.

—Por teléfono no fui muy cortés pero, dadas las circunstancias, espero que sabrá disculparme. Confío en que desde ese momento recibiera puntualmente la información solicitada.

La mera presencia altiva y arrogante de los dos hombres le intimida. Sus educadas palabras son un arma de doble filo; no debe dejarse embaucar de nuevo por ellas.

—Me alegra haberles sido de utilidad, pero estoy seguro de que el valor de mi trabajo hubiese sido muy superior de haber contado con datos verdaderos.

Ambos hombres cruzan una discreta mirada, que Ken presupone de sorpresa —pese a la inexpresividad de sus rostros— ante aquel leve reproche.

—¿Me permite una pregunta?

—Adelante.

—Tras nuestra breve conversación telefónica supe con absoluta certeza que ustedes ya estaban al corriente del inusual comportamiento de la órbita lunar. ¿En qué ha podido ayudarles mi estudio?

—Tiempo, señor Dean. Nos ha brindado un tiempo valiosísimo al hacernos ver que carecemos de él. Gracias a usted quizá aún tengamos una oportunidad.

—¿A qué se refiere exactamente?

—Algo alteró el curso de la órbita lunar y, desde ese instante, las desviaciones reveladas por las mediciones fueron *in crescendo*. La tendencia era evidente, pero no fuimos capaces de establecer un patrón. Su comportamiento parecía caprichoso y, por ende, extremadamente difícil de predecir. Usted acertó donde nosotros erramos. Digamos que su forma de resolver la «X» ha sido brillante. Emprendimos ciertas acciones, por supuesto, pero con unos plazos tan lejanos a la realidad que, para cuando hubiésemos sido conscientes de nuestro error, ya sería demasiado tarde. Su aportación puede ser decisiva.

Leslie toma la palabra ante el desconcierto de Ken.

—Si sus cálculos son correctos, en un plazo no superior a diez años las consecuencias para la Tierra serán catastróficas.

—¿Aún no está al corriente? —interviene Whitemann con simulada sorpresa; pero Leslie, con un ademán cansado, deja claro que no hay necesidad de fingir—. Está bien, no podíamos hacerle partícipe. Comprenda nuestra reticencia, no sabíamos si confiar en usted. Además, me consta que no es famoso precisamente por su discreción.

Whitemann, sin darle tiempo a rebatir, se dirige al centro de la habitación, mientras Leslie activa la proyección holográfica de un enorme mapamundi.

—Trabajamos en varios campos —explica frente a la proyección— para tratar de anticiparnos a la respuesta de nuestro planeta ante el prematuro y veloz alejamiento lunar: terremotos, volcanes, atmósfera, campos magnéticos, órbita, clima… Tenemos expertos ocupándose de cada una de estas áreas y contamos con infinidad de hipótesis y previsiones, pero necesitamos algo más sólido. En los dos últimos años, todo se ha precipitado. Estamos convencidos de que la Tierra ya sufre algunos de sus efectos. Midiéndolos con precisión podremos evaluar el grado de exactitud en las previsiones que barajamos. En ello consistirá su nueva tarea.

Whitemann espera la confirmación de Ken, que asiente con solemnidad, antes de continuar.

—Tampoco descuidamos las posibles consecuencias psíquicas. Me consta que ha tenido la oportunidad de conocer a uno de nuestros… voluntarios. —Ken vuelve a asentir en silencio—. Este punto es más subjetivo y complejo. Todavía es demasiado pronto para establecer con seguridad una relación entre afecciones mentales y el alejamiento lunar.

Whitemann cruza una mirada con Leslie antes de continuar.

—Esto no ha hecho más que empezar. Creemos que en unos años la superficie terrestre será inhabitable. Hemos determinado las zonas del planeta que, en principio, resultarán menos afectadas. —Con las manos va resaltando diferentes puntos del mapamundi—. El cambio climático a nivel mundial es nuestra principal preocupación, más allá de las puntuales catástrofes naturales. —Finalmente destaca el polo sur y se detiene allí—. Su trabajo consistirá en ratificar nuestras previsiones mediante la toma y análisis de mediciones en estos puntos del planeta.

Ken, al ver el polo sur iluminado, recuerda la mención de Francisco sobre un observatorio allí instalado. Ansía interrogarles sobre dicho particular, harto de que sólo le cuenten una parte de la película. Pero no lo hace, probablemente no sepan que se conocen. Aunque no puede estar seguro, aquella gente no deja nada al azar. ¿Qué le habrán contado a Francisco?

Capítulo 5

Hospital estatal, Austin

El turno de noche ha concluido. Allenda, encerrada en el cuarto de baño, da bocanadas de aire como lo hace un pez fuera del agua. Sus manos oprimen con fuerza el borde del lavabo hasta que consigue recuperar el aliento. Tras deshacerse de la bata ensangrentada, se acicala y se pone los pendientes con apariencia de luna afilada cual hoja de hoz. Con una ligera oscilación de cabeza los hace bailar para poder verlos titilar en el espejo; son preciosos. Fija la mirada unos instantes en su reflejo antes de marcharse apresuradamente.

Desde la surrealista cita con Phil, la cena desayuno en aquel cuchitril se ha convertido en rutina. Siempre pide el mismo plato que Phil ordenó para ella y lo degusta con calma, saboreando cada uno de los segundos de sosiego. Su cuerpo espera y su mente agradece esos paréntesis en su monótona vida. Pero, en realidad, no sabe exactamente por qué acude allí todas las madrugadas. Quizá desea volver a encontrarse con Phil y aceptar su descabellada oferta, quizá necesita fantasear con alejarse de todo y emprender una nueva vida; el caso es que siempre retrasa al máximo su vuelta a casa, la evita… Evita volver a las pesadillas que le asaltan cada noche-día, cada vez son peores. Evita volver a la repetitiva y tediosa cháchara matinal de su marido repasando las noticias del día, carentes de todo interés para ella. Evita a sus hijos, cada vez más ajenos; hay mañanas que no recuerda tenerlos y, más tarde, llora por ello hasta quedar sin lágrimas. Evita el espejo de su cuarto de baño, cada vez le cuesta más separar la mirada de él y teme quedar atrapada en sus garras, como le ocurrió a Phil.

Allí se halla de nuevo, sentada en la misma mesa que compartió con Phil, aprovechando los escasos momentos de calma y lucidez para reflexionar. Se pregunta por qué continúa trabajando. No es por ambición o necesidad, ni siquiera por dinero. La empuja una ineludible rutina. El dinero ya no la seduce, ¿para qué lo necesita? Su antigua obsesión por él se torna cada día más distante y difusa. La memoria le falla; lo achaca al cansancio, pero lo cierto es que las lagunas en su mente cada vez son más grandes y frecuentes. De un día para otro olvida a sus propios pacientes, algo inaudito en ella. En ocasiones no recuerda en qué fecha está, y lo que es peor, no le importa. Semanas enteras se desvanecen fagocitadas por su similitud con las anteriores. Vive atrapada en un rutinario presente, olvida el pasado y el futuro —cada vez le interesan menos—, y se deja arrastrar por el momento. Quizá sea lo mejor.

—¿Me permite acompañarla, señorita?

Un hombre la saca de sus profundas reflexiones. No había reparado en su presencia hasta escuchar aquellas palabras pronunciadas con tono dulce y caballeroso, desprenden un aroma a película antigua. Es un hombre mayor, y su aspecto dista mucho del inoportuno borracho o ligón de barra, así que acepta la proposición.

—Por favor.

Tras una suave inclinación de cabeza, el hombre cuelga la gabardina y apoya su sombrero en el banco, antes de tomar asiento frente a ella. Quedan en silencio. La camarera sirve un café al individuo y, mientras lo saborea a pequeños sorbos, Allenda le examina detenidamente.

—Ah, es usted… —murmura la doctora.

Ante su mutismo, Allenda decide volver a centrarse en el desayuno, ya frío. Su organismo lo reclama y come con ansiedad, sin levantar la vista del plato. Una vez saciada, toma un largo trago de agua. Ahora se encuentra mejor.

Es muy tarde, o muy temprano, según se mire, así que pide la cuenta para marcharse. Mientras la espera, repara en una cajita de joyería que yace sobre la mesa. Sólo entonces recuerda al anciano de pelo cano; lo había olvidado por completo. Lo busca a su alrededor, pero es la única cliente del establecimiento. La cajita contiene unos pendientes muy similares a los que lleva puestos. Reconoce inmediatamente el otro juego que le ofreció Phil. Allenda sale presurosa al exterior olvidando pagar la cuenta. Tampoco está fuera. Escudriña a su alrededor mientras juguetea nerviosa con la cajita entre las manos. Al fondo de la calle de su izquierda distingue a alguien. En la distante figura quiere adivinar un sombrero y una gabardina de tres cuartos. Corre hacia él.

—Espere, por favor —suplica falta de resuello, antes de alcanzarle.

El hombre detiene su caminar y Allenda gana los últimos metros que les separan.

—¿Me permite acompañarle, caballero? —Imita sus palabras, esforzándose por imprimir en ellas un tono cortés.

El hombre le presenta el brazo derecho y acompaña su ofrecimiento con una frase perentoria:

—Señora Witzel, si viene conmigo tendrá que dejar atrás toda su vida anterior.

Enlazan los brazos y caminan juntos en completo silencio. Pasan varios minutos antes de que Allenda rompa aquel agradable silencio.

—¿Cómo se encuentra el señor Rewer?

Capítulo 6

Hogar de Ken Dean, San Antonio

Isa aprovecha la soledad para disfrutar de la cama. Su cuerpo extendido y laxo ocupa prácticamente toda la superficie. Su marido cada vez acude más temprano al trabajo y regresa más tarde. Últimamente lo encuentra fatigado y distraído; algo le preocupa. Entre John y el trabajo apenas disponen de tiempo para ellos. Lleva días queriendo sacar el tema, pero no encuentra el momento adecuado.

El sol comienza a colarse por la ventana. Retira las mantas y deja que sus rayos acaricien su cuerpo semidesnudo. Está cansada. Las noches son difíciles, pues ella se ocupa del bebé para que no perturbe las escasas horas de sueño de Ken. John aún duerme, y ella piensa aprovechar estos momentos de quietud para relajarse y descansar. Pero la calma pronto es interrumpida por el molesto chirrido del timbre. ¿Quién puede ser a estas horas? Decide ignorarlo, pero quien quiera que sea insiste y acabará por despertar a John. Se cubre con una bata y baja al piso inferior para responder al telefonillo.

—¿Quién? —pregunta con voz somnolienta.

—Netbaby.

—¿Quién? Creo que se ha equivocado.

—Traigo un pedido para esta dirección.

—¿Un pedido?

—Una cuna comprada en nuestra web.

El altavoz exterior carraspea, llenando los segundos de vacío entre ambos extremos de la línea.

—Es aquí, disculpe.

Isa abre y aprovecha la distancia entre la puerta exterior y la de la vivienda para subir a la habitación y adecentarse mínimamente.

—Pase. No le esperábamos hasta la próxima semana.

El repartidor carga con una caja enorme, y quedan un par más en el exterior.

—¿Dónde lo dejo?

—Apílelos ahí mismo. —Isa señala un espacio despejado junto a la puerta.

—El montaje está incluido.

—¿Sí? —pregunta incrédula y, a la vez, complacida—. Acompáñeme entonces.

Le conduce hasta su habitación, ubicada en el piso superior. El hombre deposita la caja en el suelo y baja a por el resto. Las desembala mientras Isa se ocupa del pequeño John, que ha empezado a lloriquear con todo el alboroto. Lo saca de la vieja cuna y trata de apaciguarlo arrullándolo entre sus brazos. Es su hora de comer.

—¿Le importa si bajo a preparar un biberón?

—No se preocupe por mí, termino en quince minutos.

Isa le da el biberón a su hijo en la cocina y, de paso, prepara algo de desayuno mientras escucha trabajar al hombre.

—He terminado, ¿quiere echar un vistazo? —pregunta desde el piso superior.

Isa sube y queda visiblemente complacida. Eso la anima a hablar con John con la zalamera voz que entona toda buena madre en este tipo de situaciones.   —¿Has visto qué cuna tan bonita te ha traído este señor? ¿A que es bonita?

El transportista, incómodo por la situación, sonríe mientras Isa ejecuta todo tipo de carantoñas a su bebé.

—He preparado algo de desayuno, ¿le apetece?

—Se lo agradecería.

Bajan a la cocina. Sobre la mesa hay tostadas, bacón, algo de mantequilla y mermelada de frambuesa. El transportista, fatigado, se desabrocha la parte superior del mono de trabajo que, obviamente, no es de su talla; le sobran al menos dos números. Al quitarse la gorra, una descuidada melena le cae sobre los hombros. El negro intenso contrasta con la tez blanquecina del rostro y de las manos, manos que a Isa le parecen frágiles. Manos de mujer. Sus ojos son de un azul suave, casi blanco. Inteligentes. Isa no tiene mucha hambre y juega con John en su regazo a la par que lanza furtivas miradas a su invitado mientras come.

—Bonita casa. ¿Su marido está trabajando?

Capítulo 7

Hogar de Ken Dean, San Antonio

El sol se asoma tímidamente a la ventana de Isa y vuelve a encontrarla sola en la cama. El pequeño John duerme en su nueva cuna, pero ella lleva tiempo despierta. Últimamente la cama vacía se le antoja grande y fría; echa de menos despertarse junto a Ken al despuntar el alba. Se halla tumbada en sentido inverso, con los pies descalzos sobre la almohada en la cabecera de la cama ya hecha. El brillo del portátil se refleja en su rostro y gana momentáneamente la batalla a la incipiente luz solar. Aburrida de navegar sin rumbo por la red, prueba a conectarse al chat. Instantáneamente recibe un mensaje privado que le borra el hastío del rostro.

—Buenos días, Selene.

Isa observa la pantalla con curiosidad. Lleva meses sin conectarse al chat; concretamente, desde su metedura de pata tras la superluna. Además, ha usado el alias «Elena». ¿Cómo la han descubierto tan rápido? Antes de responder, analiza el alias de su interlocutor: «Flow». No recuerda haber conversado antes con él. Tan sólo necesita unos segundos para responder con una sonrisa certera.

—Buenos días, Hombre Lobo.

Ella se ha limitado a modificar un par de letras respecto a su antiguo apodo y él a escribirlo en sentido contrario, algo elemental. Como si ambos quisiesen ser descubiertos.

—Sigo viendo la Luna por las noches, ¿Tú aún puedes verla? ☺

Isa sonríe al leer la pregunta, pero no está dispuesta a seguirle el juego. No cometerá nuevos errores.

—Siempre me ha gustado contemplar la Luna, especialmente la Luna llena. No todos nos transformamos en hombre lobo al hacerlo.

—¿Estás segura?

Ken no aprobaría aquella trivial conversación, pero Isa sigue adelante. No tiene por qué enterarse, y quizá consiga averiguar algo sobre él.

—¿Puedes verla ahora? —pregunta Isa con la pretensión de descubrir su franja horaria.

—Digamos que me siento bajo su influjo. La Luna me atrae y siempre acabo atrapado bajo su hechizo. Me rindo a sus encantos.

—Hablas como si la estuvieras viendo —insiste Isa.

—Más que eso, estoy hablando con ella.

Juega con ella. «Selene» significa «Luna» o «diosa de la Luna» en la mitología griega; precisamente por eso Isa usaba antes dicho alias.

—¿Estás ligando conmigo? —escribe, entre enojada y halagada.

»Un segundo, que han llamado…

Otra vez el telefonillo. Le extraña que vuelvan a llamar tan temprano. Su sorpresa crece cuando contesta, pues se trata de la entrega de la cuna por segunda vez. La recibió la semana pasada… Por alguna confusión deben haberla mandado por duplicado.

Cuando vuelve a la habitación, el Hombre Lobo aparece como desconectado, pero, antes de marcharse, ha dejado un poema en la ventana de conversación:

Ya nadie mira a la Luna,
la Luna ya no es de nadie;
ya no la cubren de besos,
ya no la bañan con sangre.

Ni ya le escriben poemas,
ni ya le clavan puñales;
ya no hay tragedias de amores,
ya no hay amor, no hay amantes.

Ya pasa sola la Luna,
ya pasa sola, sin nadie;
ya no amontona secretos
ni alumbra sueños, como antes.

¿Adónde fuisteis, poetas;
adónde fuisteis, amantes,
que la dejasteis sin versos,
que sin amor la dejasteis?

Ya no es de nadie, ni es Luna,
la Luna que ahora nos sale;
porque es un círculo sólo,
y sólo un círculo errante.

Sólo un castillo arrumbado,
sólo un recuerdo distante;
sólo una historia en un libro,
sólo una estatua en un parque.

La Luna no será Luna
sin corazones que amen;
sin pensamientos que vuelen
y sin poetas que canten.

Y es esa Luna, lunero,
la misma Luna, no obstante,
que tú metiste en los versos
porque era tuya una parte.

Pero los hombres son otros
y otras las cosas que valen;
y otros los ojos que miran
y otras las formas de amarse.

La Luna no será Luna,
porque la Luna es mirarse:
asesinar con los ojos
hasta el dolor de la sangre.

Te dejo con La Luna, bello poema del inmortal Mariano Estrada. H.L.

Capítulo 8

Montañas Gamburtsev, Antártida

Cuando el helicóptero hace estacionario, Iben apenas distingue la pequeña mancha que representa el campamento base entre el infinito blanco que la rodea. Las cosas empiezan a tomar forma según van descendiendo hacia ella. Enormes tiendas circulares, unidas por túneles estrechos y rectilíneos, forman una curiosa estructura, muy similar al diagrama de una molécula de agua. Entre ellas divisa todo tipo de maquinaria pesada y unos potentes destellos delimitan ahora el contorno del helipuerto a sus pies. Y todo, flotando sobre un vasto mar de hielo. Le recuerda a Groenlandia.

Erik ha recuperado su habitual mutismo: vuelve a ser el de siempre. Se ha pasado todo el viaje en silencio con la vista perdida en algún punto del infinito. Iben apenas ha conseguido arrancarle un par de frases.

El helicóptero posa finalmente sus patines sobre hielo firme. No se lo han puesto fácil las rachas de viento, que le hacían oscilar como a una insignificante libélula. El piloto asegura por el interfono que hace un buen día: «tratándose de la Antártida», matiza. Erik le señala algo desde el interior de la cabina: una pequeña construcción ligeramente apartada del campamento principal. Es incapaz de adivinar de qué se trata.

Iben, nada más bajar del helicóptero, mira a su alrededor desorientado y se ajusta la capucha para protegerse de la maldita ventisca, que parece querer cortarle la cara. Erik reclama su atención, habla y gesticula, pero el ruido ensordecedor del rotor principal le impide escuchar. Sus labios dibujan palabras mudas dentro de la poblada barba, adornada ahora con cristalitos de hielo blanco. Iben no entiende absolutamente nada. Le observa impotente, sin saber cómo actuar. Erik lleva el rostro descubierto y poco más que mangas de camisa; este es su ambiente. Lo ve aproximarse con pasos decididos y no reacciona hasta recibir un brusco empujón. Sus exagerados gestos le piden, le ordenan, que lo siga.

La base es mucho más grande de lo que aparentaba desde el aire. Las tiendas son iglús gigantescos de apariencia recia, y las enormes máquinas yacen desperdigadas en el exterior acumulando nieve sobre sus caparazones metálicos. Entre ellas, destaca una impresionante tuneladora. Queda impresionado, no esperaba algo así.

Su interior es cálido. Allí un par de hombres les obligan a identificarse. Iben esperaba militares, pero es obvio que no lo son: no van armados y su porte e indumentaria distan mucho del temible aspecto de los soldados, resultando una imposible mezcla entre científico y matón de discoteca; esboza una sonrisa. Es evidente que esperaban su llegada pero, aun así, les obligan a perder tiempo con formalidades, de las que Erik no parece ser muy amigo y se encarga de dejarlo bien claro.

Cruzan uno de los túneles pentagonales para llegar a otra cúpula, en cuyo centro destaca un área cercada y vigilada por un hombre que tampoco lleva arma alguna, al menos que Iben pueda identificar. El recinto vallado encierra un pozo de unos tres metros cuadrados. Erik se adelanta y, con modales toscos, solicita permiso para entrar, solicitud que suena a orden. El custodio selecciona con indiferencia sus nombres en un dispositivo táctil; después usa un aparatoso *walkie talkie*.

—Ya tenemos la pareja de primates. Sólo nos faltan los dos unicornios.

—Entendido —adivina Iben entre el crepitar metálico de las interferencias.

Tras el comentario despectivo, el hombre acciona un mecanismo y les permite pasar, para olvidarse después de su presencia por completo. Iben se asoma al pozo y, pese a la débil iluminación de sus paredes, no puede vislumbrar el final. Poco a poco, las paredes inferiores se van apagando, al tiempo que un chirrido ensordecedor colma la estancia. Pronto distingue la plataforma metálica ascendiendo hacia ellos: una especie de montacargas sin cabina que no transmite seguridad alguna. Se detiene con un golpe sordo, y montan en ella. El hombre «simpático» la acciona por segunda vez. Una fuerte sacudida le estremece todo el cuerpo antes de que comiencen a descender al son del molesto chirrido. Erik ni se inmuta, qué esperaba. Al menos baja despacio. Una curiosa aleación metálica reviste las paredes del pozo, pero el hielo puro ocupa pronto su lugar, refulgiendo con un tono azulado, animado por la tenue luz que desprende la plataforma. Un escalofrío recorre la espalda de Iben cuando descubre que aún no está terminado. Bajan y bajan. Espera alguna explicación de Erik, que simplemente permanece impasible a su lado. Tiene la impresión de estar descendiendo al mismísimo centro de la Tierra. Cuando calcula que llevan unos veinte minutos de descenso, las placas metálicas vuelven a vestir las paredes y les acompañan durante los últimos metros. Lo agradece.

La sala es grande: un gran cubo metálico incrustado en el hielo a cientos, quizá miles, de metros de profundidad. En la pared frontal, un enorme texto en relieve reza: «Bienvenido a bordo del ARCA».

—Estos americanos… —musita Iben para sí, mientras niega con la cabeza.

Sin embargo, lo cierto es que está excitado e impresionado. Sigue a Erik por una serie de estrechos túneles rectilíneos que desembocan en pequeños ascensores ovales. La iluminación es extraña, da la sensación de que el mismo aire emite luminiscencia. Sus pasos suenan amortiguados, y, al apoyar la mano contra aquella aleación metálica, la siente lisa y cálida. Todo a su alrededor lo conforman enormes planchas carentes de adornos o juntas. Erik avanza con decisión y a grandes zancadas. A Iben le cuesta seguir su ritmo por el gran complejo subterráneo, que parece desierto.

Finalmente, Erik se detiene y le espera frente a una compuerta hexagonal.

—Tu camarote.

La puerta se abre con un zumbido. Erik le cede el paso y aguarda en el exterior. Iben echa un vistazo al habitáculo: pequeño, rectangular y completamente vacío, como los pasillos. Al menos también es cálido. Agotado del viaje, decide ponerse cómodo para descansar. Se quita el chubasquero y, al no encontrar un lugar donde apoyarlo, lo pliega sobre su antebrazo. Pero Erik le reclama sin tregua desde el umbral de la puerta:

—¿Listo para conocer tu puesto de trabajo?

Iben pasa la mano sobre un pequeño saliente, que rompe con lo uniforme del cubículo: un panel de control se proyecta sobre él. Dando la espalda a Erik navega por su interfaz, hasta que una pequeña litera se despliega junto a la pared este. Iben se deja caer con lasitud en ella y mira a Erik; es más cómoda de lo que parece.

—Erik, ¿de qué va todo esto? ¿Todo este complejo subterráneo para extraer una roca? —le pregunta una vez más.

Erik se limita a mirarle con sus ojillos rasgados, siempre cerrados. Durante el vuelo en helicóptero, en infinidad de ocasiones le han hecho dudar sobre si dormía o permanecía despierto. Sea como fuere, no parece tener intención de responder; ya debe de haberle contado lo que considera necesario.

—Está bien. ¿Cómo habéis conseguido la financiación?

—Sígueme.

Mientras avanzan, Erik hace una síntesis telegráfica.

—Perforación aprobada en 2015 para explorar las montañas enterradas Gamburtsev y extraer una muestra de roca. Proyecto financiado íntegramente con dinero público. En algún momento, alguien trazó unos planes diferentes para ese dinero y los llevó a cabo en secreto, al margen de la prensa y de los propios gobiernos. Se exprimió al máximo el dinero público con engaños y filtrando falsos descubrimientos. Posteriormente se recurrió a capital privado y a préstamos millonarios que jamás serán devueltos; no será necesario. Es todo lo que sé.

«No será necesario.» Iben se pregunta qué querrá decir con dicha afirmación, pero no la formula en voz alta; prefiere dejarlo estar. Su camarote se halla en el Nivel 4, el más profundo del complejo —dando por válido el panel de los ascensores—, y la sala en la que ahora se encuentran está en el Nivel 1, el más cercano a la superficie. Erik la llama «sala de comunicaciones», y en ella trabajará Iben. Después le muestra un amplio anexo circular con techo abovedado. En su centro domina un enorme telescopio entre el resto de aparatos de medición. Iben no da crédito a lo que está viendo.

—¿Cuánto tiempo lleváis trabajando en esto?

—Ni idea, yo apenas llevo un par de años en el proyecto.

—He de reconocer que estoy impresionado.

—Aquí abajo, todos desempeñamos una función concreta. Hay una labor diseñada específicamente para cada uno de nosotros.

—¿Cuál es la tuya?

—Trabajo de campo. Superviso estaciones y maquinaria, tanto en el interior como el exterior. Lo que te he señalado antes ahí fuera era una estación de medición y comunicaciones provisional, operada desde aquí. Todo se controla desde aquí. Trabajaremos codo con codo.

—¿Provisional? ¿Qué sentido tiene un observatorio subterráneo?

—Al parecer, el barco no tardará en salir a flote. O eso creo.

Capítulo 9

Hogar de Ken Dean, San Antonio

Isa deja con extremo cuidado a John en su cuna. Son más de las diez de la noche y ha tardado en conseguir que se quedara dormido. Ken ha llamado para que no le espere a cenar, cosa que empieza a convertirse en costumbre. Isa suele acostarse pronto, pero le cuesta conciliar el sueño cuando Ken no está en casa, así que enciende la

212

televisión y se tumba en la cama para ver una película mientras espera. El tiempo pasa despacio. Cansada de hacer *zapping*, enciende el portátil y lo deposita en la cama, junto a ella. Teclea «Selene» cuando le solicitan el alias y deja la ventana del chat abierta antes de devolver su atención a la televisión. Se siente un poco culpable por no haber informado a Ken de sus recientes conversaciones con el Hombre Lobo, cada vez más frecuentes. La entretienen. No ha logrado averiguar nada sobre su verdadera identidad, pero su plática le resulta interesante.

Nunca se conecta tan tarde, pues a esas horas Ken suele estar en casa; solía, mejor dicho. Por ello no tiene mucha fe en poder conversar con su nuevo amigo. Sin embargo, el mensaje privado de Hombre Lobo no se hace esperar y la pantalla del portátil acapara toda su atención.

—Buenas noches doña Selene. Me alegro de verte aún brillar como una luciérnaga en la noche.

—Buenas noches, Hombre Lobo.

—¿Se ha roto el azogue?

Isa no entiende la pregunta y simplemente la ignora. Le gusta charlar con él precisamente por lo impredecible y subjetivo de las conversaciones.

—Hoy te has transformado muy rápido.

—Nada más contemplarte. —Isa sonríe en la semioscuridad de su habitación.

—No podré estar conectada mucho tiempo.

—Sólo una mariposa basta para apagarte… —El cursor permanece unos segundos inmóvil y parpadeante antes de continuar pintando letras—. Selene, ¿puedo preguntarte algo?

—Dispara.

—¿Es cierto lo que me contaste?

Aquella pregunta le borra la sonrisa del rostro. Nunca habían vuelto a hablar de ese tema.

—¿A qué te refieres?

Isa observa expectante la pantalla, pero el Hombre Lobo no escribe. No debería haberse conectado. No debería estar hablando con él. Al cabo se forman lentamente unas palabras, letra a letra.

—Vamos, Selene…

Isa se pone en pie resuelta a desconectar sin dar respuesta alguna, odia mentir. Pero finalmente opta por tratar de poner punto y final a aquel asunto.

—¿Lo de la Luna? Fue justo después del perigeo, me dejé llevar… Quería parecer interesante, misteriosa… Lo siento, pero no eres el único que se deja influenciar por ella.

—Tienes razón, todo se ve distinto bajo la luz de la Luna. Todo cobra un halo mágico y misterioso. Todo parece posible bajo su influjo. Su mera presencia hace que los enamorados se abracen más fuerte, que los asesinos derramen la sangre de sus víctimas. Bajo su luminosa mirada se desatan guerras, se firman acuerdos, se perpetran traiciones…

Isa le deja hablar, no sabe qué decir.

—¿Dónde escuchaste el rumor?

—¿Por qué tanto interés?

—Acepto que lo exageraras, pero no que inventaras algo así...

—La Luna sigue ahí. Ambos podemos verla. Olvídate de aquella conversación. Siento lo que dije.

—Selene, a raíz de tu comentario he investigado un poco. Están ocurriendo cosas… No se trata de un simple rumor.

—¿Qué clase de cosas? —pregunta curiosa, aun sabiendo que Ken no lo aprobaría. Pero el Hombre Lobo esquiva la respuesta:

—Entonces… ¿Debo entender que lo inventaste todo? ¿Que la Luna no se aleja de nosotros?

—Tú lo has dicho.

Isa mira la pantalla fijamente durante unos segundos. No hay respuesta. Se desprecia por aquella mentira. Aunque sea un desconocido, ella no es una mentirosa. Seguramente sea la última charla y le duele que acabe así, pero no tiene alternativa. Pasan los minutos y la ventana del chat permanece muda. Siente rabia en su interior. ¿Por qué tanto secretismo? ¿Ocurre algo grave de verdad?

Hablará seriamente con Ken. Si es cierto que sucede algo no tienen derecho a ocultarlo, no deben comportarse como los políticos y demás gentuza a los que tanto han criticado.

—Eppur si muove.

Isa teclea estas tres últimas palabras y cierra la pantalla del ordenador bruscamente. Apaga la luz y permanece inquieta en la oscuridad de su cuarto. No debería haber escrito la última frase… y sin embargo le satisface haberlo hecho; algo similar debió de sentir Galileo. Se promete no volver a chatear nunca con el Hombre Lobo. Precisamente por ello, no podía quedar como una completa mentirosa. El Hombre Lobo sabrá interpretar el significado de aquellas tres palabras; está segura de ello. Por eso se siente desleal a Ken.

Ya en la cama es incapaz de dormir. Casi la una de la madrugada y Ken aún no ha regresado del trabajo. La frase «*eppur si muove*» acude a su mente reiteradamente… «*Y, sin embargo, se mueve*». Galileo pronunció estas célebres palabras después de retractarse ante la Inquisición, pues esta, bajo amenazas de tortura, le conminó a abjurar de sus ideas, incluida su teoría heliocéntrica. En ella sostenía que la Tierra gira alrededor del Sol y no a la inversa, como aseguraba la teoría geocéntrica, generalmente aceptada por aquel entonces. Después de negarlo todo, añadió entre dientes aquella frase ante el tribunal: «*Eppur si muove*».

Capítulo 10

Hogar de Ken Dean, San Antonio

La casa lo recibe fría y silenciosa, algo que sólo ocurre cuando Isa lleva tiempo acostada. Ya son varios los días que ha llegado pasada la medianoche y su mujer merece una explicación que no le está permitido ofrecer. Entra con sigilo en la cocina para no despertarlos, sintiéndose como un ladrón en su propia casa. Isa le ha dejado algo de comida preparada. El silencio y la soledad con que la toma le impiden disfrutarla; ni siquiera se ha molestado en calentarla.

Antes de subir a la habitación entra en el salón a recuperar algo que lleva años olvidado y que la vuelta de Francisco le ha hecho recordar: Katy. Desdobla con manos temblorosas una carta plegada, oculta en el forro de un viejo libro:

[...] Me despido para siempre de los amores de mi vida. Jamás imaginé que Francisco y yo acabásemos en silencio, separándonos sin tan siquiera una despedida. Quisiera retroceder en el tiempo y cambiar las cosas, pero ya no es posible. Si el destino os une de nuevo, despídete por mí. Te lo ruego... Ahora, sin Francisco, me resulta difícil vivir aquí. Demasiados recuerdos me rodean como lobos. En ocasiones me cuesta hasta respirar. Cuando estamos los tres, siento tan hondo su ausencia que después paso noches enteras llorando. Con vosotros he compartido los mejores años de mi vida. Os quiero.

Me arrepiento de lo que hice, no tenía derecho. No sólo hubiese acabado con mi vida, también hubiese destrozado la de Francisco y las vuestras. Lo comprendí al ver tus ojos cuando me salvaste.

He decidido marcharme, emprender una nueva vida. Le entregué a Francisco mi corazón sin reservas y sé que él también me quiso. Isa es mi mejor amiga y deseo que seáis felices. Por nada del mundo interferiría entre vosotros. Esta carta rompe el silencio que convinimos. He estado a punto de quemarla pero no he podido. Espero que puedas perdonarme por ella. Sus palabras contienen un trozo de mi corazón que me gustaría que guardases.

Mi alma fría, Francisco, acata silencios.
Mi alma ausente, Ken, acata distancias.
Mi alma nula, Isa, acata lobos.

Katy

Ken deja la carta sobre la mesa y, pese a su soledad, se esfuerza por contener las lágrimas. Hay una dirección en ella, a la que nunca escribió y que jamás visitó. Simplemente se limitó a enterrarla. Ahora se pregunta si hizo lo correcto o actuó como un cobarde. Nadie merece recibir ese trato por expresar sus sentimientos. Vuelve a esconderla y se prepara un vaso de leche bien caliente antes de subir a la habitación.

La lámpara de su mesita de noche apenas le permite adivinar el rostro de su mujer al contemplarla mientras duerme. Sólo ve oscuridad cuando se sitúa frente a la cuna de John. Está orgulloso de su familia pero, sin querer, se pregunta qué hubiera ocurrido si aquel día, justo antes de su marcha, hubiese ido en busca de Katy.

Su cuerpo exhausto necesita descansar, pero el torbellino desatado en el interior de su mente se lo impide. Enciende el portátil y toma asiento en el pequeño escritorio situado junto a la cama. Ahora es Francisco quien asalta sus pensamientos: ¿Por qué ha vuelto realmente? ¿Qué sabe del proyecto NOE? ¿Debe entregarle la carta de Katy, o al menos su nueva dirección?

Ken teclea «www.dudo-existo.com» en el navegador de internet e inmediatamente aparece el videoblog del Hombre Lobo. Se coloca los cascos y da un sorbo al vaso de leche aún caliente antes de consultar la última entrada, como viene haciendo últimamente. Cierra los ojos e intenta vaciar la mente para centrarse exclusivamente en el vídeo. Pronto la llena el hombre de rostro desfigurado con su habitual presentación.

Capítulo 11

Ubicación desconocida

En una noche oscura y despejada se pueden observar, sin ayuda de instrumentos ópticos, hasta diez estrellas fugaces por hora; durante las denominadas lluvias de estrellas, hasta sesenta por hora, una por minuto. Y cada cierto número de años asistimos a lluvias excepcionales en las que se incrementa todavía más este número.

Digo esto, porque las perseidas de la próxima semana se cuentan entre estos casos excepcionales. Les recomiendo presenciar tan inusual espectáculo, a ser posible, alejados de la contaminación lumínica de las ciudades.

Es sorprendente que las intensas llamaradas que observamos en el firmamento en muchas ocasiones no sean más que motas de polvo de apenas un gramo. Las estrellas fugaces empiezan a arder y ser visibles a alturas de unos cien kilómetros y suelen consumirse a no mucho más de cincuenta, después de haber recorrido incluso más de trescientos kilómetros a unas velocidades que llegan a alcanzar los setenta kilómetros por segundo. Obviamente, cuanto mayor es la estrella fugaz, a menores alturas se desintegra. Las llamamos estrellas fugaces, pero el término correcto para denominar a estas pequeñas partículas de polvo y hielo, o de enormes rocas de hasta decenas de metros, que vagan por el espacio es «meteoroide». Estos pasan a llamarse «meteoros» cuando son visibles a su paso por la atmósfera, y si alguno logra alcanzar la superficie terrestre antes de consumirse, a sus restos los llamamos «meteoritos». Los meteoroides son producto del paso de algún cometa o residuos de la formación del Sistema Solar.

Hago esta distinción pues la considero oportuna para el tema que hoy quiero abordar.

El videoclip se oscurece y un punto de luz va cobrando intensidad mientras se escucha su voz en off.

En diciembre de 2019 se vio un meteoro al sur de Groenlandia. Digo meteoro y no meteorito porque todas las expediciones que intentaron recoger alguna muestra del hipotético meteorito volvieron con las manos vacías. La única certeza es que la bola de fuego fue visible por muchas personas e incluso grabada por una cámara de seguridad. Sin embargo, aunque algunas estaciones geológicas detectaron un impacto, no fue posible hallar ningún rastro de él.

La expedición más ambiciosa para encontrar restos del supuesto meteorito fue la organizada por el instituto Niels Böhr de Copenhague y comandada por el entonces joven astrónomo y geofísico Iben Jacobsen. La expedición cobró interés a nivel mundial cuando estimaron que el citado meteoro pudiese tener origen extrasolar.

El instituto creó una web donde el propio Iben redactaba un diario de la evolución de la expedición en tiempo real. Recuerdo haberla seguido con interés. Lamentablemente, tras casi un mes de infructuosa búsqueda en la inhóspita Groenlandia, un Iben abatido tituló la última entrada como «diario de un fracaso».

A su vuelta trajeron consigo varias muestras para analizar en los laboratorios de Copenhague, con escasas esperanzas de éxito. Poco después, la nieve comenzó a caer sobre el hielo eterno de Groenlandia y enterró para siempre cualquier posible vestigio. La web dejó de actualizarse y sólo se añadió un funesto comentario pasadas unas semanas, ofreciendo nuevos cálculos que posibilitaban que el meteoroide se hubiera originado dentro del Sistema Solar y no fuera de sus límites, como creyeron en un primer momento. Esta fue la puntilla para que los expertos perdieran todo interés y el estudio de las muestras quedara pospuesto indefinidamente. La web quedó completamente abandonada hasta ayer.

El videoclip vuelve a mostrar al hombre de rostro distorsionado sobre un falso plató de un paraje glaciar.

Tras casi diez años de silencio, la web de la expedición publica los resultados del análisis de las muestras depositadas en los laboratorios de Copenhague. Increíble, ¿verdad? —Deja pasar unos segundos—. *Pero lo más increíble es que hoy, al día siguiente de la publicación, la web ha sido eliminada de internet. Diez años paralizada, se publican unos resultados y, a las pocas horas, la web desaparece de la red. Extraño, ¿no les parece? ¿Qué revelaba el análisis?*

Revelaba que, efectivamente, las muestras tomadas en el interior de unas enormes grietas, posiblemente las mismas que están a punto de dividir la isla de Groenlandia en dos, pertenecían a un meteorito. Ahora bien, un meteorito que no se correspondía con el que buscaban pues, según su datación, había impactado en nuestro planeta en la década de los setenta. Un posterior estudio más detallado concluyó que se trataba de un pedazo de Luna... Han oído bien: un meteorito lunar relativamente reciente.

Hasta aquí, lo publicado en la web oficial antes de ser borrada. Pero indagando por la red, he tenido acceso al informe completo de resultados presentado por el laboratorio: al parecer, las muestras están contaminadas con una proporción extremadamente inusual de isótopos de uranio y desechos radiactivos. ¿Una explosión nuclear en la Luna en 1970? ¿Es posible que dichos restos lunares fuesen lanzados al espacio por algún tipo de explosión nuclear y no por causas naturales, como el impacto de un meteorito?

Esta información nos remite irremediablemente a uno de mis vídeos anteriores. En él hablábamos de explosiones nucleares en la Luna llevadas a cabo por las últimas misiones Apolo con el objetivo de destruir ciertas estructuras no naturales. ¿Se efectuaron realmente experimentos nucleares en la superficie lunar? ¿Casualidad? Las fechas cuadran, les dejo a ustedes decidir...

Ken pausa la reproducción y medita, reclinado en la silla, sobre aquel último comentario: si realmente detonaron bombas nucleares en la Luna, ¿podrían haber afectado a su órbita? «Las fechas cuadran», repite en su interior parafraseando al Hombre Lobo.

Efectivamente, sobre la década de los ochenta empezó a observarse el comportamiento anómalo de la órbita lunar. Ken inclina la cabeza y se frota los ojos con un movimiento circular. Es muy tarde y se está dejando llevar por los desvaríos de un chiflado. Nada de lo que afirma se sustenta sobre una base sólida, todo son rumores, meras especulaciones... Se convence a sí mismo de que no tiene ni pies ni cabeza, pero aun así le da al *play* para terminar el vídeo antes de acostarse.

Tras analizar la grabación de la cámara de vigilancia, se estimó que el supuesto meteorito caído en Groenlandia, y nunca encontrado, poseía una masa de unas cien toneladas antes de empezar a quemarse en la atmósfera. Por suerte no hubo ninguna catástrofe. *Pero... ¿hasta qué punto estamos expuestos? En nuestra próxima cita me gustaría hablar del llamado «evento Tunguska». Los habitantes de la también desértica Siberia no tuvieron tanta suerte, pues allí tuvo lugar el impacto más destructivo de la era moderna el 30 de junio de 1908. Ese día, un cegador haz de luz llegado del espacio aplastó dos mil doscientos kilómetros de bosque siberiano junto al río Tunguska. Los árboles cayeron de forma radial, señalando el epicentro del estallido. Varias poblaciones quedaron calcinadas y el resto arrasadas. El aire era tan caliente que incendiaba la ropa instantáneamente. Pero además, esta explosión, comparable a dos mil bombas de Hiroshima, se hizo sentir a muchos miles de kilómetros, por todo el planeta.*

Tunguska es el caso más importante de hecatombe celestial registrado en la historia reciente, pero no ha sido el único ni, mucho menos, el último. Y yo me pregunto... ¿Fue realmente un meteorito? ¿Por qué no se encontró ningún resto?

El cráter de Chixulub, en el Golfo de México, es el lugar donde los científicos creen que descansan los restos del asteroide que precipitó la desaparición, hace sesenta y cinco millones de años, de miles de especies; entre ellas, los dinosaurios. El mayor impacto, sin embargo, tuvo lugar en

Groenlandia. Restos de este meteorito, llamado Ahnighito, se exhiben desde 1935 en el Museo Americano de Historia Natural, en Nueva York.

El individuo se despide y emplaza a sus seguidores para abordar dichos asuntos en su próximo vídeo. Ken apaga el portátil y queda pensativo en la oscuridad de su cuarto. La pregunta de su amigo Francisco coletea en su interior: ¿Qué ocurrirá con el Hombre Lobo cuando demos con él?

Año 2031

Capítulo 1

Complejo ARCA, Antártida

Los pasillos son más angostos, pero a Phil le gusta la nueva iluminación: una luz sin fuente, que proviene de todas partes y de ninguna, y que otorga un tono azulado a todo el complejo sin permitir a nada ni nadie proyectar sombra alguna. Mucho más sofisticado que el verde pálido y metálico emitido por los tubos fluorescentes de los antiguos laboratorios subterráneos de Austin. Phil se desliza cómodamente por los solitarios pasillos. Agradece estar sentado, pues tiene la impresión de que necesitaría encorvarse para no rozar el techo si los recorriera a pie, y eso que su estatura no es muy superior a la media.

El Nivel 2, que ahora recorren, está dedicado a laboratorios médicos y científicos. Una voz a su espalda pormenoriza el potencial de las instalaciones a modo de visita turística guiada. Los distintos niveles —también llamados «anillos»— se comunican entre sí mediante ascensores, ubicados en el centro y en los extremos de los dos corredores que se cruzan en cada anillo. Son esferas transparentes, rápidas y funcionales; algo reducidas, eso sí, pues apenas soportan al doctor y a él postrado en su silla de ruedas. Phil está seguro de que aquel simulacro de paseo es como un ensayo general. Cuando el complejo esté concluido y ocupado, sus salidas serán escasas y guiadas, vigiladas.

Alguien avanza hacia ellos desde el otro extremo del pasillo. Es la primera vez que se cruza con un desconocido y decide aprovechar la oportunidad. Al aproximarse, el sujeto le observa con curiosidad y Phil intenta exhibir su mejor cara de psicópata. Pese al reducido espacio, su guía no hace el más mínimo esfuerzo por facilitarle el paso. Quisiera poder verle la cara cuando queda obligado a detenerse frente a ellos, pero las orejeras de la máscara le ciegan ambos lados y la vista superior; sólo le permiten mirar al frente, como a un animal de tiro.

Cuando los pasos del extraño se pierden a sus espaldas, el estrépito de sus carcajadas es absorbido por el novedoso material que cubre las paredes. La situación es dantesca, algo así como cruzarse con Hannibal Lecter en un estrecho pasillo a dos mil metros bajo tierra. Phil está atado de pies y manos en una macabra silla de ruedas, amordazado con una siniestra máscara de cuero y guiado por un médico ataviado con extraña indumentaria. Silla y máscara fueron ideadas para otro tipo de pacientes, al menos eso le aseguró el doctor.

Finalmente llegan a su nuevo despacho. No todos lo llamarían así pero, pensándolo con frialdad, es donde trabajará el resto de su vida. Aquel laboratorio, puestos a ser sinceros, no es más que una prisión subterránea. Una tumba. Pero no está nada mal si se tiene en cuenta el tiempo récord empleado en la construcción del ARCA. Phil fuerza una sonrisa al pensar que gran parte del complejo debe pertenecerle, pues ha invertido muchos millones de dólares en aquella ruinosa empresa. Sin embargo, endurece la expresión al preguntarse cómo le irá al viejo Tom en el mundo real.

Al entrar en el laboratorio, el doctor McKee le desabrocha manos y piernas.

—¿Qué le ha parecido el paseo, Hannibal?

—No ha estado mal, mi querida Clarice.

Se retira la máscara de la cara y deja la silla para estirar las piernas mientras se masajea las muñecas. Tras un breve paseo por la sala se deja caer en su cómodo sofá de trabajo. Lo hace girar unas cuantas veces antes de quedar frente a la insustancial y translúcida proyección, que no tardará en convertirse en un terrible espejo, como en los viejos tiempos. Se recuesta y pregunta:

—¿Qué opina de los sueños, doctor?

McKee se encuentra apoyado sobre una mesa repleta de monitores y material médico. El nuevo laboratorio está incluso mejor equipado que el de Austin, aunque gran parte del instrumental es idéntico y Phil se pregunta si lo habrá traído consigo. Al poco, el doctor levanta la vista y responde, imbuido aún en sus pensamientos.

—No me diga que ha vuelto a tener ese dichoso sueño de los corderos…

Phil esboza una sonrisa y voltea el sillón trescientos sesenta grados.

—¿Se puede soñar ser otra persona?

Esta última pregunta consigue que McKee se incorpore y centre en él toda su atención.

—Me refiero a soñar el sueño de otro, siendo realmente otro. —Ante el silencio del doctor, Phil trata de explicarse mejor—: Hablo de estar atrapado en el sueño de otra persona, sin conciencia alguna de ti mismo. Soy otro, sueño en primera persona y en el sueño sé quién soy, pero no soy yo.

—¿Le ha ocurrido frente a un espejo? ¿Ha podido por fin recordar algún retazo de sus momentos perdidos?

—Sólo ha sido un sueño, extraño, pero un simple sueño. Y de él únicamente recuerdo que no era yo. Lo demás se esfumó. —Con los dedos rasca el aire mientras emite un sonido sibilante.

—Tenía entendido que no soñaba —Le recrimina el doctor con el ceño fruncido.

—Es la primera vez que logro recordar algo de un sueño desde que nos conocemos, aunque sólo sean sensaciones…

El doctor mueve las manos en el aire y la pantalla situada frente a Phil cobra vida. En su interior se suceden imágenes e información.

—Interesante, nunca había oído algo así.

Phil se levanta trabajosamente; obviamente no comparte su entusiasmo.

—Estoy cansado. ¿Puedo retirarme a mis aposentos? —pregunta con sorna.

Sin esperar respuesta cruza la estancia y desaparece tras una puerta lateral, que se abre en respuesta a su movimiento y comunica con otro laboratorio que parece un reflejo del anterior. Desde él accede a un pasillo con siete puertas, tres en cada lado y una al final. Cada puerta encierra una celda; en esto consiste el complejo para Phil: una cárcel bajo tierra. Pero no puede quejarse, pues los camarotes de los futuros inquilinos no son mejores. Su celda es la última, algo más amplia y cómoda que las demás, pero no deja de ser una celda.

—Phil —escucha a su espalda antes de entrar en ella.

McKee está asomado al inicio del pasillo.

—Está empeorando, ¿verdad? —pregunta Phil, anticipándose a las palabras del doctor.

McKee responde con un lacónico asentimiento de cabeza.

—Pronto será necesaria la silla hasta para ir a mi compartimento. Me alegro de tenerlo tan cerca. Pagar tiene sus privilegios. —Pretende sonar sarcástico, pero su voz suena abatida y resignada, carente de esperanza.

Phil desaparece en su camarote.

Capítulo 2

Ciudad Amurallada, México, D.F.

Anderson escucha por primera vez los disparos. Está en el exterior del Rascasuelos, disfrutando del sol y de un exquisito desayuno en la terraza acristalada de un estilizado café. Hace meses que Whitemann se marchó con la promesa de organizar su vuelta con celeridad, pero ese día aún no ha llegado y no tiene visos de llegar. Al parecer ha trazado nuevos planes para él pues recientemente ha recibido instrucciones que le instan a acometer una tarea aprovechando su estatus de *infiltrado*. No se queja del trato recibido hasta el momento. Se aloja y trabaja provisionalmente en el interior del Rascasuelos, un edificio impresionante; y no sólo el Rascasuelos, toda la ciudad es una obra de arte. Lo contenido en sus 3,1416 kilómetros de diámetro fue meticulosamente diseñado y planificado al amparo de las indecentes fortunas de cientos, quizá miles, de ricachones. Su interior rebosa de jardines y edificios de una arquitectura sin parangón. Cuando se le presenta la oportunidad gusta de recorrerla y disfrutar de todo aquel lujo.

Los disparos son acogidos con indiferencia. Sólo él reacciona poniéndose en pie, mientras los demás clientes del local siguen comiendo o conversando con total naturalidad. Por lo visto es el pan nuestro de cada día en aquella ciudad. Algunos desaprueban su actitud con miradas cargadas de reproche. Anderson hace un esfuerzo por serenarse y continuar con la tostada y el café, pero los disparos no cesan. Simula normalidad vigilando de reojo a los que le rodean, abrumado por los extremos alcanzados por aquella sociedad caduca.

Todo se invierte al son de la alarma. Cuando quiere darse cuenta se ha quedado completamente solo en el café. El resto lo ha abandonado dejando tras de sí sillas caídas y fragmentos de porcelana esparcidos por el suelo. Anderson se asoma con cautela al exterior. La gente corre despavorida y los vehículos militares vuelan de un lado a otro. Los disparos parecen provenir de todos los lados y un proyectil, o algo similar, explota cerca de su posición haciendo añicos la cristalera de la terraza. Aquello es una guerra y no una simple reyerta, al menos esa es su impresión.

Presa del pánico corre hacia la entrada del Rascasuelos. Es el único civil que deambula por las calles. Los disparos se intensifican; provienen del interior de la muralla y confía en que se trate de fuego amigo de respuesta. En su carrera tropieza con un SIS. Aquella especie de militar se le echa encima.

—¿Qué hace aquí? Identifíquese.

Anderson, incapaz de articular palabra, le observa con expresión estúpida. El SIS no repite la pregunta y le deja inconsciente con un golpe de fusil.

Siente un lacerante dolor de cabeza cuando despierta en su cuarto. Hay alguien más en la habitación, pero necesita unos segundos para ver con nitidez cómo el duro e impasible rostro de Irwin le observa en silencio. Desorientado, lucha por recordar, pero todo intento de concentración queda frustrado por un dolor que le aguijonea la cabeza una y otra vez. Al tratar de mitigarlo mediante un masaje en las sientes, repara en la venda que le cubre parte de la cabeza.

—¿Qué ha ocurrido? —pregunta con un hilo de voz. Se siente culpable pero desconoce el motivo.

—Nos han atacado. Pero no debe preocuparse, no es la primera vez.

—¿Es habitual?

—No con tanta intensidad. —La monótona voz del general carece de sentimiento alguno—. Debe usted marcharse.

Anderson asiente en silencio. Su fría mirada evidencia que la decisión está tomada. La breve charla acaba con la entrada de un subordinado al cuarto, que se cuadra ante el general. Aquel cuerpo de élite, creado a las órdenes y gusto de Irwin, actúa con auténtica disciplina militar a ojos de Anderson.

—Todo bajo control, señor.

Irwin asiente. Anderson es ahora consciente de que el enfrentamiento aún no ha concluido, algo que daba por sentado. Aunque, pensándolo bien, desconoce si ha pasado un minuto o varias horas desde que perdió el conocimiento.

—Gracias —dice Irwin, invitándole a retirarse.

—Hay algo más… —El soldado mira a Anderson con desconfianza.

—Adelante.

—El ejército quiere hablar con usted.

—¿El ejército? —La ira contenida en aquella pregunta hace palidecer al soldado.

—Apenas podíamos contenerlos, señor. Han atacado todo el perímetro. Su ayuda ha sido necesaria. —Trata de excusarse el infeliz.

—¿Ayuda? —Incredulidad y desprecio asoman a partes iguales en el tono de voz de Irwin.

—Sí, señor. Les han atacado por la retaguardia y, en medio de un fuego cruzado, todo ha terminado en cuestión de minutos.

—No les necesitamos. ¿Quién ha solicitado su intervención?

—Nadie, señor.

—No permita que entren. ¿Me ha entendido? Yo me ocuparé.

—Pero...

—No deben creer que necesitamos su ayuda... dos enemigos —gruñe entre dientes—. Ahora reclamarán su parte.

—Su intervención ha sido decisiva —insiste el soldado.

—¡Y una mierda! —grita Irwin—. No me extrañaría que ellos mismos hayan planeado o alentado este ataque masivo y bien coordinado.

Irwin fulmina a Anderson con la mirada.

—Mañana mismo partirá.

El general sale precedido del soldado. La puerta se cierra y Anderson queda solo. Whitemann le quiere allí dentro. La cosa se complica.

Capítulo 3

Hogar de Ken Dean, San Antonio

Son las cinco de la madrugada cuando suena el despertador. Ha sido una noche difícil. John apenas les ha permitido dormir, pese a los reiterados esfuerzos de Isa por contener su llanto. Ken silencia el despertador y sale sigiloso de la habitación.

Sus días cada vez son más largos y las noches más breves. El trabajo se ha convertido en una carrera contrarreloj que ha dilapidado cualquier ambición de tipo personal o profesional. Incluso el sueldo carece ahora de importancia. En su rutina diaria apenas hay hueco para su esposa y su hijo. La falta de sueño le está pasando factura y para mantener la mente fría y lúcida ha recaído en su antigua adicción.

Un tazón de leche fresca reposa sobre la mesa de la cocina. Cada vez la toma con mayor frecuencia y cada vez agradece más su efecto. Ken permanece sentado frente a ella con la mirada extraviada, absorto en sus pensamientos. El primer sorbo le recuerda que ha olvidado el azúcar. Al levantarse a cogerlo siente un ligero mareo, que le obliga a tomar asiento de nuevo. Lo achaca al cansancio, pero un ligero cosquilleo persiste en el estómago. Al devolver su atención a la taza observa cómo unas suaves ondas se mecen en la blanca leche. Ken cierra los ojos y sujeta la taza con ambas manos. Siente el calor fluir por los antebrazos y saborea la agradable sensación durante unos segundos. Al abrirlos, el mareo ha pasado. Se arregla apresuradamente para ponerse en marcha cuanto antes. Hay un largo camino hasta el campus.

Accede a J.J. Pickle por una zona restringida con identificación biométrica. Desde aquí, el acceso a los despachos emplazados en los niveles inferiores es casi inmediato. Al atravesar los pasillos subterráneos siente con un escalofrío una inusual quietud que se acentúa al encontrar su despacho vacío. Es la primera vez que su compañero no le da los buenos días con alguna rebuscada pregunta técnica de la que sólo él conoce la respuesta. En el salvapantallas de su monitor danza un mensaje: «*Te espero en sismología, laboratorio 3.*»

La pequeña estancia reúne un grupo de rostros graves. Han improvisado una sala de conferencias disponiendo varias sillas frente a una gran pantalla. Es la primera reunión interdisciplinar a la que asiste. Siempre trabajan en grupos reducidos y claramente delimitados por especialidades, sin apenas comunicación entre ellos. Li, su compañero, gesticula para captar su atención, reserva una silla vacía junto a él. Ken aguarda en el umbral de la puerta el momento oportuno para no interrumpir y, desde allí, repara en la figura de Leslie, que permanece en pie, apoyado contra la pared de fondo. Su presencia le pone en alerta.

No reconoce al encargado de la exposición, un hombre joven y corpulento que precisa de un bastón para paliar algún tipo de cojera. Desde su asiento, centra la atención en el mapamundi que ocupa la totalidad de la pantalla. Toda la superficie terrestre aparece coloreada con tonos que van desde el amarillo hasta el rojo carmesí.

—Estamos conectados vía satélite con los centros de medición y prevención de terremotos de todo el planeta. El mapa refleja la actividad en tiempo real detectada por los sismógrafos en las distintas fallas geológicas de la Tierra. El suelo que pisamos no es tan firme como parece; todos los días se registran gran cantidad de terremotos en el mundo. Por fortuna, la inmensa mayoría son de poca magnitud y tan sólo se dan dos o tres de gran intensidad a lo largo del año, al menos hasta la fecha.

El ponente pasea la mirada sobre los allí reunidos antes de continuar.

—Los sismogramas revelan que, en los últimos años, la actividad sísmica se ha quintuplicado. Las zonas destacadas en rojo son las más activas. —Las va señalando con el bastón—. Hasta hoy no habíamos sufrido más que pequeños temblores, pero irá a peor. Señores, esto es sólo el principio.

El sismólogo hace una pausa para beber agua y Ken la aprovecha para interrogar a Li con la mirada.

—Esta madrugada se ha producido un terremoto de magnitud 9 en la escala de Richter en la falla de San Andrés. Ha afectado toda la costa oeste.

Li interrumpe su explicación con el cese de los murmullos en la sala. El mapa cambia: la superficie terrestre toma un color marrón uniforme y los océanos aparecen en diferentes tonos de azul.

—Veamos ahora las fallas submarinas que son las que más me preocupan, especialmente las llamadas placas de subducción. Fíjense en el noroeste del océano Pacífico, las placas de Nazca y Sudamérica. —Vuelve a usar el bastón para ubicarlas en el mapa—. Su actividad actual es elevadísima; son una auténtica bomba de relojería. El cambio de ritmo que sufren las mareas a nivel mundial las han despertado. La enorme masa de agua que las cubre está variando y, sin su presión, les resulta más fácil moverse. En el largo plazo, conforme se aleje la Luna y la rotación terrestre se ralentice, las mareas serán más suaves y las placas volverán a calmarse. No obstante, hoy por hoy, la probabilidad de sufrir un terremoto submarino de proporciones devastadoras, con los consiguientes tsunamis, es muy alta. Además, antes de que las placas se estabilicen, las corrientes oceánicas habrán resultado afectadas y desencadenarán un importante cambio climático en todo el planeta.

»Estamos conectados con el Centro de Alerta de Maremotos del Pacífico, que forma parte de la Red Mundial de Datos y Prevención. Uno de los sistemas para la prevención de maremotos consiste en…

Ken se ve obligado a abandonar la imprevista y reveladora reunión. Ansía conocer más detalles sobre el reciente terremoto y sus consecuencias, pero Leslie, con un imperceptible gesto desde la puerta, le deja claro que precisa hablar a solas con él, ahora.

—Cada departamento expondrá sus conclusiones en público, pues, como ha podido comprobar, todo se está precipitando. Hoy hemos iniciado la puesta en común y la semana próxima será su turno. Usen un lenguaje sencillo en la exposición, ya que no sólo asistirán astrofísicos.

Ken asiente, pero Leslie, ausente, tiene la mirada perdida en aquellas interminables galerías subterráneas. Camina a su lado, en silencio, sin atreverse a interrumpir sus cavilaciones.

—El *éxodo* es inminente. Así llamamos a la operación encargada de trasladar al personal hasta el complejo ARCA. 2035 era la fecha prevista para su puesta en marcha, pero, a la vista de los acontecimientos, nos hemos visto obligados a adelantarlo. Como bien sabe, sólo es posible volar hasta allí durante los cuatro meses de verano. El resto del año, el Sol se oculta para dar paso a casi seis meses de total oscuridad con temperaturas inferiores a sesenta grados bajo cero y dejar la base totalmente incomunicada. Aprovecharemos lo que resta de verano austral en la Antártida para mandar una primera avanzadilla. No correremos el riesgo de que, pasados esos seis meses, el acceso al complejo quede totalmente impracticable.

Ken asiente con gravedad ante aquellas trágicas palabras. Sabía que este día no tardaría en llegar aunque se negara a aceptarlo. De hecho, algunos de sus informes así lo aconsejan. Ahora la realidad lo exige.

—Ken, usted y su familia partirán en el primer convoy. —Leslie apoya las manos en sus hombros y le mira directamente a los ojos—. Un camarote en el ARCA implica aceptar unas condiciones no negociables y acatar unas determinadas conductas. Ustedes serán los pioneros en un nuevo modelo de sociedad. Tendrán que renunciar a la comida, al dinero, a las estrellas… Todo eso quedará atrás para siempre. Van a refugiarse bajo tierra para luego tirar la llave. ¿Lo comprende?

Ken, aturdido, no consigue articular ninguna de la infinidad de preguntas que se hace en su interior y Leslie, como es habitual, zanja la conversación sin darle tiempo a formular ninguna en voz alta.

—Tiene hasta después de su presentación para decidirse —dice mientras se aleja por el túnel.

Ken sabe que la decisión está tomada de antemano, y no precisamente por él. Las imágenes de Isa y John acuden a su mente en la soledad del pasillo. Él puede afrontarlo, incluso Isa, pero cómo asumir que su propio hijo probablemente no vuelva a ver jamás la luz del sol.

—Por fin tendrán su luna de miel. Es lo mejor que les puedo ofrecer —resuena el eco de la voz de un Leslie ya invisible.

Capítulo 4

Hogar de Ken Dean, San Antonio

Son casi las once de la mañana cuando despierta en su habitación, aún en penumbra. Se siente agotada... Encuentra el rincón de Ken vacío, ni siquiera le ha escuchado partir esta madrugada. ¿Cómo soporta el ritmo de trabajo de los últimos meses? John duerme en su cuna con los brazos extendidos, que ya tocan la redecilla que la envuelve. Pronto necesitará una camita propia. Lo observa dormir durante unos segundos con lágrimas en los ojos. En él se evidencia el inexorable paso del tiempo, momentos que jamás volverán y que Ken se ha perdido. Ella ha solicitado una excedencia para criar a su hijo. Decidieron que era lo mejor, pero un niño necesita de su padre.

Frente al espejo del armario se recrea contemplando su cuerpo desnudo: su silueta ha recuperado la esbeltez perdida durante el embarazo. Deja que el suave terciopelo del salto de cama chino le acaricie la piel; senos y ombligo escapan y quedan al descubierto. Fue un regalo de Ken. Gira y se remira antes de abrocharse y bajar a la cocina para preparar un frugal desayuno y el potito de John, ya se ha rebasado su hora.

El llanto de John interrumpe su desayuno. Vuelve a la habitación, abre la persiana y lo sienta en la cama para darle la papilla. John, una vez saciado, se calma y la mira con unos ojillos que dan ganas de comérselo, así que lo tumba boca arriba y empieza a hacerle pedorretas en la barriga y cosquillas por todo el cuerpo para su goce. Le gusta verlo reír. Detiene el juego al ver el ordenador portátil sobre la mesilla; últimamente sólo lo usa Ken. Se incorpora y, ante la impaciente mirada de John, lo enciende y teclea la contraseña de acceso. No ha vuelto a entrar en el chat desde que escribiera aquellas tres últimas palabras: *eppur si muove*. De hecho, es la primera vez que lo enciende desde aquel día, pues se prometió no hacerlo hasta hablar con Ken del asunto. Todavía lo tiene pendiente. Le cuesta sacar el tema y tampoco ha dispuesto de muchas ocasiones para hacerlo.

John, inagotable, reclama su atención articulando un gracioso *gugú* desde la cama. Mueve las piernas arriba y abajo como si pedalease en una bicicleta imaginaria. Isa le observa en silencio mientras insiste en su canturreo. Pronto empezará a balbucear sus primeras palabras. Frunce el ceño, le gustaría que Ken estuviese presente el día en que finalmente dijese «mamá» o «papá». Pronto recupera el buen humor e intenta enseñarle aquellas palabras. John, al escucharla, enmudece y la mira con atención pero en completo silencio. Isa persiste en su monólogo hasta que finalmente se rinde y acaban riendo los dos. La clase concluye con el pitido de aviso del ordenador. Isa mete a John en la cuna y, con manifiesta sorpresa, toma asiento frente al monitor: hay un privado del Hombre Lobo. Imposible... No se ha conectado al chat; sin embargo, la ventana de diálogo está ahí.

—Hola, Isa.

Absorta en la pantalla, desatiende las airadas quejas de John. Echa la cortina para evitar el reflejo y su buen humor se desvanece junto con los rayos del sol.

—¿Cómo sabes mi nombre?

—Sé muchas cosas.

—¿Cómo has podido entablar conversación sin yo estar en el chat?

—Se me dan bien los ordenadores.

Las respuestas son inmediatas. Las siente frías y mecánicas. ¿Qué ha sido de su forma galante, casi poética, de conversar?

—¿Qué quieres de mí?

—Respuestas.

Isa no sabe qué contestar, nota un nudo en el estómago. Está tensa y se siente ultrajada.

—¿Has terminado? ¿Es mi turno de preguntas?

No le gusta el tono, ni las formas. Decide apagar el portátil y contárselo todo a Ken hoy mismo.

—No puedo ayudarte, lo siento.

Isa se pone en pie dispuesta a cerrar la pantalla, pero involuntariamente lee su inmediata pregunta.

—¿Te has preguntado qué son esas pastillas que tomáis?

Queda inmóvil, estupefacta. Nunca mentó las pastillas en sus conversaciones.

—¿Qué pastillas?

Aquella pregunta refleja es estéril. Obviamente, de alguna manera sabe que las toman. Pero es su respuesta lo que termina de asustarla.

—Puedo verlas sobre la mesita de noche.

Isa gira la cabeza y clava la mirada en el bote de pastillas que Ken trajo unos meses atrás. Efectivamente descansa sobre la mesita de noche, junto a la cama. Amedrentada, mira a su alrededor para verificar que la puerta de la habitación se encuentra cerrada y la cortina echada.

—No te alarmes, Isa. Puedo activar remotamente la cámara de tu portátil, ya te he dicho que se me dan bien los ordenadores.

Isa, en un acto reflejo, se ciñe el batín. Sonrojada. Se toma un tiempo antes de responder, el suficiente para serenarse y reflexionar.

—Son vitaminas para mi hijo, yo no las tomo. —Al terminar de teclear, vuelve a desabrocharse el batín.

—¿Te las dio Ken?

Al leer el nombre de su marido se le encoje el corazón, sus manos tiemblan ligeramente frente al teclado. No es momento de precipitarse y no piensa darle la satisfacción de preguntarle cómo sabe su nombre. Antes de responder, deja caer el batín sobre el respaldo de la silla, exhibiendo su cuerpo desnudo frente a la *webcam*.

—Te repito que no las tomo. —Y queda expectante frente al monitor.

—¿Estás segura?

Una expresión de triunfo se perfila en su rostro al leer la nueva pregunta. Isa, completamente desnuda, se levanta y recoge el tarro de pastillas. No encuentra prospecto de uso y el envase carece de nombre o marca. El interior simplemente contiene pastillas. El tarro es grande y no quedan demasiadas, teniendo en cuenta que únicamente usa una pastilla al día disuelta en la comida de John. Se deja caer pesadamente sobre la silla con el tarro aún entre sus manos y el rostro ensombrecido. Sus pechos reverberan frente a la webcam, y vuelve a centrar su atención en el monitor. Hay odio en su mirada.

—Isa, siento todo esto. Seguramente no sepas nada y lamento ser yo quien te quite la venda de los ojos. Pero la verdad es importante. *Eppur si muove*, ¿recuerdas?

Isa no contesta.

—¿Puedo hablar con tu marido?

Un cúmulo de pensamientos entrecruzados chocan en su mente. No sabe cómo sentirse, si culpable por charlar con un desconocido a espaldas de su marido o traicionada por el propio Ken al ocultarle algo. Pero sí hay algo incuestionable: está furiosa y asustada, muy asustada. Cierra de golpe la pantalla del portátil y desconecta de un tirón el cable de la corriente. Su cuerpo tiembla como el de un pajarillo asustado en la soledad del cuarto. Cuando repara en su desnudez, se viste y baja a cerrar las puertas y ventanas de toda la casa. John llora con fuerza. Sus llantos, que nunca habían cesado, sólo a intervalos, vuelven a ser ahora audibles para ella. Sube a la habitación y trata, sin éxito, de comunicarse con Ken. Pasea angustiada por la habitación mientras lo llama una y otra vez sin ningún resultado. Se echa sobre la cama y llora. John, extrañado, cesa en su llanto y, con esfuerzo, se encarama al borde de la cuna, visiblemente sorprendido: llorar es competencia exclusivamente suya.

Capítulo 5

Hogar de Ken Dean, San Antonio

Ken llega a casa a las diez de la noche, temprano en relación con los últimos días. Ha salido antes del trabajo dada la imposibilidad de contactar con Isa tras descubrir sus innumerables llamadas perdidas, recibidas a lo largo de todo el día. En la situación inversa la reprendería.

Sube directamente a la habitación y no recobra el aliento hasta que, desde el dintel de la puerta, descubre los contornos de su mujer y su hijo durmiendo plácidamente, iluminados por la tenue y fisgona luz del pasillo. Pasa un tiempo allí, en silencio, contemplándolos. Las cosas van a cambiar muy pronto, así que se recrea y graba aquella imagen en su mente; especialmente la de John. No quisiera perderse su infancia, quizá para rellenar el vacío que hay en la suya. Desearía despertar a Isa y estrecharla entre sus brazos para luego, juntos, hacer lo propio con John y acurrucarse los tres en la cama y cuchichear hasta que el pequeño quedase de nuevo dormido, como hacían antes... Antes de conocer a Leslie. Antes de aquel maldito trabajo. Antes de volver a horas intempestivas… Antes de vivir con miedo.

Finalmente entra a hurtadillas, pero desanda sus pasos al recordar la pastilla. Baja de mala gana a la cocina a prepararse su vaso de leche caliente. Esto no es vida. Se pregunta cuánto aguantará su mujer, cuánto aguantará él mismo… aunque ahora eso ya no importa. Al volver a la habitación, el resplandor de la pantalla del ordenador grita en la oscuridad. Su sorpresa aumenta al encontrar la cama vacía. ¿Dónde está Isa? Adivinándolo, se sienta en la cama y comienza a desvestirse. Isa no tarda en abrir la puerta del aseo.

—¿Qué son esas pastillas? —pregunta con voz quebrada desde el umbral.

Ken se pone en pie, preocupado por las lágrimas que le resbalan por las mejillas. Isa se acerca para dejarse estrechar entre sus brazos. Apenas logra pronunciar palabra.

—Él ha estado aquí.

Siente los suspiros entrecortados de Isa contra su pecho, como las costosas tomas de aire de los niños en los obligados lapsus entre llantos. Ken le acaricia el pelo, que cae lacio sobre sus hombros, y la deja desahogarse.

—¿Quién ha estado aquí? —pregunta con tono cálido y apaciguador.

—El Hombre Lobo.

Ken la separa un poco de sí y la mira a los ojos: está temblando. Enciende la débil luz de la mesilla y la ayuda a sentarse a su lado en la cama. John se mueve inquieto en la cuna, sin llegar a despertarse.

—Cuéntame qué ha ocurrido —susurra Ken.

Ken espera hasta que ella recupera la calma. Después, Isa le confiesa entre sollozos sus recientes charlas con el Hombre Lobo hasta la penúltima conversación, que concluye con el fatídico *eppur si muove* de Galileo. En ese instante hace una pausa y le busca con la mirada para estudiar su reacción. Ken, incapaz de ocultar el enojo reflejado en su rostro, agradece la semioscuridad. La anima a continuar con un asentimiento. Isa termina el relato con lo acontecido hoy y le transmite la petición del Hombre Lobo de hablar directamente con él. También admite que la pregunta sobre las pastillas no es sólo suya. Ken interviene cuando está seguro de que Isa ha terminado por completo.

—¿Y por qué afirmas que ha estado aquí?

—Ha dicho que veía las pastillas usando la webcam de nuestro portátil.

Ken la interroga con la mirada ante aquella respuesta aparentemente contradictoria.

—La cámara del portátil nunca ha funcionado y yo jamás le he hablado de las pastillas. —Evita comentar que, además, el Hombre Lobo pasó por alto su *striptease*, lo que confirmó sus sospechas.

—Debe de haber otra explicación. Ese hombre es muy inteligente.

—Mientras chateábamos ha asegurado poder verlas sobre la mesita. —Ambos las buscan con la mirada. Ken empieza a preocuparse realmente.

Unas quejas más que merecidas de John hacen que Isa continúe con apenas un hilo de voz.

—Hay algo más. Recibimos la cuna pocos días después de comprarla, ¿recuerdas? —Ken asiente en silencio—. El repartidor dijo que el montaje estaba incluido y subió aquí a montarla. Lo dejé solo durante unos minutos. —Ken la escucha con atención, pero no considera que sus argumentos sean suficientes para avalar lo que insinúa.

—Está bien, me pondré en contacto con Net...

—Unos días después —Interrumpe Isa— llamaron a la puerta. Era la cuna por segunda vez. —A Ken le cambia el semblante—. Aseguraron que nos les constaba la entrega y tuve que insistir para que se marchasen.

En ese instante, ambos desvían la mirada hacia el olvidado portátil, alertados por el inconfundible sonido de aviso de nueva conversación. Ken se sienta en el escritorio y lee en voz alta.

—Buenas noches, Ken.

Se gira hacia Isa, que continúa en la cama:

—¿Cómo sabe que soy yo? ¿Estás segura de que no puede vernos?

—Supongo que es fácil deducir que no volvería a encender el ordenador sin estar tú presente.

—¿Qué quiere de nosotros? —Ken lee a la vez que escribe para que Isa siga la conversación, en voz baja para no molestar a John.

—No se enfade con Isa, ella no tiene culpa. La culpa es sólo suya.

—¿Qué quiere? —insiste Ken. No piensa entrar en su juego.

—La verdad.

—¿Esta vez no se conforma con la duda? —No puede evitar el sarcasmo.

—No tiene derecho a ocultar la verdad.

—Usted no tiene derecho a colarse en mi casa. —Aporrea la tecla *enter* al terminar de leer la frase.

—¿Qué vamos a hacer? ¿Avisamos a la policía? —pregunta Isa desde la cama.

—No será necesario, no te preocupes.

Cuando Ken retorna la vista al monitor, encuentra nuevas preguntas que prefiere no leer en voz alta:

—¿Para qué son esas pastillas? ¿El gran terremoto de San Francisco tiene algo que ver con la Luna?

Ken minimiza la ventana de conversación y se vuelve hacia Isa, resuelto a contarle lo que sucede e informarle del inminente viaje a la Antártida.

—¿Ocurre algo? —pregunta Isa.

Al verla allí, asustada e indefensa, decide postergarlo una vez más.

—Ven, necesito comprobar una cosa.

Isa se acomoda en su regazo y Ken, ignorando el chat por completo, accede al videoblog del Hombre Lobo. Ken teme que haya revelado su identidad, la de su familia o algo sobre la existencia de las pastillas. Se estremece nada más de pensarlo. Sólo aparece un clip nuevo desde la última vez que lo consultó. Pincha sobre él con la esperanza de que sea simplemente otro de sus desvaríos. No quiere asustar más a Isa.

Bienvenidos una vez más... —Ken avanza un par de minutos la grabación—. *¿Qué es realmente la Luna? ¿Qué secretos esconde? El otro día hablamos de posibles estructuras no naturales en su superficie. Escuchemos ahora testimonios de los propios astronautas que viajaron a ella.*

Buzz Aldrin, astronauta del Apolo 11, fue el segundo hombre en caminar por la superficie lunar. En 2005 —treinta y seis años después del célebre alunizaje— declaró públicamente que un objeto volador no identificado acompañó a la nave Apolo 11 en su llegada a la Luna. Dichas declaraciones las hizo en el canal de televisión norteamericana Science, en el programa «First on the Moon: The Untold Story». Veámoslo.

El vídeo muestra un fragmento de la citada entrevista, que compagina a un Aldrin ya canoso relatando su experiencia en primera persona con una fracción no superior a tres minutos del vídeo original captado durante la aproximación a la Luna; en él aparece un extraño objeto luminoso junto al Apolo:

«Había algo allá fuera, nos acercamos para observar. ¿Qué podía ser? Mike supuso que podría verlo usando el telescopio de la nave y fue capaz de hacerlo, pero, cuando estuvo posicionado, el objeto comenzó a realizar una serie de elipses. Cuando se vio más claro, descubrimos que la forma de aquello era ovalada. Obviamente nosotros tres no íbamos a decir: «¡Ey!, Houston, hay algo moviéndose a nuestro lado y no sabemos qué es. ¿Pueden decirnos de qué se trata?» Nos preocupaba hablar de aquello, porque sabíamos que las transmisiones serían escuchadas también por otras personas y que, tal vez, alguien pediría que regresáramos por causa de los alienígenas, así que no lo hicimos, decidimos discutirlo. Y decidimos, mientras lo mirábamos antes de dormir, que no hablaríamos de esto hasta nuestro regreso.»

El Hombre Lobo reaparece en el vídeo:

Increíble, ¿verdad? Pero esto no es lo único extraño que rodeó el alunizaje del Apolo 11 en 1969. La NASA trasmitió para todo el mundo la comunicación de los astronautas en su llegada a la Luna, pero poco tiempo después, varios rumores aseguraban que dichas transmisiones fueron censuradas y algunos segmentos nunca vieron la luz. Se sabe que la señal original proveniente de la nave Apolo 11 fue retrasmitida con varios minutos de demora y pudo ser manipulada. Años después, radioaficionados japoneses y de la antigua Unión

Soviética difundieron la verdadera comunicación del Apolo 11 con la Tierra. Otras fuentes afirman que las transmisiones no censuradas fueron filtradas a los medios desde el interior de la propia agencia espacial por científicos interesados. Sea como fuere, en ellas se escucha claramente la excitada voz de Neil Armstrong:

«Armstrong: Todo está bien. Un paso fuera del módulo. Este es un pequeño paso para el hombre, pero un gran salto para la humanidad.

Armstrong: Esto es realmente bello... Parece un desierto de los Estados Unidos. Es un poco diferente pero muy bello.

Houston: Afirmativo. Lo tenemos.

Armstrong: Pero, ¿qué es eso? ¿Tienen una explicación para aquello?

Houston: No la tenemos, pero no se preocupen. Continúen con su programa.

Armstrong: ¡Dios mío, es impresionante! ¡Es fantástico! Nunca lo podrían imaginar.

Houston: Roger, sabemos qué es eso, pero ustedes vayan al otro lado. ¡Vayan de regreso al otro lado!

Armstrong: Pero ¿de qué se trata? ¡Es muy espectacular! ¡Dios mío! ¿Qué es ese disco? ¿Qué diablos es aquello?

Houston: Usa tango... ¡Tango!

Armstrong: Entonces, ¡ahora hay otra forma de vida aquí!

Houston: ¡Roger! Te estamos diciendo que cambies la comunicación. Usa bravo-tango, bravo-tango. Selecciona jezebel, ¡¡jezebel!

Armstrong: Sí, pero... Esto es increíble

—Houston: Tú continúa con bravo-tango, bravo-tango»

La veracidad de la transmisión que acabamos de escuchar no se puede corroborar al cien por cien, les toca a ustedes decidir. Ahora volvamos a Aldrin. Veamos una declaración en el canal de televisión del congreso norteamericano, donde *asegura que en Phobos, una de las lunas de Marte, existe un enorme monolito, una estructura artificial creada por una inteligencia no humana:*

«[...] visitar la luna de Marte donde hay un monolito, una estructura muy inusual sobre esta luna con forma de patata que orbita Marte una vez cada siete horas. Cuando la gente se entere va a preguntar quién puso eso ahí. Bueno, el universo lo puso ahí o Dios lo puso ahí, si lo prefieren.»

El vídeo muestra la imagen de Phobos tomada por satélite, antes de volver al Hombre Lobo.

En 1972, el Apollo 16 también fue vigilado de cerca por ovnis. Se sospecha que todos los acercamientos de la NASA a nuestro satélite vecino han estado marcados por encuentros con enigmáticas luces y vehículos voladores no identificados. El organismo espacial norteamericano ha seguido una durísima política de ocultamiento que llega hasta nuestros días. Maurice Chatelain, antiguo jefe de comunicaciones de la NASA, afirmó que Walter Shirra, a bordo del Mercury 8 en 1962, fue el primer astronauta que empleó la clave «Santa Claus» para indicar platillos volantes. Pero no quiero desviarme, volvamos a testimonios reales de astronautas.

23 de julio de 2008. Escuchemos a Edgar Mitchell, el sexto hombre en pisar la Luna en la misión Apolo 14 de 1971, en la conocida emisora inglesa Kerrang Radio:

«Nick Margerrison (presentador del programa de radio): ¿Cree en la vida en otros planetas?

Edgar Mitchell: Oh, sí. No sólo no existen dudas al respecto, sino que hay vida por todo el universo. No estamos solos en absoluto.

N. M.: ¿Está convencido de que no estamos solos en el universo?

E. M.: Lo sé con certeza, no estamos solos en el universo. Ahora bien, ¿hemos sido capaces de identificar con seguridad dónde se encuentran los otros planetas con vida? No. Ciertamente no están en nuestro Sistema Solar. Pero se han identificado bastantes planetas hasta el momento que, con mucha probabilidad, podrían contener vida. Y da la casualidad que soy lo suficientemente privilegiado para saber a ciencia cierta que hemos sido visitados en este planeta, y que el fenómeno OVNI es real, aunque ha sido encubierto por nuestros gobiernos durante mucho tiempo.

N. M.: ¡Uau! ¡Espere un momento! ¡Esto es grande! Vaya, esto es un shock para mí. Así que me está diciendo... Vaya, esto hay que asimilarlo, espérese un momento. Quiero decir, escúcheme... He oído a ufólogos chiflados explicándome esta clase de cosas, pero nunca he tenido al Doctor Edgar Mitchell, el sexto hombre que caminó sobre la Luna, un científico respetado por derecho propio, proclamando que hemos sido visitados por seres extraterrestres y que, sin duda, están allá fuera y que no hay discusión posible. Así que... así que creen en todo...

E. M.: Bueno, no. Se dicen más disparates sobre esto de lo que se sabe realmente. Pero es un fenómeno real, y somos unos pocos... Ha sido encubierto por nuestros gobiernos durante los últimos sesenta años. Pero lentamente se ha ido filtrando, y algunos tenemos el privilegio de haber sido informados de parte de ello. Y da la casualidad que yo crecí... No sé si conoce Roswell en Nuevo México, donde supuestamente tuvo lugar el incidente de Roswell en 1947. Sé bastante del asunto puesto que yo crecí allí. Pero también he estado en círculos militares y de inteligencia...(ininteligible) [...] que, sí, nos han visitado.

[...]

N. M.: ¡Uau! Así que... ¡Madre mía! Así que... Así que, quiero decir... Por tanto, ¿le han informado de que nos han visitado?

E. M.: Bueno, yo he escrito un informe. He estado involucrado en gran parte de este trabajo. No es mi tarea principal, ni mi mayor interés, pero he estado profundamente involucrado en ciertos comités y programas de investigación, con científicos de confianza y agentes de inteligencia que conocen la historia secreta real, y no tengo reparos en hablar de ello.

N. M.: ¿Cuál es la historia real?

E. M.: Bueno, se lo acabo de contar. Nos han visitado.

N. M.: ¿Hay contacto regular, o fue sólo un accidente o...?

E. M.: Bueno, no. Hay cierto contacto que está teniendo lugar. No te lo puedo decir, porque no conozco todo su alcance, no conozco todos los detalles, porque ese no es mi mayor interés. Pero el hecho de que nos han visitado, de que el accidente de Roswell fue real, y de que numerosos contactos han sido reales y continúan, es bastante bien sabido por aquellos que hemos sido informados sobre el tema.»

El hombre sin rostro reaparece en escena y la cámara se acerca hasta tomar un primer plano.

Señoras y señores, lo que hemos visto y escuchado hoy aquí son testimonios reales —enfatiza la palabra «reales»— de astronautas, de hombres con una formación y preparación sin igual en nuestro planeta. Hombres que han superado rigurosas pruebas físicas y de aptitud mental y psicológica. Y esta es sólo una pequeña muestra, les invito a ver en YouTube las sorprendentes declaraciones de otros muchos astronautas, como Gordon Cooper, Story Musgrave, Stephany Shin Piper y un largo etcétera.

Capítulo 6

Complejo ARCA, Antártida

Hay un individuo peculiar, cuando menos, sentado frente al doctor McKee. Extremadamente delgado y de aspecto desaliñado, en su rostro enjuto y aquilino sobresalen unos ojos negros como la obsidiana, de mirada enloquecida que infunde pavor. El cabello marchito y descuidado le cubre a retales la cabeza. La ropa no es de su talla y cuelga de sus extremidades como la de un espantapájaros. Se le ve nervioso e impaciente; quiere terminar, irse. Recuerda a un animal enjaulado. No parece enfermo, sólo retenido. El doctor coloca sobre la mesa una cajita con forma de cubo, que el hombre mira con desdén.

—Ábrala, por favor.

El supuesto paciente recoge de mala gana la liviana caja de madera de color amarillo chillón. Dentro encuentra algo parecido a un diamante.

La siguiente caja es de forma triangular y color rojo. Contiene una chocolatina, todo un lujo allí abajo, aunque el paciente no sea consciente de ello. La olfatea y mira al doctor.

—Adelante.

La come con cautela mientras McKee aguarda impasible.

Por último le entrega una esfera azul. Al tratar de abrirla, un intenso calambre culebrea por su antebrazo y la bola cae al suelo precedida de un lastimero grito de dolor.

—¿Qué es todo esto? ¿Una broma? ¿Se divierte? —El hombre se pone en pie, furioso y con actitud amenazante.

El doctor le escruta indolente mientras presiona un botón situado estratégicamente bajo la mesa. Dos hombres fornidos irrumpen inmediatamente y McKee pasa al laboratorio anexo sin mediar palabra.

—Buenos días, Phil. ¿Cómo se encuentra hoy?

—Bien, gracias.

247

El doctor consulta una de sus computadoras holográficas. Siempre que lo hace, todo lo demás se desvanece para él, así que Phil, acostumbrado a su modo de proceder, aguarda paciente. Dispone de todo el tiempo del mundo.

—¿Qué le ocurre a ese hombre?

McKee ignora deliberadamente su pregunta, algo habitual cuando no quiere abordar algún tema. Phil insiste:

—¿Qué son todos esos artículos? He visto su experimento en el otro laboratorio.

McKee reanuda su frenético movimiento de manos en el aire y, cuando Phil pierde toda esperanza de obtener una respuesta, contesta con indiferencia:

—Mañana no recordará ninguno de ellos, a excepción de la esfera, claro está, y quizá el de la comida.

El doctor interrumpe su labor para mirar a Phil.

—No se preocupe, padece un trastorno totalmente distinto al suyo: la misma zona del cerebro afectada, pero con una reacción completamente diferente.

—¿Hay más como yo?

—Sí, pero son los menos.

McKee activa la enorme pantalla, que se materializa en el centro de la habitación, y Phil toma asiento sin rechistar.

—Antes de comenzar quisiera mostrarle algo.

En la pantalla aparece la imagen de Phil frente al espejo: completamente inerte, hombros caídos y brazos colgando laxos a ambos lados de su cuerpo. Los ojos abiertos como platos, profundamente negros y ausentes, confieren a la escena un toque sobrecogedor. De pronto, aquel cuerpo aparentemente inanimado cobra vida y se pone en pie lentamente con movimientos asíncronos y desacompasados, como una marioneta manejada por torpes hilos invisibles. Ya en pie, intenta estirar el brazo derecho. Puede apreciarse el intenso esfuerzo realizado para llevar a cabo el simple movimiento. Finalmente desiste y cae desmayado sobre el sofá. Instantes después, recupera la consciencia.

—Es la primera vez que mueve un músculo durante uno de sus periodos transitorios de enajenación. Ocurrió anoche. ¿Recuerda algo?

—Nada.

El doctor se acerca a Phil.

—Todavía no entendemos qué le ocurre exactamente. Pero, sea lo que sea, el proceso avanza inexorable y parece irreversible. Nos consta por informes de otros colegas que los pacientes del tipo A —señala con la cabeza el laboratorio contiguo— presentan cuadros cada vez más graves. Casos equiparables al suyo son más escasos. Sus patologías son similares, pero la acción que desencadena la enajenación difiere sustancialmente en cada uno de ellos. Sinceramente, aún estamos lejos de inferir qué le ocurre.

El doctor clava la vista en Phil y este le sostiene la mirada.

—Existe un tratamiento experimental… Hemos desarrollado un compuesto que estimula el lóbulo temporal del cerebro, en especial el hipocampo, retrasando el proceso. No lo invierte, pero, como mínimo, consigue frenarlo. Sus posibles efectos secundarios son una incógnita. Podemos…

—Si me someto al tratamiento —interrumpe Phil con determinación— sería inviable continuar con la investigación, ¿verdad?

El doctor niega con la cabeza.

—¿Al otro paciente le ha ofrecido esta posibilidad?

El silencio de McKee le sirve de respuesta. El extravagante doctor despertó su recelo en las primeras citas; algo similar le ocurrirá al resto de sus pacientes. Su actitud extraña y maniática le hace parecer un completo chalado. Pero, poco a poco, aprendió a valorarlo. Lo considera más un científico que un médico, un adicto al trabajo, extremadamente inteligente y meticuloso, un auténtico genio excéntrico y egocéntrico. Su falta de empatía en el desempeño de su trabajo convierte a los pacientes en meros cobayas; sin duda, la forma más efectiva de obtener resultados. Alguien que no acepta críticas ni admite errores, seguramente porque ve al resto de mortales muy inferiores en inteligencia. La verdad es que Phil pocas veces le ha visto equivocarse. McKee dice las cosas como son, o como cree que son; carece de todo tacto en las relaciones humanas. Una persona que causa rechazo a primera vista. No le extraña que sea soltero. No acata órdenes, mejor dicho, las acata a su manera, cuando coinciden con sus metas profesionales. Un espécimen humano singular, un hombre que no reconoce sociedad o poder, ajeno al dinero o a la fama. Sin embargo, debajo de su fría armadura se esconde una buena persona. Phil se considera un amigo, quizá su único amigo.

—Adelante doctor, prosigamos con lo que hemos venido a hacer aquí.

—Muy bien. —Hay respeto en el rostro grave del doctor—. ¿Ha vuelto a soñar?

—Nada que pueda recordar.

—¿Conoce las distintas fases del sueño?

McKee, haciendo un gesto para que olvide su pregunta, dispone todo lo necesario para la sesión de hoy mientras habla en voz alta. Siempre cuesta discernir si espera respuesta, piensa en voz alta o se trata de otra de sus disertaciones.

—Durante la etapa del sueño denominada REM, o sueño paradójico, se presentan movimientos oculares rápidos, acompañados por un aumento de la respiración, la pulsación y la presión sanguínea, que pueden alcanzar los niveles propios de la vigilia. Este fenómeno ocupa una cuarta parte del tiempo en que permanecemos dormidos. Diversos estudios han revelado que aquellas personas a las que se despierta durante el sueño REM manifiestan claros indicios de trastorno psíquico y recuerdan haber soñado. A raíz de estos hechos comenzaron a surgir las teorías que suponen el inicio del estudio científico del sueño y de su función biológica y psicológica.

El doctor, ante la atónita mirada de Phil, se enfunda unos guantes de látex y deposita sobre la mesa un maletín repleto de jeringuillas de todos los tamaños y colores.

—Eso es justo lo que haremos hoy. Le dejaré dormir y, en la fase REM, le despertaré bruscamente. Usted sólo deberá intentar recordar.

El doctor pincha un electrodo en la parte central de la frente de Phil, toma otros dos en las manos y sigue con sus explicaciones mientras trabaja.

—Uno en cada sien para la lectura horizontal, uno arriba —Phil echa ligeramente atrás la cabeza tras el pinchazo—, y otro debajo del ojo para la lectura vertical. Listo.

El doctor sigue los cables de los electrodos hasta un aparato con un pequeño monitor.

—Utilizaremos el electrooculograma para la medición de los movimientos oculares. —Al momento salta a otro dispositivo médico—. También quiero monitorizar su cerebro durante el sueño REM. Para ello usaremos el encefalograma. Y, por último, el electromiograma de superficie.

Phil, acostumbrado, no comprende absolutamente nada de lo que dice y se limita a dejarse hacer en silencio. Cuando todo está dispuesto, McKee se acerca con una jeringuilla en la mano.

—¿Listo para un sueñecito?

Capítulo 7

Campus J.J. Pickle, Austin

Li, el compañero de Ken, comienza la exposición con una breve introducción para poner a su reducido público en antecedentes.

—En la época de la tierra primitiva, cuando la Luna se acababa de formar, nuestro planeta rotaba muy rápido; tanto, que los días duraban cinco o seis horas y unos vientos huracanados recorrían su superficie. Por aquel entonces, la Luna estaba mucho más cerca, su órbita era muy inferior a los supuestos trescientos ochenta mil kilómetros actuales. Esta luna gigantesca, además, ejercía una atracción gravitatoria sobre la Tierra muy superior a la presente.

»La cuestión es: ¿cómo hemos pasado de un día de seis horas al actual de veinticuatro? La respuesta tiene que ver única y exclusivamente con la Luna. Su gravedad ejerce una enorme fuerza sobre todo nuestro planeta, pero se nota especialmente en los volúmenes menos sólidos que lo conforman, es decir, en los mares y océanos de la Tierra. Todos sabemos que la Luna es la principal responsable de las mareas.

El monitor muestra el sistema Tierra-Luna en movimiento. Unas manchas azules representan los océanos.

—Como se aprecia en el gráfico, esta enorme cantidad de agua sigue a la Luna en su órbita alrededor de la Tierra, pero resulta que este movimiento es opuesto al giro de la Tierra y genera una gran fricción en el fondo de los océanos, lo que provoca que, poco a poco, se vaya frenando el giro de nuestro planeta. Conclusión: La rotación terrestre está siendo frenada por la Luna, al tiempo que esta se va alejando lentamente de nosotros debido a la transferencia del momento rotacional terrestre al momento orbital lunar. Resulta curioso que sea la propia Luna la principal responsable de su alejamiento.

»Como la fricción ejercida por las mareas era muy superior cuando la Luna se encontraba más próxima a la Tierra, cada marea era un auténtico tsunami. Una parte mucho mayor de la energía de rotación de la Tierra se perdía en forma de calor y el giro de nuestro planeta se frenaba más deprisa. La Luna, por lo tanto, se alejaba mucho más velozmente que ahora.

»Si nuestra luna no hubiera ralentizando durante miles de millones de años la rotación inicial de la Tierra, como ya he comentado, los vientos serían atroces, los días muy cortos y el clima infernal. En cualquier caso, no habríamos podido respirar la atmósfera reinante, que tendría un exceso de dióxido de carbono. Nuestro planeta sería inhabitable; al menos para las formas de vida que lo pueblan actualmente. Aunque, puesto que hemos sido nosotros, y el resto de especies animales y vegetales, los que nos hemos adaptado a las condiciones del planeta Tierra y no la Tierra a nosotros, no hay ninguna razón por la que no hubiese podido evolucionar algún tipo de vida, incluso inteligente, adaptada a dichas condiciones.

Li toma aire, consciente de estar desviándose del tema principal.

—Como el freno lunar ha operando durante los últimos cuatro mil quinientos millones de años, los días se han vuelto paulatinamente más largos, hasta llegar a las veinticuatro horas con las que estamos familiarizados, y continuarán alargándose en el futuro. Pero esta ralentización no ha sido uniforme. Se ha calculado que hará cuatro mil millones de años el día ya duraba trece horas y media. Así pues, entre entonces y ahora, el ritmo de frenado de la Tierra y, por ende, el del alejamiento de la Luna, han disminuido muchísimo. Hoy es sólo de unos cuatro centímetros anuales. Mejor dicho, era. Recientemente se han encontrado evidencias de que hará unos novecientos millones de años el día duraba dieciocho horas. Hace cuatrocientos millones de años, el día tenía poco menos de veintidós horas y, en la época de los dinosaurios, la Tierra se habría frenado ya de forma que el día duraba casi veintitrés horas. Esto lo sabemos gracias a que el vaivén de las mareas deja unas franjas microscópicas en las rocas sedimentarias y en los anillos del coral que se pueden contar y traducir en intervalos de tiempo, algo similar a los anillos de los árboles.

»En el presente, en el reinado del día de veinticuatro horas, sólo se le añade al día un segundo cada sesenta y dos mil años. En unos doscientos millones de años, la Tierra acabaría teniendo un día de veinticinco horas. Eso estimábamos.

Li hace una pausa. Odia hablar en público. Es una rata de biblioteca, siempre lo ha sido, no le gustan las reuniones ni los eventos sociales. Pero, al ver que ha captado la atención de la audiencia, continúa algo más relajado.

—¿Qué ha sucedido? ¿A qué se debe este súbito cambio de aceleración en el lento alejamiento de la órbita lunar y freno de la rotación terrestre? No lo sabemos. Nadie lo sabe. Estamos hoy aquí para estudiar las consecuencias de algo ya inevitable, no para aventurar cábalas que traten de explicar lo inexplicable.

»La Luna actúa como un regulador mecánico de la Tierra, pero la estamos perdiendo. Cuanto más se aleja de nosotros, más lenta se vuelve la rotación terrestre, más largos son los días y, lo más importante, menos estable es la posición del eje.

»Ciertamente, la gravedad del cuerpo lunar mantiene en equilibrio el eje de rotación de la Tierra con la actual inclinación de veintitrés grados sobre su eje. Esta inclinación nos proporciona las estaciones y el clima que conocemos. La velocidad de rotación del planeta juega también un papel muy importante en dicha estabilidad. La manera de mantener un plato en equilibrio sobre una vara es hacerlo rotar rápidamente. Si la velocidad disminuye, el plato termina por caer al suelo. De la misma manera, si la velocidad de rotación de la Tierra disminuyera sustancialmente, todo nuestro planeta se empezaría a tambalear lentamente y esto tendría un efecto devastador sobre las estaciones y el clima. El astrónomo Jacques Lascar estudió en París qué pasaría si la Tierra careciera de esta luna tan grande que poseemos. Reproduciendo en una computadora el sistema Tierra-Luna, observó que, al quitar la Luna, desaparece la estabilidad del eje, este se vuelve loco al fluctuar entre cero y noventa grados. Cuando la inclinación del eje de la Tierra fuera de cero grados, no existirían estaciones en la Tierra. El Sol pasaría siempre sobre el ecuador y los polos tendrían siempre el sol en el horizonte. Pero cuando la inclinación del eje fuera más cercana al plano orbital, la mitad de la Tierra quedaría en sombras durante seis meses seguidos, y abrasada por una insolación constante durante otros seis, lo que implicaría cambios climáticos brutales: se derretirían los casquetes polares y se formarían en otro lado, para volver a derretirse y trasladarse en el término de apenas unos cientos de años. Las temperaturas variarían de manera atroz entre el día y la noche. La supervivencia de la vida en la Tierra tal y como la conocemos sería muy difícil. Como he dicho, gracias a la Luna, el eje de la Tierra se mantiene bastante estable, oscilando entre los veinticuatro y veintitrés grados. Actualmente está disminuyendo a razón de 0,468 grados por año. Un ejemplo real sería Marte, que carece de un cuerpo del tamaño de nuestra luna y la posición de su eje fluctúa de cero a noventa grados.

»Otra previsible consecuencia de este alejamiento lunar, al casi desaparecer su atracción sobre la Tierra, sería el desequilibrio y la posible desviación de la órbita de la Tierra alrededor del Sol. El resultado probable sería una órbita más elíptica, que provocaría mayores diferencias de temperatura y, otra vez, gigantescos cambios climáticos catastróficos para la vida en el planeta.

»Por otra parte, la lenta rotación de la Tierra debilitaría el escudo magnético. La magnetosfera, como ven en la pantalla, y en particular el cinturón de Van Allen, nos protege de los vientos solares y de la radiación cósmica. Si llegara a debilitarse, la radiación penetraría en nuestra atmósfera y la arrasaría con tormentas de radiación solar, que irían en aumento en la medida que se ralentizase la rotación de la Tierra.

Ken se acerca a Li y toma la palabra, ante el denso silencio provocado por las últimas palabras de su compañero.

—Hasta ahora hemos hablado de teorías, de hipótesis, de probabilidades… El proceso está mucho más avanzado de lo que podíamos esperar y nuestro cometido es corroborar la veracidad de los supuestos teóricos con mediciones reales, mediciones tomadas a día de hoy.

»Hasta los años ochenta, la Luna orbitaba a una distancia media de trescientos ochenta y cuatro mil kilómetros y se distanciaba de nosotros a razón de 3,8 centímetros anuales aproximadamente. En el año 2000, dicho alejamiento se multiplicó por cien, unos cinco metros anuales. En 2010 pasó a ser de seiscientos metros anuales; en 2020, a sesenta y cinco kilómetros anuales. Siete mil kilómetros anuales a día de hoy y su órbita media ahora es de cuatrocientos quince mil kilómetros. La rotación de la Tierra ha disminuido acorde a este nuevo e inusual alejamiento lunar y la duración de los días ya se aproxima a veinticinco horas. Lo que estaba estimado que ocurriese en unos doscientos millones de años ha ocurrido casi en tan sólo una treintena, y es exponencial. Es como si todo el proceso se hubiese acelerado por algún motivo que desconocemos, manteniendo el equilibrio y el curso previsto de los acontecimientos. Como si alguien hubiese presionado el botón de avanzar.

—¿Se detendrá? —pregunta un individuo

—Hasta la fecha, se creía que su velocidad de alejamiento se reduciría paulatinamente hasta que las fricciones mareomotrices entre la Luna y la Tierra se igualasen. Entonces, la Tierra siempre proyectaría el mismo hemisferio hacia la Luna, y el día y el mes serían análogos, con una duración aproximada de cuarenta y siete días. Cuando se alcanzase tal estabilidad de órbitas, las fricciones mareomotrices entrarían en acción inversa; ya no impulsarían la Luna para que se aleje más de la Tierra, sino que la acercarían a nuestro planeta. Luego, en un futuro lejano, cuando la Luna se acercase hasta unos diecisiete mil seiscientos kilómetros de la Tierra, el llamado límite de Roche, la acción de la gravedad terrestre provocaría que la Luna se fracturase y la convertiría en pequeñas partículas que tal vez se arremolinarían en torno a la Tierra a manera de anillos de materia, semejantes a los de Saturno. O tal vez, serían atraídos poco a poco hasta caer como meteoritos en la Tierra. Pero la situación actual es radicalmente distinta.

Ken cruza una mirada con Li antes de volver a centrarse en el tema principal.

»La Luna cada vez se aleja más rápido y nada indica que, a corto o medio plazo, vaya a invertir la tendencia. Este proceso, como hemos visto, tendrá muchas consecuencias, pero la que más nos preocupa es la desestabilización del eje de rotación de la Tierra. Hemos de estar preparados para lo peor.

—¿Existe alguna forma no natural de frenarla? —interviene el mismo hombre.

—Se ha especulado con distintas maneras de hacerlo. Se podrían construir inmensas represas, pero no en los ríos sino en los mismos océanos. De este modo se reduciría el movimiento de masas de agua que le absorbe energía gravitacional a la Luna y produce su alejamiento. Aunque las mareas no han sido las causantes de su repentina aceleración, sí que contribuyen a que continúe. Una idea más radical fue expuesta por Alexander Eivian, de la Universidad de Lowa. Sugirió secuestrar una de las lunas de Júpiter y colocarla en la órbita de la Tierra. La luna propuesta, Europa, es lo suficientemente grande para realizar el trabajo a la perfección. No reemplazaría nuestra luna, sino que ayudaría a nuestro planeta a mantenerse en su eje a medida que disminuyera la influencia de nuestro satélite original. Algo así, con nuestros medios y reducido tiempo, es poco menos que imposible. De momento, lo único que podemos hacer es anticiparnos a las consecuencias e intentar estar preparados.

En la pantalla vuelven a mostrarse números y una imagen de nuestro planeta con un aura verde envolviéndolo.

—Pero ciñámonos a los efectos ya medibles: la órbita de nuestro planeta alrededor del Sol aún sigue su curso; los datos no indican una desviación sustancial hasta ahora. El escudo magnético de la Tierra sí se ha visto ligeramente debilitado. Nuestras estaciones de medición detectan niveles más elevados en ciertas zonas —se colorean en el mapa—, pero todavía dentro de los límites tolerables para la vida. Las mareas se han vuelto locas, y lo que es peor: las corrientes oceánicas están cambiando, como anticipó nuestro colega sismólogo. Todo ello está afectando ya al clima de nuestro planeta. Pero lo más inquietante es la desviación del eje de rotación de la Tierra, como pueden ver en el gráfico, muy superior a nuestras previsiones. Podría ser la gota que colma el vaso. Todavía nos es imposible predecir con exactitud su posible evolución en los próximos años. Si sigue a este ritmo, los casquetes polares no tardarán en derretirse. De hecho ya empiezan a hacerlo, según nos confirman nuestras estaciones árticas y antárticas. La ubicación del complejo ARCA parece acertada. En cuanto a Rascasuelos, esperemos que esté provisto de buenos sistemas de aire acondicionado porque se verá sometido a un sol continuo y abrasador. No obstante, no podemos predecir si el eje luego rebotará a 90 grados y todo se invierta.

Capítulo 8

Complejo ARCA, Antártida

No logró que Phil recordara. Todos los intentos de hacerlo despertar en la fase REM resultaron fallidos. Despertaba desorientado y trastornado; a veces necesitaba varios minutos para recordar quién era y dónde se encontraba. El estudio de sus constantes durante la fase de sueño paradójico reveló una actividad inusitada. Además de manifestar los característicos movimientos oculares rápidos, similares a los de una persona despierta y habituales en dicha fase del sueño, ciertas áreas del encéfalo, que debieran permanecer inactivas durante el sueño, se excitaban. Especialmente la región posterior del hipotálamo, mostrando el área del mesencéfalo incluso mayor actividad que en la propia vigilia. En resumen, y como había previsto, el encefalograma revelaba un patrón muy similar al ofrecido en sus períodos de enajenación, aunque ligeramente más suave. La actividad ausente del EMG constataba la atonía muscular completa de la parálisis motora descendente, característica de este estado. Pero, curiosamente, también mostraba ciertos síntomas de premovimiento, como si estuviera a punto de iniciar un movimiento o, al menos, lo intentase. El cerebro dictaba la orden, pero el cuerpo no respondía.

McKee sabe que está perdiendo a Phil. Sus periodos de enajenación cada vez son más frecuentes y prolongados; ahora le cuesta demasiado escapar de ellos y ya no es preciso un espejo para quedar atrapado en sus redes. La investigación es prioritaria, pero siente simpatía y respeto por aquel joven, casi admiración, unos sentimientos hace tiempo olvidados por el doctor. Permanecer aquí por voluntad propia y haber renunciado al tratamiento demuestra una actitud valiente que le honra, una actitud que escasea entre los individuos de la raza a la que pertenecen. También le consta la ingente cantidad de dinero que ha donado desinteresadamente al complejo. Phil merece todo su respeto y atención. «No permitiré que termine así», piensa, lanzándole una furtiva mirada. Pero todo ello no cambia el hecho de que estaría dispuesto a sacrificar su vida en aras de un posible remedio, o por conocimiento, al igual que sacrificaría la suya propia. Ha llegado el momento de intentar algo diferente asumiendo los riesgos.

—¿Sabes algo de Allenda?

McKee mira a Phil con evidente preocupación. Sus alusiones a ella son cada vez más frecuentes. Su cerebro parece aferrarse a las emociones más arraigadas de su antigua vida. Eso es bueno, un punto de conexión retrasaría su marcha de la realidad. Trata de animarlo.

—Si Leslie dijo que la traería, vendrá. Nunca he conocido a nadie tan obstinado como él.

Phil le observa en silencio. En su mirada, cada vez más gris, no encuentra ni un ápice de esperanza. Ha colocado otro sillón junto al de Phil y, entre ellos, una mesita auxiliar con un instrumental inusual del que Phil ni siquiera ha hecho un comentario. Le preocupa su nueva actitud resignada y carente de vitalidad.

—Hoy probaremos algo distinto.

El entusiasmo impreso en sus palabras no despierta interés alguno en Phil, que automáticamente ocupa su habitual puesto de trabajo. El doctor habla para intentar animarlo. Es un día importante para ambos.

—Tuve un compañero de facultad… —Hace una pausa al recordar y cambia de enfoque—. Le llamábamos «doctor Frankenstein». Tenía fijación con la muerte, obsesión… Yo diría que fascinación. Terminada la universidad se dedicó a intentar contactar con los muertos, mejor dicho, con lo que él denomina «latentes».

Phil levanta la vista. Ahora McKee sí cuenta con su atención.

—Hablo de ciertos tipos de coma, de personas mantenidas con vida artificialmente. Si existe una mínima actividad cerebral, él trata de establecer contacto. No fuimos amigos durante la universidad y jamás le he vuelto a ver, pero he seguido su carrera con interés.

Varios artículos afirman que consiguió acceder a reductos de memoria, a leer fragmentos de sus recuerdos, incluso a establecer algún tipo de precaria comunicación con sus peculiares pacientes. Una aplicación de esto último, que parece imposible, quisiera intentar con usted.

Ambos permanecen unos segundos en silencio.

—Suena peligroso.

—Y lo es, pero no debe temer nada.

Phil esboza una cansada mueca de difícil interpretación.

—Yo no tengo nada que perder, doctor. Hablo de usted —dice fijándose en un kit de reanimación que descansa sobre la mesita—. No debe asomarse a mi interior, hay algo oscuro. Lo sé. Su labor aquí es importante y no puede permitirse el lujo de acabar como yo.

—No tenemos elección. He agotado todas las opciones.

—¿Será capaz de efectuar tal experimento? ¿Hay un manual en internet o algo así?

—Nos ayudará Friedrich.

—¿Quién? —pregunta Phil, sorprendido.

—El doctor Frankenstein está aquí. Como le he dicho antes, el señor Leslie puede ser muy persuasivo cuando se lo propone y siempre, siempre —recalca— se sale con la suya.

—¿Está su colega al corriente del propósito de todo esto?

—¿Y cuál es ese propósito? ¿Está seguro de conocerlo? ¿Realmente cree que usted o yo lo conocemos?

Phill lo mira anonadado.

—Personalmente opino que cada uno de nosotros sabe lo suficiente para estar aquí, mejor dicho, para querer estar aquí… No quisiera restar mérito a los padres de este ingenio tecnológico, de estas catacumbas de acero. —El doctor borra la media sonrisa de la cara—. Si Leslie la necesita, su amiga vendrá, no lo dude.

En ese instante accede al laboratorio un tipo singular. Su apariencia dista mucho de la imagen que Phil se había formado de alguien apodado «doctor Frankenstein», por culpa del cine. Anodino, ni muy alto ni muy corpulento, más bien bajito. Enjuto, ojos saltones, cara pequeña y orejas separadas. Tez blanquecina y cabello corto y oscuro. Y como colofón, un ridículo flequillo a juego con el irrisorio bigotito que asoma bajo su puntiaguda nariz.

—Le presento a mi buen amigo, el profesor Friedrich. Toda una eminencia en el campo de la neuromancia. —La pomposa presentación suena más a burla que a adulación.

Friedrich le mira e inclina la cabeza con brío antes de cuadrarse. Resulta casi cómico ver a semejante personajillo ejecutando un amago de saludo militar.

—Es un *placerr* volvernos a *encontrarr* —saluda volviéndose ahora hacia McKee.

Ambos sillones se encuentran ahora ligeramente reclinados con sus ocupantes semitumbados sobre ellos. Phil posa la mirada en el espejo proyectado frente a él, mientras Friedrich ajusta las abrazaderas metálicas para inmovilizar a McKee; una en el pecho y otra en las piernas. Ambos observan expectantes que en un pequeño monitor aparezca alguna variación en las constantes de Phil. Cuando esto sucede, cruzan una mirada solemne y, tras un asentimiento de McKee, el profesor Friedrich inocula a su colega un anestésico y aguarda mientras se sumerge en un plácido sueño monitorizado.

El profesor inicia el proceso. Habitualmente se sirve de un ordenador para la obtención de memoria: accediendo al hipocampo, donde se procesa la memoria reciente, y, en ocasiones favorables, a diversas zonas del cerebro para intentar recuperar también fragmentos de memoria de larga duración. Guarda una copia para posteriormente decodificarla e interpretarla, consiguiendo reconstruir imágenes, frases y hasta emociones en forma de complicados espectros de color. Dicha técnica funciona incluso con difuntos frescos; así llama el profesor a los cadáveres con muerte cerebral inferior a veinte horas. Este primer paso en la praxis de su arte hizo que muchos detractores lo tildaran de farsante, acusándole de aprovecharse del dolor causado por la pérdida de los seres queridos e incluyéndolo en el mismo saco que los supuestos médiums. Pero se equivocan, esto es ciencia y no superchería: es real. Con el experimento de hoy pretende dar un paso más. Nunca había probado con personas vivas, «sanas» y conscientes, no al menos oficialmente. Además, tratarán de establecer contacto y no sólo limitarse a acceder a la memoria, algo endiabladamente más complejo. Hasta ahora, algo similar sólo lo había ensayado con pacientes comatosos y con resultados modestos y dispares. Para «hablar con los muertos», como lo llaman despectivamente los escépticos, bombardea con impulsos eléctricos ciertas partes del cerebro «latente» para estimularlas, logrando transmitir información codificada en dichos impulsos que es todavía interpretable por el cerebro receptor. Algo parecido ya se aplica en otros campos y nadie ha puesto el grito en el cielo; por ejemplo, una vez descifrado parte del código con el que el ojo transmite al cerebro lo que ve, emulándolo se ha conseguido que un ciego de nacimiento pueda ver manchas, sombras, colores y contornos.

Él da un paso más: envía al cerebro latente sensaciones, aromas, voces e incluso frases. Emociones extraídas del cerebro de un familiar y transmitidas directamente al cerebro receptor, consiguiendo en ocasiones que responda ante ellas, hasta que conteste. Conectar dos cerebros sin pasar por una computadora es algo nuevo en la práctica, pero la teoría lo avala. Ha llegado el momento de comprobar si es capaz. Esta vez tratarán de espiar el cerebro de Phil en tiempo real y, si todo marcha bien, intentarán establecer algún tipo de comunicación con la intención de hacerlo volver, algo improbable y peligroso en su opinión.

Friedrich observa cómo sus dos cobayas yacen inconscientes en los sillones, el uno junto al otro, unidos por unos finos cables terminados en electrodos adheridos a torso y cabeza, con una especie de diadema oprimiendo sus sienes. Las constantes vitales de ambos son las adecuadas, parecen dormir plácidamente, pero no es así, no en el caso de Phil. Su actividad cerebral es increíble, jamás había visto nada igual. Pero en McKee se corresponde con la de un sueño normal, acompasar dos cerebros requiere su tiempo. Pasea inquieto a su alrededor lanzando repetidas miradas a los monitores. Minutos después se inclina sobre la consola que monitoriza a McKee y observa cómo poco a poco su cerebro va sincronizándose con el de

Phil hasta mostrar una coincidencia del noventa por cien, increíble. Al sincronizarse, el ritmo cardíaco de McKee se acelera pero sin rebasar los límites razonables. Funciona.

De súbito, Phil se incorpora bruscamente. Mucho más rápido que en el vídeo que le mostró el doctor días atrás. McKee, sincrónicamente, trata de incorporarse, pero las abrazaderas se lo impiden. La mirada vacía de Phil sigue atrapada en el espejo pero el doctor McKee permanece con los ojos cerrados. Una escena impactante. El monitor refleja un uso de regiones inexploradas del cerebro humano de forma cada vez más intensa.

Phil levanta la mano lentamente hacia el espejo y simultáneamente le imita el doctor tumbado en el sillón. Ambos, sincronizados, tensan sus brazos como si ansiaran tocar algo que no alcanzan. El profesor Friedrich recula un paso cuando McKee abre los ojos y contempla la escena paralizado por el pánico, siempre ha temido más a los vivos que a los muertos. Permanece un rato en esa posición, la actividad cerebral se intensifica y el ritmo cardíaco de McKee se dispara. Idiota, llevan demasiado tiempo sincronizados, se abalanza sobre el monitor e inicia el proceso de desacople. No funciona.

Phil da un paso inseguro hacia el espejo como un títere animado por hilos invisibles. Los pies tantean el aire como si no supiesen dónde está el suelo. McKee empieza a sufrir convulsiones, Friedrich se arroja sobre él pero no puede contenerlo, le quita la diadema y de un tirón arranca los electrodos de su cabeza. No es suficiente, le inyecta en el cuello un calmante, las convulsionen se atenúan y el ritmo cardiaco se estabiliza un poco pero sus cerebros siguen conectados.

Recuerda las instrucciones de McKee en caso de que algo saliera mal, y las pone en práctica. La pantalla se difumina hasta convertirse en un cristal transparente suspendido en el aire, pero Phil no vuelve en sí. Continúa inmóvil frente al cristal, con ojos vacuos que no miran.

Vuelve junto al doctor McKee e intenta reanimarlo, en su desesperación levanta la vista buscando ayuda y se topa con aquellos ojos inánimes de Phil observándole. En su trabajo ha presenciado muchas cosas pero aquellos pozos de oscuridad le aterran, son más fríos que la mirada vacía y vidriosa de un muerto. Phil se desploma inconsciente en el suelo y Friedrich se olvida de él para socorrer a McKee. Abre el kit de reanimación e inicia una tanda de descargas. Lo está perdiendo.

Capítulo 9

Hogar de Ken Dean, San Antonio

Por primera vez en mucho tiempo, Ken dispone de una tarde libre. Sentado en la cama de su habitación oye —sin escuchar— el tarareo de Isa acompañando a los Eagles en la radio. El rostro de Ken, a salvo de la mirada de su esposa, se muestra grave y tenso. No sabe si está haciendo lo correcto, ¿acaso tiene alternativa? Los acontecimientos le arrastran. Discrepa en cómo se está llevando a cabo el proyecto NOE, pero, desde su último encuentro con Leslie, todo se precipita de una forma calculada. Hay una mano orquestándolo todo y él no es más que una pieza del engranaje. ¿Realmente está ocurriendo? ¿Tan rápido? ¿Los datos con los que trabaja son ahora ciertos? Todo indica que sí, pero… ¿Por qué la prensa no se hace eco? ¿Tiene derecho a tomar aquella decisión sin contar con su familia?

Han quedado a cenar con su amigo Francisco. Ken, ya preparado, juguetea con la vieja carta de Katy entre las manos. ¿Podrá mentirle otra vez sobre ella? Desde su vuelta, aquella carta se interpone entre ellos como una pesada losa, al igual que lo hace el proyecto NOE. Hubo una época en que no tenían secretos; confiaban el uno en el otro.

Con un discreto movimiento la esconde en el interior de su chaqueta cuando Isa sale del aseo. Está completamente desnuda. Su

264

cuerpo húmedo atrae la mirada de Ken, pero ella lo ignora y continúa con sus quehaceres, consciente de que llegarán tarde por su culpa, otra vez.

—¿Vendrá Francisco solo? —pregunta Isa con cierta picardía frente al armario.

—¿A qué te refieres?

—Supongo que saldrá con alguien, quizá esta cena formal sea para presentárnosla.

Cruzan las miradas durante un instante. Ambos piensan en Katy pero ninguno la menciona.

—Isa... —empieza Ken, armado de valor.

Pero ella le interrumpe. Vestida tan sólo con las braguitas y el sujetador, se sienta a horcajadas sobre él y, guiñándole un ojo, le entrega los pendientes en forma de fino de luna para que se los coloque.

—Es la primera vez que salimos desde que nació John. Lo pasaremos bien. ¿Crees que estará bien en casa de mi hermana? Será su primera noche entera solito... —Aún no han salido y ya siente remordimientos.

Aquella velada es una farsa planeada por él. No es más que una despedida, un adiós definitivo. Al verla tan animada y jovial, considera la opción de guardar silencio una vez más, de posponer lo inevitable. Pero, finalmente, decide que no tiene elección; su cobardía ya lo ha retrasado demasiado.

—¿Recuerdas el viaje de trabajo del que te hablé...?

Isa percibe algo extraño en el tono de su voz e interrumpe la incómoda labor de introducirse en el ajustado vestido.

—Han adelantado las fechas —tartamudea Ken; las palabras se resisten a salir—. Serán sólo unos meses.

Isa permanece quieta, incrédula. Las facciones del rostro se le han endurecido.

—¿Hablas de la Antártida? ¿Te has vuelto completamente loco?

—Quizá sea divertido...

—John es muy pequeño, es una locura...

Ella misma se interrumpe y pasea reflexiva por la habitación.

—Ken, no soy tonta. Basta de secretos. Ese viaje está relacionado con la Luna, ¿verdad? Con las dichosas pastillas, con las tremendas catástrofes naturales que se multiplican por todos los puntos del planeta...

Toma aire con los ojos encharcados en lágrimas. Ken siempre la ha admirado, es más sagaz que él. No contesta, no es necesario, simplemente asiente con la cabeza a cada una de sus afirmaciones. Isa continúa con tono angustiado y sometido a la vez.

—¿Qué ocurrirá con los caballos? ¿Con la casa? ¿Con todos los animales? Un momento... ¿Por qué me lo dices ahora? —Hace otra pausa—. ¿Francisco no viene?

Ken niega con la cabeza.

—Dios mío, Ken. ¿Qué te está pasando? ¿Qué es esta cita? —Su voz se torna furiosa—. ¿Pretendes abandonarle?

Ken permanece callado e inmóvil. No sabe qué responder.

—¿Qué piensas decirle? ¿Que nos vamos de luna de miel..., de crucero por el Nilo? Podemos aprovechar y pedirle que le dé de comer al perro mientras no estamos. No, Ken, yo no voy a formar parte de esto.

Los dos quedan en silencio. Ken se siente sucio.

—No tenemos alternativa —dice finalmente.

—El Hombre Lobo tiene razón; os habéis vuelto todos locos con vuestros importantes secretos y aires de grandeza. ¿Qué le vamos a decir a nuestra familia? No, Ken, no me pidas que vaya a cenar como si nada. No me pidas que le muestre una sonrisa y luego le clave un puñal por la espalda. No puedo hacerlo, y creí que tú tampoco.

Se quita los pendientes y se refugia en el aseo, apaga la radio y cierra la puerta con brío.

—No tenemos alternativa... —susurra Ken en la soledad del cuarto.

No vuelven a hablar. Ambos yacen tumbados en la cama, ocupando sus respectivos lados en silencio. Isa tarda en dormirse removiéndose inquieta a su costado. Ken espera.

Son las dos de la madrugada cuando Ken sale a hurtadillas de la habitación siguiendo la respiración acompasada de Isa, cierra con sigilo la puerta tras de sí. El cuarto de baño de la segunda planta jamás lo usan: lo acoge frío y desnudo. Queda inmóvil unos segundos tras el chasquido del pestillo en el silencio de la noche. La intensa luz blanca le obliga a cerrar los ojos y a parpadear repetidas veces hasta que sus ojos cansados logran tolerarla. Deposita el portátil en el suelo, junto a la bañera. Se desnuda frente al cruel espejo y con dedos trémulos se acaricia los pómulos y las mejillas hundidas; frunce el ceño para intentar paliar el color violáceo de las ojeras en aquel rostro pálido. Las costillas, marcadas en la delicada piel del torso, le recuerdan que necesita volver a comer y cenar en casa. Acerca el rostro y el vaho de su aliento empaña el cristal distorsionando su reflejo; pasa la mano y se concentra en sus ojos, inmóvil. Uno, dos, tres… Consigue contar hasta nueve antes de que el iris de su ojo derecho se desvíe ligeramente a la derecha. Aparta rápidamente la mirada, derrotado. Nunca ha conseguido rebasar los diez segundos… Mirapies Desde su niñez practica sin éxito aquel ejercicio siguiendo las instrucciones de su primer psicólogo. Nunca consigue sostener la mirada de nadie, ni siquiera la suya. Mirapies Mirapies Mirapies…

Desenrosca el grifo del flexible tubo de la ducha. De su interior extrae un grueso cable de unos dos metros aproximadamente, en cuyo extremo sobresalen dos afilados pinchos. Enciende el portátil y se recuesta en la bañera, abstraído. Introduce los dos pinchos al conector implantado bajo su rodilla izquierda. Deja pasar unos minutos antes de ladearse y ejecutar un programa en el ordenador.

Apaga la luz y se tumba: rodillas flexionadas, antebrazos reposando en los bordes de la bañera y cabeza reclinada hacia el techo. Sólo la pantalla del ordenador trabajando rompe la completa oscuridad que lo envuelve. Se relaja. La mano izquierda cae inánime fuera de la bañera y su respiración se torna lenta y acompasada. En la pantalla fluye una incesante cascada de comandos, cuando terminan de ejecutarse, todo su cuerpo se tensa: la mano queda rígida en el aire, la cabeza choca violentamente contra el borde y la espalda se arquea con violencia. Una vez conectado, vuelve a relajarse.

Capítulo 10

Complejo ARCA, Antártida

El doctor McKee lleva horas aislado en el laboratorio tratando de descifrar lo que experimentó durante su conexión con Phil. No recuerda nada concreto, sólo emociones y percepciones vagas... difusas. Frío, vacío, soledad. Todo insustancial, predominando las sensaciones de inmensidad y vasta soledad que fagocitan todo lo demás.

Ocupa el sillón de Phil y visualiza la grabación por enésima vez. Ambos aparecen en el monitor, puede verse extender el brazo. Recuerda que en algún momento sintió una sensación de deseo intenso, de ansia descontrolada. ¿Qué anhelaba tan desesperadamente? Su cerebro se colapsa, incapaz de interpretar aquella maraña de sensaciones. Pero hay algo más, está seguro.

Cierra el vídeo y transforma la pantalla en espejo. Hace girar el sillón una y otra vez antes de mirarse en él. Su reflejo le aguarda allí. Centra toda su atención en los ojos. Teme quedar sometido como Phil, pero debe intentarlo.

No ocurre nada, pero tampoco le ayuda a recordar. Olvida los ojos y contempla el espejo en toda su amplitud, escrutando todo lo que aparece reflejado en él: instrumental médico, laterales del laboratorio, sillón, su propia imagen, lo que hay a su espalda... Eso es lo que vio, exactamente eso. Salvo que era Phil el que ocupaba el lugar de su actual imagen sobre el sillón... Un Phil más pálido; casi podía entrever las venas violáceas bajo su piel, y sus ojos...

Simplemente asistió a lo que veía Phil, a través de los ojos de Phil, experimentando sus sentimientos y sensaciones. Su yo quedó

268

relegado durante la conexión. Algo similar al sueño que le contó Phil. ¿Cómo le ha costado tanto recordar algo tan evidente? Al parecer, cuando Phil contempla el reflejo en el espejo, no comprende lo que ve, no sabe lo que es un sillón, ni el instrumental médico, ni puede reconocerse a sí mismo… Todo es nuevo para él, las imágenes no las asocia a palabras, ni siquiera a objetos, las interpreta como sensaciones. Como si durante sus periodos de enajenación, Phil no tuviera acceso a sus recuerdos ni a sus vivencias. Percibe las cosas como lo haría un recién nacido que abre los ojos a la luz por primera vez. Pero algo sigue sin encajar. En su conexión con Phil, su visión del laboratorio era más amplia que la ahora contenida en el espejo, y la grabación demuestra que Phil no se giró en ningún momento.

Mientras el espejo comienza a tornarse translúcido, el doctor se sitúa tras él y aguarda a que quede prácticamente transparente. Desde allí observa con detenimiento la estancia: aquella perspectiva se aproxima más a lo que vio, a lo que percibió. Pero, poco a poco, todos los objetos empiezan a tomar un tinte insustancial, brumoso. Casi puede ver también a través de ellos. Da un paso trémulo a su izquierda y la visión se ajusta aún más. ¿Cómo es posible? La pared del fondo ya no es sólida y parece alejarse con cada segundo, extendiéndose hasta el infinito; la distancia hasta ella se le antoja insalvable. En su interior siente miedo, rechazo a lo que está experimentando. Pánico. Vuelven las sensaciones de frío, vacío y soledad. Su cuerpo avanza inconscientemente hacia el sillón, atraviesa la pantalla proyectada, extiende un brazo y choca con un golpe seco contra él. ¿Esperaba acaso atravesarlo como a la pantalla holográfica?

El dolor le hace volver en sí, junto con la sensación de miedo intenso e irracional; El mismo miedo que sintió su yo subyugado durante todo el episodio. Sale del laboratorio. Necesita huir de allí.

Capítulo 11

Ubicación desconocida

El sótano de Kevin parece uno de los interminables pasillos de un supermercado. Ha necesitado varios días para reunir todo aquello en su refugio sin levantar sospechas. Le siguen la pista y debe proceder con extrema cautela. Ha realizado las compras personalmente y pagado en efectivo, evitando usar cualquier tipo de comercio virtual como es su costumbre. Compras pequeñas y en tiendas diferentes; hace años que no sale tan a menudo al exterior.

Flanqueado por cientos de productos minuciosamente apilados y clasificados, respira con tranquilidad, seguro y orgulloso. Cuenta con reservas suficientes para permanecer años a salvo bajo tierra. En realidad siempre ha estado preparado, llevaba tiempo esperando aquel día. Lo que no previó es que fuese propiciado por causas naturales, apostaba por una guerra nuclear o un ataque terrorista.

La inmensa mayoría de las provisiones son víveres no perecederos y de primera necesidad: conservas, leche en polvo, fruta deshidratada, agua, medicamentos, etc. Pero no se ha privado de ciertos caprichos: helados, galletas, chocolate, patatas fritas, alcohol… y de otro material más extravagante: oxígeno, combustible, equipos de radio y rastreo satelital, herramientas, matafuegos químicos, trajes *hazmat* de goma y máscaras de gas, pastillas de yodo, medidor de radiación, entre otros. Ya contaba con gran parte de esto último, precavido ante un más que posible holocausto nuclear.

No cabe todo, pero decide introducir el máximo posible en la cámara frigorífica para despejar la estancia. Empieza por aquellos productos que precisan frío para su conservación. Lo que más le preocupa son los medicamentos y el combustible necesario para el generador. Su elevado volumen sólo le permite disponer de una cantidad limitada, insuficiente a su juicio.

Lleva semanas sin actualizar el videoblog. El aprovisionamiento le ha robado tiempo, cierto, pero la razón principal es que teme ser rastreado al subir archivos vía FTP. Ha topado con el tipo de gente con quien no se debe jugar. Los últimos acontecimientos corroboran que está en la dirección correcta; ha metido el dedo en la llaga y eso debe haber dolido a cierto número de personas poderosas. Siempre navega por la red como un fantasma, protegiendo celosamente su identidad y borrando todo rastro. Pero el exceso de confianza ha hecho que últimamente relaje sus precauciones y el videoblog podría convertirse en su talón de Aquiles. Sabe a ciencia cierta que alguien anda tras él, alguien realmente bueno. Un desafío que le atrae y le asusta por igual.

Todo se activa alrededor de Kevin cuando este ocupa su trono en el Centro de Mando. Los resultados de los análisis de las pastillas sustraídas en casa de Ken son inquietantes: sus principios activos coinciden en alto grado con los usados en tratamientos psiquiátricos, concretamente, para tratar la esquizofrenia paranoide. Pero no coinciden exactamente con ningún medicamento de curso legal. Últimamente corren rumores —por vías no oficiales— de miles de casos de suicidios y desequilibrios mentales, sin lugar a dudas, relacionados con el alejamiento lunar. Ha adquirido las sustancias necesarias para su elaboración casera ante la negativa del laboratorio de desarrollarlos sin presentar determinadas licencias de las que carece, pero no está seguro de ser capaz de fabricarlos. Sobre ello trata el nuevo vídeo que ha preparado para su vlog, una declaración que podría sembrar el pánico entre sus múltiples seguidores. Lo siente por Isa, pero la gente tiene derecho a saber. Lo visualiza una vez más, necesita estar completamente seguro antes de dar el paso. Finalmente cierra el vídeo y centra su atención en lo que lleva entre manos: ultima un método para poder subir archivos sin ser detectado, valiéndose de un intrincado sistema de servidores fantasmas y *proxys*.

Año 2032/33

Capítulo 1

Complejo ARCA, Antártida

Isa despierta empapada en sudor y con el corazón desbocado. Intenta dominar la respiración mientras su cuerpo, descontrolado, tirita y da espasmódicas bocanadas de aire. Ha tenido una pesadilla terrible: cumplía una misión crucial a bordo de un submarino militar en medio de una gran guerra. Encallaron en el hielo ártico y el mar se fue congelando a su alrededor hasta quedar sepultados bajo el hielo sin capacidad de maniobra. El tiempo transcurría y las paredes de acero crujían al contraerse a su alrededor, como si las manazas de un gigante arrugasen el casco del submarino desde el exterior. Cada vez le costaba más respirar; la falta de oxígeno acentuaba su sensación de claustrofobia e impotencia hasta límites insoportables. Cuando finalmente se resignó a perecer asfixiada, despertó en un lugar extraño.

Una luz artificial, débil pero omnipresente, baña todo el cuarto. Su camarote es un cubículo circular de apenas cuatro metros de diámetro: cama, cuna, mesilla, armario empotrado y el espacio justo para un reservado con ducha, lavabo y sanitario. Hay que reconocer que el espacio está totalmente aprovechado. Apenas llevan dos días allí confinados, más que suficientes para perder la noción del tiempo. Los días son simulados, la iluminación de los pasillos y zonas comunes varía de intensidad emulando el día y la noche. También ocurre en los camarotes si no lo modificas.

El viaje fue interminable y extenuante. Especialmente en su última etapa en aquel aeroplano de juguete que botaba entre las nubes sobre la blanca inmensidad exterior. Y como colofón el interminable ascensor que descendía hasta el mismísimo infierno.

La sensación de claustrofobia crece al recordar los dos kilómetros de hielo que hay sobre sus cabezas. En ocasiones necesita concentrarse y contar hasta diez para estabilizar el ritmo de su respiración, que es justo lo que hace ahora.

Isa esperaba un tosco búnker militar, pero su impresión inicial fue la de un enorme y sofisticado laboratorio científico subterráneo, con pasillos rectilíneos saturados de habitaciones ovoides en ambos flancos, como iglús devorados por el hielo. Todo metálico. Al menos impera una temperatura agradable y unos niveles de oxígeno razonables.

El acceso al complejo le recordó el ingreso en una prisión, o a una especie de cuarentena. Fueron despojados de todos sus bienes e invitados de forma cortés a tomar una ducha poco convencional, eso sí, individual. Les facilitaron un tipo especial de calzado y unos monótonos uniformes blancos que diferían levemente unos de otros según la función del individuo allí dentro. Por último, les pusieron aquellos molestos brazaletes. Durante el acceso llegó a temer que la separaran de su hijo y de su marido, como sucedía en las películas de nazis, pero gracias a Dios los alojaron juntos. En el camarote asignado les aguardaba una caja con parte de sus pertenencias; el resto les fueron requisadas «temporalmente» aduciendo diversos motivos convenientemente argumentados.

Todo contacto con el exterior es inviable por el momento —eso dijeron—. La televisión sólo emite documentales y viejas películas, ninguna información de lo que había dejado de ser su mundo. El brazalete se acopla a su brazo derecho como un guante, sin oprimir pero en contacto directo con la piel. Imposible de quitar; de eso está completamente segura, pues lo ha intentado con ahínco. Sirve, entre otras cosas, de llave de acceso a su camarote y a cualquier zona del complejo en la que, según revele la iluminación del mismo, le sea permitido el acceso. La información sobre su verdadera utilidad es vaga. Al parecer, también realiza un continuo chequeo médico y alguna otra función que no se molestó en escuchar. Sea como fuere no le gusta, para ella es como ir esposada.

Quizá esté sacando las cosas de quicio y no todo sea tan malo como lo ve en su mente. Es consciente de que su opinión no es nada objetiva; haber sido arrastrada hasta allí en contra de su voluntad sin duda ha contribuido a formar aquella idea negativa preconcebida. Pero no puede evitarlo. Más allá de toda apreciación subjetiva y personal, hay algo que no soporta: durante dos horas diarias le arrebatan a su hijo para someterlo a algún tipo de examen médico. Aseguran que es por su bien. Isa los odia. Sentada en la cama, mira a John dormir plácidamente en su cuna y ella rompe a llorar. Ken se remueve a su lado y pregunta con voz somnolienta:

—¿Ocurre algo, cariño?

Cuando intenta abrazarla, Isa lo aparta bruscamente, de forma casi violenta. Lo lamenta nada más hacerlo. Últimamente apenas hablan, sólo discuten. Su conducta es muy severa con él; lo responsabiliza de todo lo malo que ocurre. Algo que no merece. Se ha vuelto más protectora con su hijo, casi agresiva. Pero últimamente es incapaz de controlar su estado anímico, responde rápido y sin pensar, de una forma que dista mucho de su modo de proceder habitual. Esto la inquieta, pues después de conocer la imposición e inminencia de aquel viaje, que para ella no era otra cosa que una deserción a escondidas, dejó de tomar las pastillas. Fue una decisión personal que llevó a cabo en silencio, simulando que las tomaba con normalidad, una forma infantil de revelarse contra lo inevitable para tratar de acallar su conciencia. Da gracias a Dios por haber dejado a John al margen de su vano acto de insumisión. Teme que aquella desafortunada decisión guarde relación con sus actuales cambios de humor y de carácter, repentinos y volátiles; seguramente no, probablemente se deban simplemente al estrés. Pero la duda persiste en su interior, y sería ridículo negar lo evidente: sucede algo realmente grave. Ya no puede achacarlo a simples rumores o a los desvaríos de un puñado de científicos paranoicos. Aquel complejo es la mayor prueba de ello y le basta con mirar a su alrededor para recordarlo incesantemente; de otra forma no existiría. Se comportó como una idiota. «Al menos ahora la medicación no es una decisión personal», piensa mientras acaricia el brazalete adherido a su cuerpo como una garrapata. «Algo bueno tiene que tener». Pero últimamente no piensa lo que hace, y lo que es peor, no hace lo que piensa.

—Ken, no quiero criar aquí a mi hijo —susurra con voz llorosa y suplicante, mientras balancea ligeramente su cuerpo.

—Ya lo hemos hablado.

—Esto es una cárcel, ¿no lo ves? —remuga Isa para sí.

Ken apenas consigue entenderla, pero sí puede verla sentada sobre la cama con las piernas cruzadas y la mirada extraviada. Meciéndose.

—¿Y qué quieres, Isa? ¿Salir y verlo morir? ¿Dejar de darle la medicación y verlo enloquecer… o algo peor?

Ken no aguanta más tanto reproche y quiere dejar las cosas claras. Pero Isa lo ignora y continúa murmurando de forma ininteligible. Ken pierde los nervios por primera vez.

—¡Responde! —grita—. ¿Qué hubieras hecho tú?

John despierta y llora de forma estridente. Isa no contesta, continúa sollozando y balanceándose sin cesar, mientras el brazalete refulge con intensos destellos anaranjados en su muñeca.

Capítulo 2

Complejo ARCA, Antártida

«¿Dónde estoy?»
«Ahí fuera no hay nada…»
«¿Por qué no puedo moverme?»

Se siente flotar, alejarse… No puede ver nada y es incapaz de pensar, todo está difuso en su mente. Se relaja, dejándose llevar por el sopor.

«Estoy soñando.» Se regodea por haber llegado a esa conclusión. «Tengo que despertar, tengo que abrir los ojos», razona con dificultad.

Pero los párpados pesan demasiado para obedecerle. Su mente vuelve a divagar, llenándose de pensamientos inconexos y extraños. Aquel punto de conexión con la realidad se desvanece y vuelve a flotar, alejándose... «Pero ¿de dónde? ¿Hacia dónde?»

No siente frío ni calor, pero sí una sensación semejante al frío, resultado de un cúmulo de sensaciones: soledad, inmensidad, vacío… Todo es inmaterial. Desea tocar; ansía tocar.

«Alguien me llama.» Su mente se aferra a esa idea y aguza los sentidos. «Hay una voz ahí fuera en la inmensidad. No estoy solo.» Se esfuerza por escucharla: «La conozco. Reconozco esa voz...»

La voz suena ahora más próxima. Se aferra aún más a ella para volver en sí. Para despertar. Lucha por despertar. La voz es su único punto de apoyo, su faro en la oscura inmensidad. Suena a su lado pero no puede verla, no puede tocarla. No puede moverse. No puede hablar. No puede ver. No puede despertar. Pero aún puede luchar.

Una fugaz chispa de entendimiento estremece su cuerpo y una lágrima solitaria le resbala por la mejilla.

Capítulo 3

Aeropuerto Espacial, Nuevo México

Whitemann sobrevuela un paisaje deshabitado. Kilómetros y kilómetros de terreno yermo y baldío se suceden a sus pies. Un auténtico desierto marciano. Irwin ha cumplido su promesa y dos de sus hombres han acudido a San Diego para recogerlo y llevarlo de vuelta a Ciudad Amurallada, junto a Anderson.

La misión encomendada no debe de ser de su agrado, pues no han pronunciado una sola palabra en todo el trayecto, y su humor ha empeorado notablemente cuando les ha informado de la nueva escala en el Aeropuerto Espacial de Nuevo México. Ha sido necesaria la confirmación personal de Irwin para acceder a su petición.

El proyecto NOE, en su fase inicial, contemplaba la puesta en órbita permanente de ocho personas, además de la construcción de los refugios subterráneos. Trabajaban en dos frentes: diseño y construcción de una nave orbital especial en Nuevo México, y reapertura parcial de la Estación Espacial Internacional. Pero las nuevas limitaciones en plazos y presupuestos han convertido esta opción en inviable. Contar con un contingente permanente de personal ahí arriba era importante, pues pronto sería el lugar más seguro. Lo usarían como laboratorio y enlace entre los diversos refugios terrestres. Incluso se concibió como el punto de partida para erigir una futura colonia extraterrestre con vistas a abandonar la preciada Tierra, en caso de ser necesario.

Su actual visita nada tiene que ver con el seguimiento de la evolución del proyecto, como ha anunciado. Su misión consiste en cancelarlo y evaluar el equipo reutilizable. La redistribución del personal está descartada; se siente un traidor.

A través de la frente, apoyada contra el cristal lateral, siente fluir las vibraciones por todo el cuerpo al compás del ronco gemido del rotor principal. Está oscureciendo. El Sol se oculta por el horizonte y el desierto cobra un tono rojizo al reflejar sus últimos rayos, transformándose definitivamente en un paraje marciano. Los desahuciados muros del antes lujoso complejo hotelero para viajeros espaciales rompen por fin con la monotonía del paisaje, aunque sus paredes, ahora también rojizas por la arena que las cubre, parecen formar parte de él. Ya no son más que otro accidente geográfico, el desierto lo engulle todo. El periodo de vida de los vuelos espaciales comerciales fue muy corto. No consiguieron rentabilizarlos. La crisis económica acabó con el sueño de otro visionario. Tras aquellos muros de arena asoma el contorno iluminado por un azul eléctrico de los quince mil metros cuadrados de aeropuerto circular. En su centro destaca un edificio de neto corte futurista, cuya forma sinuosa recuerda a una gran nave espacial de techo ondulante que imita la orografía natural de la zona. Aquella edificación semisepultada en la arena contiene un hangar con una superficie capaz de albergar ocho naves, una plataforma de observación de despegues con importantes zonas vidriadas, una terminal de pasajeros, un área de mantenimiento, talleres, oficinas y salas de espera; o sea, prácticamente los mismos servicios que brinda un aeropuerto convencional. El sol es su principal fuente de energía.

Una sombra oscurece el semblante de Markus Whitemann, mientras este admira el impresionante aeropuerto espacial desde el aire. Con mucho esfuerzo lograron reabrirlo antes de que quedase totalmente inservible y lo dotaron de una plantilla de ingenieros que viven y trabajan día y noche allí. Todo ha sido en vano. Ha fallado a toda esa gente. El helicóptero se estabiliza e inicia el descenso. El helipuerto les recibe iluminado, pero no distingue a nadie en todo el complejo, que parece también abandonado. Toman tierra con un ligero golpe. Los pilotos mantienen su hermético silencio y permanecen inmóviles en sus asientos, pero es obvio que no han podido establecer contacto con la terminal. Su puerta se abre con las aspas aún girando amenazantes sobre su cabeza. Nadie sale a recibirles. Whitemann aguarda unos segundos. Cuando pone un pie en tierra firme, una fila de hombres armados corre hacia ellos desde el túnel excavado en la arena, que sirve de acceso a la terminal, y rodean el helicóptero. Son un grupo de guerrilleros harapientos, un falso ejército que huele a distancia: narcotraficantes. Whitemann queda inmóvil con las manos en alto. Gritan, pero no escucha nada. Las hélices vuelven a ganar velocidad de giro sobre su cabeza. Whitemann, ante los gestos autoritarios, no sabe cómo proceder y se arrodilla con las manos en alto. Un ruido ensordecedor y un viento huracanado lo envuelven todo. No llega a oírlas, pero sí puede ver las lenguas de fuego sobre la boca de las metralletas. Las balas hacen añicos la cabina.

Capítulo 4

Complejo ARCA, Antártida

Ha muerto gente por su culpa. Sus instrucciones fueron claras y concisas: nadie podía recibir el tratamiento sin su aprobación. Se precisaba de un análisis de sangre previo favorable y, en base a él, se suministrarían las dosis oportunas. No todos los pacientes toleraban los inhibidores, aunque no imaginó un rechazo tan extremo.

El doctor McKee se encuentra solo —semisolo— en el laboratorio, rodeado de negatoscopios con placas radiológicas craneales, tubos de ensayo y muestras de sangre contenidas en pequeños recipientes circulares. Algo que ya no será necesario.

Sobre la mesa yace un brazalete *vitam* destripado, un novedoso y miniaturizado laboratorio móvil. Pero toda su atención recae sobre la pantalla holográfica, que muestra una enorme cuadrícula repleta de celdas de diferentes colores, un intricado puzle que encierra la información vital en tiempo real de todos los allí recluidos. No habrá más errores.

Alguien lleva tiempo llamando a su puerta, mejor dicho, aporreándola. ¿Quién osa importunarle? No ha sido informado de una visita. Además, no atiende visitas cuando trabaja, y últimamente sólo trabaja. No recuerda la última vez que comió o durmió fuera de aquella celda con apariencia de laboratorio. Está en aquel maldito lugar para desempeñar una tarea concreta. Han confiado en él y debe corresponder con resultados definitivos. Para ello necesita tiempo y tranquilidad, pero los martilleantes golpes le impiden concentrarse y empiezan a resultar insoportables. Desbloquea la puerta de acceso con furia en los ojos; no le gustaría estar en la piel del inoportuno visitante.

La silueta de una mujer joven se perfila en el dintel de la puerta. En un segundo, su ira se desvanece trocándose en certeza. Aun así, deja pasar unos segundos para poder templar la voz antes de invitarla a pasar.

—Adelante, Allenda.

Allenda, sorprendida, accede con cautela al laboratorio.

—Por fin ha llegado. Llevamos tiempo esperándola.

Allenda ignora aquel comentario fuera de lugar, pues su presencia allí es fortuita. Se atrevería a tildarla de milagrosa. Un cúmulo de casualidades precipitó su alocada decisión, tomada y ejecutada en el acto, sin premeditación alguna. Por ello es imposible que aquel hombre llevase tiempo esperándola. Y lo cierto es que, sin conocerlo, ya lo detesta por haberla obligado a esperar tanto rato en la puerta. Así que ella se limita a mirar a su alrededor con curiosidad.

—Siento decirle que no llega en buen momento.

El doctor McKee, tras el comentario impertinente —falto de tacto sería más adecuado—, la ignora por completo y vuelve a sus quehaceres. Allenda permanece en pie, incómoda, mientras siente cómo el enfado crece en su interior según pasan los segundos. No es el primer doctor engreído con el que trata. Lo que no puede imaginar es que McKee está esforzándose por ser amable con ella.

—Cada vez son más distantes los buenos momentos.

Aquella incomprensible aclaración, pronunciada sin tan siquiera dignarse a mirarla, es la gota que colma el vaso. Allenda no comprende el motivo de esa actitud para con ella y la toma como una falta de respeto. Indignada, decide poner punto y final a la ofensiva situación plantándose frente a él y obligándole a prestarle atención.

—Permítame presentarme, soy Allenda Witzel. —El tono de voz no se corresponde con el de una presentación.

Extiende la mano, McKee se toma su tiempo, pero acaba estrechándosela.

—Lo sé.

—¿Lo sabe? ¿Qué sabe usted de mí? —pregunta, visiblemente enojada.

—Más de lo que se imagina. La sangre dice mucho de una persona.

Allenda enmudece, asustada por el comentario.

—Disculpe mi peculiar sentido del humor. Phil me ha hablado mucho de usted.

El nombre de Phil ilumina su rostro y un cúmulo de apresuradas palabras se montan unas encima de otras:

—¿Está aquí? ¿Se encuentra bien? ¿Podría verlo?

—Le he dicho que no es buen momento. Se enfadaría conmigo.

—Insisto —replica Allenda, intransigente.

El doctor, encogiéndose de hombros, fija la vista en una esquina de la habitación. Hay una silla de ruedas arrinconada contra la pared. Allenda la había visto al entrar.... pero, al observarla con detenimiento, el corazón le da un vuelco. Está ocupada. Busca al doctor con la mirada cargada de odio, pero topa con su espalda. Se abalanza sobre la silla y, al girarla, se siente desfallecer. Phil está allí sentado. Lo ha estado durante todo este tiempo, atado de pies y manos, con una especie de máscara que le cubre gran parte del rostro sin ocultarle los ojos, abiertos pero idos. Allenda ya ha visto antes aquella mirada, pero ¿dónde está el espejo? Se arrodilla frente a él y le toma una mano con extrema delicadeza.

—Phil, estoy aquí, ¿puedes oírme?

Phil no contesta.

—Soy Allenda. ¿Me recuerdas? —Su voz tiembla, ha de esforzarse por contener el llanto.

Quiere interrogar al doctor, pero ese maldito hombre les ignora por completo. Está ocupado con un extraño artefacto. ¿Qué tipo de ser cruel puede comportarse así? Allenda acaricia la mano de Phil.

—Vamos, Phil… Vuelve, vuelve conmigo.

Con cuidado y extrema ternura le quita la máscara. Ladea ligeramente la cabeza con la máscara pendiendo de su brazo extendido.

—¿Es necesario todo esto? —pregunta con reproche y rabia contenida.

—Él así lo ha querido.

Empieza a desabrocharle las manos.

—¿Cuánto tiempo lleva en este estado?

—Sólo está consciente cinco o seis horas al día. Hemos empezado a suministrarle la medicación para no perderlo por completo.

Allenda rompe a llorar. Necesita unos minutos para recuperarse.

—Volví al café a buscarte. Volví todas las madrugadas. ¿Por qué no regresaste a por mí?

No hay respuesta, pero siente un ligero temblor en la mano y se estremece al ver cómo una solitaria lágrima resbala por la mejilla del rostro inánime de Phil.

Capítulo 5

Complejo ARCA, Antártida

Ambos le observan pasmados, como si estuvieran siendo testigos de una aparición. Cada uno tiene sus propios motivos para recibirle con mirada perpleja. Leslie amaga una sonrisa, que sólo se materializa en su interior, antes de introducirse en el camarote.

La expresión de Ken, una vez repuesto de la sorpresa inicial, se torna sombría y afloran en sus ojos la traición y la ira a partes iguales. El semblante de Isa se ilumina con fuerza durante unos instantes, antes de que el desengaño lo apague.

Leslie puede asomarse al interior de los demás; es un don natural. La mayoría de las personas son un libro abierto para él. Gestos, facciones, timbres de voz…Todo ello es información que sabe interpretar y utilizar sin esfuerzo, instintivamente. Sin duda hubiese sido un excelente jugador de póker. Pero a este don innato le ha dado un uso muy distinto. Ahora forma parte de su trabajo. Sin perder la sonrisa, les saluda cortesmente, ignorando lo que revelan sus músculos faciales.

—Señor Dean. —Acompaña el saludo con una ligera inclinación de cabeza—. Señora Dean. —Se quita el sombrero y ejecuta una reverencia más pronunciada.

Se hace un silencio incómodo, incómodo para Isa y Ken. A Leslie los años le han enseñado a valorar el silencio, a saborearlo, y, cómo no, a escucharlo. Prestándole la atención adecuada puede ser más elocuente que las limitadas palabras, incluso más que los gestos. Un silencio entre dos personas transmite emociones de amor, odio, amistad, cariño o lealtad. Sin embargo, este es un silencio…

—Espero sea de su agrado este sencillo camarote.

—Lo es —responde Ken con frialdad.

Leslie nota cómo Isa observa su brazo al descubrir que no hay un brazalete adherido a él, e inmediatamente se desentiende de ellos para buscar con frenesí algo en un pequeño armario empotrado, el único del compartimento.

Aquella hostilidad no asusta a Leslie. Da un par de pasos y vuelve a paladear el silencio. En un espacio reducido es más intenso, estruja a la gente, la oprime, hasta tornarse casi físico. No tardará en controlar la situación; es más, disfruta con los pequeños retos inesperados. No esperaba un recibimiento por todo lo alto, pero tampoco aquella gélida bienvenida.

—Ruego disculpen las incomodidades. Ha sido todo muy precipitado, seguimos trabajando.

—No esperaba verle a usted por aquí —le interrumpe Ken.

Leslie sonríe. Ese reproche confirma sus sospechas. El caso de Isa es aún más evidente, todavía lo creía el verdadero abuelo de Ken. Irónico… Pero su actitud le intriga: continúa rebuscando, enfebrecida.

—No estaré por mucho tiempo. —Juguetea con el sombrero—. Mañana mismo vuelvo a Austin.

Ken casi enrojece de vergüenza, pero las palabras de Leslie no surten efecto alguno en Isa, que sigue a lo suyo.

—No quería marcharme sin despedirme. Sólo pretendía saludar y comprobar que les va todo bien y… —hace una estudiada pausa— darles recuerdos de parte de Francisco.

Al nombrar a Francisco, Isa se detiene, pero permanece dándole la espalda.

—¿Está con Francisco? —tartamudea Ken.

—Él y yo les serviremos de enlace con el mundo real antes del diluvio. —Tras una nueva pausa, añade con un guiño—: Y, con un poco de suerte, también después.

—¿Qué sabe Francisco?

—Como todos, lo suficiente.

Isa aún rebusca, pero es obvio que sigue la conversación con interés.

—Hace tiempo que esperaba la pregunta —continúa Leslie—. Mejor así…

En ese instante, Isa se incorpora con algo en la mano, se lo entrega y sale furiosa de la habitación. Leslie la sigue con la mirada mientras guarda la cajita en su bolsillo. Ahora es Ken quien abre el armario para extraer una amarillenta hoja de papel del interior de una chaqueta.

—¿Me hará el favor de entregarle esto a Francisco? —No es una pregunta.

Leslie le interroga con la mirada.

—Es personal, debí dárselo hace años. Léalo si lo desea.

Acepta el encargo con un ligero asentimiento. Ken da un paso al frente y lo abraza. Leslie titubea un instante antes de corresponder; por una vez, no se lo esperaba.

—Gracias por todo. Ruego sepa disculpar a mi mujer. Le cuesta adaptarse a todo esto. Ambos le debemos mucho.

—No la culpo.

Vuelve el silencio. Leslie hace ademán de marcharse; ya está todo dicho.

—¿Por qué se aleja?

La pregunta de Ken lo detiene en el umbral de la puerta.

—¿Causas naturales? ¿Hemos sido nosotros mismos? ¿O alguien que la puso ahí y ahora se la lleva?

—¿Importa eso ahora?

—Quizá sabiéndolo podamos invertir el proceso —insiste Ken.

—Es demasiado tarde, ¿no cree…? —Y añade con una sonrisa—: Veo que se ha hecho fan del bloguero. —Leslie sale al pasillo antes de formular una astuta pregunta—: Por cierto, ¿no le parece raro que Francisco no haya podido localizarlo?

—¿Importa eso ahora? Ya es demasiado tarde… —responde Ken, usando sus mismas evasivas.

Leslie se cala el sombrero con una carcajada y comienza a andar. No es amigo de las despedidas.

—¿Qué será de ustedes?

—Sólo Dios lo sabe —responde Leslie mientras se aleja.

Ken permanece en pie, apenado y avergonzado. Pese a sus diferencias, le debe mucho a ese anciano, un hombre excepcional. Al girarse repara en una cajita de joyería que destaca sobre la cama. La abre bajo aquella ubicua luz y recibe el mágico brillo de los pendientes de Isa con forma de luna.

Capítulo 6

Complejo ARCA, Antártida

Isa avanza por los angostos corredores en busca de aire no viciado. Casi no puede respirar. Hileras de puertas hexagonales se abren en espiral a su paso, como el iris de una cámara. Le recuerdan a las películas de naves espaciales. Todo es metálico, idéntico al interior del submarino de sus sueños.

Accede a un ascensor monoplaza ubicado en el extremo del corredor, pero los niveles 1 y 2 aparecen apagados. El opresivo brazalete sólo permite el acceso a los dos niveles inferiores: camarotes y zonas comunes. Golpea con violencia el brazalete contra el panel numérico hasta que emite un potente destello naranja. Apoya la espalda contra la pared y se deja escurrir lentamente hasta acabar sentada en el suelo con las rodillas flexionadas y los pies fuera de la cabina. La sensación de claustrofobia es intensa. Mientras trata de controlar la respiración selecciona el Nivel 4, el único que alcanza desde su posición y en el que ya se encuentra. Ante su sorpresa se abre una puerta lateral.

Recorre el nuevo pasillo circular hasta volver al mismo ascensor, antes ha atravesado los otros tres ascensores de aquel nivel e innumerables puertas, cuyos lectores destellaban con un color rojizo al paso de su brazalete. Seguramente sólo fuesen más camarotes. Presiona el Nivel 3 y accede a las zonas comunes: el comedor es una estancia amplia, aunque difícilmente pueda alojar a más de treinta o cuarenta personas. La sala de juegos está inacabada, y el jardín permanece cerrado; hay que pedir permiso para acceder a él. En el centro de aquel nivel encuentra un mostrador con personal de vigilancia e información que le observa con cara de pocos amigos. Todo el complejo está prácticamente vacío, al menos, los dos niveles inferiores. Son las primeras personas desconocidas con que se ha cruzado hasta el momento. Ken asegura que pronto llegará el resto de inquilinos, pero no sabe si lo prefiere. Uno de los cuatro pasillos de la intersección está clausurado. Una placa indica que ambas alas sólo son más camarotes, así que cruza por delante del mostrador sin mediar palabra y sigue su mismo corredor hasta la enfermería. Tampoco se le permite el acceso. Nada más pasarla de largo, la puerta se abre a su espalda: sale una mujer joven que no repara en su presencia. La sigue desandando sus pasos; parece despistada. El brazalete de la mujer emite un fulgor idéntico al suyo, pero observa que el tono cambia cuando la ve entregar algo en el mostrador. Isa la adelanta y camina muy lentamente hasta que escucha sus amortiguados pasos detrás. Sin volverse alcanza el ascensor y espera a que la «enfermera» esté justo detrás para llamarlo. Accede a la cabina y simula sorpresa ante su presencia.

—Si nos apretamos un poco cabemos las dos —la invita con un guiño de complicidad.

La supuesta enfermera duda un instante, pero entra con ella. Isa la deja marcar, escondiendo su brazalete entre la pared lateral y su cuerpo. ¡Bingo!, selecciona el Nivel 2. Se sonríen nerviosas mientras suben. Camina junto a la enfermera hasta el cruce de pasillos, donde se despide y toma otro camino. Lab 5, lab 6… En todas las puertas le es denegado el acceso. Confía en que, al menos, se le permita volver a su nivel. En el extremo del pasillo, un arco sin puerta sustituye al ascensor. Penetra en una enorme sala circular, totalmente blanca. La intensidad de la luz imperante le daña los ojos y necesita unos segundos para adaptarse. En el centro hay un atril, también blanco, y la pared del fondo aparece repleta de celdas hexagonales blancas, como el interior de una colmena.

La atmósfera es extraña y densa, unos corpúsculos luminosos flotan en ella. Isa se aproxima trémula a las celdas del fondo. El ambiente eléctrico le eriza todo el vello del cuerpo y su cabello flota suspendido tras sus movimientos lentos y torpes. Se siente ligera y, a la vez, pesada: un denso sopor la invade. Una de las celdillas está sellada por una membrana palpitante, cuyo interior se ilumina con cada latido. Aproxima una mano con cautela a aquella especie de piel sintética y, antes de llegar a tocarla, recibe una aguda descarga eléctrica, que la obliga a retirarla. La estudia con recelo, pero el peso de los párpados le resulta insoportable. En uno de los latidos luminosos vislumbra pequeños miembros humanos moviéndose en el interior. La forma de un talón curva la membrana sin llegar a romperla. Espabila con la fuerte impresión. Escucha voces aproximándose. Esconde su brazo derecho, que ahora emite acelerados pulsos anaranjados, y camina hacia ellas. «¿Me habrá delatado?», se pregunta. Son dos hombres.

—Señora Dean, acompáñenos, por favor —ordena el más corpulento al llegar a su altura.

Piensa instintivamente en correr, pero desiste: ¿para qué? Mientras la escoltan, se pregunta el porqué de su conducta. ¿Qué hace allí? ¿Por qué se empeña en ponerles las cosas tan difíciles a Ken y los demás? ¿Por qué tanto odio hacia el falso abuelo de Ken? Al fin y al cabo nada es tan malo. Al cruzar de vuelta la intersección vuelve a ver a la joven enfermera de pelo rojizo frente a una puerta. Intercambian unas miradas interrogantes.

Leslie les sale al encuentro con determinación.

—Yo la acompaño —ordena.

Ambos hombres se retiran sin replicar. Ahora Leslie la escolta personalmente. Isa lo agradece. Las piernas le fallan y se apoya en él para poder seguirle el paso.

—Comprendo su enfado, pero aquí abajo rigen unas normas muy estrictas. Si yo no me encontrase aquí, hubiese sido... —una pausa— evacuada. ¿Lo comprende?

La atraviesa con su cálida e implacable mirada en el interior de la minúscula cabina, mientras descienden al Nivel 4. Isa siente que le vuelve a faltar la respiración.

—Admiro a su marido. No lo culpe, no merece... —Leslie la sostiene para evitar que caiga al suelo.

—Ken me dijo —dice Isa con voz somnolienta— que ocupábamos el puesto de otra persona. Es el suyo, ¿verdad?

Isa no necesita una respuesta.

—Lo siento —murmura avergonzada, mientras se deja arrastrar en silencio.

—Francisco... —insiste Isa—. ¿Puedo... preguntar por qué no está aquí? —Le cuesta concentrarse.

—No todos cabemos en el ARCA. Incluso Noé tuvo que prescindir de los unicornios.

Leslie se arrepiente de sus palabras al ver el dolor grabado en las arrugas de la frente de Isa.

—Tranquila... —le susurra al oído—. Cuidaré de él. Su labor fuera es importante. Los acontecimientos venideros no dependen de nosotros. Quizá no ocurra nada. —Mira los ojos cerrados de Isa antes de continuar—: Francisco está donde debe estar. Ken tampoco querría estar aquí de no ser por John y por usted. Además, si alguien es capaz de sobrevivir ahí fuera, ese es Francisco. —Sus últimos comentarios son reflexiones en voz alta; sabe que ella ya no puede escucharle.

Ya en su camarote, Ken le ayuda a tumbarla en la cama. Acto seguido, Leslie se despide cortésmente ante la resignada mirada del joven.

Capítulo 7

Complejo ARCA, Antártida

Leslie se persona en el laboratorio del doctor McKee, su última y más temida entrevista antes de abandonar el complejo para siempre. Dos días han sido más que suficientes para ver con sus propios ojos la realidad de aquel, para muchos imposible, proyecto. Lo que ahora pisan sus pies es el resultado de años de duro trabajo. Ha valido la pena. Una vez zanjados algunos asuntos menores sólo le resta atender el principal motivo de su visita.

Los últimos informes del doctor son inquietantes. Desprenden urgencia y desaliento. También ambigüedad, cosa atípica que alarmó a Leslie, pues McKee jamás se deja influir por las emociones. Precisa saber qué ocurre de primera mano.

Hasta la fecha, el doctor ha tenido una actitud impecable. Ha desempeñado sus funciones sin cuestionarlas con total normalidad y discreción. Trabaja como si estuviese tratando a enfermos comunes con síntomas de gripe en cualquier hospital estatal del país. Algo que satisface a Leslie, y que valora. El día en que a McKee se le notificó su inminente traslado a la Antártida, este se limitó a interesarse por la fecha de partida. Sin más preguntas, sin reproches ni malas caras.

Jamás pone trabas u objeciones. Leslie contaba con ello. Lo eligió porque sabe que nada le gusta más al doctor que su propio trabajo. Es un adicto. Da por sentado que trabajar en el proyecto NOE es lo mejor que le ha ocurrido nunca. Formar parte de él ya es suficiente recompensa, más allá del sueldo o el destino… simples minucias.

—Me alegra volver a verle, doctor.

—Lo mismo digo —replica McKee, algo incómodo.

Al doctor no le agradan las formalidades, así que Leslie va al grano:

—Usted dirá…

El doctor proyecta la enorme pantalla y, mientras se afana en algunos preparativos de última hora, inicia, cómo no, su habitual serie de preguntas que no requieren respuesta.

—¿Se ha preguntado alguna vez por qué sentimos miedo de la oscuridad? ¿Por qué tememos a ciertos animales? ¿Teme a las serpientes?

Leslie permanece en silencio, una respuesta sólo serviría para interrumpirle; McKee ni la espera ni la quiere. Le deja hablar. Sabe que antes de abordar un tema concreto, el doctor gusta de irse por las ramas. Leslie sabe escuchar cuando es necesario.

—Serpientes, arañas… nos producen un rechazo patológico, una repulsa visceral. —Deja pasar unos segundos—. Se trata de un conocimiento innato aprendido a través de los siglos y grabado a fuego en nuestro ADN, enraizado en el ABC de nuestra especie. Ese miedo es un aviso sin necesidad de experiencia, sin necesidad de exponerse previamente a un peligro. Los temes sin nunca haberlos visto antes. En otra época, esos animales fueron enemigos mortales para el hombre primitivo. Aún lo tenemos grabado. Fíjese en esto.

En el monitor aparece un nido repleto de polluelos en el interior de un laboratorio. Al sobrevolarlos una silueta que simula a la madre, las crías alargan el cuello y pían con fuerza reclamando su ración de comida. Acto seguido se proyecta la sombra de un halcón y la reacción inmediata de los polluelos es agazaparse temerosos, sin emitir sonido alguno.

—¿Lo ve? Criaturas recién nacidas que ya diferencian la fuente de alimento de un posible depredador sin antes haber estado expuestos a él. Este miedo innato es clave en su supervivencia.

Mientras el doctor habla, la imagen proyectada se divide en cuatro y aparecen simultáneamente una araña tejiendo meticulosamente su tela, una mariposa escapando de la crisálida, un petirrojo hilando con esmero el nido y un grupo de tortugas marinas recién eclosionadas siendo guiadas por el sendero plateado que el sol imprime sobre las olas del mar.

—Entiendo que recibió mi informe sobre el experimento.

Leslie asiente impasible. Ahora el monitor muestra la grabación del día en que Phil y el doctor acoplaron sus cerebros.

—Me impresionó la rapidez con que consiguió localizar y traer a mi escurridizo colega, el profesor Friedrich. ¿Cómo lo hizo?

Leslie se limita a sonreír; no tiene intención de desviar la conversación.

—¿Qué ocurrió? —pregunta Leslie señalando el monitor. Es la primera vez que interviene.

El doctor deja de moverse por un momento y aparta la mirada de Leslie, como un niño asustado.

—Sentí miedo. Pánico. Todo mi ser sentía una repulsa natural, un miedo ancestral, innato.

—¿Qué vio?

—No era yo. No puedo describir con exactitud lo que vi o, mejor dicho, sentí.

—En su informe…

McKee no le permite terminar, lo toma por los hombros y lo sitúa tras la pantalla, ligeramente a la izquierda. Con el brazo derecho extendido ejecuta un movimiento lateral abarcando todo el extremo opuesto de la habitación.

—Creo que esto fue lo que presencié, con Phil Rewer ocupando su sillón, claro. Sin embargo, no recuerdo a Friedrich ni a mí tumbado a su lado —murmura para sí antes de continuar—. Pero los ojos que miraban no eran los míos, sino los de Phil… —Parece ocultar algo antes de proseguir—. Y no lo interpretaba como usted y yo lo hacemos ahora. Todo le resultaba nuevo, desconocido…

—¿Sintió miedo de Phil?

—Aquellos ojos no sentían miedo. Lo que quedaba de mí, sí.

—¿Sintió miedo de Phil? —Leslie, impaciente, repite la pregunta.

—De Phil no.

—¿Miedo a lo desconocido?

—Desconocido para mí, pero quizá no para el ser humano. Juraría que se activó un mecanismo de defensa. Una respuesta ante un miedo grabado en nuestro ADN, un miedo ancestral muy superior al que experimento por un animal que repta o que se desliza con muchas patas, aún sin haberme expuesto a él con anterioridad. Algo más antiguo, más peligroso.

—Debo suponer que Phil puede ser peligroso...

—Phil no.

Leslie le escruta con la mirada. Sus ojos son extremadamente inteligentes e inquisidores, pero su rostro, surcado de arrugas, apenas consigue ocultar la realidad: está viejo y cansado. Es la mirada y el semblante de alguien que no admite evasivas. Su expresión se torna dura y autoritaria, no está dispuesto a perder más tiempo.

—Hable —le insta.

—No estoy seguro de a qué nos enfrentamos.

—Estoy aquí porque usted tiene una teoría —afirma Leslie—. Le agradecería que la expusiese —ordena.

—Al principio, las nuevas funciones cerebrales de Phil me tenían entusiasmado. Partes de nuestro cerebro hasta ahora dormidas cobraban vida, y lo hacían con una actividad frenética. Incluso soñé con telequinesis, telepatía... Algún tipo de evolución. Anhelaba saber de qué era capaz Phil en sus períodos de enajenación.

Hace una pausa para buscar las palabras adecuadas antes de continuar.

—Los pacientes tipo A están perdiendo progresivamente la memoria cognitiva, el sentido del tiempo, la conciencia de sí mismos... Están volviéndose como animales. Sufren algún tipo de regresión, de involución. Siempre que entendamos por involución...

—Doctor —le amonesta Leslie, exigiéndole concretar.

—Los pacientes tipo B, como Phil, son más reducidos y singulares. Una vez les hablé de evolución... —Vuelve a enmudecer durante unos segundos—. Hoy sustituiría la palabra «evolución» por «invasión».

El doctor McKee, incapaz de sostener la insondable mirada de Leslie, desvía la suya de nuevo. Le ha costado hacer esa última afirmación y espera una reprimenda o que simplemente lo tome por un lunático. Leslie mira a su alrededor sin reflejar emoción alguna en su rostro, hasta detenerse en el monitor, donde ve a Phil dar un paso de forma extraña. A continuación, Leslie abandona la estancia sin despedirse.

Capítulo 8

Edificio Chrysler, Nueva York

La sala de reuniones parece aún más grande cuando está vacía, intensificando la sensación de frío y soledad entre sus gélidos cristales. En uno de los extremos de la enorme mesa oval que la viste espera un vaso de whisky junto a la pequeña llave magnética que le entregó Phil antes de marcharse. De las dieciséis sillas que la circundan, quince lucen vacías y Tom ocupa la restante. Si alguien irrumpiera de improviso vería dignidad en su porte, no la figura de un hombre derrotado por dentro.

Es demasiado viejo y se encuentra demasiado solo para enfrentarse a ella. Entre las manos sostiene un sobre blanco sin sello ni lugar de procedencia; tan sólo contiene el nombre de Phil garabateado en el reverso. Aún no se ha decidido a abrirlo. «Ahora confiamos en usted. Use la llave», eso dijo el anciano de pelo blanco que se lo entregó. Lo deposita sobre la mesa y toma el vaso de whisky. Con un movimiento circular, similar al obligado antes de catar un buen vino, hace girar el interior y observa los hielos repiquetear entre ellos y contra el cristal. Es un whisky de malta de veinte años, casi los mismos que lleva sin probar una gota de alcohol, exceptuando aquella noche en casa de Phil... Vuelve a depositarlo sobre la mesa sin llegar siquiera a mojarse los labios.

Tom queda embelesado escrutando su reflejo en la mesa y luego en el vaso. La imagen de Phil viene a su mente. «Phil tiene razón». No sabe por qué piensa eso, pero lo piensa. «Tiene razón».

A gran parte del Consejo de Administración no le gustó que asumiera el control total de la empresa, tampoco aprobaron la repentina desaparición de Phil. Supo manejar la situación y acallar las disputas internas, pero ahora todo ha terminado. Había rentabilizado al máximo la nueva plataforma en Noruega realizando inversiones que posibilitaron doblar la producción. Ello le permitió cumplir su palabra y continuar financiando durante todo este tiempo el descabellado y ruinoso proyecto de Phil en la Antártida. Pero aquella ola se lo había llevado todo por delante. El tsunami no sólo había destrozado su preciada plataforma, también alcanzó la costa, segando innumerables vidas humanas y causando miles de millones de dólares en desperfectos. Es demasiado viejo y se encuentra demasiado solo para enfrentarse a ella. Debería haber diversificado, asegurado la inversión... Les ha fallado a Phil y a su padre.

Ya es demasiado tarde para enderezar la situación, sólo puede lamentarse. Las acciones han caído en picado. Pronto no podrán atender los pagos a corto y su posición vulnerable atraerá a los buitres carroñeros, que planearán en círculos a su alrededor hasta repartirse los despojos. La empresa acabará disuelta y desmembrada, como chatarra. Tantos años de trabajo...

No había recibido noticias de Phil, sólo el sobre que sus manos trémulas evitan abrir.

Últimamente no se encuentra bien, y no es el único. Noticias apocalípticas invaden los medios y enrarecen el ambiente. Aunque su edad le hace inmune a tanta majadería, es cierto que una cadena de funestas calamidades asola el planeta durante el último año. Algunos iluminados las equiparan a las plagas de Egipto o a los primeros acordes de las trompetas del apocalipsis. Para colmo, la crisis económica se ha instalado para no marcharse y las revueltas se propagan como el fuego en un reguero de pólvora que cruza por todos los países del globo. Ya ni siquiera recuerda el inicio de la maldita crisis. El mundo se está desequilibrando y la gente pierde la cordura.

Vuelve a coger el vaso y, esta vez, lo paladea a placer con un trago largo y lento. Deja la mente en blanco y disfruta del buen whisky. Ya habrá tiempo para seguir lamiéndose las heridas.

Una hora después abre el sobre:

Tom, cometí un error al poner el peso de la empresa sobre sus hombros. Le pido disculpas. Es el momento de abandonar. Ni siquiera mi padre, con usted a su derecha, podría hacer frente a los acontecimientos venideros. Liquide la empresa y reparta todo el dinero entre los trabajadores y usted. No se demore, el dinero pronto perderá todo su valor. No se preocupe por mí, no lo necesito. Estoy bien. Gástelo, haga un esfuerzo y gaste.

Su hijo
Phil

Capítulo 9

Universidad de Texas, Austin

Leslie entra con una pequeña maleta a su despacho de la universidad; a partir de ahora será su nuevo hogar. ¿Acaso no lo ha sido durante los últimos años? Aprovecha el equipaje de su efímero viaje a la Antártida para consumar el traslado definitivo; de hecho, ha sido su primera parada tras el regreso a los Estados Unidos. Tampoco tiene otro lugar mejor al que acudir. Ahí fuera no hay nada ni nadie esperándole, y no es la primera vez que pasa varias noches allí.

El caos se está apoderando de la ciudad y, pese a vivir relativamente cerca del campus, los accesos son cada vez más complicados. Además, su trabajo requiere de las veinticuatro horas del día.

Las presentes y futuras —pues irán a más— catástrofes naturales han quedado relegadas a un segundo plano para Leslie. La principal amenaza es el ser humano en sí mismo, al menos por el momento.

La mayoría de los gobiernos, noqueados por la crisis económica, son incapaces de controlar la situación actual. Revueltas, saqueos, robos y violaciones están a la orden del día, alentadas por los presagios catastrofistas que impregnan las calles. El individuo se ha convertido en masa, una masa histérica y, muy pronto, totalmente incontrolable. Lunáticos y hombres lobo, como llama el doctor McKee a los nuevos afectados psíquicamente, se confunden entre esa histeria colectiva, avivándola; aún son una minoría los que presentan síntomas avanzados. Pronto alcanzará niveles de pandemia. Todo parece desmoronarse como un castillo de naipes, los cimientos de la misma sociedad se tambalean.

La maleta yace abierta sobre un improvisado colchón. Apenas ha ordenado un par de prendas cuando interrumpe aquella fútil labor para bajar al subsuelo. Debe ponerse al corriente de lo acaecido en su ausencia cuanto antes. La desaparición de Whitemann, un hombre clave en el proyecto, lo está dificultando todo. Leslie teme lo peor.

Encuentra a Francisco en su puesto. Siempre lo está. Desde allí mantiene la red informática que les permite, vía satélite, el control remoto y comunicación con los observatorios y estaciones de medición repartidas estratégicamente por todo el planeta. Como previeron, la intrincada red de satélites anteriores ya no es más que basura espacial y, por tanto, el dominio del suyo es de vital importancia. Está arrellanado en su sillón frente a varios monitores. Los restos de comida china esparcidos por toda la mesa escritorio le inducen a pensar con una sonrisa de resignación que su nuevo vecino no parece muy ordenado. A Francisco le obsesiona el hecho de disponer de un satélite bajo su control exclusivo. Ha trabajado en él día y noche casi ajeno a lo que ocurre en el exterior. Leslie, sin delatar su presencia, extrae la carta que le entregó Ken y la hace girar sobre sí misma valiéndose de los dedos pulgar e índice de la mano derecha. La ha leído, por supuesto que la ha leído, confía en Ken pero no puede permitirse errores. Necesita a Francisco concentrado al cien por cien en el ejercicio de su trabajo y aquellas antiguas palabras podrían afectarle emocionalmente. Sólo necesito leer las primeras palabras para reconocer el contenido de la misma.

—¿Todo bien? —pregunta Leslie a su espalda.

—Todo correcto y en perfecto estado de funcionamiento.

—Distancia a los generadores de energía —ordena Leslie con voz de mando.

—Uno siete punto dos ocho —responde Francisco sin vacilar.

Se trata de un juego entre ellos: parafrasean una conversación incluida en la inmortal película *Star Wars*, de la cual Francisco es fan acérrimo y Leslie lo fue en tiempos. Las antiguas, las originales, no las lamentables secuelas. Ambos sonríen.

—Si me das veinte minutos inicio las pruebas de comunicación. Por cierto, ¿qué tal tu… viaje de placer? —pregunta con retintín. Evidentemente no le creyó—. Empezaba a pensar que me habías cambiado por alguna joven belleza exótica.

—Adelante.

Leslie ignora la chanza y le observa trabajar durante unos segundos. Francisco es un buen chico, inteligente y trabajador. Siente simpatía por aquel joven, desde que era un niño la ha sentido… El trato entre ellos es de amistad. Ahora que la suerte está echada puede prescindir de su perenne y férrea armadura. Este es su lugar, se dice con una mueca de tristeza y cansancio en el rostro. Sabe lo suficiente; todo sigue su curso sin novedad. Finalmente deja la carta de Ken sobre la mesa y, tras darle unas amistosas palmadas en el hombro, abandona el cuarto.

—Veinte minutos.

Leslie sale al exterior. Nota todo el cuerpo exhausto y dolorido. Ya no es un chaval y los viajes le pasan factura. Hace una noche perfecta y el aire frío purifica sus pulmones. Las estrellas parpadean como luceros en la oscuridad de la noche. Pero la luna llena es la actriz principal de la escena y parece observarle desde lo alto con su enigmático rostro. Siempre la ha admirado, y los acontecimientos presentes sólo sirven para incrementar su fascinación por ella. Es parte de él, del ser humano y de toda forma de vida en la Tierra, enraizada en los mismos NEMES del hombre. Ha estado ahí durante millones de años y su mera presencia nos ha moldeado con infinita paciencia hasta convertirnos en lo que somos ahora, aunque quizá el proceso aún esté incompleto. Las palabras de Li, el compañero de Ken, acuden a su mente: «Sin ella nuestro planeta sería inhabitable, al menos para las formas de vida que la pueblan actualmente.»

Camina sin rumbo en la soledad de la noche, al abrigo del recinto de seguridad del campus. Su mente, también exhausta, salta de unos pensamientos a otros de forma inconexa. Es incapaz de concentrase y dominarla, necesita descansar. Un sonido detiene sus pasos. Aguza los sentidos y cree reconocer una tonadilla infantil entre el murmullo del viento. Al retomar su paseo, la cancioncilla vuelve a sonar con mayor nitidez.

Luna lunera, cascabelera...

Ahora está seguro; su madre le cantaba esa canción infantil cuando era niño. Casi la había olvidado. Una canción de cuna en desuso, perteneciente a otra época, a su época. Pero cuando enmudece, el silencio siembra la duda en su interior: «¿lo habré imaginado?». Ahora es la risa de un niño, acompañada de unos pasos presurosos, la que rompe el silencio antes de perderse en el interior de una callejuela.

Intrigado, avanza en pos de ella. Cuando hace una pausa para tomar aliento, la voz infantil brota desde la oscuridad.

Luna lunera, cascabelera
Las noches se alargan
cuando te alejas

¿Quién canta? Aquellas estrofas no se corresponden con las de sus recuerdos. Sus pasos se tornan lentos e inseguros. No consigue ubicar el origen de la voz, parece emanar de la propia oscuridad. Escruta a su alrededor: sólo hay negrura. La luna apenas logra penetrar en el callejón y sus débiles rayos sólo le permiten distinguir bultos informes y brumosos, casi espectrales. Otra vez los pasos y la risa inquietante. Después la voz...

Luna lunera, cascabelera
Duerme el mar
Tiembla la Tierra
[…]

Vuelve a perseguirla. La melodía es la misma, pero la letra cambia. Entre dientes musita los versos que cantaba junto a su madre mientras intenta recordarlos. Tras un repiqueteo de pasos traviesos, la figura de un niño se materializa en mitad de la calzada, donde queda quieto con la cabeza gacha. Al cabo, la levanta lentamente para buscarle con la mirada. Es pequeño y escuálido: viste con pantalones cortos de tirantes, camiseta raída, y una vieja boina le cubre la cabeza. Toda su indumentaria es antigua y deslucida, de otra época, como la canción. Le recuerda a Oliver Twist o Tom Sawyer, protagonistas de sus libros favoritos de la infancia. Hace frío para vestir así. Canta, pero sus labios no parecen moverse. Es una canción triste, no la recuerda triste. Pero sus labios… No, no los distingue con claridad.

Luna lunera, cascabelera
Las mujeres no sangran
No nacen terneras

Luna lunera, cascabelera
Hombres y bestias
pueblan la Tierra

De pronto, el niño vuelve a correr hasta confundirse con la oscuridad. Leslie tarda unos segundos en reaccionar. Avanza tras él. No puede verlo, pero la tonadilla suena con total nitidez.

Luan lunera, cascabelera
Tu rostro en la noche
alumbra la Tierra

Luna lunera, cascabelera
Tu mera presencia
calma a los hombres
amansa a las fieras

Le persigue hasta acorralarlo en un callejón sin salida donde la oscuridad es absoluta. ¿Qué hace aquel crío allí? Aquellas estrofas suenan arcaicas, mucho más antiguas que las que su madre le cantaba como canción de cuna. Y no sólo la letra, también la forma de cantarla, la entonación... Algo le dice que aquella canción es mucho más antigua de lo que imaginaba, que ha persistido a través de los años mutando y adaptando sus versos según las vicisitudes de los tiempos, como si generaciones anteriores la hubiesen cantado en el pasado. ¿Y si no es la primera vez que ocurre?

La voz continúa, convertida ahora en apenas un susurro, un arrullo, como la de su madre justo antes de quedarse dormido. Pero en aquel chico suena más bien a una plegaria dicha con temor reverencial antes de acostarse, a una súplica.

Luna lunera, cascabelera
Por favor no te marches
Atiende y espera

Luna lunera, cascabelera
Los hombres se duermen
Sobol despierta

Luna lunera, cascabelera
Vela mi sueño
Duerme a mi vera
Tu luz me protege
Tu influjo me vela
Mi mente tranquila
Las puertas se cierran

Luna lunera, cascabelera
Sin ti no soy nada
No te marches, espera

Aquellos versos, y el cómo son entonados, le hacen estremecerse. ¿Qué hay frente a él? ¿Es realmente un niño? Siente frío y le tiemblan las manos. No recuerda la última vez que tuvo miedo; ahora lo tiene. Sea lo que sea que hay agazapado ahí delante, le está llamando. Siente atracción, pero todo su ser le grita que huya, quizá de forma similar al aviso ancestral que mencionó el doctor McKee. Mientras titubea, la tonadilla de su infancia se le cuela en la mente.

Permanece inmóvil: ahí delante no hay nadie, es imposible. Se trata sólo de un bulto. El cansancio y la noche le han jugado una mala pasada, eso es todo. Necesita una excusa para eximir su cobardía, para alejarse de allí. Finalmente se gira y vuelve a su despacho con la musiquilla aún sonando en su cabeza. Los labios la tararean con movimientos inconscientes.

Capítulo 10

Complejo ARCA, Antártida

Han esperado dos largas semanas para salir al exterior. El clima allí es inestable y hostil, pronto empeorará definitivamente y una interminable noche se cernirá sobre ellos durante los próximos seis meses, en el mejor de los casos. Erik y su grupo, embutidos en oscuros trajes de neopreno, se asemejan a tres buzos caminando por el fondo del mar. La ventisca convierte sus movimientos en lentos y torpes, sus pies se hunden en la nieve acumulada sobre el hielo perpetuo. Han perdido todo contacto con la estación provisional de comunicación exterior a la que ahora se dirigen, algo que no sorprende a Erik al verla prácticamente sepultada por toneladas de nieve virgen, de la que sólo escapan puntiagudas antenas de hierro que parecen pertenecer a gigantescos insectos enterrados. Detectado el problema, imparte las órdenes pertinentes a su equipo para su reparación. Erik extrae un aparatoso comunicador, más voluminoso que los viejos *walkie talkies*, y da luz verde a Iben para que inicie las pruebas de comunicación. Una hora después, sus hombres desfilan ante él, ansiosos por volver al cálido abrigo del complejo. Antes de seguirlos echa un último vistazo de despedida a la estación. Pronto la perderán para siempre. Deben afanarse en la estación alojada en la cúpula interior o no tardarán en quedar incomunicados, aislados del mundo.

Campus J.J. Pickle, Austin

Leslie despierta desorientado, envuelto en la más absoluta oscuridad. Necesita un tiempo para ubicarse: complejo subterráneo, casa y despacho se confunden en su mente. Siente un dolor intenso en la sien derecha. La palabra «Sobol» asalta recurrentemente sus pensamientos durante las noches. Aquella enigmática palabra forma parte de uno de los versos de la canción infantil que escuchó la pasada noche. La melodía resuena en su interior a todas horas, pero no puede recordar la letra, ni siquiera la de su infancia. Culpa a esta obsesión de su nulo descanso y fuerte jaqueca. Lidia consigo mismo para intentar convencerse de que la visión no fue real, pero el mero recuerdo de la risa de aquel niño le pone los pelos de punta. Enciende la computadora y busca información sobre Sobol. La mayoría de referencias son nombres propios extranjeros y menciones de escaso interés. Pese a ello, insiste hasta que un par de entradas llaman su atención: *«Que viene Sobol» y «Las cuatro aes de Sobol: Adimensional, Atemporal, Amoral, Asomático».*

La llamada de Francisco pone fin a sus pesquisas. Al parecer ha establecido contacto con la base antártica tras semanas de silencio. Se siente culpable por estar durmiendo, o al menos intentándolo, mientras Francisco trabaja sin descanso. Desde su vuelta, su estado de salud no ha hecho más que empeorar.

El ascensor le sepulta en la red de túneles subterráneos del campus. Avanza con determinación por el angosto túnel pero vacila al alcanzar una bifurcación; por un instante se siente confuso, no sabe dónde está ni hacia dónde se dirige. El lapsus se desvanece tan de súbito como ha llegado. «Es el cansancio», resuelve mientras recupera la respiración. Antes de acceder al despacho de Francisco, una sensación de desasosiego encoge su espíritu. La figura de un niño se materializa en el centro del pasillo, a escasos metros de él. Le observa fijamente. Es el mismo niño de la pasada noche: un crío chapado a la antigua con unas esqueléticas canillas que sobresalen de sus cortos pantalones en fuerte contraste con las grandes botas que calza. Leslie decide acercarse, pero, al iniciar el movimiento, la luz parpadea con un sonido tubular y el niño desaparece. Ecos de pasos metálicos y risas retumban por todo el túnel. Leslie vuelve a perseguir a aquel producto de su imaginación hasta el extremo de un túnel cegado. Ambos quedan frente a frente. Los tubos de neón del techo parpadean con cada paso de Leslie; en cada destello, la imagen del chico aparece y desaparece. La cancioncilla resuena ahora por todo el subterráneo.

Luna lunera, cascabelera
Sobol aguarda
su vuelta a la Tierra

Luna lunera, cascabelera
Él ya está dentro
no busques fuera

Luna lunera, cascabelera
Ha estado siempre
sin notar su presencia

Apenas les separan tres metros, Leslie cierra los ojos y toma una larga bocanada de aire, que después exhala lentamente. Ahora tiene la certeza de estar sufriendo alucinaciones. Su mente proyecta de forma paradójica las inquietudes de su subconsciente, como ocurre en los sueños. El cansancio, el estrés, la edad y, quizá, el mal de la luna son los responsables de esos episodios. Sus síntomas no se corresponden con los descritos por el doctor McKee, pero el hecho de no someterse al tratamiento acabará afectándole tarde o temprano. Lo sabe y lo acepta. Sus delirios parecen querer colarse en la realidad. Necesita reposo para superarlo cuanto antes. Echa de menos la presencia del doctor McKee en el campus.

Al abrir los ojos continúa frente a la puerta del despacho de Francisco; ¿acaso no se ha movido de allí? Siente un ligero mareo y apenas puede contener el temblor de sus manos sudorosas, pero no tiene tiempo para eso. Accede.

—¿Tenemos comunicación?

—Todo correcto y en perfecto estado de funcionamiento —responde Francisco con su frase preferida, entusiasmado.

Ante el silencio de Leslie, lo busca con la mirada y frunce el ceño. No le gusta lo que ve: desde su regreso parece haber envejecido una década, ya no le envuelve aquella aura de omnipotencia.

—Restablecido contacto con ARCA, tuvieron problemas técnicos. Rascasuelos sigue sin responder.

—Procedamos.

Francisco establece comunicación vía satélite. En el monitor aparece un punto rojo casi en el mismísimo centro del Polo Sur y empieza a latir desprendiendo ondas concéntricas a su alrededor.

—Aquí, unicornio. ¿Me reciben?

Silencio.

—Unicornio. ¿Me reciben? —insiste Francisco.

Los dos miran expectantes la pantalla, pero no hay respuesta.

—He establecido contacto con ellos hace un momento. Démosles unos minutos. Por cierto, he completado el fragmento de código necesario para activar el MEDEX.

—Perfecto, aún estamos a tiempo —susurra Leslie, visiblemente orgulloso de Francisco.

Pero el brillo de sus ojos pronto se apaga y toma asiento junto a Francisco. Extraño, acostumbra a permanecer en pie. Ambos aguardan en silencio frente a los monitores. Francisco le espía con miradas furtivas sin atreverse a interrumpir sus pensamientos.

—¿Te suena la canción de cuna *Luna lunera*?

Aquella pregunta, formulada con voz monocorde y mirada extraviada, pone en alerta a Francisco, que se limita a forzar una media sonrisa.

—¿La recuerdas? —insiste Leslie.

Lo escruta con desconfianza, pues no le gusta que le tomen el pelo; pero acaba cediendo ante el semblante grave de Leslie.

—Luna lunera, cascabelera, cinco pollitos y una ternera. Creo que era algo así.

Leslie asiente ensimismado. Permanece con la mirada perdida.

—¿Recuerdas alguna otra estrofa o versión?

—No recuerdo más. ¿Pretende cantársela a sus nietos? —pregunta socarrón.

Al ver la aflicción pintada en el rostro de Leslie se arrepiente de su inoportuna pregunta. Siempre evita meterse en la vida privada de los demás, suele hacer daño. Quedan de nuevo en silencio, un silencio incómodo para Francisco.

—Sobol. ¿Te dice algo?

—No —responde después de meditarlo con calma. Leslie no es amigo de conversaciones banales y empieza a tomarlo en serio.

Otra vez silencio.

—¿Que viene Sobol?

—¿Es un acertijo? Yo apostaría por «que viene el lobo». Es cuestión de invertir las letras de la última palabra.

Leslie suelta una carcajada y, en ese preciso instante, un crepitar de interferencias acapara la atención de Francisco y pone fin a la absurda conversación.

—Aquí, unicornio. ¿Me reciben?

—Aquí, Noé. Le escucho cinco por cinco. Lamento haberos dejado en tierra, chicos —responde Iben con voz jovial—. ¿Cuál es la situación en tierra firme?

—Ya no es tan firme. Digamos que empieza a tambalearse.

—Imposible establecer contacto con Rascasuelos.

—Imposible —confirma Francisco.

—¿Qué dice Whitemann?

—Whitemann ha caído —interviene Leslie por primera vez.

El otro extremo de la línea enmudece ante aquella afirmación. Leslie se ajusta unos auriculares y con un gesto indica a Francisco que los active, excluyéndole de la conversación. Francisco, irritado, se impulsa con los pies hacia atrás y queda tumbado en su sillón con la vista puesta en Leslie.

—¿Entendí «caído»?

—Anderson sigue dentro. Espero un milagro.

—El doctor ha preguntado por la situación en el exterior.

—Población afectada. Estimamos ocho por ciento de hombres lobo y menos del uno de lunáticos. Violencia en las calles. Atracos, vandalismo. Temo más al hombre que a las fuerzas de la naturaleza.

Francisco le observa intrigado, Leslie nunca habla tan claro en su presencia. Hasta ahora le han mantenido al margen de sus verdaderos propósitos. Desde su llegada se ha limitado a cumplir puntualmente con su trabajo, aceptando por válidas las escuetas explicaciones. Pero sus palabras no le sorprenden demasiado, uno no es sordo ni ciego.

Leslie trata de mitigar unas molestas perturbaciones estáticas con unos golpecitos en los laterales de los auriculares.

—Noé, ¿me recibe?

No hay respuesta; parece haber perdido contacto. Pero bajo los ruidos parásitos se esconde algo. Aguza el oído y reconoce la melodía... Quiere quitarse los cascos pero permanece escuchando hasta que paulatinamente las interferencias se convierten en una voz metálica y distorsionada.

Luna lunera, cascabelera...

Francisco observa a Leslie con atención: lleva minutos sin pronunciar palabra, absorto. ¿Qué es tan importante? Con un fugaz vistazo al monitor descubre que las barras del ecualizador gráfico de sonido permanecen estáticas. No se está recibiendo ningún sonido.

—Leslie —le reclama con apenas un hilo de voz.

No se inmuta. Francisco insiste elevando el tono de su voz, pero con idéntico resultado. Algo en la pose de Leslie le inquieta. Se pone en pie y apoya la mano suavemente en su hombro, pero necesita zarandearlo con energía para conseguir que vuelva en sí de un respingo. Desorientado y con rostro desencajado, su mirada no parece siquiera reconocerle.

—¿Ocurre algo?

Leslie se quita los cascos y no responde hasta haber recuperado la compostura.

—Se ha cortado la comunicación.

Francisco quisiera interrogarle, pero sabe que no es el momento. Guarda silencio.

—¿Sobol olduasio?

Capítulo 11

Honolulu, Hawái

Llaman a la puerta. Katy no recuerda la última vez que recibió una visita. La ignora, debe tratarse de una equivocación. Pero el timbre suena una y otra vez, y su estridente chirrido la incomoda. Al otro lado de la puerta hay un hombre que viste de forma extraña. Ambos se examinan con curiosidad hasta que el forastero se decide a entregarle un sobre para, acto seguido, solicitarle una firma. Una firma… Katy, indecisa, toma el objeto que le ofrece el desconocido y lo sujeta con dificultad entre los dedos. Cambia el escurridizo bolígrafo a su mano derecha justo antes de estampar un garabato sobre el papel que ahora el repartidor le tiende impaciente. Satisfecho, el visitante se despide y se marcha.

Katy recorre la casa con el sobre en la mano, nerviosa por causa de la inesperada visita. En su errático deambular tropieza con su imagen reflejada en uno de los espejos y se sonroja: está en ropa interior. Vuelve a la habitación y se sienta sobre la cama. Yergue la cabeza hacia la ventana buscando la cálida caricia de la luz solar sobre su rostro, disfruta de ella un tiempo indeterminado.

El sobre yace sobre la cama. Lo mira con curiosidad, como si no supiera qué debe hacer con él. En una de sus caras hay escrita una palabra: Francisco.

Francisco…

Aquel nombre remueve algo en su interior y, aunque durante unos instantes intenta recordar, pronto sucumbe a las suaves caricias de los rayos solares y queda plácidamente dormida sobre la cama.

Despierta alarmada. ¿Qué está ocurriendo? Sonidos de sirenas, pitidos y gritos llegan desde el exterior. Hace mucho que no sale de casa y se siente excluida, ajena a todo y a todos. ¿Cuánto hace que no enciende la televisión o se conecta a internet? Toma la firme decisión de salir a comprobar qué sucede, pero antes debe arreglarse. Mientras lo hace se regodea de haberse acordado, no sería apropiado salir en ropa interior.

Encuentra la calle desierta, debe de haberse demorado demasiado en el cuarto de baño. Camina hacia la playa, sus brazos caen a los lados del cuerpo y en la mano derecha sujeta el sobre con tesón. Viste un traje de noche blanco repleto de lentejuelas plateadas, largo y de espalda descubierta, la cola acaricia el suelo y, en su caminar, parece una novia aproximándose al altar. Un fuerte pinchazo la obliga a detenerse, se ha clavado algo en el pie. Sólo entonces repara en sus pies descalzos sobre el áspero asfalto. ¿Qué estoy haciendo?

Avanza sin voluntad, dejándose llevar. Si alguien se asomase a la ventana vería una deslumbrante figura flotar, más que caminar, por el centro de la avenida principal en aquella soleada mañana estival. El humo brumoso que desprende el asfalto achicharrado por el sol, junto a los plateados destellos emitidos por el reflejo de sus rayos al incidir en el largo vestido que oculta sus pies, le confieren una apariencia espectral. Al hipotético observador le resultaría casi tan extraña la visión de aquella mujer como la ausencia de vehículos y viandantes en uno de los puntos más concurridos de Hawái, a escasos metros de la playa de Waikiki.

La playa también está desierta, salvo por un par de figuras errantes que no consiguen perturbar el espectacular paisaje. Katy se sienta en la arena y, abrazándose las rodillas con ambas manos, contempla el mar. Es una sensación increíble.

El sobre... Francisco...

Su mirada perdida refleja el azul del mar y, poco a poco, se torna brillante al asomar en ella unas saladas lágrimas. Lágrimas que acaban escurriéndose por sus mejillas para después filtrarse en la arena en el inicio de su ansiado viaje de retorno al mar. ¿Cómo lo había olvidado? Es un llanto suave, plácido, reconfortante. Llora largo y tendido antes de abrir el sobre.

Te quiero, Katy.

He vuelto a Austin por motivos de trabajo. En verdad he buscado mil excusas para justificar mi vuelta, y a la que aludo es, a mi entender, la más convincente. Pero sólo existe una razón: he vuelto por ti.

Katy levanta la cabeza y una ráfaga de aire desprende las lágrimas de su cara haciéndolas volar a su espalda. Infinidad de recuerdos acuden atropelladamente a su mente y pugnan entre sí por ser atendidos. ¿Dónde se escondían? ¿Cómo había logrado someterlos? Ahora llora con fuerza: por Francisco, por Ken, por Isa, por ella...

Trabajo en la universidad. Todo me recuerda a ti, cada rincón del campus fue nuestro en algún momento. Sin ti está vacío, yo estoy vacío.

Vuelve a hacer una pausa, permitiendo que los recuerdos afloren. Evoca imágenes del pasado: los dos corriendo por los pasillos para no llegar tarde a clase, tumbados en el *Lago de los Cisnes*, en la tradicional fiesta de inicio de curso celebrada en el aparcamiento, aquella vez que se colaron en el cuarto de limpieza... Su cuerpo vibra. Siente, vuelve a sentir. Saborea esa sensación hace tiempo olvidada, tratando de retenerla el mayor tiempo posible.

> *He visitado a Ken e Isa. Estar con ellos es mágico y una tortura a la vez. Han tenido un bebé. Veo en ellos el espejismo de lo que podríamos ser nosotros. En su presencia, hay momentos que me cuesta hasta respirar. Quizá por eso hemos pasado poco tiempo juntos. Aún te quieren. Los dos.*

¿Por qué ha subrayado esa frase? Revive el pasado, junto a su inseparable amiga Isa y el novio de esta, Ken. No puede evitar sentimientos entrecruzados sobre él. Recuerda con nitidez los ojos de Ken cuando este le devolvió a la vida tras su desesperado intento de quitársela. ¿Por qué lo hizo? Lo tenían todo: juventud, salud, inteligencia, amor... Ken y Francisco siempre competían por ser el mejor en los estudios, los deportes, en todo. Así son los chicos.

> *No pretendo que me perdones, tendrás tu vida y no tengo derecho a volver a interferir en ella. Pero necesito hablar contigo una última vez, siento que te debo una disculpa y una despedida. Te localicé a través de diversas redes sociales, pero mis e-mails nunca obtuvieron respuesta. Ahora que por fin conozco tu nueva dirección, he decidido enviar la presente carta como despedida, quizá sea demasiado tarde... Casi no recordaba la diferencia entre la escritura virtual y la manual, hemos olvidado la magia que hay en ella. Es menos fría, más cercana, más personal, dejas una parte de ti en cada uno de los trazos. Al escribir, el temblor de la mano se refleja en la caligrafía, los sentimientos fluyen desde el alma a través de la mano y la pluma fusionadas en una. Es como un milagro; cada*

palabra lleva grabada una parte del corazón de quien la escribe, y si sabes mirar descubres sentimientos en ellas: sus trazos reflejan amor, odio, hastío, urgencia... Son una pequeña parte de ti, una pequeña obra de arte. Soy hombre de ordenadores, tú lo sabes mejor que nadie, pero para redactar la presente carta he usado pluma y tintero. Ha resultado una experiencia inesperada y maravillosa. Le he dedicado horas, he disfrutado cada segundo, reviviendo, haciendo pausas, sonriendo, llorando... Me alegro de que no recibieras mis antiguos e-mails, o de que no quisieras responderlos. Supongo que sentiste algo similar al escribir la carta de despedida dirigida a Ken.

Katy se tapa inconscientemente la boca con la mano y siente una punzada de dolor al rememorar los detalles de la carta que le escribió a Ken. Francisco tiene razón: vació parte de su alma en ella. ¿Por qué se la habrá entregado a Francisco? Su rostro se endurece; lo mataría. ¿La habrá leído también Isa? Tarda unos minutos en serenarse y sonreír; todo eso quedó atrás, ya no reviste importancia alguna. Sigue el consejo de Francisco y estudia los trazos de las letras: las eles son altas y esbeltas, trazadas con precisión y elegancia, pero en ciertas partes parecen vibrar, vibrar de emoción, de amor. Huele el papel, es un papel especial, antiguo, desprende un aroma viejo a cuero y tinta. Al deslizar las yemas de los dedos sobre las letras percibe su rugosidad. Ciertamente habían olvidado cuánto puede expresar una simple carta. Es triste. A su cabeza acuden retales de viejas películas; en ellas, los protagonistas las disfrutaban, esperaban con impaciencia su recepción, las guardaban junto al corazón, las escondían, las quemaban… Parece exagerado ahora. Qué idiotas, la tecnología de alguna manera les está deshumanizando.

Su mirada pensativa ve asomar una gran ola en el horizonte, que al alcanzar la orilla penetra en la playa mucho más de lo habitual y queda a escasos metros de ella. Se recoge el vestido a la altura de las rodillas para evitar que alguna ola lo empape. «Las olas no penetran tantos metros». Ignora el aviso interior y prosigue la lectura mientras sus pies descalzos juguetean con la arena.

Katy, necesito verte, escucharte. Si no me contestas iré a buscarte... Temo que jamás leas estas letras, pero me alegro de haberlas escrito. El mundo se ha vuelto loco. Si aún te encuentras en Hawái debes marcharte inmediatamente, es zona peligrosa. Yo te escribo desde la universidad, ahora vivo dentro de ella, en el campus de investigación J.J. Pickle.

¿Marcharme? Recuerda el alboroto que la ha llevado hasta allí y toma plena conciencia de la inusual quietud y soledad que todo lo envuelve. Mira a su alrededor alarmada. Se encuentra completamente sola en la playa, algo imposible con este tiempo. La ciudad entera parece haber sido desalojada. Escucha un rumor extraño, como miles de bocas absorbiendo al unísono. El sonido crece hasta tornarse ensordecedor. Ve cómo el mar se repliega ante ella. Es impresionante. Se aleja de la playa dejando en su lugar unas arenas húmedas y brillantes. Nunca había visto nada igual. La sensación de alerta y urgencia crece en su interior, pero no quiere dejar la carta a medias. Otra vez no.

Cuando marché, una parte de mí quedó aquí para siempre. En Austin, en la universidad, con vosotros, contigo. He vuelto porque me siento incompleto y anhelo recuperarla. No tengo familia, ni verdaderos amigos. Todo eso estaba esperándome aquí y no me molesté siquiera en buscarlo en España. Estar de vuelta es duro; cada día siento lo que perdí, pero es donde debo estar, aquí, contigo. Fui un necio. El trabajo, la ambición, la fama... Nada. Nunca apreciamos lo que tenemos hasta que lo perdemos. Yo lo tenía todo y, por ende, lo perdí todo. Me fui en busca de algo que no vale nada. Era joven e ingenuo, confío en que algún día sabrás disculparme. Sé que me quisiste, yo nunca he dejado de quererte. Eso me basta.

Katy alza la cabeza por última vez y llora por lo que pudo ser y no fue. De nuevo, el viento hace ondear su pelo, arrancando las lágrimas de su cara y la carta de su mano. No se molesta en intentar recuperarla, es demasiado tarde... Demasiado tarde para recuperar a sus amigos, Isa y Ken, demasiado tarde para recuperar a su único amor: Francisco. Demasiado tarde para ella. Morirá con una sonrisa. Al abrir los ojos ve cómo la inmensa columna de agua avanza tranquila pero inexorable, majestuosa. Unas gaviotas graznan delante de ella, como si pudiera alcanzarlas, blancos heraldos de su inminente llegada. Disfruta de la visión mientras aguarda paciente. Es un espectáculo único. Agradece encontrarse en plenas facultades mentales antes de morir, no como los últimos ¿días?, ¿meses? También se alegra de vestir apropiadamente para la ocasión, para su última cita con Francisco y para su final.

Año 2035/36

Capítulo 1

Ciudad Amurallada, México D. F.

La invitación a marcharse de Irwin fue una orden tajante e irrevocable, pero, siguiendo las instrucciones de Whitemann desde el exterior, Anderson logró simular su vuelta a Nuevo México. Ahora vive como un proscrito entre los muros de la ciudad. Obligado a abandonar su cómoda suite en el interior del Rascasuelos, vaga por la ciudadela sin documentación ni dinero. Y en esas condiciones, a ese lado la muralla, es imposible conseguir alojamiento o trabajo. Ni siquiera puede mendigar sin ser expulsado de la ciudad por los SIS como un perro sarnoso. Lleva meses sin recibir nuevas instrucciones —ni ningún tipo de contacto— desde el exterior y no aguantará mucho más sin ser descubierto. Pese a ello, permanece fiel, dispuesto a ejecutar cualquier orden que le sea encomendada mientras esté a su alcance.

El simple hecho de pasear por las calles es arriesgado, pues la ciudad vive sometida a un exhaustivo control por parte de los SIS. Impera una especie de ley marcial y ante los continuos enfrentamientos con el exterior se ha decretado un toque de queda. Su presencia allí es incierta; en cualquier momento puede ser expulsado de la ciudad y eso significaría, con toda probabilidad, su muerte a manos de los asaltantes. Incluso a este lado de la muralla teme por su vida, pues da por sentado una inminente invasión. La ferocidad de los enfrentamientos entre SIS y asaltantes es atroz:

libran una verdadera guerra, Anderson jamás había visto nada igual. El ejercito de Irwin está mejor armado y organizado, pero muchos se preguntan durante cuánto tiempo se puede contener a casi todo un país que asedia al otro lado de la gran muralla circular. Conforme pasan los días, la tensión espesa el ambiente y el aire se torna irrespirable allí dentro. La gente apenas sale de sus casas, y una permanente sensación de claustrofobia invade a los sitiados.

Finalmente recibe un mensaje de Whitemann, un mensaje desde el más allá; al menos es lo que afirma en él: «si llega a leer esto, yo estaré muerto». Su misión consiste en suplantarle en su cometido ya que, dadas las circunstancias, a Whitemann le resultará imposible acudir para llevarlo a cabo en persona. Para ello debe introducirse en el Rascasuelos, acceder a una zona restringida situada en su mismo vórtice y ejecutar una serie de acciones. Una tarea simple y llanamente irrealizable.

El primer paso es reconocer los aledaños del Rascasuelos, y hacia allí encamina sus pasos. Desde lo alto de una loma puede divisar el gran foso cuadrado que se hunde en la tierra: como si la gran pirámide de Giza se hubiese invertido perforando la tierra más de ciento cuarenta metros. De hecho, se rumorea que el edificio respeta las dimensiones exactas de la pirámide de Keops a modo de tributo. Alrededor de esa pirámide de vacío se conforma todo un complejo subterráneo de túneles y viviendas distribuidas en veinte plantas arrancadas al suelo. El derroche de medios para su construcción debió de ser ingente. Contemplar algo así rodeado de tanta pobreza le abruma. Algo falla en la especie humana. La loma en la que se halla la descubrió en su errático vagar por la ciudad en permanente huida de los SIS. Es un lugar apartado y seguro. Ahora le servirá para vigilar el acceso al Rascasuelos sin levantar sospechas.

Su perímetro se compone de jardines poco frondosos, repletos de flores y pequeños arbustos que forman figuras geométricas sobre un extenso manto de césped verde que todo lo cubre, exceptuando las piscinas rectangulares, que reflejan el azul del cielo en sus aguas cristalinas. Se trata de una zona despejada en la que su presencia sería fácilmente detectable a plena luz del día. En el centro se encuentra la base de la pirámide invertida, custodiada por un gran cubo de metacrilato transparente sin base ni cubierta superior. Imposible de atravesar, salvo por los pequeños accesos habilitados para ello. «Quizá lanzándome en paracaídas», piensa Anderson con una sonrisa. Un férreo cordón de vigilancia SIS cerca todo el perímetro día y noche. Ante el mayor ajetreo de los últimos días frente al Rascasuelos, han ampliado el diámetro de seguridad y no permiten acercarse a menos de treinta metros a vehículos ni a viandantes. Unos puestos de vigilancia con barreras abatibles controlan el acceso por las tres grandes avenidas que confluyen en el Rascasuelos, impidiendo el paso a todo personal no residente o no autorizado, mientras el despliegue de los SIS reprime el acceso por los jardines. Un nivel de protección elevadísimo e infranqueable. De dimensiones gemelas al vacío que conforma la base de la pirámide invertida, una enorme estructura metálica, a la que llaman «Tapón», ciega el acceso al Rascasuelos por la cuarta avenida. Los trabajos en él se han intensificado hasta adquirir un ritmo frenético en los últimos meses. Recientemente lo coronaron con la instalación de una colosal estatua en su centro. Ahora da la impresión de que está terminado. Estos acontecimientos, junto al incremento de las medidas de seguridad en torno a la entrada del Rascasuelos ha desatado un sinfín de rumores entre los habitantes de la ciudad. Muchos aseguran que, una vez concluido el Tapón, sellarán la pirámide subterránea y abandonarán la ciudad a merced de los invasores. Realmente, la situación se ha vuelto caótica e insostenible para las personas que viven atrapadas entre la muralla circular y el Rascasuelos.

Anderson permanece oculto en uno de los jardines adyacentes al Rascasuelos desde que ha oscurecido. No es la primera vez que lo hace, pero bien podría ser la última. A primera hora de la madrugada se han ido formando tres enormes colas frente a los accesos al Rascasuelos. Una vista aérea de la ciudad mostraría una disposición concéntrica de calles circulares y altas torres de cristal, atravesadas de norte a sur y de este a oeste por dos enormes avenidas que la dividen en cuatro partes simétricas. Dichas avenidas acaban en los cuatro únicos puntos de entrada que perforan la muralla exterior y se cruzan en un enorme foso en pleno centro de la ciudad. El pozo no es otra cosa que la base de la pirámide invertida que conforma el Rascasuelos y rompe las dos avenidas, convirtiéndolas en cuatro. En estos precisos instantes, tres de las cuatro avenidas, excepto la cegada por el Tapón, aparecen abarrotadas de gente esperando.

Para atajar la inminente sublevación de las personas no residentes en el interior del Rascasuelos, se les prometió a todos un lugar reservado dentro de la estructura y se concretó una fecha de ingreso. Esta noticia calmó los ánimos por un tiempo, pero el día ha llegado y Anderson no quiere perdérselo.

La afluencia aumenta según pasan las horas. Jamás imaginó que tal cantidad de gente viviera en el exterior del Rascasuelos. Las interminables colas las componen familias de todo tipo: desde parejas jóvenes hasta familias con abuelos, hijos y nietos. Todos portan enormes maletas, como si se dispusieran a emprender un largo viaje. La escena evoca en su mente el crucero familiar en el que se embarcó siendo niño, pero la expresión sombría de los rostros desvanece de súbito el recuerdo. Está presenciando un éxodo masivo, un río de personas que, obligadas a abandonar sus hogares para siempre, intentan llevar consigo la mayor parte de sus pertenencias.

El despliegue de seguridad para controlar a la multitud es impresionante: debe de haber casi tanto personal acordonando la entrada del Rascasuelos como protegiendo la mismísima muralla exterior.

Es desolador contemplar aquella escena en plena noche bajo la mortecina luz de los reflectores que flanquean las avenidas. El cansancio empieza a hacer mella. Sorprende ver cómo los ancianos permanecen en pie, mientras los más jóvenes se acomodan en el suelo; sin olvidar el antinatural silencio que impera entre tal cantidad de gente, apenas roto por esporádicos llantos de niños —pronto silenciados— y susurros inquietos, siempre con las incesantes ráfagas de disparos en la muralla como música de fondo. Es evidente que el miedo hace cola junto a ellos. No hace falta ser un genio para comprender la realidad. Las desmesuradas medidas de seguridad, aún a riesgo de descuidar la muralla, sólo pueden significar una cosa: no hay sitio para todos. Y tampoco es difícil anticipar que los que queden excluidos serán arrasados por un inevitable ataque exterior. Aquellos siniestros razonamientos son acompañados en su mente por imágenes de antiguos castillos sitiados y, posteriormente, tomados por el enemigo sin piedad: robos, asesinatos y violaciones. No se hace ilusiones; sus posibilidades de acceder son prácticamente nulas. Será uno más de los desahuciados. Anderson alza la vista y contempla la Luna en silencio, abstraído en sus funestos pensamientos.

Un disparo le devuelve a la realidad. De vez en cuando algún insensato, presa del pánico, embiste contra el cordón de seguridad y es abatido sin piedad. Los SIS responden ante cualquier altercado sin miramientos. Las primeras muertes fueron acogidas por la multitud con incredulidad y gritos de protesta, ahora apenas suscitan un ahogado rumor. El último desgraciado es un individuo que camina de forma extraña, como sonámbulo. Ni siquiera responde al primer disparo de advertencia. «no habrá más», piensa Anderson con impotencia. Finalmente es abatido con un segundo disparo, un disparo en la noche y en silencio, sólo eso; ni agitación, ni gritos, ni siquiera susurros... Todos, incluido Anderson, anticiparon el desenlace y asistieron a él sin mover un músculo por evitarlo.

Pronto amanecerá y todavía no han empezado a embarcar. Nadie se atreve a abandonar su puesto. El ambiente es tenso y lóbrego, el miedo que planea sobre ellos se torna casi físico. Anderson empieza a dudar si serán todos abandonados a manos de los asaltantes.

El ataque exterior se intensifica al despuntar el alba. La gente se remueve inquieta e impaciente en sus sitios, pero sin abandonar nunca la T que conforman las tres largas colas, que ahora se retuercen como una lombriz sin llegar a romperse.

La situación es insostenible. Pronto el gentío se convertirá en una masa asustada y desbocada. Un grupo de indignados increpa a las fuerzas privadas de seguridad, estos levantan sus armas en una respuesta mecánica ante la posible amenaza. Anderson contiene la respiración. Unos gritos de júbilo sustituyen los esperados disparos logrando templar los nervios y todo vuelve a la normalidad. Al parecer ha comenzado el acceso. ¿Realmente está entrando gente? Desde su posición no puede comprobarlo, pero las colas parecen avanzar, aunque sólo sea al comprimirse en respuesta ante aquel hálito de esperanza. ¿No será una estratagema para ganar tiempo? ¿Qué ocurrirá cuando el Tapón esté operativo? O peor… ¿y si no está operativo a tiempo?

Anderson aparta de sí toda la incertidumbre; es momento de actuar y no de gimotear. Debe atravesar el cordón de SIS sin invitación ni identificación alguna. Sale de su escondite y camina lentamente hacia él, en paralelo a una de las enormes filas. La gente apenas le presta atención; no les merece más que una mirada de refilón. Para ellos sólo es otro lunático que acabará con un disparo en la cabeza. Aún permanece lejos de los SIS, pero aminora su avance hasta detenerse al ver los numerosos cadáveres que siembran el jardín. Los cuerpos forman una línea roja frente a él que no se atreve a sobrepasar. ¿Cómo se ha llegado a esto? No comprende la pasividad y el sometimiento de la gente. Las tres colas prosiguen con su lento avance: la esperanza, eso les hace permanecer inmunes ante tal barbarie. Se aferran a un clavo ardiendo…

El tiempo avanza inexorable. El Sol pronto alcanzará su cénit y Anderson calcula que las colas apenas se habrán reducido un mísero diez por ciento. La situación vuelve a tensarse y opta por alejarse de todo aquello. Sus inciertos pasos le conducen hasta la única avenida que permanece desierta y, a medio recorrido, escruta ambos extremos: a un lado destaca el gigantesco Tapón y al otro apenas se adivinan los portones de acero en la muralla exterior. Permanece unos instantes observando hasta que un bocinazo le obliga a apartarse bruscamente de la calzada. No tarda en comprobar que en breves intervalos de tiempo, no superiores a treinta minutos, más vehículos militares cargados de SIS cruzan la avenida a toda velocidad en dirección al Tapón. No le cabe la menor duda: están retirándose. Abandonan sus puestos defensivos y desguarnecen la muralla exterior. Anderson, consternado, camina por el arcén siguiendo su efímera estela, pero el último en pasar le saluda con una ráfaga de disparos a sus pies. Abandona la avenida y avanza junto a ella a través de los jardines, atento a la llegada de nuevos vehículos para pasar inadvertido.

Cuerpo en tierra, aguarda prudencialmente hasta que el vehículo se aleja de su posición, pero esta vez se halla lo suficientemente cerca del Rascasuelos como para observar el proceder del convoy: los SIS abandonan el vehículo y flanquean el Tapón, en coordinación con sus compañeros del cordón de seguridad, para introducirse en el complejo subterráneo. Anderson permanece tumbado. Las filas resisten alineadas, al menos en las dos avenidas que distingue desde su posición. Siguen siendo muy largas y estima que no habrán accedido ni el treinta por ciento. A su espalda, los constantes tiroteos parecen cada vez más próximos. Algunas refriegas deben librarse ya dentro de la muralla; los asaltantes ganan terreno. Pero la gente mantiene sus puestos en las colas y resiste incluso un par de explosiones cercanas. Anderson asiste impotente a todo desde su escondite, esperando que una avalancha de asaltantes caiga de un momento a otro sobre la gente. No puede creer que no rompan las filas. Al parecer temen tanto, o más, a la seguridad interna. El caos sería inevitable si fuesen conscientes del progresivo abandono de la muralla exterior.

Anderson avanza agazapado. Se encuentra demasiado cerca y sabe que, de ser descubierto por los guardas que tiene a su frente o por la vuelta de algún vehículo, será abatido sin vacilación. Una de las enormes piscinas decorativas interrumpe su camino y se prolonga prácticamente hasta el flanco izquierdo del Tapón, justo por donde acceden los desertores. Lo intentará. Salta a la piscina y comprueba que el agua no le cubre más allá de sus rodillas, tumbado y con el cuerpo sumergido observa con detalle la imponente estructura del Tapón.

Es una losa compacta de aleación de acero, con una base cuadrada, maciza y de un grosor de cinco o seis metros. Nunca lo había visto tan de cerca. Ocupa su centro la grandiosa figura de un Grifo mitológico, que recuerda a la gran esfinge de Giza. Las alas del Grifo se elevan hacia el cielo mostrando en los extremos superiores un dorado brillante que atrae su mirada. Entre ellas se recorta la figura de un lejano rascacielos. Anderson se queda quieto observando: el edificio parece moverse. Parpadea un par de veces, pues con un único ojo ha perdido la percepción de profundidad. Efectivamente, se mueve. «¡Dios mío!», grita en su interior. Es el Tapón el que se desplaza lentamente hacia la entrada de la pirámide. Está cerrándose.

Capítulo 2

Complejo ARCA, Antártida

—Bienvenidos al ARCA. Mi nombre es Acab, y yo seré vuestro capitán. —Se lleva la mano a la boca antes de carraspear—. Este complejo se concibió con una capacidad inicial para quinientas personas. Posteriormente se replanteó para trescientas debido a limitaciones financieras y temporales. Hoy ha concluido el flete del ARCA y somos doscientas cuarenta y cinco almas a bordo, todos presentes en esta sala. —Los asistentes miran a su alrededor—. Tras mi llegada en el último convoy esta misma mañana he dado la orden de zarpar. El complejo se sellará y hará estanco hoy, día 24 de mayo de 2035, a las 19:00 horas. Una fecha para la historia. He sido el último en subir a bordo y seré el primero en salir al exterior, al contrario que un capitán convencional.

Acab pasea la mirada por todos los reunidos en el anfiteatro, una sala multifunción apenas acondicionada para contener tanta gente, pese a que es la más grande del complejo.

—Llevo años preparándome pero jamás creí que llegaría este día.

Vuelve a mirar al público, esperando su comprensión. Es un hombre atlético, de porte imponente; acostumbrado al mando, uniformado y con una gorra de comandante de la marina. Prosigue con tono firme y autoritario, carismático:

—Todos hemos dejado mucho atrás... pero desde este momento hemos de mirar al futuro, a nuestro futuro, al futuro de la humanidad. Hoy, aquí y ahora, comienza ese futuro y todos nosotros, juntos, daremos los primeros pasos, firmes y decididos, aceptando y afrontando sin temor lo que tenga a bien depararnos. Muchos han luchado porque esto sea una realidad. —Con los brazos extendidos trata de abarcarlo todo, mientras el público le observa con atención—. Han luchado para que nosotros podamos estar hoy aquí. Hombres sabios y abnegados que han trabajado desde la sombra y el anonimato sin esperar nada a cambio. Ni dinero, ni reconocimiento, ni gratitud. Nada. Algunos de ellos no se encuentran entre nosotros; han logrado convertir la utopía del ARCA en una realidad para luego cedernos su puesto sin recibir siquiera una palabra de agradecimiento. —Isa y Ken cruzan una mirada de culpabilidad en sus asientos—. Ahora, desde aquí y junto a vosotros, quiero agradecérselo, en especial a Leslie Dean —al escuchar su apellido, la mirada se torna perpleja—, doble Premio Nobel y último caballero de nuestro tiempo. Decidió permanecer en tierra para ser nuestro enlace con el exterior, un faro en la oscuridad de la noche. A Cheng Hao, el ingeniero capaz de idear y materializar tamaña maravilla tecnológica. Se queda en casa junto a su familia, pues aquí no había sitio para todos ellos. A Markus Whitemann, encargado de seleccionar a cada uno de los que estamos aquí, y que ha sido vilmente asesinado en el ejercicio de su labor.

Acab vuelve a interrumpir su plática y clava la vista en varios de los presentes. Un susurro de asombro le obliga a volver a enfrentar el rostro contra ellos. El pelo cortado a cepillo y la gorra de capitán son incapaces de ocultar el obsceno orificio que ocupa el lugar de su oreja derecha mutilada.

—Así es, señoras y señores, ninguno de nosotros está aquí por azar. Hemos sido cuidadosamente escogidos para desempeñar un rol específico. Médicos, astrofísicos, ingenieros, sociólogos... Tom Whitemann fue el nuevo Noé, y cumplió una de las tareas más difíciles encomendadas jamás a hombre alguno: renegar de sus sentimientos para confeccionar una lista basada únicamente en datos objetivos. Estoy seguro de que todos los aquí presentes honraremos su muerte cumpliendo escrupulosamente con nuestro cometido, demostrando día a día que no erró al seleccionarnos y agradeciéndole esta oportunidad con nuestros actos. —Otra estudiada pausa. El capitán es un excelente orador—. Damas y caballeros, esperamos el máximo de cada uno de ustedes. Brian, Mila, Ramirez, Airis, Greg y muchos otros han quedado excluidos en contra de su voluntad. Mujeres y hombres forzados a mentir e incluso robar por y para este proyecto. Hombres y mujeres que han quedado atrapados en tierra por continuar realizando su inestimable labor hasta el último momento. Todo se ha precipitado de forma vertiginosa. Ahí fuera los días no son días, la atmósfera se ha tornado venenosa en diversos puntos del planeta, el clima está cambiando, los hielos perpetuos de la Antártida se derriten a una velocidad inusitada, el campamento exterior ha sido barrido literalmente, nuestro aterrizaje de hoy podríamos tildarlo de milagroso...

Deja que los murmullos de sorpresa impregnen la sala, pero sólo el tiempo necesario antes de volver a mirarles a los ojos. A todos y a ninguno.

—Señoras y señores, el Refugio Abisal Complejo Antártico ha sido diseñado y construido por las mentes más brillantes del siglo XXI. La ciencia puesta al servicio del hombre sin el pesado lastre de los intereses económicos y alejada de las corruptelas políticas. Esta nave es un prodigio tecnológico que me enorgullece comandar. Hasta que los hielos de la Antártida se derritan por completo, nosotros permaneceremos a salvo en su interior, para después emerger a unos dos mil metros de altitud, en el vientre de las montañas Gamburtsev que resurgirán por tercera vez en la historia de nuestro planeta. El clima se habrá tornado más cálido y confiamos en que la radiación solar sea tolerable y la atmósfera respirable. Pero estamos preparados para cualquier eventualidad. Éste será nuestro bote salvavidas durante el diluvio.

Erik se remueve inquieto en su asiento y masculla algo inaudible para Iben. Odia los discursos grandilocuentes cargados de patriotismo barato norteamericano. El capitán se interrumpe y Erik enmudece al recibir un codazo de Iben. Pero es el hombre de su izquierda el que termina de sorprender al auditorio cuando aprovecha la pausa del capitán para intervenir:

—¿Cuándo ocurrirá…?

Acab lo fulmina con la mirada. El hombre, intimidado, no termina la pregunta. Es obvio que el capitán no ha venido a responder preguntas; no es una rueda de prensa. Antes de continuar relaja el semblante.

—Contamos con estaciones atmosféricas y de medición estratégicamente repartidas por todo el planeta. La instalada bajo nuestros pies revela que el gigantesco *rift* antártico permanece inactivo y las raíces de las montañas frías. Estamos a salvo. Si las placas se mueven, nosotros nos moveremos con ellas. El complejo está diseñado para soportar temblores y presiones ingentes. No somos los únicos, estaremos en contacto vía satélite con otros refugios. Disponemos de reservas de agua, comida y oxígeno casi ilimitadas, además de medicinas, equipo y personal médico especializado. El complejo es capaz de autoabastecerse durante siglos en caso de ser necesario. Alberga en su interior un observatorio esperando nuestra vuelta a la superficie y también un reactor nuclear para el suministro ilimitado de energía. —Aguarda a que amainen los cuchicheos—. Es totalmente seguro. Como antes he dicho, es una obra maestra.

»El repentino alejamiento lunar no sólo acarrea consecuencias sobre nuestro planeta, también la psique humana se está viendo afectada en este tránsito. Todos los presentes toleramos los inhibidores concebidos para paliar sus efectos y nuestro equipo médico continuará investigando hasta hacernos inmunes a ellos. —

Levanta el brazo derecho con cierta dificultad—. Todos portamos un brazalete que nos aplica un tratamiento personalizado, administrando la dosis exacta que requiere nuestro organismo y chequeándonos diariamente. Si refulge en un tono anaranjado deben acudir inmediatamente a la enfermería para ser atendidos por nuestros especialistas. Aquí la sanidad es completamente gratuita. —Su público no parece valorar la chanza—. Los brazaletes resultan algo molestos al principio, pero nos brindan innumerables ventajas: tratamiento y análisis médico, como he comentado, llave de acceso, localizador, comunicador, suministro de vitaminas y proteínas…

—Me gustaría conocer las otras funciones que ha preferido no detallar — mascula Erik, ligeramente ladeado hacia Iben, asegurándose de ser escuchado por todos los de su alrededor.

Si el capitán le ha oído, finge no haberlo hecho. En ese instante, una joven de cabello negro y largo se pone en pie y abandona la sala. Acab la ignora y prosigue.

—Señoras y señores, la disciplina, el honor y la dignidad se les presupone. Seremos intransigentes ante cualquier conducta no permitida; especialmente, actos violentos o desatención de tareas. Es mi deber dejar esto claro desde el principio. Las mujeres y los niños seguirán un tratamiento especial. Mañana a las 18:00 horas están citados en esta misma sala con el doctor McKee.

El capitán Acab hace una última pausa antes de concluir:

—Aquí estaremos a salvo, siempre y cuando desempeñemos con eficacia el papel que se nos ha encomendado. Pero no nos engañemos, todo el proyecto se ha fraguado bajo la atenta mirada de Dios. Simplemente nos disponemos a cumplir su voluntad, pues sin su bendición nada de esto habría sido posible. No lo entendemos, pero lo aceptamos. No somos quién para juzgar sus designios. Estamos aquí para hacer su voluntad con respeto, abnegación y devoción. Ciencia y religión caminarán juntas en la travesía de la tenebrosa senda puesta ante nosotros. Y si es su voluntad, llegaremos ilesos al otro lado pese a las vicisitudes del camino. Rogamos porque así sea. También rogamos por los otros refugiados y por los que permanecen en la superficie del planeta. Muchas gracias por su atención y quedo a su entera disposición. Nos veremos en cubierta.

Capítulo 3

Ciudad Amurallada, México, D.F.

Escucha los disparos antes de conseguir sumergirse por completo en el escaso metro de agua que cubre la piscina. Una andanada de balas chapotea a su alrededor, pero el vehículo no se detiene. Eso le salva la vida. Se aleja algunos metros más de la calzada y nada a mariposa descubriendo tan sólo la cabeza.

La cola sur mantiene su formación, nadie parece haberse percatado del movimiento del Tapón. No alcanza a distinguir las otras dos, pero da por sentado que, como mínimo, la mitad quedará fuera. Siente vergüenza de su propia especie, el comunicado de Whitemann predecía una posible extinción y puede que la raza a la que pertenece haya cosechado méritos más que suficientes para merecerlo.

Esta vez logra sumergirse a tiempo y permanece bajo el agua hasta que siente estallar los pulmones. Al emerger observa cómo los últimos mercenarios atraviesan el cordón de seguridad. Nunca me permitirán entrar. Al fijarse en la base del Tapón se confirman sus sospechas: ya cubre un par de metros del Rascasuelos. El avance es tan extremadamente lento que no delata su movimiento, pero la gente no tardará en advertirlo. Se aproxima unos metros más, debe haber rebasado por mucho la línea roja: su vida allí no vale nada. La misma guardia de seguridad que acordona la entrada parece nerviosa. Algunos abandonan sus puestos para introducirse en el edificio subterráneo. Conociendo a Irwin descarta una verdadera deserción, quizá sigan un plan de retirada preconcebido similar al que se está llevando a cabo en la muralla exterior.

Ve cómo un grupo de asaltantes es abatido a su derecha, no muy detrás de donde se encuentra, dentro de la ciudad. Y vienen más. Ocurre lo inevitable: la fila sur se descompone y arremete contra el cordón de seguridad, tratando de alcanzar la entrada a la voz de «está cerrándose». Los SIS responden con contundencia y la gente queda atrapada en un fuego cruzado. Los disparos provienen de todos los lados y Anderson aprovecha el desconcierto para nadar a crol. Toma aliento en el preciso instante en que un vehículo militar frena con un sonoro derrape a tan sólo unos metros delante de él; lo observa dar marcha atrás hasta su posición. No se molesta en intentar huir: el cañón de la metralleta trasera no ha dejado de apuntarle durante toda la maniobra. De hecho, le sorprende que no hayan abierto fuego. Un soldado, desde el interior del vehículo, le ordena con un gesto impaciente que se aproxime. Titubea sólo un segundo antes de obedecer con la mayor celeridad posible. Mientras chapotea hacia el vehículo, alguien de alto rango baja del lado del copiloto y, a un gesto suyo, bajan las armas. Es un alivio ver cómo el cañón de la metralleta trasera pende inerte del soporte adherido al vehículo. Las balas silban sobre sus cabezas y el resto de soldados le observan inquietos. El único que guarda la compostura es el que ha bajado del vehículo y, por su flemática actitud, diría que es inmune a los balas. Por orden suya baja uno de sus hombres y le ayuda a salir de la piscina. Lo reconoce: es el soldado que el otro día entró en la su habitación para informar a Irwin. Le da las gracias a Dios.

—¿Qué hace aquí?

Antes de que pueda contestar, una explosión tiñe todo de arena a su alrededor.

—¡Súbanlo!, ¡rápido!

Es Irwin el que imparte las órdenes; es su día de suerte. Le acomodan en la parte trasera descubierta del convoy, entre varios paramilitares de rostros agrios e inexpresivos, cansados de combatir. La mayoría ni se molesta en mirarle y el resto lo hace con el reproche pintado en sus caras. Están asustados.

—Imposible contenerlos por más tiempo —escucha gritar al general Irwin por la radio del coche.

Arrancan con un chirrido de ruedas para salvar los escasos metros que restan hasta el Tapón, tiempo suficiente para ser testigo desde su asiento de la toma de la ciudad: cientos de indeseables armados infestan avenidas y jardines como una plaga de cucarachas. El cordón de seguridad ha sido barrido y los ciudadanos se agolpan contra los sólidos muros de metacrilato.

—No liberen aún el gas. Repito, no liberen el gas. ¿Entendido? —sigue gritando Irwin.

Saltan del vehículo y un chirrido ensordecedor enmudece los incesantes disparos. Es el Tapón que se desliza junto a ellos a mayor velocidad; ya no hay por qué disimular.

—Vamos. —El general, sin miramientos, le da un violento empujón.

Bordean la enorme estructura de acero. Anderson corre como a cámara lenta, rodeado de disparos, gritos, explosiones… y del insoportable chirrido metálico del Tapón al cerrarse, que todo lo envuelve. Los guardas que debieran darles paso han desertado o están muertos, literalmente arrollados por la multitud, que ahora arremete contra los muros transparentes y muere aplastada al resistir sus envites. Los que han logrado franquearlos se amontonan en torno a los ascensores interiores, totalmente colapsados. El imparable avance del gigantesco bloque de acero está destrozando las planchas de metacrilato y descubre ocasionales accesos que algunos aprovechan para colarse; de nada les sirve, la mayoría acaban siendo empujados al vacío. El Tapón cubre ya prácticamente la mitad de la abertura superior de la pirámide.

Anderson camina sobre guardas y ciudadanos pisoteados, arrastrado por una avalancha humana; no podrán alcanzar el extremo del Tapón antes de que se cierre por completo. Están muertos. Alguien le sujeta con fuerza por el hombro y le obliga a parar bruscamente. Al girarse, Irwin le grita con el rostro enrojecido, pero Anderson es incapaz de entender nada: una reciente explosión ha convertido el interior de su cabeza en un constante zumbido. El Tapón prosigue su inexorable avance, ajeno a lo que ocurre a su alrededor. El general le propina una enérgica bofetada mientras continúa gritando y gesticulando. Lo tira al suelo, y Anderson queda tumbado junto a los hombres de Irwin a escasos centímetros de la base lateral del Tapón. El general gira circularmente el dedo índice antes de tumbarse con ellos, a su lado.

Reptando cabrían bajo el Tapón, pero los sólidos rieles por donde se desliza aquel enorme bloque de acero ciegan el acceso. La gente pasa sobre ellos pisándolos sin miramientos. Anderson no comprende qué hacen allí tumbados, pero es incapaz de reaccionar. El Tapón se detiene sobre sus cabezas; debe de haber cubierto la boca de la pirámide por completo. Pronto los aplastará como a un puñado de insignificantes moscas. Más gente desesperada se introduce debajo también. Ellos ocupan el centro y no por casualidad, pues los rieles comienzan a replegarse justo por allí, retrayéndose cada parte hacia su extremo. Cuando el hueco es suficiente, Irwin tira de él y ruedan sobre sí mismos para caer al otro lado, sobre un escalón saliente de apenas dos metros de ancho que bordea todo el perímetro del cuadrado. Es de acero forrado por una fina película de algún tipo de goma. No hay barandillas ni nada que los separe del vacío, excepto la providencial mano de Irwin que impide que Anderson se precipite en él. Ha perdido la cuenta de las veces que aquel hombre le ha salvado la vida. Se incorpora y corre tras los hombres de Irwin bajo el estrepitoso ulular de una alarma. Otros muchos acceden imitando su *modus operandi*; los que no caen al vacío se incorporan desorientados, sin saber qué hacer. Pero Irwin parece saber perfectamente lo que hace. Los rieles retráctiles están casi recogidos sobre sus cabezas. Cuando terminen de hacerlo, el Tapón caerá sobre ellos ensamblándose en el escalón y el complejo quedará completamente sellado. Poco después de atravesar una portezuela ubicada en el extremo oeste, escucha el estruendo y una violenta sacudida le hace perder el equilibrio. La recreación mental de toda aquella gente aplastada le produce náuseas.

El interior del Rascasuelos es un auténtico caos, el general Irwin toma el mando *ipso facto* y comienza a organizar a sus hombres. Anderson está confuso y desorientado, pero aprovecha la coyuntura para desaparecer.

Se encuentra en la primera planta, la superior del Rascasuelos, y necesita llegar hasta la inferior, la cúspide de la pirámide invertida. Los túneles que sirven de acceso a las viviendas interiores están cerrados. En cada uno de los cuatro vértices de la terraza hay un ascensor; el primero está roto o colapsado. Anderson bordea la terraza deslizando una mano por la balaustrada sin atreverse a asomarse al vacío con forma de pirámide invertida. Sólo consigue acceder al tercer ascensor. Hay sangre en el suelo y en las paredes transparentes de la cabina, pero es la huella de una mano ensangrentada plasmada sobre el espejo lo que más le impresiona. Desciende hasta la última planta permitida. Allí, la terraza exterior es ínfima en comparación con la de la planta superior. Sólo contiene cuatro habitáculos exteriores, amén de los túneles que conducen a los interiores, cerrados. Aún debe descender un par de plantas más, y los ascensores no lo permiten sin una tarjeta de acceso. Al asomarse al patio interior, una pila de cadáveres amontonados con sus extremidades en posiciones imposibles le impiden ver el final. Vomita por la balaustrada. Trata de serenarse y razonar. Entre la pila de muertos descubre a uno con el uniforme de personal autorizado del edificio, pero no está a su alcance. Vuelve al ascensor y explora planta por planta hasta que encuentra otro cadáver uniformado tendido en uno de los jardines. Con su tarjeta de acceso el ascensor le lleva hasta la última parada. Es un cuarto interior sin vistas al patio, atravesado por dos pasillos con puertas en ambos lados. Se apoya contra una de las frías paredes y vomita por segunda vez; ya no queda nada en su estómago. No sabe por qué hace todo esto, no le debe nada a nadie. Le han dejado al margen de todo y, simplemente, lo usan como a una marioneta. Su compañero, su amigo, murió por culpa de los mismos que ahora mueven sus hilos. Quizá ese sea el motivo: se lo debe a Jim. Tal vez así consiga que su muerte cobre algún sentido. Extrae su dispositivo móvil y sigue el camino trazado por Whitemann.

Solamente las débiles luces de emergencia acompañan la soledad del profundo túnel. La mayoría de los compartimentos aparecen abiertos y vacíos, quizá por un fallo eléctrico. No tarda en encontrar la sala marcada en el mapa. En su interior ejecuta escrupulosamente las órdenes de Whitemann impresas en la pantalla de su móvil. No sabe lo que está haciendo, pero la sala, antes absolutamente vacía, ahora refulge a su alrededor. Todo su volumen se convierte en una inmensa pantalla holográfica con infinidad de código cayendo en cascada a su alrededor. Levanta los brazos y lo ve proyectado sobre las manos y resto del cuerpo. La pantalla de su móvil emite destellos iridiscentes mientras procesa comandos en sincronización con la sala. En ese instante, las alas del gran Grifo guardián que corona el Tapón se despliegan y sus extremos superiores se iluminan.

No puede verlas, al igual que no puede ver cómo una nube de gas verdoso convierte el contorno del Rascasuelos en un jardín de cadáveres en un radio de doscientos metros. Más allá del radio de acción del gas protector se desencadena una huida desordenada, mientras grupos de saqueadores toman la ciudad.

Tampoco puede ver cómo un titilante punto rojo aparece simultáneamente en el monitor de comunicaciones de Francisco, en Austin, y de Iben, en la Antártida.

Inicia el volcado de archivos desde una unidad de almacenamiento escondida justo donde apuntaba el mensaje del fantasma de Whitemann. ¿Qué contiene? ¿Por qué no hace todo esto alguno de los enlaces de Whitemann en el interior del Rascasuelos? El propio general Irwin, por ejemplo. Cuando los escuchó hablar existía una manifiesta complicidad entre ambos; parecía formar parte de la trama.

Finalmente vuelca a través del dispositivo móvil el fragmento de código facilitado por Whitemann y se activa un último protocolo. Toda la sala se apaga de nuevo y los paneles de la pared se iluminan describiendo en bucle una determinada secuencia. Nada significa para Anderson, pero aquella secuencia luminosa es el motivo de su presencia allí. Ya no hay marcha atrás. Aquella secuencia confirma la puesta en marcha del verdadero plan trazado por Whitemann y el proyecto NOE para el Rascasuelos, en el que no cabía Irwin. Un plan que quizá ayude en un futuro a la supervivencia humana en la Tierra, pero que, irremediablemente, condena a todos los guarecidos en el interior del Rascasuelos si no lo abandonan antes de diez años. Irwin jamás lo hubiese permitido.

Capítulo 4

Campus J.J. Pickle, Austin

—El capitán Acab ha ordenado el sellado del ARCA. Hemos iniciado el proceso. —La voz de Iben suena reverencial.

Leslie y Francisco observan en silencio el monitor que hay frente a ellos. Un aura verde envuelve la recreación virtual del complejo.

—Cerrando compuertas en niveles 3 y 4.

Todos contienen la respiración en actitud expectante, como ocurre en los centros de control de las lanzaderas en los segundos previos a la ignición.

—Compuertas cerradas con éxito, plantas inferiores estancas — añade Iben con evidente alivio.

—Cerrando Nivel 2. —Otro denso silencio—. Sellado con éxito.

—Sellando Nivel 1. —En esta ocasión, la espera se eterniza. Finalmente vuelve la voz de Iben—: Estanco.

En ese preciso instante, un punto rojo destella en México, D.F. Francisco y Leslie cruzan una mirada de júbilo antes de exclamar al unísono: ¡Anderson!

—Sellando acceso exterior.

Vuelven a prestar toda su atención a la maniobra. Cualquier contratiempo resultaría fatal a estas alturas. Una vez sellado por completo el complejo ARCA no habrá marcha atrás. El protocolo de reapertura consiste en una lenta y estricta sucesión de fases que considera factores externos además de humanos: mediciones climatológicas, atmosféricas, de radiación, etc. Pretende evitar la toma de decisiones precipitadas basadas en crisis o histerias puntuales propias del ser humano. Una vez estanco, nadie podrá acceder o salir del refugio hasta transcurridas décadas. Muy pocos conocen esa realidad; Leslie es uno de ellos.

—Problemas con el ascensor exterior y zonas B y C. Erik lo revisará.

—¿Algo serio? —intervine Leslie.

—Un fallo puntual en el suministro eléctrico. Habrá saltado algún fusible... —bromea Iben—. ¿Qué tal por ahí fuera? Los rumores no son muy halagüeños.

—Hemos sellado los túneles del campus a nuestra manera. Por todos los puntos del planeta se suceden terremotos, volcanes y tsunamis, y la anarquía impera en las calles. Los temblores son cada vez más intensos y prolongados.

—¿Podrán mantener las comunicaciones operativas?

—Me preocupa el contacto con los observatorios, centros de prevención sísmica y estaciones de medición. A este ritmo pronto quedarán asolados por la naturaleza o por nosotros mismos. Sin ellos estaremos ciegos.

Un tenso silencio invade ambos extremos de la línea.

—La señal del Rascasuelos apareció momentáneamente en nuestros monitores y ahora la hemos perdido. ¿Pudieron verla? —interviene Francisco.

—¿Lo ha conseguido? —pregunta Iben, incrédulo.

—Whitemann siempre lo consigue —sentencia Leslie—. Hemos recibido las mediciones dependientes de su cuadrante. Los registros atmosféricos y de radiación solar son alarmantes. Además, en determinadas zonas con erupciones volcánicas intensas los niveles de dióxido de azufre y dióxido de carbono arrojados a la atmósfera son muy elevados y se esparcen a gran velocidad. A largo plazo podrían causar daños irreversibles en la atmósfera.

—¿Disponen de reservas de oxígeno suficientes? —Iben se arrepiente de la pregunta nada más formularla: no tienen ninguna posibilidad y lo saben. Tampoco recibe respuesta.

—Disculpad, tengo a Erik por el comunicador. Buenas noticias, en una hora estará solucionado el problema.

Francisco y Leslie asienten con seriedad ante los monitores. Mientras aguardan, Leslie tamborilea con los dedos en el reposabrazos de su sillón. Únicamente su ronca respiración rompe el silencio del reducido cuarto, poco a poco se va tornando más profunda e irregular. Francisco le observa con disimulo. Unas gotas de sudor han aparecido en su sien y ahora se aferra con fuerza a ambos reposabrazos. Algo le ocurre. Francisco, inquieto, rompe el opresivo silencio:

—Sobol olduasio. Aquellas palabras que pronunciaste llamaron mi atención. —Leslie le anima a continuar con la mirada, pero es una mirada…—. Es lenguaje Lansi, antiguo, pero se puso de moda entre los informáticos durante un tiempo. Significaría algo así como: Lobo miedo.

La reaparición de la señal de Anderson pospone la conversación.

—Anderson, ¿me recibe? —Francisco prescinde del código clave, que posiblemente Anderson desconozca.

—Le recibo —responde lacónico, con un timbre de voz carente de emoción alguna.

—Dios mío, es un milagro.

—Ha sido horrible, han dejado morir una ciudad entera. No sabría decir quién se ha cobrado más víctimas inocentes, si los asaltantes o la maldita seguridad interna. Un asesinato a sangre fría.

—Lo siento.

—¿Lo siente? ¿De verdad lo siente? —replica, ahora visiblemente alterado.

—Ha hecho lo correcto.

—¿Lo correcto? Eso es fácil de decir cuando se está a salvo en un refugio subterráneo mientras el mundo agoniza. ¿Me escuchan? El mundo se muere. Ustedes lo sabían y no han hecho nada más que intentar salvar sus miserables vidas. Me avergüenzo de ustedes, no pertenezco a esto. —Está completamente ido.

Leslie silencia a Francisco con un gesto y toma las riendas de la conversación.

—Whitemann fue a buscarle —le espeta, atajando su protesta.

Anderson enmudece.

—¿Cuál es su situación actual?

—Whitemann nos obligó a ir al observatorio en plena noche…

—¡Anderson! —Leslie vuelve a interrumpirle con voz firme y autoritaria. Una vez seguro de contar con su atención, prosigue con voz dura pero más templada—: Whitemann arriesgó su vida al tener noticias suyas, atravesó medio país en un coche particular —deja que sus palabras calen por sí mismas—. Al volver a por usted por segunda vez fue asesinado. Ahora dígame cuál es la situación allí.

—El interior del Rascasuelos es un caos. Lo he aprovechado para introducirme en la zona de seguridad inferior.

—¿Ha activado el MEDEX?

—He seguido las instrucciones de Whitemann.

Leslie y Francisco cruzan una mirada de complicidad. Las había recibido.

—¿Se ha sellado el Rascasuelos?

—Sí… —responde con un pesaroso suspiro.

—Bien. Cuando le descubran, dígales que se pongan en contacto conmigo. ¿Entendido?

—No estoy a sus órdenes. He cumplido con lo que se me ha pedido y no estoy orgulloso de ello. Se acabó. No trabajo para usted.

—Sí trabaja para mí, y también trabaja para usted y para toda la humanidad. Usted está a salvo en el interior del Rascasuelos, nosotros permanecemos fuera, en la superficie, velando por los de dentro. No es momento de lecciones morales, joven.

Leslie corta la comunicación sin darle tiempo a replicar.

—Cumplirá con su deber —asegura, manteniendo la vista al frente.

Instantes después vuelven a escuchar la voz de Iben.

—Accesos exteriores sellados, pero hemos perdido todo contacto con la estación medioambiental de superficie. Recuperaremos parte, pero Erik asegura que por poco tiempo. La comunicación perdurará, aunque sufriremos continuas pérdidas. Estamos en sus manos.

—Felicite a todo el equipo de mi parte, les deseamos suerte —se despide Leslie.

—Gracias, señor. Hoy comenzamos a navegar y aquí abajo está muy oscuro, necesitamos un faro que nos guíe. —Tras una solemne pausa, añade—: Agradecemos lo que están haciendo.

Capítulo 5

Campus J.J. Pickle, Austin

Leslie vuelve a verse «despertar» en su cuarto. Últimamente pasa mucho tiempo encerrado allí. Tiempo… aquellas catacumbas le han hecho perder toda noción del tiempo. Pero sabe que no es sólo un problema de confinamiento, sabe que la verdad es más cruda: su salud empeora. Ahora toda la responsabilidad del proyecto recaerá sobre Francisco.

Gabardina y sombrero languidecen arrinconados en una apartada percha; no recuerda la última vez que los usó. Toma el sombrero y lo hace girar entre las manos mientras posa la mirada en el monitor: hay un nuevo informe del doctor McKee. Llevaba semanas, meses… «tiempo» sin recibir ninguno y los últimos eran cada vez menos científicos, más bien reflexiones personales. No debe demorarse, aprovechará el momento de lucidez.

Informe A128/2036

He perdido a Phil Rewer, lleva 22 días y 48 minutos enajenado.

Lo que vulgarmente denominamos mal de la luna, es mucho más que eso. Los inhibidores no son operativos a partir de cierto punto del proceso. Una vez rebasado se torna imparable e irreversible.

De los 245 pacientes a bordo, pues eso es lo que somos todos, 60 presentan los primeros síntomas: 15 de ellos *avanzados y 1 muy avanzado. Están bajo mi estricta observación, pero poco más puedo hacer. *Adjunto cuadrícula con cuadro médico de cada uno de nosotros a fecha de hoy.*

Que Phil permanezca inconsciente no quiere decir que permanezca inactivo: se mueve una media de 134 minutos diarios. Son movimientos retardados, dirigidos. Manifiesta un comportamiento sin objeto, que escapa a mi comprensión. Durante esos minutos su actividad cerebral alcanza límites nunca vistos; incluso cuando permanece inmóvil sus conexiones sinápticas rebasan con creces las de una persona normal.

Toda la humanidad, o lo que queda de ella, está afectada. Los pacientes tipo B, lunáticos, o como queramos llamarlos, son tan escasos porque el trastorno sólo lo desarrollan los pacientes con unas características físicas —además de psíquicas— muy concretas: determinada forma craneal que permita una mínima capacidad encefálica...

De todos los presentes, excluyendo a Phil, tan sólo 3 podrían aproximarse. *Adjunto listado con grado de coincidencia.

El cerebro de Phil no sólo presenta mayor actividad, sino que está mutando, desarrollándose físicamente. La masa real de su corteza cerebral aumenta e incluso en un mismo volumen tiene mayor cantidad de tejido nervioso y, por tanto, más conexiones sinápticas. Parece crecer para adaptarse a las nuevas condiciones, al nuevo huésped. Y no sólo el cerebro, todo el cuerpo parece querer adaptarse. *Adjunto TAC cerebral del paciente 1/245.

Cuando un receptor no tiene unas determinadas características, el proceso de metamorfosis se interrumpe y degenera en lo que conocemos como «afectados tipo A». Los «hombres lobo» sólo son un tipo B fallido, un efecto secundario, un desecho descartado por la selección natural. Por explicarlo de forma sencilla: si el receptor no tiene una capacidad craneal suficiente para albergar el futuro cerebro, no es válido y la congestión acaba por volverlo loco.

Los afectados con primeros síntomas se tornan violentos de forma repentina, padecen arrebatos instintivos o de ira. El resto los teme. No me sorprendería que el capitán ordenase sacrificarlos en cualquier momento. Haría un flaco favor a la ciencia. Impídaselo, los necesitamos. Sólo confío en usted.

Phil no se comporta como los demás, jamás ha desarrollado una actitud violenta. Aunque en ocasiones asusta. No permitiré que nada le ocurra, está bajo mi protección. Le di mi palabra.

*Sólo 1 de los 245 elegidos es inmune al mal de la luna. El brazalete es inservible en él. Aunque me imagino que eso ya lo sabe y por eso está aquí. Solicito permiso para someterlo a pruebas especiales. *Adjunto historial médico del paciente 28/245.*

Puedo parecer un loco. Pero eso ya no importa. Se lo dije una vez, y vuelvo a insistir. No nos enfrentamos a una enfermedad, ni a un tipo de demencia o trastorno paranoide fruto de las nuevas condiciones climáticas, astrales o atmosféricas derivadas del alejamiento lunar y freno de la Tierra (aunque admito que de alguna manera puedan haberlo propiciado). Estamos ante una intrusión, una posesión. Algo no humano mora en el interior de Phil y va tomando poco a poco el control de su cuerpo. No sabemos combatirlo, estamos indefensos... Acertó, una vez más, manteniendo al profesor Friedrich en el ARCA.

Leslie se echa atrás en la silla, asintiendo. El niño está allí, observándole. Siempre está allí.

—Ya ha sucedido antes, lo sé —murmura en la soledad de su cuarto, mientras sus labios inconscientes tararean la tonadilla. De eso está seguro, se lo ha dicho el niño, se lo ha dicho Sobol. Se lo ha dicho él mismo.

Capítulo 6

Complejo ARCA, Antártida

El ascensor se detiene en el Nivel 4. Sale con pasos presurosos pero, según avanza por el corredor, la cojera de la pierna izquierda se agudiza hasta obligarle a parar. Apoya la espalda contra la pared y la deja resbalar hasta caer al suelo. Confía en que no cruce nadie mientras su cuerpo tiembla descontroladamente. Al cabo de unos instantes reanuda la marcha hasta su camarote con la rodilla entumecida.

Encuentra a Isa sobre la cama con las piernas cruzadas y meciéndose ligeramente. Su cabello negro cae hasta la cintura. Una punzada de dolor le hace tartamudear:

—¿Estás bien?

Isa tarda en contestar, pero al menos su brazalete no emite destellos anaranjados en este momento. Un verde suave idéntico al suyo le ilumina el antebrazo.

—Por favor, no me lleves otra vez con el doctor. —Y antes de permitirle intervenir, añade—: Quiero quedarme aquí, con John, contigo.

Ken se sienta sobre la cama para abrazarla, ella busca cobijo en su hombro.

—Perdóname, perdona mi comportamiento irracional. No sabía… —se interrumpe entre sollozos—. No comprendo qué me ocurre… Somos unos privilegiados, tenías razón. Te agradezco todo lo que has hecho —susurra fijando la mirada en su hijo dormido—. Fui una estúpida.

Ken la arrulla sin saber bien qué decir.

—¿Cuidarás de John? Sé que lo harás…

—No digas eso —replica Ken con voz quebrada, incrementando la intensidad con que la estrecha entre sus brazos. Luego la ayuda a incorporarse lentamente.

—Vamos, Leslie nos quiere en la sala de comunicación.

—¿Leslie? —pregunta sorprendida, mientras obedece sumisa.

Entran en la sala de comunicaciones ubicada en el Nivel 1. Son recibidos con un denso silencio y semblantes serios. Reconoce a Iben, todo el mundo lo conoce: fue presentado por el capitán Acab como encargado de comunicaciones con el exterior. A su lado hay un tipo corpulento y de barba intensamente poblada. Ambos saludan con una ligera inclinación de cabeza y les proporcionan unos auriculares antes de acomodarlos frente a unos enormes monitores.

—Es por intimidad, Leslie así lo ha querido —explica Iben mientras establece comunicación.

—Hola. —Ambos reconocen la tímida voz de Francisco.

Isa hace ademán de contestar, pero Iben les advierte que sólo pueden escuchar. Órdenes de Leslie.

—Nuestro escurridizo amigo, el Hombre Lobo, creo que está a salvo, por si os interesa. No estaba tan loco como pensábamos ¿verdad? —Isa y Ken adivinan un amago de risa en Francisco—. No os preocupéis, llevaba toda la vida preparándose para algo así.

La conexión queda un rato en suspenso; a Isa se le hace eterno.

—Lamento haberme marchado a España y lamento no haber vuelto antes. Había veces que os echaba tanto de menos que… me costaba hasta respirar. —Aquellas tres últimas palabras pronunciadas con dolor se clavan en Ken como una daga y todo su cuerpo se estremece—. Debí haber aceptado la invitación y asistido a vuestra boda, debí haber vuelto con Katy. —Su voz se quiebra y necesita unos segundos para recuperarse—. Mi vuelta no ha sido como esperaba, pero mi lugar está aquí, ahora lo sé. Siempre lo he sabido. Lo que se interponía entre nosotros ha desaparecido. Todo queda perdonado, espero que por ambas partes. —Una pausa—. Ken, no te culpo… a ninguno de los dos. Hicisteis lo que debíais, yo hubiese actuado exactamente igual. Ahora todo volverá a ser como antes. He intentado dar con Katy… —Deja la frase en el aire—. He de dejaros, Leslie acaba de llegar. Saludos a John. Os quiero, suerte.

Los cascos enmudecen e Isa llora. Desea hablar con él, despedirse, disculparse. Ken permanece totalmente inmóvil sin siquiera pestañear. Iben y Erik apartan las miradas ante su evidente dolor.

—Ken. Isa. Antes de… —Ahora es la voz de Leslie la que queda en suspenso—. Sólo quería que supieses que soy realmente el abuelo de Ken. Al menos no mentí en eso.

Ken e Isa cruzan una mirada fugaz antes de devolverla al azul del monitor, expectantes a los auriculares.

—Aunque no lo supieras, yo siempre he estado ahí. A tu lado. Tu padre fue… —La línea vuelve a quedar en silencio.

—Ken, esto no es una despedida. Cuando te sometas a las nuevas pruebas con el doctor Frank… Friedrich —se corrige—. Volveremos a vernos.

La línea se corta y en los monitores aparece la imagen de un hombre joven de pelo corto y canoso. Destacan unos penetrantes ojos azules, ojos amigables pero inteligentes y autoritarios.

Capítulo 7

Universidad de Texas, Austin

El mirador ubicado en la planta veintiocho de la Torre del Reloj vuelve a estar operativo tras permanecer décadas cerrado al público por los funestos sucesos en él acontecidos. Ha sido testigo de crímenes pasionales, suicidios y asesinatos. Quizá esta noche vuelva a serlo una vez más.

Leslie necesitaba huir de aquella vasta red de túneles subterráneos y sus pasos inconscientes le han llevado hasta allí. Su cuerpo y su mente precisan de aire puro para serenarse, el mismo aire que hace ondear su gabardina en la oscuridad de la noche. Todo es quietud a su alrededor, excepto por el perpetuo tic tac del reloj de la torre, empeñado en anunciar el inexorable paso del tiempo. IBM se esmeró con aquel mecanismo. Lo que tenga que suceder, sucederá; nada ni nadie puede evitarlo, parece susurrar el monótono acento de sus tripas.

La vista es imponente, luces intermitentes y edificios en llamas iluminan la vasta ciudad tendida a sus pies, amén del fulgor de una majestuosa luna llena distante y cercana al mismo tiempo, cuya mirada convierte los edificios más altos en reflejos plateados al derramarse sobre ellos. En un futuro podrían usar aquel emplazamiento como punto de vigilancia estratégico, algo que ya fue en el pasado y sirvió a Charles Whitman para abatir a sus dieciséis víctimas.

Una ráfaga de aire le roba el sombrero de la cabeza con sus invisibles dedos para hacer con él cabriolas y piruetas a su espalda. Leslie permanece impasible, con la cabeza erguida y la mirada puesta en el principal lucero de la noche. Su brillante mirada también se refleja en sus ojos, unos ojos vidriosos que pronto dejarán de ser suyos.

A su espalda escucha las risas mal contenidas y el repiqueteo de los pasos del niño. La canción de cuna tampoco consigue distraer su mirada. Su mente ya no sirve para nada, apenas puede dominarla. Se ha convertido en un estorbo para el proyecto. En su habitación —que nunca ha sido suya—, sobre la cama —en la que ya no duerme—, yace una nota —por él no escrita— con su firma estampada: «Todo lo que está por ocurrir, ocurrió ya antes. Allí es donde debemos buscar y no en el futuro.»

Cuando las dos agujas del enorme reloj se abrazan en las doce, un dong truena a su espalda: la señal que esperaba su cuerpo para volver a la vida.

—Dong, dong, dong.

Cada tañido es un paso que le acerca al abismo. El estrepitoso repicar de aquellas campanadas colma su mente, acallando momentáneamente la canción, las risas, las voces, los pasos…

—Dong, dong, dong.

La luz de la Luna permanece reflejada en sus ojos vacíos, profundos, insondables… en una mirada que no mira, en unos ojos que no ven, que ya no le pertenecen.

—Dong, dong, dong.

Sus pasos se tornan lentos y torpes, pero continúan obedeciendo el compás impuesto por el reloj en pos de la Luna. Nada ni nadie le detendrá.

—Dong, Dong.

El paso que acompaña la última campanada no encuentra piso y su cuerpo se precipita al vacío. Su yo subyugado recupera la posesión de sí mismo y un miedo intenso —ancestral— le invade en sus últimos instantes, pero no logra impedir que un esbozo de sonrisa asome en sus labios. Al menos moriré como un hombre.

Capítulo 8

Complejo ARCA, Antártida

La enfermería carece prácticamente de mobiliario, y sólo tres hileras de camas chillan con el blanco deslumbrante de sus sábanas entre el monótono azul de las paredes metálicas de la sala.

Sin embargo, el equipamiento es más propio de un quirófano que de una simple enfermería. Así lo pudo comprobar al revolver en los amplios contenedores empotrados en busca de un sustitutivo de las hojas de coca que le requisaron a la entrada del ARCA. Estos compartimentos estaban vetados para su nivel de acceso, pero los brazaletes no son infalibles, no para alguien con acceso al laboratorio del doctor McKee.

En el interior de uno de los compartimentos descubrió el dispositivo capaz de reprogramarlos e incluso abrirlos y desde ese momento los visita furtivamente para conseguir la pequeña ampolla que precisamente ahora mira al trasluz. Con un clic ve agitarse el líquido incoloro de su interior. Morfodeína. Mientras el compartimento se oculta en la pared, comprueba con preocupación en que cada vez queda menos.

344

Allenda se sienta junto a la única cama ocupada. No sabía que hubiese niños en el complejo. Sí lo sabía, pero no los había visto aún. Aunque los llantos de los bebés muchas noches no le dejan dormir… En cualquier caso, es el primer niño al que atiende. No debe sorprenderse; apenas ve a los alojados en los niveles inferiores, salvo en reconocimientos o actos…. Se tumba. Mis hijos vendrán pronto al complejo, en cuanto Ben termine de leer las noticias del día ¿hijos? ¡He olvidado ducharme! —Trata inútilmente de incorporarse—. Necesitamos más personal no podremos atenderlos a todos —murmura—. Los murciélagos están por todas partes han entrado en el refugio tengo que huir pero antes debo darme una ducha 16:00 llegaré tarde. —Su brazalete emite intensos pulsos rojos—. Me escuece el brazo me cambio de bata los pendientes no puedo olvidarlos para mi cita con Phil me pica el brazo me escuece justo en la mordedura no hay nadie en la cafetería

—Me pica.

—Ahora no tengo tiempo, Ben… —consigue decir Allenda con voz enojada y temblorosa.

—Me pica.

Al abrir los ojos puede ver el maldito 16:00 grabado a fuego en el techo. Con cada parpadeo va difuminándose hasta desaparecer.

—Me pica, me pica, me pica.

Allenda se incorpora con dificultad y encuentra los ojos del niño escrutándole con curiosidad. Los pulsos rojos de su brazalete se reflejan en ellos, recibirá otra reprimenda del doctor.

—Señorita, me pica —insiste el niño, levantando su pierna izquierda vendada.

Allenda prepara una inyección. El doctor le ha ordenado suministrarle un tratamiento. No le había dicho nada de una pierna rota. El niño sigue quejándose, ha tirado la manta al suelo.

—¿Cómo te llamas?

—John.

—John, bonito nombre, no debes tocarte o te picara más.

—Me pica mucho.

—Muy bien, echemos un vistazo.

Allenda se acerca y desliga cuidadosamente la venda. Debajo hay algo duro. Una prótesis de un material similar a los brazaletes que no puede abrir de ninguna manera. «Mismo mecanismo que los brazaletes», pensa Allenda mientras vuelve al compartimento y toma el dispositivo en forma de araña con seis largas agujas por patas. Lo coloca sobre la prótesis y, ante la atenta mirada de John, las patas tantean la superficie hasta introducirse en los invisibles agujeros correspondientes. Con un ligero chasquido, la prótesis se separa por la mitad y deja la pierna del chico al descubierto.

—Dios mío, qué te han hecho, cariño —murmura para sí mientras vuelve a cerrar la prótesis antes de que John pueda ver nada.

Tendones y músculos estaban al descubierto entre distintos injertos de piel. Y entre ellos… Allenda se pone en pie y se masajea intensamente con los dedos los párpados de los ojos cerrados.

—¿Cuándo volveremos a casa?

—Muy pronto —miente Allenda con cara afable. Pero sus pronunciadas ojeras la desmienten.

—Echo de menos a Rayo.

—¿Quién es Rayo?

—Mi caballo…

—No te preocupes, muy pronto volverás a jugar con él.

—¿Cuándo es muy pronto? —insiste John.

—Muy pronto, te lo prometo.

Allenda se sienta en la cabecera de la cama de John y le acaricia el pelo oscuro con ternura. Recuerda a sus hijos, casi los había olvidado... ¿Cómo se llamaban?

—Ya estamos aquí tres años y cuatro meses —afirma John.

Allenda interrumpe las caricias y lo mira sorprendida con media sonrisa.

—¿Acaso los has contado?

—Doce días y veintisiete minutos —añade John con seguridad, manteniendo sus profundos ojos negros clavados en ella.

Allenda borra la sonrisa, entre sorprendida y asustada.

—Veintiocho.

Allenda se incorpora y recoge la sábana para arroparlo.

—Espérame, enseguida vuelvo.

—Veintinueve —escucha justo antes de salir.

Va al laboratorio del doctor McKee dispuesta a tener unas palabras con él: quiere respuestas. Pero se detiene frente a la puerta. Duda. No quiere ver a Phil en ese estado. Llora. Tampoco aprueba lo que van a hacerle, a pesar de que ella estará involucrada.

Capítulo 9

Complejo ARCA, Antártida

Friedrich accede al laboratorio del doctor McKee. Apenas le dedica un vistazo al cuerpo de Phil, inerte sobre una camilla con las abrazaderas metálicas abiertas sobre el pecho y las piernas. El doctor McKee ignora su presencia: corretea a su alrededor y salta de un aparato a otro mientras termina de preparar la exploración.

—Antes de *comenzarr* debe *saberr* algo —dice Friedrich con una seriedad casi incompatible con su cómico aspecto—. Hace unos años se pusieron en contacto conmigo para *tratarr* a un paciente agonizante. Parecía un caso más, un caso cualquiera. Me citaron en Nevada, al este de Carson City. Pero en lugar de un paciente me esperaba una furgoneta con los cristales tintados. Desierto y furgoneta. No debí entrar, pero ¿acaso tenía elección? No podía *verr* nada desde el interior. A ambos lados me escoltaban dos gorilas trajeados con cara de pocos amigos.

»El viaje duró más de *trres* horas. No respondieron a mis preguntas, no hablaron. Esos *cabrrones* ni siquiera se quitaron las gafas de sol. Antes de salir me colocaron un casco que impedía toda visión y me llevaron casi a rastras hasta un pequeño cuarto. No puedo asegurarlo pero *crreo* que descendimos varios metros.

»El cuarto *parrecía* una celda: paredes metálicas y un *rrígido* camastro con un cadáver sobre él cubierto hasta el cuello con una manta. Sobre una mesilla, también metálica, había una nota en la que se me informaba que el paciente comatoso había fallecido durante la noche y, pese a ello, me instaban a proceder. Querían recuperar sus recuerdos… A cambio recibiría un cheque en blanco a mi nombre.

»Bajo la severa vigilancia de los matones, preparé mi equipo y me dispuse a establecer la conexión. Me impidieron destapar al sujeto. Ellos mismos lo hicieron, descubriéndolo apenas un palmo, suficiente para intuir que estaba sujeto a la cama. Le puse la diadema sobre un cráneo rapado y, al adherir los electrodos al torso y pecho, encontré un cadáver esquelético, extremadamente pálido, con venas tan marcadas que parecían ramificarse por encima de la piel. — Mientras habla desvía la mirada hacia Phil y McKee la sigue. Ambos lo observan con reverencia—. Sin un solo pelo y con los ojos sin rastro de esclerótica, completamente negros.

»Aquel hombre *parrecía* estar muerto desde hacía años, una momia disecada. Obviamente no murió esa noche. Establecí la conexión y descargué parte de sus memorias a mi computador. Durante el proceso, un imperceptible movimiento del cadáver confirmó mis sospechas: lo mantenían atado porque aún estaba vivo. Quedé *parralizado* por el miedo unos segundos. Simulé no percatarme. Sentía en todo momento el aliento de aquellos dos gorilas en mi nuca. Me temblaban las manos. Proseguí con mi trabajo y lo prolongué para que pareciera real. —McKee lo escucha expectante—. Al terminar fingí desesperación. Cuando su superior entró en la habitación me disculpé diciendo que no había conseguido establecer contacto. Mentí. Afirmé que era demasiado tarde, demasiadas horas muerto y que su *cerrebrro* ya estaba apagado. Menos mal que no se presentó ni se despidió con un apretón de manos. El sudor y el miedo me hubiesen delatado. Mentí para salvar la vida. Me requisaron el ordenador y todo el equipo, pero se olvidaron de lo más importante: mi cabeza —sentencia Friedrich, señalándose la frente con el dedo índice—. Ya en mi laboratorio investigué la llamada. La empresa que me contrató era una subcontrata del gobierno. Me olvidé del caso y lo enterré, hasta ahora.

Se acerca a McKee y le pone sobre la palma de la mano un dispositivo de almacenamiento. Cuando McKee cierra el puño, se lo aprieta con las dos manos mientras le mira fijamente a los ojos, torciendo el estúpido bigotito.

—Corría el año 2000.

McKee queda inmóvil, con el puño apretado sobre lo entregado por Friedrich, quien se aparta hacia la puerta y, antes de salir, añade:

—El *cadáverr* viviente era el verdadero Edgar D. Mitchell, el astronauta.

Capítulo 10

Ubicación desconocida

Kevin lleva más de un año recluido en el sótano. Vivir aislado del mundo no es nuevo para él. Solía pasar semanas, en ocasiones meses, sin ver la luz del sol. Carece de amigos físicos, no los necesita. Su familia fue una carga muy pesada de la que le costó desprenderse y, cuando finalmente pudo alejarse de ella, necesitó años para olvidarla. Pero eso ya lo ha superado, ahora ni siquiera sueña con ella. Su padre le enseñó a desconfiar de la gente, a evitarla. A odiarla y temerla. Su madre le enseñó a sufrir desde su más tierna infancia, primero velando su prolongada enfermedad y luego llorando su muerte. Lo abandonó a merced de su padre. Nunca pudo perdonarla. Primos, tíos, madrastra… olvidados. Una vez tuvo una mascota, un perro llamado Chipi. Su muerte le marcó tanto que decidió no tener otra nunca más. Odia el dolor. Para él prima el doloroso recuerdo de su muerte frente a los buenos momentos compartidos juntos. Será un cobarde, pero no soporta enfrentarse a la muerte.

Su relación con las personas es peor. Los animales son fieles hasta el final, pero las personas te acaban fallando. Tarde o temprano lo hacen, por un motivo u otro, o simplemente muriendo, como su madre.

Su paso por la escuela no fue una experiencia fácil. Un chico introvertido y extremadamente inteligente siempre despierta un natural rechazo entre sus compañeros. En su caso se encargaron de demostrarle día a día que, si bien eran inferiores en inteligencia, desde luego no en fuerza física. Cada día ofrecía una nueva oportunidad para infligirle daño. Su reducido círculo de amigos, marginados sociales, acabó por darle la espalda también. Siempre te acaban fallando... No tiene queja de sus maestros; algunos le apoyaron, pero llegó un momento en que les resultó difícil enseñar a alguien más inteligente que ellos. Su estancia en la escuela pronto se convirtió en una cruel pérdida de tiempo.

Sus fieles compañeros de juventud fueron internet y los videojuegos. Mundos virtuales, gente virtual. Un universo entero puesto ante él, por descubrir y en el que refugiarse. No tardó en ganar dinero: un simple juego de niños para él. Fue lo suficientemente prudente para mantenerlo en secreto y sólo usarlo para desaparecer sin dejar rastro. Huyó de la familia, de la escuela, de los amigos, de los profesores, de las obligaciones… Huyó de todo para sumergirse por completo en aquel vasto mundo virtual.

Nacer y crecer en un determinado lugar te marca para toda la vida. Vives, sin saberlo, en un entorno muy reducido, en una jaula sin barrotes. Cada día no es más que una réplica del anterior: mismo lugares, mismas personas… Y esto ocurre en pleno siglo XXI. A cierta edad se te abren vías de escape, pero ya es demasiado tarde. Has dejado de enriquecerte con el conocimiento que brinda la experiencia y que los niños absorben con la avidez de una esponja reseca al contacto con el agua. Kevin era un bicho raro en su entorno; igual, pero distinto a los demás. El escaso nivel intelectual de amigos y familiares limitaba sus posibilidades de realización. El plano virtual era distinto. Descubrió que no era único: existía más gente con inquietudes y aptitudes análogas a las suyas. Allí era alguien, buscaban su consejo y ayuda. Las posibilidades eran infinitas, podía elegir a sus amigos sin someterse al injusto azar de la proximidad. Se relacionaba exclusivamente con aquellas mentes que consideraba interesantes. Las conversaciones eran esporádicas y enriquecedoras, jamás fingidas o impuestas por empalagosos actos sociales. Todo era más fácil: menos engaños, menos falsedad, menos normas de convivencia y buenos modales. Cuando uno de sus amigos virtuales dejaba de conversar no sabía si estaba de vacaciones, había muerto o volvería dentro de un año. No había funerales.

No, señor. No teme permanecer incomunicado durante varios años en caso de ser preciso. Cuenta también con provisiones suficientes. Pero no es ajeno al miedo, convive con él. Teme ser descubierto en cualquier momento, posee armas para defenderse pero, llegado el momento, no está seguro de ser capaz de utilizarlas. Aborrece la violencia. Desde aquel mismo sillón ha visto a su propia ciudad irse al infierno. Ha sido testigo impasible de robos, asesinatos y violaciones en su misma calle. ¿Qué podía hacer? ¿Llamar al 091? El pánico ha enloquecido a la gente, la ley de la fuerza vuelve a imperar en el exterior, y eso le causa pavor. Primero asistió a un éxodo masivo: ríos de gente y caravanas de coches cargados hasta los topes huyeron de la ciudad, pero ¿hacia dónde? Luego llegaron los saqueos. Supuso que los que decidieron quedarse se vieron obligados a provisionarse a la fuerza. Después se formaron pequeñas bandas de indeseables y la violencia tomó las calles en ausencia de ley. Atacaban a la gente en plena calle, a plena luz del día, sin motivo aparente. ¿Robar? ¿De qué sirve ahora el dinero? Las mujeres eran forzadas y los débiles recibían palizas porque sí, aquellos energúmenos parecían marcar así su territorio. Su propia casa había sido asaltada en al menos diez ocasiones, siendo él mismo testigo de excepción. Al principio se limitaban a robar cosas útiles: alimentos y medicinas; pero pronto se convirtieron en actos de vandalismo, romper y destrozar por puro placer. Así fue perdiendo las cámaras de vigilancia ocultas que había instalado en el interior de su vivienda, algunas con vistas al exterior. Ahora está completamente ciego. Asistió a dichos allanamientos casi sin atreverse a respirar. Por fortuna, todas sus precauciones impidieron que la entrada al sótano fuese descubierta. Está blindada y difícilmente hubiesen logrado atravesarla, pero quién sabe...

Durante los últimos meses, antes de perder por completo la visión, reinaba una relativa calma en el exterior. La calle casi siempre aparecía desierta y aquella siniestra quietud sólo era quebrada por individuos extraños y solitarios que mostraban un comportamiento común. En realidad había dos tipos de conductas bien diferenciadas. Unos muy activos, que correteaban de aquí para allá olisqueando el aire como animales, y otros de movimientos tardíos y carentes de vitalidad. La forma de actuar de estos últimos le pone los pelos de punta. Uno de ellos se pasó casi diez horas sin parpadear observando fijamente una de sus cámaras; aquella mirada vacía parecía poder verle. En internet confirmó que eran pautas generalizadas. Pululan historias de toda índole, y es imposible discernir las ciertas de las falsas. Lo mismo ocurre con los vídeos: muchos de ellos no son más que fragmentos recortados de viejas películas de terror. Todo ello hace un flaco favor a la información y desata el pánico. No le extraña que a este tipo de enfermos, pues eso son al fin y al cabo, se les conozca por zombis en la red.

También le preocupa internet; la red de redes se apaga. Lo notó primero en su círculo de amistades y después en la reducción drástica de los seguidores de su videoblog tras haber alcanzado picos récord de visitas. Lleva semanas sin actualizarlo, pero su intención es retomarlo cuanto antes. Mientras quede alguien dispuesto a escuchar, allí le encontrarán. El cambio de tendencia a nivel mundial es preocupante. Las redes sociales propagaron la información viciada y el pánico a una velocidad de vértigo. Son los riesgos que entraña la frase «lo pone en internet», a la que muchos aluden como garante de verdad absoluta. La desbandada se acentuó al añadirse los problemas técnicos, la infraestructura empezaba a desmoronarse. Servidores cerrados y *data centers* completos arrasados o abandonados. Aquella vasta red cuidadosamente tejida con el paso de las décadas se estaba desmembrando. Muchos tipos de conexiones han dejado de funcionar: fibra óptica, cableado telefónico, red eléctrica... aislando a ciudades enteras. Gracias a Dios, algunos satélites aún funcionan. Se estremece al contemplar la posibilidad de quedar totalmente incomunicado, de ser desconectado del mundo, de su verdadero mundo. Que la propia superficie de la Tierra quedase devastada no le preocupa en absoluto. La percibe tan distante como la superficie lunar o marciana, y no le importaría que acabase convertida en un paraje similar. Es el otro tipo de soledad lo que realmente le aterra. Las catástrofes naturales que arrasan el planeta, y cuyos vídeos plagan la red, habían respetado su ciudad, salvo por un par de fuertes sacudidas. No las teme. La electricidad aún funciona y confía en que sea por mucho tiempo. Sus reservas de combustible para el generador son limitadas y la sola idea de salir al exterior le horroriza, sobre todo desde que no puede ver a lo que se enfrenta.

Prensa, radio y televisión no informaron sobre lo que acontecía hasta que fue demasiado tarde. En un primer momento hablaron de un anormal aumento de casos de rabia en ciertos países africanos y asiáticos, llegando a mencionar una mutación del virus para tratar de explicar su expansión por Occidente. Internet fue más ágil, pero no supo proporcionar una causa concreta, sólo especulaciones. Él, a través de su vlog, había anticipado gran parte de lo ocurrido, y había ofrecido una posible explicación. Acertada o no, ya no importa. Las catástrofes atrajeron una plaga de catastrofistas y falsos profetas con sus particulares visiones sobre el fin del mundo. Eso lo colapsó todo. Ningún organismo oficial competente se pronuncia sobre la nueva pandemia que afecta a la mitad de la población mundial —siempre que nos creamos las cifras difundidas por los mismos catastrofistas— ni sobre la manera de combatirla, abocando a la gente a recurrir a todo tipo de remedios fantásticos sin base médica alguna que circulan por internet, incluyendo exorcismos. El mundo entero se encuentra desbordado por los acontecimientos. Sólo algunos canales especializados hablan de lo que es una realidad incuestionable: las condiciones del planeta están cambiando.

Los escasos medios generalistas que continúan en pie se limitan a narrar sucesos, totalmente incapaces de engañar y tranquilizar a una sociedad al borde del colapso. Internet y las redes sociales han perdido su hegemonía. Si Ken está en lo cierto y la Luna se aleja de la Tierra de forma exponencial no cree que nada ni nadie pueda detenerlo. La situación sólo puede empeorar hasta el fin.

Kevin niega con la cabeza; se desprecia por sumarse con sus pensamientos a esos cuervos de mal agüero tan de moda. Medita sobre todo ello desde el fondo de su sillón giratorio, envuelto por el fulgor azulado de la pantalla circular. Su mirada perdida sólo enfoca cuando la pantalla le habla:

—¿Va todo bien, Hombre Lobo?

Se incorpora y escruta estupefacto el mensaje sin dar crédito a lo que ve. Cierra los ojos durante unos segundos convencido de que al volver a abrirlos se habrá desvanecido. Pero el mensaje sigue allí, frente a él. ¿Quién habrá sido capaz de sortear toda la seguridad e introducirse en su ordenador? Él lo ha hecho en varias ocasiones, pero nunca creyó que pudieran invertirse las tornas. Imposible. No contesta, aún está digiriéndolo. ¿Será el mismo que le manda las pastillas?, ¿será Ken?

El saberse descubierto fue una fuente de inquietud. Pasó meses esperando que vinieran a por él. Era lo único que podía hacer; demasiado tarde para un plan B. Aún permanecían operativas las cámaras con visión exterior el día en que un repartidor de mensajería se presentó en su domicilio con un paquete en las manos. Obviamente no respondió a su llamada pero siguió todos sus movimientos con atención. Tras insistir en repetidas ocasiones, el repartidor optó por dejar el paquete frente a su puerta y, tras unas miradas furtivas a ambos lados, desapareció. Kevin intentó ignorarlo pero durante horas no dejó de lanzar intrigadas miradas al paquete abandonado en el rellano de su puerta. No esperaba nada, sólo podía tratarse de una confusión. Finalmente salió a recogerlo. Lo estudió con detenimiento antes de atreverse a abrirlo. Carecía de remite o distintivo alguno y contenía un bote lleno de pastillas. ¿Qué era aquello? Un aviso, una advertencia, venganza, ayuda… El hecho indiscutible era que, de una u otra forma, había sido descubierto. Trató de comunicarse con Isa, pero su ordenador siempre aparecía desconectado.

Pasaron meses hasta que resolvió tomarlas. A la vista de los individuos que moraban en el exterior y, atendiendo a sus propias teorías, las necesitaba con urgencia. Aunque disponía de los componentes desde hacía años, nunca se atrevió a usarlos. Según internet, algunas de aquellas sustancias eran extremadamente tóxicas. Te han encontrado, quieren envenenarte. No las necesitas, ¿ya lo has olvidado? Siempre acaban fallándote... Pero un buen día decidió confiar y tomarlas. Confiar; algo extremadamente difícil para él. Varias tomas después confirmó que, quienquiera que las hubiese enviado, no pretendía causarle daño alguno. ¿Isa...?, ¿Ken...? Pero no tiene a ninguno de ellos por un experto informático, necesitarían ayuda.

Y ahora esto. No es tan listo como creía.

—¿Cómo has conseguido franquear mi seguridad? —La pregunta se pinta al son del movimiento de las manos de Kevin frente a la translúcida pantalla; nunca le ha gustado hablar solo.

El fulgor azulado le ilumina débilmente el rostro tenso mientras aguarda impaciente una respuesta.

—Leí en tu blog que preparabas una suerte de refugio subterráneo. ¿Lograste concluirlo?

Antes de poder contestar, se materializan nuevas palabras:

—He de reconocer que en aquel momento te consideraba un demente, otro farsante apocalíptico.

—¿Eres Ken?

—Un amigo suyo. Hubo un tiempo en que fui su mejor amigo.

Kevin ignora el trasfondo de sus palabras y va al grano; ansía respuestas.

—¿Me enviaste las pastillas?

—Sí.

—¿Por qué me ayudas?

—Ahora, más que nunca, debemos ayudarnos los unos a los otros, ¿no crees?

—Quizá sea demasiado tarde. ¿Por qué no antes?

Kevin no espera respuesta, es una acusación.

—¿Isa está bien?

—Se encuentra en lugar seguro, de momento.

—Dile que lo siento. En cuanto a Ken…

—Ya se lo he dicho —le interrumpe Francisco, quedando su frase inconclusa—. ¿Tomaste las pastillas?

—Sí.

—Eres afortunado. No todos los organismos las toleran. Yo no me cuento entre los «afortunados». —El monitor queda unos segundos en silencio—. Lo desconocía cuando cometí la imprudencia de enviarlas. No podré hacerte llegar más dosis. Lo sabes, ¿verdad?

Kevin apoya la espalda contra el sillón y lo hace girar lentamente mientras se recoge distraídamente la melena; eso le ayuda a pensar.

—¿Por esa razón no estás con ellos?

—Podría ser. Quizá simplemente sea más útil donde estoy ahora.

—¿Te encuentras bien?

No hay respuesta.

—Kevin, los niveles de radiación solar y de dióxido de carbono en la atmósfera de tu zona aumentan peligrosamente. A este ritmo no tardará en tornarse venenosa.

—¿Cómo sabes mi nombre?

Hacía años que nadie le llamaba así y casi lo había olvidado. Su nuevo amigo es un tío muy competente. Siente respeto y admiración por él.

—No me gusta el apodo «Hombre Lobo», así llamamos vulgarmente a los afectados tipo A.

—¿Afectados tipo A? —A la mente de Kevin acuden los extraños individuos que merodean como animales por las calles.

—Todo refugio subterráneo que se precie debe contar con máscaras de gas y cuantiosas reservas de oxígeno. Sale en todos los manuales *online*. —Kevin sonríe al leerlo—. Doy por sentado que alguien precavido como tú dispondrá de varias.

- ☺

En la pantalla aparece una maqueta tridimensional con extraños conductos rotando sobre sí misma. Al activar la animación, se convierte en unas instrucciones interactivas: piezas y montaje en cinco sencillos pasos.

—Explica todo lo necesario para adaptar los respiraderos y tomas de aire. Tendrás que salir a por material.

Un escalofrío recorre todo el cuerpo de Kevin ante tal afirmación. Pasan unos segundos hasta que pregunta:

—¿Es imprescindible la máscara ahí fuera?

—Lo siento he *d dejate*

Tras aquella apresurada despedida, su nuevo amigo se desconecta. Quizá alguien no apruebe aquella pequeña ayuda que le está prestando. Kevin abandona el Centro de Mando y pasea pensativo por el sótano. La conversación encierra mucha información útil.

En Viena hay diez muchachas,
un hombre donde solloza la muerte
y un bosque de palomas disecadas.
Hay un fragmento de la mañana
en el museo de la escarcha.
Hay un salón con mil ventanas.

Finalmente abre un armario y extrae una máscara mientras tararea abstraído las estrofas de García Lorca, convertidas en canción por la quebrada voz de Leonard Cohen, brotando de la vieja gramola.

Te quiero, te quiero, te quiero,
con la butaca y el libro muerto,
por el melancólico pasillo,
en el oscuro desván del lirio,
en nuestra cama de la luna
y en la danza que sueña la tortuga.

Entre sus indecisas manos estudia la máscara con curiosidad, rememorando la época de pánico ante posibles atentados terroristas con gas sarín.

¡Ay, ay, ay, ay!
Toma este vals que se muere en mis brazos.

Año 2037

Capítulo 1

Algún punto de México, D.F.

Lo primero que Whitemann percibe es un olor rancio, un olor a tierra muerta. Siente la boca pastosa y se encuentra totalmente desorientado. La oscuridad es absoluta y ha perdido la noción del tiempo. Malditas drogas. El ambiente está cargado y es opresivo, está seguro de encontrarse bajo tierra.

Tiene las manos atadas a la espalda y una incómoda capucha le cubre la cabeza, dificultándole la respiración. Al intentar moverse, el chirrido de las patas de la silla al arañar el suelo de piedra se le clava en la sien. Permanece unos segundos en silencio e inmóvil, con los entumecidos sentidos alerta. Parece estar solo. Le cuesta mantener la cabeza erguida y la levanta, luchando por mantenerse consciente, cada vez que la siente caer sobre el hombro.

El quejido de los goznes y el arrastrar de una pesada puerta metálica le sacan del espeso sopor en el que, irremediablemente, había vuelto a caer. Al menos dos personas han entrado en la habitación. Le quitan de forma violenta la capucha, pero no consigue ver nada. La débil luz que se cuela del exterior por el hueco de la puerta apenas le permite entrever sombras en movimiento.

—Desátale y sal de aquí. —Tras la orden escucha unos pasos y, acto seguido, el golpe sordo de la puerta al cerrarse.

Vuelve a quedar en completa oscuridad hasta que una luz se enciende frente a él con un clic y hace que su vista se clave en ella.

Oscila de un lado a otro manteniéndole como hipnotizado. Poco a poco, la luz va cobrando forma: es una lámpara circular que cuelga inestablemente de un largo cable, con la cuerda de encendido pendiendo unos centímetros más. Un par de metros detrás distingue la figura de un hombre. La silueta se aproxima y se inclina sobre la tosca mesilla que tiene delante, bajo la lámpara. El juego de sombras en su rostro le impide distinguir las facciones. Permanecen en silencio, con la lámpara aún oscilando entre ambos, ahora más lentamente. Las sombras formadas por el cuerpo del hombre bailan en la basta pared de fondo, aumentándolo exageradamente.

El hombre se incorpora bruscamente y lanza un puñado de hojas sobre la mesa, que se desparraman en abanico. Whitemann fija la vista en ellas. Sus manos están sueltas, pero no se atreve a cogerlas, quizá para evitar demostrar que está temblando. Simplemente aguarda a que la lamparilla termine de estabilizarse para verlas con total nitidez, en silencio. Sin mover un músculo. Aunque el primer vistazo le había bastado para saber su contenido.

—Mi familia ya está muerta.

Su propia voz le resulta extraña, monótona, sin ningún sentimiento. Traga saliva para intentar aliviar la sensación seca y espesa de su boca y garganta.

El hombre pasea por la estancia sin decir palabra. Ahora puede verlo mejor. Es corpulento, de espaldas anchas que acaban en una cabeza pequeña, sin cuello y con una oscura melena que le cae hasta los hombros. En silencio, vuelve a reclinarse en la mesa apoyándose con los dos puños cerrados y le observa.

—Está bien.

Al mismo tiempo que pronuncia esas palabras, con el antebrazo tira gran parte de las fotografías al suelo.

—¿Dónde tenéis las naves?

Whitemann tarda unos segundos en contestar. ¿Hasta qué punto sabe aquel hombre del proyecto NOE? ¿Qué pretende realmente?

—No hay ninguna nave —responde con aplomo.

El interrogador deja pasar los segundos antes de volver a hablar. Hay una determinación en su voz que le pone los pelos de punta.

—¿Dónde escondéis las naves? —repite.

Whitemann piensa con rapidez, no sabe el tiempo que ha estado preso. Después de tenerlo recluido en completo aislamiento durante al menos tres años, empezaron a suministrarle drogas y a usar aquella maldita capucha desde hará... ¿Días? ¿Semanas? Pero quizá aún no sea demasiado tarde. Y parece que es su última oportunidad. Necesita contactar con Leslie, o al menos con su enlace en el interior de Ciudad Amurallada, Anderson. Al pensar en él, visiona inmediatamente las imágenes del cuerpo sin vida de Jim y siente brotar un intenso odio hacia aquel malnacido.

—No hay ninguna nave... sólo refugios.

Nota que ha captado su interés, aunque lo disimule. Esto le dará tiempo. Necesita recuperar su dispositivo móvil.

—¿Qué hacías en el aeropuerto espacial de Nuevo México? ¿Pretendes decirme que toda aquella gente, que ya ha dejado de existir, estaba allí de vacaciones? —dice con una repulsiva mueca.

Lo ve desenfundar lentamente del muslo derecho un puñal. Escucha el suave roce de la hoja al deslizarse, destellando al reflejar la luz. La empuñadura le envuelve los dedos con temibles púas. ¿Estarán aún en el aeropuerto espacial donde le prendieron?

—La reapertura del aeropuerto espacial formaba parte del plan inicial, pero no hubo tiempo. Los acontecimientos se han precipitado. Ya lo sabéis. Precisamente iba para abortar...

Percibe un rápido movimiento y le interrumpe el brutal impacto del puñal al clavarse limpiamente sobre la mesa, atravesando la cabeza de su hija en una de las fotografías que aún permanecía sobre ella. Allí queda, desafiante.

—Mi verdadero destino era Ciudad Amurallada. El refugio se encuentra en su interior. El Rascasuelos. Ese era mi objetivo.

El hombre apoya la rodilla en la mesa que los separa y la empuja hasta que oprime las costillas de Whitemann. Va aumentando poco a poco la presión. El puñal sigue clavado, a su alcance. Pero la confiada sonrisa del individuo al leer sus intenciones le hace desistir.

—Habla —le insta.

Le contará lo que quiere oír, quizá aún haya tiempo para activar el MEDEX. No pierde nada. Pero antes no puede evitar la pregunta:

—Jim… —murmura—, ¿por qué asesinaron a ese pobre chico?

Sólo siente un golpe en el pecho antes de volver a sumirse en la oscuridad.

Capítulo 2

Complejo ARCA, Antártida

McKee se encuentra de nuevo encerrado en su laboratorio, solo. Echa de menos la distante compañía de Phil. Recorre el perímetro de la estancia haciendo oscilar repetidamente el dispositivo que le entregó su colega Friedrich. «Esto lo cambia todo». Sigue paseando mientras su mente analiza las posibles repercusiones de las palabras del profesor. Teme enfrentarse a lo que pueda contener aquella memoria electrónica.

Finalmente la introduce en la computadora y toma asiento en el sillón de Phil; siempre será el sillón de Phil. Se coloca la neurodiadema siguiendo escrupulosamente los consejos de Friedrich e, inmediatamente, unas voces e imágenes ajenas le invaden la cabeza desplazando las que percibe por sus sentidos. Se la quita bruscamente y parpadea un par de veces antes de fijar la mirada en un punto concreto de la habitación. Toma aire profundamente y cierra los ojos. Acompasa la respiración tratando de vaciar y prevenir su mente antes de someterse de nuevo a aquella endiablada experiencia.

—*Houston, prototipo LVR separado del módulo lunar y desplegado. Procedo con las pruebas.*

—*Correcto. Active las cámaras del vehículo.*

—*Activadas.*

—*Tenemos visión. Continúe.*

—*Inicio reconocimiento alrededor del cráter Tsiolkovski.*

¡Dios mío! El doctor McKee vuelve a quitarse la diadema y apoya la cabeza contra el sillón. Tiene el pulso acelerado, las manos le tiemblan ligeramente y respira con dificultad. Espera unos instantes a reponerse del mareo. No sólo está visionando en primera persona lo que presenció el astronauta Edgar Mitchell durante la misión Apolo 14, sino que también experimenta sus sensaciones y emociones. La luz es difusa, su reflejo contra el suelo dota el paisaje lunar de una *desolada belleza*. Frente a él se presenta el descomunal anillo que bordea el cráter, debe tener más de cien kilómetros de diámetro. La respiración le resulta pesada y sonora dentro del casco, claustrofóbica. Los movimientos son livianos y el vehículo lunar avanza como rebotando en la superficie con una densa amortiguación. Vuelve a colocarse la neurodiadema.

—*El terreno en el perímetro del cráter es tremendamente irregular, apenas puedo aproximarme al borde.*

»*Llego al extremo norte, estoy penetrando en una veta saliente con el suelo más oscuro. Seguramente se trate de restos de lava volcánica solidificada.*

»*Puedo ver el pico central que emerge de la gigantesca depresión que se abre ante mí. Veo terrazas que descienden escalonadamente hasta donde alcanza mi vista. ¿Pueden verlo?*

—*Roger, cambio de planes. Introduzca las coordenadas 20 55 43,3 Sur, 128 85 7,9 Este en la consola de control del vehículo.*

—*¿Entendí 20 55 43,3 Sur, 128 85 7,9 Este?*

—*Afirmativo.*

—*Houston, la consola me indica que el punto se encuentra a veinte kilómetros de mi posición.*

—*Afirmativo.*

—*Nunca se ha probado el vehículo fuera de laboratorio, ¿tiene autonomía para cubrir esa distancia?* —*Silencio*—. *La carga de las baterías…*

—*Roger, no se preocupe por las baterías y siga las instrucciones.*

El paraje es impresionante y el silencio sepulcral. La sensación de vacío y soledad resulta abrumadora, la ladera del cráter tenebrosa. Sólo se escucha la respiración del astronauta y el ronroneo del vehículo. Experimenta vivamente cómo el vehículo se desliza sobre el blando polvo lunar. En algunos puntos, las ruedas patinan dejando tras de sí una nube de humo que tarda en volver a posarse, ese regolito que se pega y penetra en todo. Resulta difícil sortear algunos de los muchos obstáculos con la única palanca de dirección que sustituye al volante. McKee, ahora más acostumbrado, disfruta del viaje como un turista en primera fila.

—*Houston, a unos quinientos metros de mi posición y en la dirección fijada observo una extraña formación rocosa. ¿Aparece en sus monitores?*

—*Afirmativo, lo tenemos… pero muy lejano. Mantenga el rumbo.*

—*La curvatura de la superficie lunar me dificulta el cálculo de la distancia real y la dimensiones. Parecen altas.*

»*En paralelo me acompaña lo que parece un largo río de lava solidificada. No alcanzo a divisar aún la chimenea.*

»*Según me aproximo a la formación compruebo que aumenta significativamente el número de rocas que la componen.*

»*Son obeliscos de unos tres o cuatro metros de altura, rocas puntiagudas con el lateral derecho en forma de dientes de sierra. ¿Tienen contacto visual?*

»*Houston, algunas de ellas presentan una base cilíndrica y una caperuza circular en forma de seta. ¿Qué ha podido propiciar tal formación?*

»En conjunto parecen formar una circunferencia, puedo verla en parte... Diría que la totalidad compone un círculo completo. Sí, sin duda es circular.

—Roger, también podemos verlo. No se preocupe, continúe.

La excitación del astronauta es elevada, su ritmo cardíaco se acelera hasta ciento cuarenta pulsaciones por minuto. McKee puede saberlo, pues el naranja de su brazalete se está colando en la visión. Es evidente que aquello no es una formación natural. Edgar lo sabe, Houston lo sabe. ¿Para qué tanta pantomima? McKee sujeta los brazos del sillón y los aprieta con fuerza. Sus propios pensamientos no pueden superponerse a los del astronauta.

—Me encuentro a escasos metros de la formación circular. Se trata de una circunferencia de dos o tres kilómetros de diámetro compuesta por cientos de obeliscos puntiagudos y cilíndricos. No parece natural, es como si fuera una ciudad...

—Roger, ignore las rocas y continúe hasta el punto fijado.

—Pero...

—Le estamos diciendo que siga las coordenadas.

—El giroscopio está volviéndose loco. El indicador de posición marca: distancia total recorrida 19,2 kilómetros, distancia al módulo lunar 17,3 kilómetros.

»Control, ¿me reciben?

»¿Me reciben?

Silencio.

»He penetrado en la «ciudad». El terreno es más sólido, pero también está recubierto por el maldito polvo. La distancia entre las piedras exteriores es amplia pero, según me aproximo al centro, están más juntas. Pronto tendré que abandonar el vehículo.

—Entendido, disminuya la velocidad y mantenga la dirección.

—*Las estructuras están a apenas tres metros una de otra, formando numerosos círculos concéntricos. En los anillos interiores la separación entre las rocas disminuye visiblemente.*

—*Control, ¿Pueden escucharme?*

Silencio.

—*Le escuchamos con mucho retraso. Parece que hay problemas con el repetidor de señal del vehículo. El retraso de tres a cinco segundos se ha elevado sustancialmente. Quizá sea el módulo de mando o su satélite auxiliar, que repiten la señal a la tierra. O puede que las formaciones estén provocando interferencias...*

—*Control, el vehículo no puede avanzar más.*

—*Roger, abandone el vehículo y extraiga el maletín naranja del compartimento posterior. Prosiga hasta las coordenadas fijadas. ¿Entendido?*

—*Entendido. Las rocas aparecen tan pulidas... Las bases de las setas son cilindros perfectos.*

—*Repito, ignore las estructuras.*

—*No hay aberturas, son cilindros compactos. Una fina capa de polvo los recubre por completo. Parezco encontrarme en algún tipo de «ciudad» abandonada. ¿Lo están viendo?*

(...)

—*Roger. Repito. Ignore todo y prosiga hasta alcanzar el objetivo.*

McKee, en la soledad del laboratorio, gira bruscamente la cabeza a un lateral y queda dando vueltas en el sillón giratorio, con respiración irregular y latidos desbocados. A este ritmo pronto el brazalete aplicará un sedante. Pero ya casi no es consciente de su realidad. Le invade una sensación de ansiedad y desesperación ante el retraso en la respuesta de las comunicaciones, acentuada por la impotencia de verse utilizado sin que le cuenten la verdad.

—*Siento presencias. Es como si me vigilaran a través de las estructuras.*

—Cálmese, le aseguro que está usted solo.

—Pero...

—¡Serénese! No hay nadie más. Continúe.

—Tras el último anillo acaban las estructuras. Apenas hay un metro de separación entre ellas, no sé si...

—Puede hacerlo. Adelante.

—Es un pozo, un pozo enorme. El centro del círculo es un inmenso cuadrado negro. ¿Lo están viendo? ¿Qué es esto?

—Lo tenemos. Todo está bajo control.

—Las coordenadas señalan el centro de ese pozo. ¿No pretenderán?

—Escuche con atención:, aproxímese al borde del vaso y abra el maletín. Uno, siete, veintiocho.

—¿Entendí «uno, siete, veintiocho»?

—Afirmativo.

—Clave correcta. Abierto el maletín. El pozo es enorme, la luz del casco no me permite distinguir el final.

—Preste atención. Extraiga el cable de carbono, sujételo a una de las bases cilíndricas y fíjelo a su cinturón. No se preocupe, su longitud es casi ilimitada. Utilice la linterna y la pequeña sonda láser de reconocimiento. ¿Lo tiene?

—Lo tengo.

—Aproxímese al borde y use la linterna para darnos imágenes con el casco. (...) Lo tenemos. Vemos un escalón, ¿qué altura puede tener?

—Calculo que unos tres metros.

—Muy bien, tendrá que bajar. ¿Me ha entendido?

—Siento una presencia...

—No aparte la visión del interior del vaso, le aseguro que está solo. Las imágenes del vehículo no revelan ningún movimiento.

McKee se ve pasar el cable por el cinturón y deslizarse torpe y lentamente. No quiere hacerlo. Está asustado, se siente engañado y utilizado, pero aún así obedece. ¿Cómo es posible? Casi no puede diferenciar sus propios pensamientos de las emociones del astronauta. Rebosa odio pero también determinación en el cumplimiento de su deber por encima de todo. Se oye decir:

—*Asegurado en primer escalón, tendrá unos dos metros de anchura. Continúo sin conseguir ver el fondo. Es enorme.*

—*Roger, le felicitamos.*

—*La superficie también está cubierta del polvo lunar pero debajo hay una superficie sólida, perfectamente lisa y pulida. Los guantes me impiden saber si es roca o alguna aleación metálica.*

No parece haber más que un cuadrado perfecto bordeando todo el perímetro. ¿Debo continuar bajando?

—*Roger, antes active la sonda láser. Colóquela en el suelo y apártese unos pasos.*

—*Entendido.*

La frialdad con la que actúa es digna de un héroe. El astronauta está al borde de una crisis nerviosa, pero obedece. No hay duda de que están perfectamente entrenados. Aunque desde que ha empezado a descender, la continua sensación de vigilancia se agrava con una desconocida sensación de vahído, un indefinido y casi inapreciable vértigo... Pese a ello, se ve apoyando una esfera blanca formada por multitud de pequeños pentágonos, similar a una pelota de golf sobre una base de forma cónica. Los guantes dificultan la maniobra, los ve manipular la esfera... Cae la bola y rueda hasta casi precipitarse al vacío. La recupera. Consigue colocarla y da un paso atrás. Al momento, la esfera se eleva un par de metros y la base queda sobre el escalón. Lentamente, con leves expulsiones de gas, sobrevuela el cuadrado de vacío hasta alcanzar su centro. Allí se detiene durante unos segundos antes de caer, desapareciendo en sus fauces. En la profunda e impenetrable oscuridad aparece un tenue fulgor rojizo que paulatinamente va ganando intensidad. Edgar, McKee, ambos permanecen asomados contemplando cómo se hace más y más intenso hasta convertirse en multitud de líneas de láser rojas que tantean las paredes barriendo todo el perímetro. Según la esfera asciende se revela como la fuente de todos los láser, rotando sobre sí misma… Finalmente vuelve al centro y se apaga, antes de volver a posarse suavemente sobre la base.

—*¿Recupero la sonda?*
—*No se preocupe por la sonda, estamos recibiendo el mapeado. Desde aquí podremos dirigirle.*
—*Entendido. Prosigo descenso.*
Debo informar de que no me encuentro bien.
(…)

En ese preciso instante, McKee pierde la visión. Todo se torna oscuridad. ¿Oscuridad? ¿Qué ha ocurrido? Pero antes de quitarse la diadema escucha voces:

—*Roger, ¿Me recibe?*
(…)
»Responda. ¿Puede oírme? ¿Por qué ha soltado el cable?

McKee no tiene visión, pero, al parecer, Houston puede ver lo que está ocurriendo a través de las cámaras del casco. Sin embargo, sí percibe sensaciones. Le invade un frío vacío, una sensación que ya ha experimentado antes...

—*¡Deténgase! Romperá el traje. ¡Responda!*
(…)
—*Estoy bien, les recibo alto y claro. ¿Qué ha sucedido?*
—*Escúcheme con atención. Abortamos misión. Salga inmediatamente.*
—*El cable debe haberse roto y me he golpeado.*
—*Busque el cable y suba.*
—*Estará roto.*
—*No, no está roto. Engánchese a él y salga de ahí. ¿Entendido? Es una orden.*

En ese instante vuelve la sensación, más intensa: frío, vacío, oscuridad. Inmensidad. McKee quiere quitarse la diadema, pero los brazos no le responden.

—*Roger, ¿qué está haciendo? No baje más. Repito: no baje más.*

Sólo puede escuchar las voces, pero las sensaciones empiezan a tomar forma. Su cerebro puede interpretarlas, pero duda que el astronauta lo hiciese en su día. Mientras Houston trata de hacerlo responder, puede ver un cuarto revestido de planchas metálicas. Se encuentra tumbado con la mirada fija en el techo. También puede ver parte de su cuerpo bajo una sábana. Sin escafandra.

—*Roger, permanezca quieto. ¿Entendido? ¿Puede oírme? No baje más escalones. Muy bien. A su derecha, a pocos metros de usted hay un objeto cilíndrico. ¿Puede verlo? ¡Responda! ¿Puede verlo?*

Ahora hay alguien más en el cuarto, está atado. Unas luces le enfocan intermitentemente a cada uno de los ojos, impidiéndole ver a quien lo hace. Finalmente logra verlo con mayor nitidez: es humano, un doctor humano. Repentinamente vuelve a la oscuridad del pozo. La luz del casco enfoca las paredes lisas.

—*¿Puede escucharme?*
—*Le recibo perfectamente. Cinco por cinco, alto y claro.*
—*Haga exactamente lo que le diga y hágalo ahora. Salte hasta el escalón superior. Mida las fuerzas. ¡Ahora!*

Al saltar se siente flotar. Es increíble lo liviano de su cuerpo en la gravedad lunar. Sin embargo, al tratar de frenar con la lisa pared, el impacto es violento. No puede asirse y rebota... Al caer impacta fuertemente de nuevo, retrocediendo un par de escalones. En el próximo salto usa las paredes para impulsarse hacia arriba y continuar el ascenso. McKee consigue quitarse la diadema y vuelve de súbito al laboratorio.

Capítulo 3

Complejo ARCA, Antártida

El laboratorio parece una réplica exacta del que visitó en los sótanos del campus J.J. Pickle, en Austin, aunque algo más moderno en apariencia. Gran parte del instrumental es el mismo. Incluso comprueba que ocupa el mismo lugar. Especialmente el sillón, ahora vacío, situado en el centro de la estancia, justo como lo recuerda. Hasta las dimensiones de la estancia son idénticas a las de Austin. Hay algunas incorporaciones a la modesta biblioteca que ocupa la pared del fondo; concretamente, le llama la atención un ejemplar de la Biblia, ubicado en la segunda posición de la tercera estantería, desentonando entre tantos libros científicos. En Austin no estaba, qué raro, no tomaba al doctor por religioso.

—Leslie ha muerto.

Aquella afirmación deja en segundo plano la toma y análisis de referencias y la detallada imagen mental de la nueva estancia —que el cerebro de Ken elabora de forma refleja—, y atrae su atención sobre los dos personajes que le observan. Recuerda perfectamente al doctor McKee, al que ya había identificado por la voz. Pero no reconoce al otro individuo, de constitución menuda y enfermiza, presentado como el profesor Friedrich. En su cara destaca un pequeño bigote, que tuerce exageradamente a la derecha con el gesto de su boca. Ambos visten batas blancas, intensamente brillantes bajo aquella luz. No le gustan.

—Imposible, me dijo que volveríamos a... —replica Ken tratando de dotar a su voz de una confianza que no tiene.

Ken se esfuerza por mantenerse erguido y no mostrar debilidad. La pierna izquierda le escuece y desea moverla. Quiere irse de aquel lugar. Sostiene estoicamente la mirada sobre los dos hombres durante nueve segundos antes de posarla sobre el solitario sillón, que aguarda en el centro de la estancia. Está vacío, pero nada le cuesta superponer la imagen de Phil con la cabeza y el torso cubiertos de electrodos. ¿Qué habrá sido de él? La segunda y última vez que lo vio estaba ausente. Por un motivo desconocido solicitó verle a solas, pero cuando llegó ya no era Phil. McKee le dejó solo con un «cadáver». Mientras contemplaba su cuerpo inconsciente acabó hablándole —hablando solo— de su familia: de cómo estaban perdiendo a Isa, de John… Incluso de Katy. Le recitó de memoria la carta que ahora debía de tener Francisco. Encontró el momento de desahogarse, aunque fuese con un vegetal. Así le resultó sencillo. De estar Phil consciente, seguramente no lo hubiese hecho.

«El sillón está vacío», vuelve a pensar con aprensión.

—Hace semanas que Francisco comunicó la desaparición de Leslie y, por la nota que dejó, todo apunta…

—Les repito que eso es imposible —interrumpe Ken.

Ambos le miran con condescendencia, como si estuviese defendiendo una postura que necesita creerse.

«El sillón está vacío.»

Los dos se separan un paso del sillón sin apartar de él la mirada.

—¿Sabe por qué está usted aquí? —pregunta el doctor McKee.

Ken siente avanzar un calambre en la pierna izquierda, desde el interior de la rodilla hasta el núcleo de la columna lumbar.

—Leslie me lo pidió.

Cruzan una mirada y el enjuto individuo hace un ligero asentimiento de cabeza a McKee

—Por favor, tome asiento —dice McKee, señalando con la palma de la mano hacia arriba el sillón vacío.

Ken está tan tenso que le cuesta separar los pies del suelo; siente la rodilla entumecida. Los nervios le hacen ver flotando un espejo enorme, que sabe que no está en la habitación. No consigue dominar las interferencias de su memoria transgresiva (así la llamaba su psicólogo de niñez). Atraviesa el espejo y queda frente al sillón, mientras observa cómo el frágil doctor se acerca a una mesa y abre un maletín metálico. Le cuesta sentarse, porque para Ken el sillón no está vacío: puede ver los dedos del doctor McKee tamborileando sobre la cabezada rapada de Phil, que pronto se transforma en la suya. Cierra los ojos, inspira profundamente y todo desaparece... Todo vuelve a la normalidad. El sillón está vacío, Friedrich continúa hurgando en el maletín y el doctor McKee sigue sus movimientos con rostro grave. Le extraña su conducta, parece ensimismado y ha cambiado sus continuas divagaciones entre paseos por silencio. Toma asiento. Nada más hacerlo reaparece la imagen del espejo que no está allí. El profesor acerca la mesa móvil, que porta una pequeña computadora, y del maletín abierto saca un estilizado doble arco similar a unos cascos sin auriculares. El doctor McKee se coloca justo delante y cruza los brazos, ocultando con su cuerpo parte del espejo imaginario.

—¿Hasta dónde recuerda?

Capítulo 4

Algún punto de México D.F.

Llevan a Whitemann al exterior. Aquel lugar no es el aeropuerto espacial donde le prendieron, es desierto también. Tras ser liberado de la asfixiante capucha inspira profundamente el ansiado aire puro, descubriendo que ya no es tan limpio. Nota un sabor acre, espeso. Le sorprende encontrarse frente a una caravana de vehículos militares, donde un puñado de hombres parecen estar terminando de equiparlos. Cargan pesadas cajas de madera ayudándose entre ellos, todos armados hasta los dientes. Abren y cierran la caravana dos camiones descubiertos y a los que han adaptado unas desproporcionadas ruedas que parecen aptas para todo tipo de terreno. Entre ellos hay tres carros blindados con tracción de oruga y corazas color desierto. Los dos hombres que se supone que le vigilan apenas le prestan atención. No parecen en absoluto preocupados por que trate de escapar. Reconoce al hombre que le interrogó paseando entre los carros y dando órdenes para terminar de preparar el convoy; al parecer lidera el comando. Cuando termina levanta la vista hacia él y sus dos guardianes dejan de hablar entre ellos para mirarle con una siniestra sonrisa. Bruscamente le calan la capucha y, con un golpe de la culata del fusil que cuelga de sus hombros, le obligan a moverse.

A empujones le conducen y hacen entrar en uno de los tanques por una estrecha escalerilla de peldaños metálicos. Tanteando se deja caer en un banco y aguarda en silencio. Poco después escucha un fuerte golpe cuando se cierra la escotilla, y el posterior rugido y vibración de los motores. Se ponen en marcha. Hay alguien más con él. Escucha su respiración, pero no dice ni una sola palabra durante la primera hora de travesía. Sólo le escucha mascar y escupir lo que debe ser tabaco.

—¿Quiénes sois realmente? —se atreve a preguntar finalmente Whitemann.

Silencio. Pasado un rato responde la misma voz del interrogatorio. Es buena señal que el cabecilla le escolte, aún es importante para ellos. Su treta está dando resultado.

—Somos el brazo ejecutor, los que hacen el trabajo sucio. Hay muchos implicados. ¿Creíais ser las únicas ratas tratando de salvar el pellejo?

—¿Trabajáis para el gobierno de los Estados Unidos?

El jefe ríe y tose atragantándose con el tabaco, pero no responde.

—Hay otros gobiernos y otros proyectos... ¿De verdad os creías capaces de volver a poner en funcionamiento la EEI? Vosotros fracasasteis pero los otros no. Nos utilizaron para conseguirlo y ahora no nos invitan a la fiesta, así que vamos a actuar por libre.

—¿Cómo sabíais que visitaría el aeropuerto espacial?

Vuelve a reírse sonoramente; y, de nuevo, la repulsiva tos.

—Ya te he dicho que esto llega a lo más alto, hasta en vuestro preciado Rascasuelos las paredes tienen oídos.

—¿Es necesaria la capucha?

—Lo es —sentencia el jefe, que zanja la conversación condenándole de nuevo a un oscuro silencio.

El terreno se torna irregular. Siente el subir y bajar de las pesadas orugas aplastando todo lo que se interpone en su camino. Tras unas dos horas de tortuoso avance le retira la capucha sin mediar palabra. Efectivamente, es el tipo del interrogatorio: rasgos latinos, corpulento y guerrera sin mangas. Masca groseramente tabaco con una media sonrisa de perdonavidas, que nunca se borra del todo. Ocupa el banco frente a él, acomodado con una pierna flexionada y la otra apoyada sobre el suyo, abarcando con los brazos extendidos los respaldos de su asiento.

—Profesor… ¿Puedo llamarle profesor? —pregunta, sarcástico—. Quiero enseñarle algo. —Y, borrando fugazmente la sonrisa, grita con voz autoritaria—: ¡Abrid la escotilla!

Un molesto chirrido metálico precede a la apertura de la gran escotilla superior, dejando caer una cortina de polvo seco que enrarece más el ambiente.

—Suba —le ordena con un movimiento de cabeza, sin abandonar su relajada postura.

Whitemann obedece. El vigilante de arriba le ayuda de mala gana. Al ponerse en pie sobre el tanque trastabilla y, cuando consigue estabilizarse, percibe con intensidad las vibraciones subiendo por sus piernas y recorriendo todo su cuerpo. Están atravesando Ciudad de México y el paisaje es desolador. Puede reconocer la ciudad pese al elevado grado de devastación. No hay carreteras, sólo grietas y escombros. Hasta los edificios más sólidos se han convertido en grandes montañas de escombros.

—Contemple su obra, profesor. —Escucha la acusadora voz brotando desde el interior del vehículo.

A Whitemann le cuesta mantener el equilibrio y, al atravesar unos cascotes, acaba cayendo de rodillas. Los hombres se ríen, agarrados a una especie de antenas de hierro que sobresalen de la carrocería. Sobre cada uno de los carros blindados hay tres hombres con las UZI preparadas y mirándole. Uno le apunta y hace el gesto de disparar llevando atrás el arma. Vuelven a reírse de él. No hay ninguna vía despejada. Avanzan con lentitud esquivando los obstáculos más voluminosos y aplastando el resto. Los vehículos de las enormes ruedas a menudo se adelantan para explorar el terreno y trazar el camino a seguir, saltando e inclinándose peligrosamente en el abrupto terreno pero sin llegar a volcar.

El jefe asoma la cabeza por la escotilla.

—Quiero que grabe esto en su memoria, esta es vuestra responsabilidad. Nos llamáis delincuentes, no queréis entender que no es la raza, ni la inteligencia, ni la cultura de los hombres lo que les debe permitir vivir o no, y mucho menos ser vosotros los jueces, sino que es la propia vida la que ha de imponer sus normas, contando hasta con el último hombre, con el último *jayo* y con la más pequeña coral.

La ciudad se muestra desierta y salpicada por restos de cadáveres putrefactos asomando entre los escombros. La atmósfera es más densa, neblinosa. Pequeños corpúsculos diseminados en ella destellan a pulsos al reflejar la mortecina luz solar y las corazas de los vehículos parecen envueltas en un aura brumosa. Siente el vello de todo el cuerpo erizado. El jefe termina de subir y pasea por la superficie con una seguridad pasmosa, haciendo gestos a sus hombres. Un disparo. Whitemann se encoje instintivamente, protegiéndose la cabeza con las manos. Todos vuelven a reír. Cuando se incorpora suena otro y otro; aquellos desalmados se entretienen disparando a pobres diablos que, impertérritos, permanecen inmóviles.

—Sois peores que nosotros. Ha llegado el momento de invertir los papeles, nos quedaremos con todo y seréis juzgados por lo que habéis hecho. Y créeme que pagaréis un alto precio.

Siguen avanzando. Pronto llegarán al tramo desierto que separa Ciudad de México de Ciudad Amurallada. Pero, antes de dejar atrás las ruinas de la ciudad, aparece un grupo de personas de entre los escombros, por todas partes, lanzándose contra los vehículos. Más disparos. Son muchos, como una manada, algunos son abatidos pero otros alcanzan los vehículos sin más armas que sus manos para acabar arrollados al intentar trepar.

—Malditos animales —masculla el jefe—. No malgastéis balas, sólo disparad contra los que traten de subir.

Los atacantes visten con harapos; distingue mujeres entre ellos. Se comunican por gruñidos y aullidos. Aquel asalto suicida carece de toda lógica. «La cosa está avanzada, quizá llegue demasiado tarde…», piensa Whitemann. En ese momento repara en el estado de los paramilitares.

—¿Por qué no estáis afectados? —pregunta levantando la voz.

El jefe le mira con desprecio.

—He sacrificado personalmente a más de la mitad de mis hombres —dice acariciando el mango del puñal, que le sobresale de la pierna derecha—. Interceptamos demasiado tarde vuestras malditas píldoras. No te preocupes, teníamos orden de seguir —escupe tabaco— suministrándote la medicación.

En ese instante se abre ante ellos la llanura que separa las dos ciudades, pero el terreno se encuentra ahora resquebrajado y la enorme muralla circular se divisa agrietada. Según se aproximan, más evidente resulta que en ella se ha librado una batalla, aunque parte de los destrozos, sin duda, han sido provocados por causas naturales.

—Ahí tiene su ciudad de oro, contemple sus cenizas —dice el jefe, con una carcajada coreada por los demás hombres—. Si nos ha mentido y el Rascasuelos no está operativo correrá la misma suerte que sus habitantes.

Whitemann le sostiene la mirada. Los portones de acero aún permanecen cerrados e intactos, fieles baluartes de la ciudad ahora muerta. Acceden cruzando uno de los boquetes de la muralla. Los laterales del vehículo arañan las paredes mientras trepa casi en vertical al atravesarla. Whitemann necesita la ayuda del jefe para mantenerse en pie. La imagen del interior le encoge el corazón: la majestuosa ciudad oasis es ahora un retrato de desolación. Cuerpos en descomposición bordean el perímetro de la muralla y aparecen aquí y allá durante su recorrido. Las enormes vidrieras de todos los rascacielos están rotas, quedando sólo el fantasmal esqueleto de los que consiguen mantenerse en pie. La armonía y perfección que respiraba toda Ciudad Amurallada ha desaparecido. Desconcertantes monolitos, dentados unos y en forma de paraguas otros, asoman bajo los edificios totalmente derruidos, siguiendo la armonía circular de sus construcciones originales. No estaban ahí, ¿Quién los ha puesto? ¿Estaban ocultos en el interior de los edificios?

Al aproximarse al centro de la ciudad aumenta el número de cadáveres pero, de momento, no han visto ni un alma viva. Las últimas luces del día se reflejan sobre el Tapón, la enorme estructura de acero vigilada por el gran Grifo Guardián. Los jardines aparecen marchitos, el deslumbrante verde se ha trocado en un ocre apagado. Cubriéndolos y rodeando el Tapón se concentran cientos de cadáveres, como si media ciudad hubiese sido ejecutada para impedir su entrada, aunque Whitemann sospecha que gran parte de ellos no han muerto por disparos. Algunos cuerpos hinchados se lo confirman. Las orugas no respetan los muertos y los reducen al pasar a una masa informe con un crujido y traqueteo que hace estremecer a Whitemann. El jefe, desconfiado ante aquella masacre, ordena detener el convoy a unos cincuenta metros del Tapón. Inquiere a Whitemann con la mirada pero éste, pálido, se limita a encogerse de hombros. Le obliga a bajar del carro, tras varios de sus hombres.

Con el arma le hace la inequívoca señal de que avance. Encabeza la avanzadilla sorteando con repugnancia lo que queda de los cuerpos, el olor nauseabundo es insoportable. Justo detrás, como una sombra, le sigue el jefe y, a una distancia prudencial, sus secuaces. Whitemann comprueba con alivio que las alas del Grifo están desplegadas y el destello en sus extremos superiores confirma que han conseguido activar el MEDEX sin él. «Leslie ha ganado», piensa, sintiendo su presencia mientras salvan los últimos metros que los separan de un lateral del Tapón. El jefe no tarda en descubrir que el edificio se encuentra totalmente sellado.

—Tenemos armas suficientes para volar ese enorme bloque de acero y lo que queda de la ciudad por los aires —apunta, con agresiva determinación.

—No será necesario —se apresura a intervenir Whitemann—, lo único que conseguiríamos es morir todos. Sé cómo entrar, aún tenemos una oportunidad. Seguidme.

El jefe le mira desconfiado durante unos interminables segundos. Ordena a sus hombres que mantengan sus posiciones mientras le acompaña personalmente hasta el borde. Whitemann los mira de reojo; no ha conseguido acercarlos, pero están dentro del radio de acción. No se librarán.

—Necesito un arma —exige Whitemann, extendiendo la mano.

El jefe, sin perder la odiosa sonrisa, duda sólo un instante antes de entregarle la suya torciendo el gesto. Whitemann la sostiene con dificultad y apunta torpemente al Grifo. El jefe, negando con la cabeza, le ayuda a cargarla, a quitar el seguro y a sostenerla con firmeza. Whitemann dispara a unos puntos sensibles de la enorme Águila-León. Las balas silban y rebotan con un eco metálico.

—¿Y bien? —pregunta amenazante, sin dejar de mascar ruidosamente.

—Es una señal. No tardarán en abrir un pasadizo, tendremos poco tiempo. —avisa Whitemann, desviando la mirada hacia sus hombres que no han dejado de apuntarle ni un solo segundo desde donde aguardan órdenes.

El jefe también los mira, pero no le cree, pues hace un gesto para que permanezcan alerta en su lugar. Pasados unos segundos, el jefe le arranca el arma de la mano y, cuando parece a punto de perder los nervios, Whitemann comprueba cómo un imperceptible aliento verdoso emana de la boca de la colosal Ave. Sonríe. Todo ha terminado. Al menos no permitirá que aquellos energúmenos malogren el plan.

Capítulo 5

Coney Island, Nueva York

El pequeño cuenco gira en espiral a gran velocidad, dejando escapar entre sus agujerillos un humo rosa. Sus ojos se abren desmesuradamente al ver cómo queda atrapado en un fino palo de madera que gira en el aire, enredándose como una tela de araña que crece y crece hasta formar una gran nube rosada. Es mágico.

—Gracias, señor —dice con entusiasmo, inspirando el dulce aroma.

Apenas termina la frase cuando siente el azúcar deshacerse en la boca. Su abuelo le revuelve el pelo mientras se quita el sombrero y, haciéndole un guiño de complicidad, saca medio dólar para pagar al hombre. Le encanta que su abuelo le lleve de paseo; es un mago. Un mago capaz de sacar dólares de la chistera como los que ve en la tele. Es un secreto que guardan entre ellos. Con aquel sombrero mágico pueden hacer cuanto se les antoje.

Está oscureciendo y tira impaciente de la mano de su abuelo. La música y la miríada de luces de colores le atraen. Quisiera recorrer todo el parque: el túnel del miedo, el tiovivo, el tren de la bruja... Se detiene un instante ante los coches de choque, hasta que la bocina los pone en movimiento. Mira a los ocupantes con envidia: todavía es demasiado pequeño para que le permitan subir.

Al pasar junto al laberinto de espejos, el reflejo de su cara distorsionada y cómicamente alargada detiene de nuevo sus pasos. Mira también la de su abuelo, que la exagera con una mueca acompañada de una grave voz; consigue arrancarle una carcajada. El siguiente espejo achata los reflejos, ensanchando sus rostros. Pasan a una sala completamente revestida de espejos, cada uno distorsiona de alguna manera la imagen real.

Los profundos ojos azules de su abuelo destacan bajo el corto pelo canoso; parecen vigilarle desde todo los ángulos. El niño gira sobre sí mismo, sintiendo en todo momento los ojos clavados en él. Su propia imagen también aparece en todos ellos, en cada uno se ve como una persona distinta.

—¿John?

Ya se ha puesto el sol cuando se acercan a la enorme noria. Levanta boquiabierto la cabeza para poder verla en su totalidad. Monta en la cabina con su abuelo. Es la primera vez que le deja subir a la grande, a la de verdad. Las piernas le cuelgan del asiento y las balancea nervioso mientras la noria empieza a girar, elevándolos con cada parada mientras sube el resto de pasajeros.

—¡Lleva la pierna izquierda vendada!

Permanecen un rato parados en la parte superior de la noria. Las vistas del parque son increíbles desde allí arriba. Contempla encandilado cómo su abuelo se prepara una pipa con la mirada extraviada; al seguirla encuentra la enorme luna llena, que parece guiñarles un ojo desde el cielo.

—¿Te gusta la Luna?

El niño asiente enérgicamente repetidas veces.

—Es tan bonita como necesaria. Pero no es todo luz... También oculta cosas, como nos oculta una de sus caras.

La noria sigue girando, pero ya no quitan ojo de la Luna. Incluso cuando pasean alejándose del parque, el niño sigue lanzándole curiosas miradas. Antes de llegar a casa se sientan en uno de los bancos del paseo junto al mar. Su abuelo saca un par de sándwiches y algunas chocolatinas, improvisando un picnic.

Sentados frente a la inmensidad del océano Atlántico, contemplan la luna llena y su reflejo sobre las aguas, que nace en el horizonte y se extiende hasta casi sus pies. El rostro del abuelo se endurece mientras toma una profunda calada de la pipa, para luego expulsar el humo en forma de aros, que ascienden lentamente hacia ella hasta confundirse con la noche. El niño queda expectante mientras su abuelo parece elegir las palabras.

—La misión Apolo 14 alunizó en la cara oculta de la Luna. Por aquel entonces, con sólo dieciocho años, yo era una pieza clave para la NASA en el Proyecto Lunar Orbiter. La misión consistía en fotografiar la superficie lunar para identificar los futuros puntos de alunizaje de la misión Apolo. Entre 1966 y 1967 mandamos cinco orbitadores lunares. Un posterior análisis de las imágenes obtenidas reveló extrañas formaciones en la cara oculta de la Luna. Por su mayor complejidad no pudimos investigarlos hasta la misión Apolo 14. Nunca se hizo público.

El hombre deja parar unos segundos, midiendo cuidadosamente cada una de sus palabras.

—El Apolo 14 alunizó junto al cráter Tsiolkovski, pero lo que nos interesaba se encontraba a pocos kilómetros al sureste de su posición —matiza con una sonrisa—. Es curioso, supongo que por posibles filtraciones se asoció la misión Apolo 17 con dicho cráter, pero con otro objetivo... Allí descubrimos una especie de ciudad o monumento abandonado hace miles, quizá millones, de años. Una gran formación circular, en cuyo centro destacaba una enorme excavación en forma de pirámide invertida escalonada.

El niño le mira con extrañeza, pero sigue atentamente sus palabras aunque no puede comprenderlas.

—Fuera lo que fuese parecía abandonado... Sin embargo, los astronautas regresaron aquejados por algún tipo de enfermedad desconocida, una enfermedad que afectaba a sus cuerpos pero especialmente a sus mentes. Algo que no ocurrió en las anteriores misiones a la cara visible de la Luna. El incidente hizo saltar todas las alarmas. Los militares metieron las narices y se decidió destruir el monumento circular como medida preventiva. Nos equivocamos. En posteriores misiones usamos bombas nucleares especialmente diseñadas para ese fin. Más tarde, nuevas imágenes revelaron que la ciudad permanecía intacta.

Ante aquel fracaso, se dio un paso irracional: contaminar la superficie lunar. ¿Y para qué? Allí no había nadie. Algunos colegas aseguraban que aquello se hizo para evitar que los soviéticos pudiesen estudiarla... Da igual el motivo, siempre caemos en los mismos errores.

El hombre interrumpe su plática con otra profunda calada. Nada se mueve, ni una brisa. Las aguas del mar se asemejan a las de una balsa. Hasta la Luna parece escuchar con atención sus palabras.

—Te estoy diciendo cosas que, aunque ahora no entiendas y pronto olvidarás por completo, es necesario que hayas oído de mí y sepas que son ciertas —explica, antes de proseguir—. No sólo no sirvió de nada, empeoramos las cosas. Siempre ocurre cuando hay militares y armas de por medio. Al parecer activamos algo, empezamos a detectar una señal emitida desde el centro de la ciudad, desde el interior de lo que se dio en llamar «la pirámide de vacío».

El niño lo mira desconcertado. El hombre le revuelve el pelo, lo levanta y lo sienta en su regazo.

—Antes de las bombas, hicimos un mapeado tridimensional tanto de la pirámide como de la ciudad. Necesitamos años de análisis para descubrir que aquella enigmática formación lunar era en realidad algún tipo de maquinaria. Una maquinaria sin motores ni engranajes, sin aparataos eléctricos o electrónicos, ni chips ni ordenadores... Y, sin embargo, capaz de alterar el curso de la órbita lunar y posiblemente su rotación. Una maquinaria que, de alguna forma, activamos indebidamente. Son sólo hipótesis, pero algunos investigadores pronostican un inminente y catastrófico alejamiento lunar. La vuelta a la Luna era inviable, las armas inservibles... Se ideó un plan *descabellado: construir una réplica a escala de aquella máquina en nuestro planeta. Contamos con toda la información reportada por las sucesivas sondas para poder materializarlo. Ya hemos determinado el punto exacto donde debe construirse para respetar el paralelismo y que pueda ser funcional aprovechando las energías cósmicas, gravitacionales, magnéticas, solares o de algún otro tipo, que algunos aventuran que utiliza. Como he dicho, es un plan descabellado y hay muchos escépticos en cuanto a su funcionamiento. México, D.F. Esto aún complica más las cosas. No se puede tratar como asunto de estado por la situación política. El proyecto es colosal tanto en inversión como en tiempo y recursos. A día de hoy —dice, poniendo ante sus ojos la portada del periódico— aún no se ha iniciado físicamente la construcción, y quizá nunca se lleve a cabo, pues aunque las mediciones confirman el anormal alejamiento lunar, este no es tan alarmante como apuntaban las previsiones. Tú las investigarás.*

El niño bosteza. Ya nadie queda en el paseo; está muy oscuro. La débil luz de las farolas ilumina menos que la Luna, que ya se encuentra casi en su cénit. El hombre usa el sombrero para extraer una piruleta, así consigue arrancar una sonrisa al niño y mantener su atención.

—Además del escáner tridimensional de la ciudad lunar —repite—, obtuvimos algo más del interior de la pirámide de vacío, algo que ahora se mantiene latente dentro de ti, junto con el resto de información. Algo que te hace especial, único —dice, acariciando con el dedo índice la frente del niño y atravesándole con su azul mirada. Una mirada que pretende ir más allá, al futuro... Tras un parpadeo, vuelve a guiñarle un ojo al niño—. Espero que nunca escuches esto; en caso contrario, los acontecimientos me habrán dado la razón. También se ideó un plan B por si todo falla. Tú eres ese plan B. Si estás escuchando esto, la situación es tan desesperada que no hay alternativa. No sé cuánto viviré pero quiero que lo sepas por mí en persona. Y quiero disculparme. Te pido perdón... por haberte

robado la infancia y haberte convertido en lo que eres. Pero si ocurría lo peor necesitábamos a alguien de confianza, tratado y vigilado veinticuatro horas sin despertar recelos, y capacitado para afrontarlo. Mi propio nieto. Quizá seas la última esperanza para la humanidad como la conocemos. Cuando «despiertes» esperamos seas capaz de hacer lo que nosotros no…

La voz se torna en murmullo y una potente luz se va superponiendo a la noche. Sobre las aguas del mar se materializan dos hombres con bata blanca.

—No quiero ir con los médicos, otra vez no. Quiero ir a jugar con Francisco…

La imagen de una semiesfera transparente a su alrededor irrumpe con fuerza: está tumbado y no puede moverse, desnudo y con cosas en la cabeza. En el exterior de su burbuja puede ver hombres vestidos de astronautas. Grita ante la sensación de intensa claustrofobia.

Ken empieza a tiritar y los dos hombres de bata blanca lo sostienen. El más pequeño le da unos asépticos golpes en las mejillas. Retorna de súbito al laboratorio, sentado. Quiere ponerse en pie, pero el doctor McKee le sujeta por los hombros y se lo impide con una amable sonrisa. El otro interviene:

—Señorr Dean, ha recuperrado su infancia. Disfrútela.

Capítulo 6

Complejo ARCA, Antártida

—Irwin, desde el Rascasuelos, ha comunicado problemas con los afectados. Ha decretado cuarentena. ¿Cuál es vuestra situación?

—Acab ha establecido una zona de aislamiento. Desconozco el número de internos, pero McKee asegura tenerlo bajo control. ¿Y qué tal en la superficie?

—El satélite continúa operativo. Cuando la espesa neblina que parece envolver toda la superficie del planeta lo permite, recibo imágenes de vuestras coordenadas. Hielos derretidos en un cuarenta y cinco por ciento. Veo asomar los picos más elevados de las montañas Gamburtsev.

—¿Y cuál es la situación en el resto del planeta? —pregunta Iben, poniéndose en pie para pasear por la sala de comunicaciones.

—Desalentadora. A este ritmo, todo ser vivo morirá. Los niveles de CO_2 y radiación siguen creciendo y, aunque en vuestra latitud y en la del Rascasuelos todavía son tolerables, no lo serán por mucho tiempo.

Iben hace una pausa en su paseo. Ellos podrán aguantar un tiempo, pero Francisco está condenado. Admira su forma serena de asumirlo. Vuelve a sentarse frente a su imagen holográfica, que, ante su silencio, continúa hablando.

—Leslie, antes de dejarnos, me dio acceso al núcleo del proyecto. He estado estudiando las capacidades del ARCA. Es una obra de ingeniería portentosa. ¿Tienes idea de su magnitud?

—Aquí vivimos sometidos a un estricto régimen militar bajo el mando de Acab. El nivel de desinformación es total. Disponemos de todas las comodidades necesarias, pero nuestras vidas están dirigidas.

—Parece una estación espacial enterrada. El reactor nuclear y su formación en anillos permite al complejo mediante su rotación generar por sí mismo…

Mientras Francisco habla, Iben se masajea la nuca con ambas manos. Al levantar la cabeza repara en la figura de Erik, que le observa en silencio desde el marco de la puerta.

—Hemos detectado un problema con la estación de medición situada bajo el complejo. ¿Me acompañas?

Sin más explicaciones da media vuelta y se marcha. Iben, dubitativo, se despide apresuradamente de Francisco y sale tras él.

Ya habrá tiempo de continuar la conversación con su compañero de comunicaciones. Alcanza a Erik y, situándose a su lado, lo acompaña en silencio. Sabe de sobra que de nada sirve preguntar. Avanzan por los corredores, directos hasta el centro del anillo del Nivel 1. Allí no hay más que el cruce de pasillos y el ascensor de acceso al complejo, que Acab ha restringido: «sólo personal autorizado». Sin embargo, Erik se planta frente a él con decisión y levanta la mano derecha. Al parecer, el nivel de acceso de su brazalete le permite utilizarlo. Erik no rompe el silencio hasta que comienzan a descender.

—Te prometí visitar la *rift* de la Antártida Oriental, una fisura muy superior a las de Groenlandia.

La cabina apenas ha cambiado desde el día de su llegada al complejo. Es diferente a la del resto de ascensores monoplaza que comunican los cuatro niveles, más basta y más amplia. Mucho más amplia. Descubierta, apenas un montacargas con capacidad para cinco o seis personas. El único añadido es un panel lateral que, para su sorpresa, no es de cuatro niveles. Hay dos más.

—¿De cuántos anillos consta realmente el ARCA? —pregunta Iben, señalándolos.

Erik no se inmuta, aparenta no haberle escuchado. Pero, transcurridos unos segundos de descenso, responde:

—Sólo cuatro. —Otros segundos de silencio—. El nivel inferior nos lleva directamente a las raíces de la montaña. Te dije que nos divertiríamos más que en Groenlandia. Pero antes haremos una parada, debo enseñarte algo.

Iben espera más información, pero Erik se sume en su habitual mutismo. El ascensor parece lento; aun así, está convencido de que ya se encuentran muy por debajo del cuarto nivel del complejo, el último que conoce. Nervioso, vuelve a intervenir.

—¿Por qué este ascensor es de uso restringido? ¿Qué hay ahí abajo?

Erik le mira con sus diminutos ojos, pero no rompe el mutismo hasta que el ascensor se detiene con un sordo impacto.

—Esto no es un ascensor, es una lanzadera.

—¿Una lanzadera? ¿A más de tres mil metros bajo tierra?

Antes de que Iben termine la pregunta, Erik ya le saca un buen trecho en el amplio pasillo abierto ante ellos, que guarda las mismas dimensiones que la cabina del ascensor. El suelo es irregular y, al tratar de alcanzarle, tropieza con una especie de rieles que corren paralelos hasta el final del túnel. No hay puerta, simplemente desemboca en una gran sala circular. En su centro, tenuemente iluminada reposa una cápsula en forma de peonza invertida sobre una plataforma, no mucho más grande que un huevo de un metro de diámetro. De la mitad superior sobresalen siniestras antenas de diferente grosor y tamaño; le recuerda a una vieja mina submarina. No hay signos visibles de puertas o accesos; sólo una pequeña ventana circular aparece en la mitad superior.

—Ahí tienes tu meteorito.

Iben rodea la cápsula con curiosidad, mientras Erik permanece en la entrada. Parece antigua, muy antigua. El hueco circular que la rodea le impide tocarla.

—¿Qué quieres decir? —pregunta, asombrado.

Erik atusa, impasible, su poblada barba.

—Esto fue lo que cayó en Groenlandia en diciembre de 2019. Efectivamente provenía de más allá de nuestro sistema solar.

Iben lo mira incrédulo.

—El proyecto NOE hace años que la esperaba. La tenían monitorizada y les fue fácil determinar la zona de impacto. Se nos adelantaron. Te has estado mortificando todos estos años, pero tú no fallaste; simplemente no había meteorito. De haber existido, lo hubiésemos encontrado.

Capítulo 7

Francisco se encuentra en la despensa de los túneles subterráneos. Jamás hubiera imaginado que a algo así se le pudiese llamar «despensa». Más bien parece la exposición de una tienda de pinturas o la trastienda de una farmacia. Todo es blanco: las paredes, las estanterías, los botes, incluso su contenido. Abre uno al azar y, con una cuchara de cabeza dosificadora, toma doce gramos de polvo blanco, lo vierte en un vaso con dos dedos de agua y lo prepara en una especie de microondas. Aprovecha esos segundos para leer la etiqueta del envase: «cordero», es la única forma de distinguirlo del resto. Leslie le explicó que habilitaron aquel almacén con los restos de provisiones del ARCA, con todo lo que no pudieron trasladar al cancelarse los últimos vuelos previstos por resultar impracticable el aterrizaje en la Antártida. Ahora, el interior del vaso es una pasta espesa que desprende un aroma artificial, como el potito de un bebé. Mientras se dirige a su sala de control degusta el insípido filete de cordero como si fuese un yogur. Dios santo, cómo echa de menos la comida china… Afortunadamente aún no presenta ningún síntoma. Las informaciones y la visión de su satélite del exterior son sobrecogedoras. De pie, termina de comerse el yogur de cordero, observando el mosaico de monitores. «Todo en perfecto y correcto…», interrumpe aquel pensamiento al evocarle a Leslie; lo echa de menos. La terrible soledad le está pasando factura, no sabe qué haría con el tiempo sin sus largas conversaciones con Iben y Anderson. Inconscientemente posa la mirada en la carta que Leslie le entregó de manos de Ken. «Katy». Aquella carta, fija a la pared tras los monitores, se encarga de recordarle a todas horas lo estúpido que fue.

Nada más sentarse recibe un correo. ¿Un correo? Aquella computadora controla el satélite y la red interna del campus. Él mismo se encargó de que permaneciese aislada de internet por seguridad; de lo que queda de internet. No proviene del ARCA ni del Rascasuelos. Debe de ser un correo interno programado. Las iniciales «L.D.» con las que está firmado le ponen en alerta y lo estudia con atención: son instrucciones del *proyecto NOE*. Aquel anciano no deja de sorprenderle…

Siento haberte dejado solo, me había convertido en una carga para el Proyecto y para ti. Era mi deber quitarme de en medio. Espero que comprendas que no fue un acto de irreflexión o cobardía.

Te pido un último favor: cuando termines y conozcas el contenido de este mensaje, estarás furioso conmigo. Lo entiendo y te pido disculpas de antemano, pero sé que harás lo correcto.

En una nueva ventana aparecen los planos de algún tipo de sonda espacial ovoide coronada por antenas rígidas y puntiagudas. A su derecha fluye una secuencia de líneas de código en cascada, un código que le resulta familiar. Una leyenda bajo la imagen muestra el nombre, mientras las especificaciones técnicas van rotando en una línea inferior: *Sonda Luna 2n*, una evolución de la antigua sonda soviética modelo *Luna 2*, diseñada en conjunto por americanos y soviéticos para la misión Apolo 22. Pero el código de control en nada se parece al de aquella época.

Fuiste el único capaz de interpretar e interactuar con el cristal implantado en Ken. Un adolescente, casi un niño, puso en evidencia a toda la Agencia Espacial Norteamericana. Sí, por supuesto que estábamos al tanto de vuestro «juego» con el conector hipodérmico implantado en la fosa poplítea, tras la rodilla de Ken, y del extraordinario programa que desarrollaste, capaz de intercomunicar dos tecnologías de principios totalmente diferentes. A Ken le permitimos usarlo; de hecho, fue una necesidad. Las incontrolables fugas de memoria provocaban efectos nocivos en el organismo de Ken: incapacidad de sueño y de regeneración neuronal, entre otros.

De alguna forma conseguiste aliviar su sobrecarga mental. Sus neuronas hubiesen terminado por colapsarse. Además, por aquel entonces la NASA canceló el proyecto NOE. Continuamos unos pocos en secreto y al margen de la agencia. Nos ayudaste y le salvaste la vida a Ken, a tu amigo, a mi nieto. Sin embargo, no podíamos consentir que interfirieras en el proyecto, aún no. Yo estuve detrás de tu incorporación a la supercomputadora en España. No te abandonamos, seguimos muy de cerca tu carrera allí y todos estos años hemos estado formándote, preparándote para tu vuelta, para este momento. Era necesario separarte de Ken. En cuanto a Katy... aunque no lo creas, yo no tuve la culpa. Vuestra historia ya estaba escrita, incluso desde antes de que os conocierais...

Francisco levanta la vista del monitor y la lleva de nuevo a la carta clavada en la pared. Siente rabia e impotencia, llegó a creer que aquel anciano era realmente su familia.

Oficialmente, las misiones Apolo concluyeron con el Apolo 17, pero se hizo público que sus cohetes se utilizarían en misiones posteriores fuera del programa Apolo, con recorridos más cortos y sin tener como objetivo la Luna. Esto no fue del todo cierto. Volvimos a la Luna, claro que volvimos, y lo hicimos en colaboración con los soviéticos. Hubo cinco misiones más, pero la última fue una sonda de reconocimiento no tripulada que se mandó más allá de nuestro sistema solar, siguiendo la señal emitida desde un enclave lunar descubierta por el Apolo 20.

Al abandonar nuestro sistema solar perdimos toda comunicación con ella. Sin embargo, cumplió el programa y regresó según su circuito inicial. Pudimos recuperarla y, actualmente, la mantenemos en observación. Aunque lo que ha vuelto no es exactamente lo que partió, salvo en apariencia exterior; lo que encierra su obsoleto cascarón es un misterio, no conseguimos abrirlo ni acceder a su registro o sistema de navegación. Y no es la primera vez que nos ocurre. Necesitamos que lo hagas tú por nosotros. No te costará reconocer la tecnología...

Si la cosa sigue empeorando y las mediciones alcanzan los valores límite, recibirás nuevas instrucciones. Debes apartar las emociones personales y cumplirlas fielmente. Francisco, ahora tus actos no te pertenecen.

Distancia a los generadores de energía...

Leslie tiene razón: cumplirá con lo que se le ordene. Siempre tiene razón. Incluso después de muerto pretende controlarlo todo. Francisco centra toda su atención en la ventana con los planos y códigos de la sonda.

Capítulo 8

Edificio Chrysler, Nueva York

Conocía su existencia, claro que la conocía. Todas las grandes empresas tienen sus miserias que enterrar, pero no imaginaba algo así. En parte agradece al viejo G. Rewer que lo mantuviera al margen, no sabe lo que hubiese hecho de haber estado al corriente.

La cámara acorazada, emplazada en el subsuelo, es mayor de lo que pensaba. Se encuentra sentado en una gran mesa digital, contemplando el reflejo de la llave magnética hundiéndose en el panel hasta confundirse con los datos. Ojalá hubiese muerto sin haberla recibido; creía ser un hombre íntegro. Sobre la mesa reposan varios documentos con el nivel de clasificación *«top secret»*, antiguos, a la vieja usanza, como los de aquellas películas de espionaje. Ha necesitado días para vaciar los archivadores y leerlos uno a uno. Desarrollo y venta de armamento, espionaje industrial, militar y de inteligencia, sobornos, contratos con gobiernos inestables, etc. Pero la carpeta que estudia con detenimiento es la etiquetada como «*Proyecto N.O.E.*», aquella por la que ha recibido la maldita llave. Un proyecto que empezó a gestarse con las misiones Apolo y continúa vigente. Comprueba que el ordenador sigue recibiendo datos incluso a día de hoy. De hecho, aún trabajan para él. Empezaron con el diseño y construcción de las tres fases de los sistemas de propulsión usados por los cohetes Saturno V en las misiones Apolo.

Le siguieron contratos extraoficiales con la NASA para el desarrollo de armas nucleares en la década de los setenta. No sólo bombas atómicas, también de neutrones, y las ruines bombas sucias, con el único objetivo de expandir material radiactivo sobre un área para provocar daños a todo ser vivo e impedir su habitabilidad. No puede creer que ellos mismos contribuyeran a algo así. Su colaboración secreta con la NASA se prolongó con el suministro para nuevos cohetes durante los setenta y principios de los ochenta y con el desarrollo de prototipos en colaboración con los soviéticos.

Tras un período de tranquilidad, a finales de los noventa les asignan el increíble proyecto de construir en la Tierra la réplica de lo que, afirman, es una ciudad lunar que camufla la geometría de una supuesta maquinaria de función desconocida. Y Dios quiera que siga siendo desconocida...

Paralelamente se experimentó con el bioimplante en la corteza cerebral de una molécula orgánica de enlaces desconocidos, extraída del mal llamado «*cristal lunar*». Tom se remueve incómodo en su asiento. Hace hueco en la mesa digital para consultar más información sobre el enigmático cristal. Un pequeño objeto cilíndrico, transparente y puntiagudo gira en el panel. Un objeto compuesto por una sólida malla de cristales de silicio. Necesitaron meses para descubrir que salvaguardaba moléculas de carbono en una estructura capaz de contener una densidad de datos enorme y prácticamente indestructible. Consiguieron comunicar con un vasto volumen de información, pero no descifrarlo. Aún trabajan en ello. Descubrieron que las moléculas permanecían activas; seguían recopilando lo que podría ser información de su entorno. Además se producían reorganizaciones internas que llevaron a algunos investigadores a afirmar que estaban vivas y/o que cumplían una función. Al implantarla en determinados puntos, la molécula respondía y se fusionaba adaptándose al cerebro huésped, como si fuese parte de su memoria. En la mayoría de los casos terminaba fagocitándolo. Para ello se realizaron pruebas en distintas especies de animales, desde cobayas hasta simios. Eso antes... antes del *Proyecto K. E. N.*

Así se etiqueta la carpeta que ahora sostiene en la mano y que ha dejado para el final por su doloroso contenido. El dossier más comprometido, con documentación reciente y que, hoy mismo, acaba de completar personalmente añadiendo los últimos apuntes sacados del ordenador para su lectura final. Un proyecto aún inconcluso en el que le piden que participe. En la primera página encuentra sujeta con un clip una foto con dos niños; uno de ellos es Phil. Lo reconoció al instante. «Su propio hijo, cómo pudo...» La cierra angustiado y deja pasar unos segundos antes de volver a enfrentarse a aquella imagen... «Tu propio hijo, G. Rewer...» Antes de continuar la lectura clava la vista en la zona estéril de la cámara acorazada, aislada tras una pared de vidrio. Contiene camillas separadas entre sí por iglús de plástico transparente; gruesos tubos de colores penetran en la sala, ramificándose hasta alcanzar los iglús. En una pared lateral cuelgan una suerte de escafandras, similares a trajes espaciales. Todo conforma una especie de laboratorio médico que, obviamente, debe de estar relacionado con el contenido de la carpeta que sostiene entre sus temblorosas manos, relacionado con Phil.

Tom se toma la licencia de quitarse la chaqueta. Nunca lo hace en la oficina, pero ahora está desierta y el calor es sofocante. Mira impasible las paredes metálicas que recubren toda la sala; parecen humear. La cámara acorazada ha necesitado casi una hora para abrirse, pero tan sólo unos segundos para sellarse herméticamente y bloquearse.

Al pasar la hoja encabezada «K. E. N. (Knowledge Experimental Neuromotor)» encuentra la foto del otro niño, junto a su imagen anatómica de rayos X en la que, sobre un fondo negro y silueta azulada, destacan en color anaranjado rodilla, fémur y columna vertebral unidos por una fibra helicoidal iridiscente que acaba en un punto rojo en el cerebro, del que brotan finísimas raíces del mismo color. Desvía la vista al panel para profundizar y ampliar el *render* 3D del cuerpo, aunque querría detenerse: han rebasado los límites que su moral puede soportar.

El proyecto NOE convivía con este oscuro experimento. Por lo que ha leído en los expedientes secretos de G. Rewer, padre de Phil, se construyó un refugio subterráneo en la Antártida (ahora comprende el interés de Phil y los movimientos de capital). También consiguieron sintetizar un compuesto capaz de mitigar los desequilibrios psíquicos que afectan a gran parte de la población. Su cometido era la fabricación y distribución global. No lo consiguieron; las previsiones de tiempo se acortaban continuamente. También sufrieron varios asaltos con fuerza. Tom se recuesta consternado y se frota los ojos con las yemas de los dedos. ¿Por qué no estoy afectado? Quizá... Sabían todo este tiempo lo que iba a pasar, incluso barajaban posibles fechas. Phil tenía razón, los catastrofistas tenían razón: el mundo se muere y ellos han sido, en parte, responsables.

Antes de pasar de hoja se desabrocha el botón de la camisa. El calor es asfixiante y pronto no podrá tolerarlo. Mejor así. Reaparece la imagen de los dos niños tumbados, uno junto a otro, describiendo algún tipo de conexión entre ellos. Una luz naranja, silenciosa, ilumina de forma intermitente la fotografía mientras estudia con aversión el proceso. No comprende cómo G. Rewer pudo hacerle eso a su propio hijo. El fino paño que recubre la parte superior de los cubículos es lo primero en comenzar a arder por combustión espontánea, y pronto se extiende con armónica belleza por los plásticos. Continúa leyendo con avidez el informe, que termina con una página en blanco en la que sólo se lee un nombre: «JOHN». Su propio pelo se encoge, retorciéndose, y las hojas que sostiene en las manos se tiñen de negro antes de incendiarse, pero las mantiene sujetas. Desprecia el *proyecto NOE* pero, aun así, ha cumplido la voluntad del señor G. Rewer, pese a que aquella cámara ha resquebrajado su vieja y firme lealtad hacia él. Lo ha hecho por Phil, por la humanidad. Una señal parte hacia el satélite.

PROYECTO K. E. N. ACTIVO.

Su piel escuece y pronto su ropa y toda la cámara empiezan a arder. La temperatura sube hasta alcanzar casi los mil grados y se mantiene durante tres horas, calcinando todo el interior y dejando sólo cenizas, incluidas las de Tom.

Capítulo 9

Complejo ARCA, Antártida

La puerta de la celda de Phil está abierta y, aunque el ruido de las otras retumba con incesantes gritos guturales, aullidos y golpes, McKee sólo percibe el silencio en su interior. Le ha fallado. Les ha fallado a todos.

Allenda no tarda en llegar y pasa por delante de McKee sin molestarse en mirarle. Nunca ha tenido tacto con las mujeres, ni con el resto de los de su especie. La observa arrodillarse frente a Phil y hablarle… El sonido de su voz es dulce y triste a un mismo tiempo, un susurro capaz de apaciguar a las bestias; a veces simples sollozos que hacen que el resto de jaulas enmudezcan. McKee quiere creer que la escuchan con atención, como él mismo la escucha. La escena es desgarradora: la joven de cabello cobre acaricia la mano de un «cadáver», el cuerpo de un Phil inerte, un cuerpo cada vez más consumido, donde el blanco extremo de la piel contrasta con unos ojos cada vez más oscuros; unos ojos que no miran. Un cuerpo distinto. Sólo en los momentos en que la joven está a su lado, Phil consigue recuperar durante unos escasos minutos la conciencia… y últimamente ni siquiera eso. Pero la doctora es puntual. Acude todos los días y todos los días le habla de cosas del pasado y de lo que ocurre en el presente, aferrándose a que Phil en su interior todavía la escucha. No quiere que se pierda nada para cuando vuelva. McKee vibra sin demostrarlo ante aquella escena. Al parecer, durante el retiro de Phil de su vida de opulencia, vivió en un aislamiento completo. Su único contacto con el antiguo mundo y con la sociedad fueron las noches en que era atendido por la doctora en la consulta de urgencias. Eso creó un vínculo entre ambas almas como no había visto nunca y como jamás creyó que pudiese existir. Espera que también ocurra con sus cerebros… Estos pequeños gestos de bondad, desconocidos hasta ahora por McKee, le han hecho considerar y creer en su raza y en sí mismo, demostrándole que existen sentimientos humanos más allá del egoísmo y la crueldad.

Hoy es un día especial y Allenda ha dedicado más tiempo a su visita. En los últimos minutos no ha podido evitar cambiar las palabras por lágrimas. Incluso ahora, durante su llanto de despedida, no se escucha ni un solo murmullo en todo el pasillo repleto de celdas con pacientes lobo; parecen comprender su dolor.

Cuando Allenda se pone en pie, McKee entra con la silla de ruedas, su silla, al compartimento de Phil. Nadie más la ha usado. Con delicadeza, y ayudado por la doctora, acomodan el cuerpo de Phil en ella. Al disponerse a colocarle la máscara, la reprobadora mirada de Allenda le hace dudar y McKee desiste, dejándola caer al suelo. Allenda se lo agradece con un amago de sonrisa antes de abandonar la habitación. El doctor se coloca detrás y empuja la silla por el pasillo, rememorando sus primeros días en el complejo. Mientras se alejan oyen los ecos de los aullidos volviendo a inundar la profundidad del corredor. Durante el corto trayecto hasta el laboratorio le gustaría hablarle, como hacía antes, pero descubre que no puede… Intenta comunicarle, como ha visto hacer a Allenda, pero no conoce las palabras.

Aún queda tiempo para la hora convenida. Sitúa a Phil en el centro del laboratorio junto a su antiguo sillón de trabajo. El doctor, olvidándose de él, se concentra en los preparativos para la prueba recorriendo varias veces el laboratorio alrededor de su cuerpo que, aunque inánime, permanece rígido y erguido. Cuando lo tiene todo dispuesto, todavía faltan un par de horas para que lleguen Friedrich y Allenda. Contempla con dolor el rígido mutismo de su paciente y decide hablar con él, como hace Allenda, como hacía él mismo cuando aún era Phil. Se acerca a la estantería e inicia su charla.

—Quisiera compartir contigo algunas reflexiones antes de someteros a la prueba. La nota de despedida de Leslie me ha hecho pensar... —dice, mientras toma un libro de la estantería y sigue buscando—. ¿Y si todos estamos equivocados? ¿Y si los inhibidores han sido el mayor error que hayamos podido cometer? En nuestra lucha por la supervivencia hemos metido a toda la humanidad en un mismo saco, sin discriminar quién los necesita y quién no.

El doctor ladea la cabeza hacia Phil, como si esperase una respuesta o, simplemente, para comprobar que le presta atención mientras extrae otro libro. Pero Phil sigue inmóvil; ni siquiera está mirando hacia él. McKee interrumpe su búsqueda y gira la silla, enfrentándola a la estantería, para que pueda seguir sus movimientos.

—Leslie era un hombre inteligente, de los pocos hombres realmente inteligentes que he conocido. Prácticamente el único hombre al que valía la pena escuchar... y obedecer. Sus visionarias predicciones se están materializando con la asombrosa precisión que nos anticipó.

Vuelve a hacer una pausa y a mirarle abstraído antes de sacar el tercer y último libro. Carga los tres libros y los deja caer en el suelo con un golpe sordo. Ladea la silla de ruedas hacia la izquierda y se sienta en el sillón de Phil, haciéndolo girar con los pies noventa grados hasta que quedan enfrentados. El doctor se reclina hacia delante, apoyando los codos en los reposabrazos y cruzando los dedos de sus manos. Marea los pulgares durante unos segundos antes de levantar la cabeza y mirarle, tratando de evitar aquellos aterradores ojos negros. McKee, al contrario que Allenda, no cree ni por un instante que Phil pueda escucharle en aquel estado, pero aun así, con voz susurrante, como si de una confidencia se tratase, revela sus pensamientos en voz alta.

—¿Y si tú eres la respuesta? No sé qué ocurre ahí adentro y ni siquiera sé si despertarás —dice, extendiendo su mano y apoyándola en la cabeza sin pelo de Phil. Tras unos segundos continúa hablando—: Te hemos estado evitando, pero aquí sucede algo portentoso, algo que trasciende nuestro limitado entendimiento. —E, inclinándose aún más, hasta casi susurrarle al oído—: Yo pude verte cuando estuve ahí dentro —vibra con expresión desafiante en el rostro—, yo te sentí como eres ahora, como serás...

Se interrumpe unos instantes, recupera la calma y vuelve a acomodarse en el sillón.

—Está bien, lo admito. Tuve miedo. Pánico. Pero los cambios siempre asustan, sobre todo para el eslabón que queda atrás. Tu cuerpo no se está degenerando como todos quieren creer... Tu cuerpo se está transformando, trasformando en algo... distinto. Te has convertido en la crisálida de lo que ni tú ni yo conocemos.

McKee concentra la mirada en un punto en la pared detrás de Phil, como esperando una respuesta, un asentimiento o una señal de que le comprende, aunque sabe que no ocurrirá. Acaba recostándose en el sillón e inclinando la cabeza hacia arriba. Con las piernas lo balancea a un lado y a otro sin llegar a hacerlo girar. Con la mirada perdida en el techo extiende el brazo y toma uno de los libros del suelo. Continúa hablando mientras lo abre por un marcador.

—Déjame leerte un pasaje de la Biblia. —Acaricia con la mano abierta la hoja hasta que se detiene con los dedos al principio del párrafo que quiere citar—. Génesis: El Diluvio, uno siete uno, a uno ocho veintidós —empieza, con voz reverencial.

Porque después de siete días yo haré llover sobre la Tierra durante cuarenta días y cuarenta noches, y arrasaré de la faz de la Tierra todo ser viviente que he creado.

Terminada la breve lectura, cierra el libro con un golpe y lo devuelve al suelo.

—El Diluvio Universal no es sólo una fábula más de la Biblia. Describe un acontecimiento que afectó a todo el planeta en la antigüedad. Lo encontramos en multitud de textos de todas las culturas del Mediterráneo oriental y de Oriente Próximo, como la griega, tan similar al diluvio bíblico. También en las escrituras védicas se relata un diluvio hindú, en que Manu fue avisado por una encarnación de Visnú en forma de pez. Este diluvio fue mucho más devastador, pues el agua no provenía del cielo sino de un creciente océano que se encuentra en el fondo del universo. Incluso existen relatos de los diluvios maya e inca.

McKee vuelve a detenerse; se está deslizando por una de sus interminables peroratas.

—La pregunta es: ¿Qué provocó el terrible diluvio que devastó todas esas civilizaciones hace miles de años? ¿Estamos asistiendo a un nuevo diluvio? ¿Y si el alejamiento lunar no ha sido progresivo como creíamos, sino a eventuales saltos? Y lo más importante: sabemos que no pereció toda la humanidad. Sobrevivieron los elegidos —dice recalcando la última palabra—, aquellos que para bien o para mal dominaron el planeta.

McKee toma el segundo libro, se recrea abriendo y pasando las páginas con cierta veneración.

—¿Conoces la obra de Platón? ¿El mito de la caverna? ¿Sus diálogos?

El doctor se pone en pie y pasea alrededor de los sillones, sin apartar la vista del libro:

¿Por qué distingue entre el mundo sensible y el de la razón? ¿Dónde ubica el mundo de la razón? ¿Por qué habló de la invasión del imperio atlante a su región de origen? ¿Quiénes eran los atlantes, de inteligencia superior y origen divino, que vivían en aquella isla de canales circulares, rodeando el santuario prohibido? ¿Desaparecieron realmente entre terremotos e inundaciones? ¿Otro diluvio? ¿El mismo?

McKee vuelve a sentarse frente a Phil y lee con vehemencia:

Atlantis era una isla soleada y repleta de bosques y flores. La ciudad real estaba diseñada en una serie de canales circulares, junto a los cuales se erigían templos en piedra blanca, negra y roja, sobre los que brillaban figuras de oro y oricalco. En el centro de los anillos se erigía un santuario prohibido rodeado de una muralla de oro, el templo de Poseidón, que tenía las paredes de plata y el techo de marfil.

Levanta la vista y pasa varias páginas distraídamente.

—Platón prosigue relatando cómo Zeus, molesto por la riqueza y corrupción de los atlantes, decidió castigarles. Y así acaba el diálogo. —Cierra el libro—. Aunque está inconcluso, está comúnmente extendida la creencia de que el castigo fue hacer desaparecer la isla por medio de terremotos e inundaciones.

Por último abre el libro de la teoría de la evolución de Darwin.

—¿Por qué se extinguieron los neandertales? ¿Por qué, si llegaron a convivir en Europa con los humanos modernos? ¿Cómo adquirió el talento para dibujar el cromañón?

Con el libro abierto en su regazo y sin llegar a leer, vuelve a recostarse en el sillón y a posar la mirada en el techo, mientras lo hace girar lentamente repitiendo con cada giro la nota que Leslie dejó antes de morir y que Francisco les hizo llegar.

—Todo lo que está por ocurrir, ocurrió ya antes. Allí es donde debemos buscar y no en el futuro...

Pero cuando se detiene frente a Phil, éste ya no se encuentra sentado. Aquel cuerpo está en pie, rígido e inmóvil. McKee se incorpora sobresaltado y, pese a estar los dos solos, siente una tercera presencia en el laboratorio. Al mirar sus ojos, profundos y vacíos, le invade de nuevo el miedo ancestral, pero ya no consigue apartar la mirada de ellos. Permanecen frente a frente, sujetos por las miradas. McKee pierde la noción del tiempo, todo se torna inmaterial en su mente hasta que sus percepciones se subliman. Al cabo, por los extremos de los ojos le empiezan a asomar pequeñas lágrimas de sangre. Siguen mirándose mientras las lágrimas resbalan dibujando un reguero por sus mejillas, que acaba goteando en el suelo.

Capítulo 10

Complejo ARCA, Antártida

Friedrich accede al laboratorio del doctor McKee. Lo encuentra en la silla de ruedas, justo donde lo ha dejado hace unos minutos.

—Hola de nuevo, *doctorr*. ¿Todo bien? ¿Me ha echado de menos?

Friedrich cruza por delante de él hasta el banco del fondo, donde deja una cubeta y un bote junto a un pequeño grifo de cuello de cisne. Empieza a lavarse las manos.

—Leslie y Whitemann… *Ahorra* que las dos cabezas del proyecto NOE han muerto, nos encontramos un poco… a ciegas. ¿Se dice así? ¿No le *parrece*?

McKee no responde.

—Hoy vamos a tener una charla que me hubiera gustado tener hace tiempo… Necesito *saberr* más, necesito saberlo todo.

Friedrich se seca escrupulosamente las manos y, mientras el cuenco se llena con el fino hilo de agua que mana del grifo, se coloca con esmero unos guantes de nitrilo.

—No me entienda mal, le estoy agradecido. Comprendo que mi presencia aquí es gracias a usted. Pero, *ahorra* que voy a ocupar su lugar, preciso estar al corriente de todo.

Friedrich cierra el grifo, toma el bote y se aproxima al doctor McKee hasta situarse a su espalda. Le anuda una toalla blanca alrededor del cuello.

—Recuerdo sus aires de superioridad en la facultad de Medicina. No existíamos para usted. Yo lo admiraba. A fin de cuentas era una criatura solitaria… —Se empapa las manos con espuma blanca—. Ambos lo éramos, en cierto modo éramos iguales. ¿No es así?

Cuando termina de impregnar el cabello de McKee vuelve al grifo para enjuagarse las manos. Regresa con una cuchilla y el cuenco, que apoya en el sillón de Phil. Busca el reflejo de la luz alzando el filo de la cuchilla antes de situarse a su espalda.

—¿Empezamos? —pregunta Friedrich—. Lo tomo por un sí. ¿Cuál es el papel de John en todo esto?

Tras la primera pasada, remueve la cuchilla en el cuenco con agua y prosigue.

—En cuanto a la doctora Allenda… ¿Qué opina del resultado del neuroenlace con el señor Phil Rewer? Lástima que no pudiera asistir. Desde luego admito que tenía razón. Ha sido diferente. Yo *dirría* que no fue la doctora quien espió dentro del señor Rewer, sino todo lo contrario…

Vuelve a enjuagar la cuchilla, sacudiéndola dentro del agua. La seca en la toalla de la espalda de McKee, pensativo.

—Incluso parece encontrarse mejor. Sus síntomas de degeneración tipo B han remitido. Está, digamos… distinta. ¿Verdad? Usted, de alguna manera, lo anticipó y necesito saber cómo. Quizá Phil Rewer sea la respuesta.

Mientras aclara de nuevo la cuchilla, McKee habla:

—Todo lo que está por ocurrir, ocurrió ya antes. Allí es donde debemos buscar y no en el futuro.

—Tranquilo, doctor —dice Friedrich, limpiando un hilillo de saliva que le cuelga de la comisura de los labios—. Necesito que sea más preciso, antes... ¿Cuándo?

Friedrich termina de raparle la cabeza y la seca delicadamente con la toalla. Luego tira la cuchilla y los guantes en un contenedor de desecho.

—Ocurrió antes... —insiste McKee postrado en la silla.

Friedrich le ignora y va a por su maletín de trabajo. Acerca la mesa móvil junto a Mac Kee y lo abre sobre ella.

—También necesito las claves para *accederr* a su ordenador, a sus informes… Sé que lo comprende.

Al girarse ve la cabeza del doctor ladeada sobre el hombro y sus ojos… Deja lo que está haciendo y le incorpora, sujetándolo con las correas a la silla de ruedas para mantenerlo erguido.

—Ken es importante. Phil… Phil… preguntó por él —logra balbucir apenas McKee.

—Phil —repite Friedrich, mientras desprecinta un juego de electrodos de que ha sacado de su maletín—. Debería elegir con más cuidado a sus amigos. Me atrevería a decir que su único amigo… y mire lo que le ha hecho. —Va colocándole electrodos en pecho, torso y sien—. Pero no se preocupe, no se lo diré a nadie. Acab no se enterará. Allenda y yo cuidaremos de él.

—Ken… su hijo John… —acierta a articular McKee.

Friedrich se interrumpe y presta atención, pero al ver que su colega no acaba la frase, vuelve a lo suyo. Termina de ponerle los electrodos y conectarlos a los monitores. Tras el último, repara en los libros separados de la estantería y que encontraron el día de la prueba —diez días antes— apilados en el suelo, junto a un Mac Kee catatónico. Los ojea por los marcadores durante unos segundos, emitiendo un chasquido con la lengua mientras lo hace.

—El Diluvio, Egipto, ¡Atlántida! —exclama Friedrich, sorprendido—. Siempre me criticó en la facultad por falta de rigor. Se burlaba de mis métodos poco científicos y ahora me sale con esas…

Con la misma pulcritud se va poniendo otro par de guantes mientras continúa:

—Hoy vamos a dar un paso más, vamos a aplicar lo que he denominado «TTC: Trasvase Total de Conocimientos».

Vuelve a secarle los labios y a levantarle la barbilla antes de extraer una neurodiadema de su maletín y ajustarla sobre la cabeza rapada.

—El resultado es incierto. Pronto podré dar testimonio en primera *perrsona*.

Prepara el sillón de Phil y deja sobre él una segunda neurodiadema.

—¿Preparado?

Capítulo 11

Complejo ARCA, Antártida

Allenda entra en la enfermería. Por primera vez no va directamente en busca de sus psicotrópicos. John está sentado en una de las camas, balaceando acompasados los pies y observándola con una sonrisa. Tiene la pierna casi curada; los injertos de piel prácticamente la cubren por completo y pronto le retirarán la prótesis.

—¿Jugamos? —pregunta John, impaciente.

Sus ratos a solas con él son la mejor terapia. Le hacen sentir que aún son humanos, que la vida sigue, que aún hay esperanza... aunque su nivel de inteligencia y compleja personalidad no dejan de recordarle que no es un chico normal y que siguen atrapados en un enorme laboratorio subterráneo.

—Raíz cuadrada de 1728 —dice Allenda, mientras se pone la bata y sonríe.

—Cuarenta y uno con cincuenta y siete —responde John al instante.

Allenda da por buena la respuesta y lanza una nueva pregunta al azar.

—El decimal setecientos doce de pi...

—Uno —responden al unísono, y John la mira sorprendido.

En su particular juego, Allenda preparaba diariamente una serie de preguntas cada vez más complejas. En las primeras visitas traía las respuestas apuntadas y quedaba boquiabierta con la velocidad y precisión del niño, pero pronto descubrió que no era necesario comprobarlas. Nunca erraba. Pero esta vez es distinto: ahora sabe que las respuestas son ciertas porque, de alguna manera, ella también las conoce.

—¿Distancia actual de la órbita lunar?

John responde sin vacilar y ella le acompaña al recitar las últimas cifras mientras crece el desconcierto en su interior. ¿Por qué esa pregunta? Y lo más inquietante: conoce la respuesta, ambos la conocen.

Allenda se mira en el espejo del lavabo mientras humedece sus sienes con una toalla de manos. Su pelo rojo ha perdido el color en el arco que dibuja la neurodiadema de Friedrich. Cada tres días la conecta con Phil con la esperanza de hacerlo volver en sí. Aunque al finalizar las sesiones nunca recuerda absolutamente nada, despierta mejor, más lúcida. Algo similar le viene ocurriendo después de sus visitas diarias a Phil. Aseguraría que la diadema no es necesaria; con sólo tocarle la mano es suficiente, incluso con encontrarse en la misma habitación. Al principio pretendía ayudar a Phil, pero ahora juraría que es él quien la ayuda. Prepara el instrumental necesario para el tratamiento de John y se acuclilla frente a él. La ausencia de McKee le ha afectado. No soportaba a aquel engreído, pero era innegablemente bueno en su trabajo y está segura que, a su manera, quería a Phil, y Phil a él. Friedrich ha tomado el mando. Aquel hombrecillo está preparando algo para ellos tres. Sus gestos, sus movimientos… Hay algo en él que le recuerda a McKee. No quiere que se acerque a John.

Mientras le retira la venda de la pierna, John habla:

—Me prometió que volveríamos. —Su voz es triste.

Allenda no contesta, no sabe qué puede decir.

—Rayo estará muerto. He oído que fuera están todos muertos o locos, como mi madre… Nunca saldremos de aquí, ¿verdad?

Allenda le coge las dos manos y le mira a los ojos, ignorando el escalofrío que le provoca.

—¿Quién te ha dicho eso? Tu madre se pondrá bien y pronto…

—No es cierto —le interrumpe John.

Allenda aumenta la presión en sus manos y le atraviesa con la mirada, hablándole sin hablar, como hace con Phil.

—¿Quién eres? —pregunta John.

Pasan unos segundos unidos por la mirada en un profundo trance, hasta que el vértigo hace apartar a Allenda instintivamente las manos y casi caer hacia atrás, perdiendo el equilibrio. Con sonrisa nerviosa le propone:

—Juguemos.

Pero John no responde.

—A mí no puede engañarme —afirma solemne, sin apartar la mirada—. Ya no es la misma.

Quedan en silencio.

—Quiero hablar con Sobol —exige John, con voz autoritaria y manteniendo los ojos fijos en ella.

Allenda da un paso atrás, sobrecogida.

—Quiero hablar con Phil —insiste con determinación el niño.

Allenda no consigue separar la mirada. En ese momento llaman a la puerta.

—Es mi padre.

Allenda, aturdida, abre la puerta.

—¿Me permite unos segundos con mi hijo? Es importante.

—Claro, adelante.

Allenda busca refugio en el lavabo para dejarles intimidad.

Ken se sienta en la cama frente a su hijo.

—John, tienes que ser fuerte. Tú y yo somos *distintos* y no somos dueños de nuestro destino. Voy a volver a casa durante una temporada, tendrás que cuidar de mamá por mí.

Mientras habla, pone un cable enrollado en la palma de la mano de John y, cuando el niño cierra el puño, lo estrecha entre las suyas durante unos segundos. Al mirar la prótesis en la pierna de su hijo, una punzada de dolor atraviesa todo su ser. Ken se pone en pie y se marcha.

Capítulo 12

—Uno, dos, tres… No bizqueo… Diez, once, doce… No bizqueo —susurra somnoliento.

Ken se incorpora en la cama. Las débiles luces artificiales simulan un amanecer. En su visión no bizqueaba, podía sostener la mirada de los demás. Sin embargo, su estrabismo es de nacimiento. ¿Cómo es posible? Ahora que se ha abierto parte de su memoria, cada noche más que soñar, revive… Revive su infancia. Funestos recuerdos le atormentan, son los más vívidos. Los que vuelven una y otra vez. Escenas de laboratorios, médicos, llantos… Pero lo más desconcertante es que cree recordar al menos dos infancias diferentes, quizá más. ¿Cuántos años tiene realmente? Sueña con lugares distintos, gente distinta, familias distintas…

Su mente no descansa e impide que su cuerpo descanse. La irrupción de nuevas vivencias en su propia memoria desplazan las percepciones, confunden la realidad y tergiversan el orden cronológico de su existencia. Lucha por distinguir entre pasado, presente y sueños futuros. En ocasiones, al borde de la epilepsia, también lucha por diferenciar entre vivencias olvidadas y alucinaciones irracionales. Mira la puerta del aseo; ahora más que nunca necesita el «programa» de Francisco, que de alguna forma le consiguió estabilizar la actividad cerebral a través del «dump-neuronal», así lo llamaron. Su excepcional capacidad analítica y su memoria fotográfica se habían convertido en una condena para él… Pero una ligera vibración y un cambio de tono en su brazalete, que le dota de un mayor nivel de acceso, le obliga a aplazar su conexión. Iben le requiere inmediatamente en la sala de comunicaciones. «Ojalá sean noticias de Leslie, quizá no esté muerto, no puede estarlo.»

Se levanta serenamente y contempla la cama vacía. Isa no está; el nuevo doctor ni siquiera le permite que duerma en su camarote.

«Órdenes de Acab», alegó. John tampoco está, ha vuelto a pasar la noche en la enfermería. Pese a su soledad, le oprime la pequeñez del camarote. Se viste mecánicamente. Algo le dice que aquella llamada es importante, que ha llegado el momento. Decide pasar antes por la enfermería para despedirse de John. Con Isa ya es inútil, ahora ni le reconocería. Antes de salir de la habitación cierra el portátil arrinconado en el aseo y desconecta del puerto el pequeño cable, que serpentea en el suelo mientras lo enrosca entre sus manos.

Iben le espera en pie en la sala de comunicaciones, pero de sobra sabe que la llamada proviene de Austin. Le hace un ligero asentimiento de cabeza, correspondido, antes de colocarse frente al rostro ingrávido de Francisco que flota entre los monitores. Iben da un paso atrás y permanece con los brazos cruzados.

—Ken.

—Francisco.

Pronuncia el nombre de su amigo con dolor. El haberlo abandonado allí fuera sin haberse despedido aún le corroe. Isa tenía razón. Pero no está allí por asuntos personales. Espera a que hable.

—He de pedirte un favor.

Ken le anima con un movimiento de cabeza.

—En algún lugar del complejo debe haber una cápsula.

—No sé nada de una cápsula —responde tras unos segundos.

—No importa. La cápsula está, créeme. Leslie nos ha pedido una última cosa. Ambos…

—¿Leslie? —le interrumpe Ken, esperanzado.

Pero el rostro grave de su amigo, que niega imperceptiblemente con la cabeza, evidencia que su optimismo es infundado.

—No, Ken. Se trata de otro de sus trucos. Toda nuestra vida ha estado planificada, diseñada desde el principio. No hemos sido libres, no la hemos vivido nosotros. A ti te robó la infancia, a nosotros la amistad y a mí…

En ese momento, Iben, que ha estado escuchando en un segundo plano, se coloca junto a Ken e interviene:

—Sé a qué cápsula se refiere. Dadme un minuto.

Iben manipula brevemente su brazalete y recupera su discreta posición. Tras unos minutos de expectante silencio, Erik se persona en la sala de comunicaciones.

Capítulo 13

Complejo ARCA, Antártida

El interior de la cápsula se ilumina con la presencia de Ken en la sala. Iben y Erik, ante aquel cambio de estado, detienen su avance en el umbral del recinto circular. Quedan observando cómo las lámparas que rodean el perímetro se encienden con un chasquido, una tras otra, hasta completar el círculo, dirigiendo sus haces de luz hacia la nave ovoide a la que Ken se dirige como un autómata. Mientras se aproxima, la mitad superior se escinde elevándose con un sibilante sonido de succión para quedar suspendida en el aire. La intensa luz blanca que escapa de su interior inunda toda la estancia y el pasillo, eclipsando el brillo de los focos halógenos y obliga a Iben y Erik a cubrirse los ojos. Sólo Ken percibe cómo los anillos de los cuatro niveles del complejo ARCA comienzan a rotar.

Campus J.J. Pickle, Austin

En ese instante, Francisco recibe vía satélite un fichero bajo el lema «*Proyecto K. E. N.*» Al ejecutarlo se proyecta la imagen en malla de alambre de una figura humana con los brazos abiertos que gira sobre los tres ejes, siguiendo las directrices del giroscopio de Foucault. En su interior destacan iluminadas unas hebras entrelazadas desde la rodilla derecha hasta el cerebro. Otro monitor muestra una serie de instrucciones e información, que Francisco devora con avidez.

Complejo ARCA, Antártida

Ken se desprende de toda la ropa y, ante la atónita mirada de Erik e Iben, sube a la base de la cápsula apoyando las manos en el borde y quedando de rodillas en su interior. No hay asientos ni consolas. Siente un cálido escozor en la rodilla derecha cuando un líquido empieza a fluir a su alrededor, inundando lentamente la cámara al tiempo que el hemisferio superior del ovoide desciende armónicamente. Un ligero calambre le recorre la médula.

Campus J.J. Pickle, Austin

Las manos de Francisco danzan frenéticamente sobre los teclados. Impulsándose con los pies, desplaza la silla y salta de un monitor a otro. Ahora es la imagen del complejo la que rota sobre sí misma en forma de malla tridimensional. Su eje es un gran conducto que atraviesa los cuatro anillos, desde la superficie hasta hundirse en las mismas raíces de las montañas Gamburtsev. Focaliza con los dedos en la imagen hasta ampliar el reactor nuclear en primer plano, mientras, en otro monitor, ejecuta los comandos que le indican las instrucciones. Un sutil movimiento acompaña su mirada para volver a mostrar el plano general del ARCA y entonces observa el gradual y asincrónico giro de los cuatro anillos. Amplía ahora la profunda sala esférica que contiene la cápsula y donde debe de estar su amigo. Según completa las secuencias, sala y lanzadera adquieren un color rojizo. En ese instante, la proyección holográfica de un grave rostro de Leslie comienza a hablar para justificar qué es Ken y cuál es su verdadero cometido. Cuando escucha al espectro pronunciar su nombre, los ojos de Francisco se humedecen.

Complejo ARCA, Antártida

La luz de la sala se amortigua cuando termina de sellarse la cápsula. Ken, de rodillas, exhala prolongadamente mientras siente el frío fluido ascender acariciando su piel hasta inundar por completo el interior de la sonda. Baja el torso y extiende los brazos hacia atrás hasta quedar con la frente entre las rodillas. Todo su cuerpo queda inmerso en el líquido que, espesándose, colma sus ojos y oídos, amoldándose a su figura suspendida en aquella asana. Al inspirar por última vez lo siente penetrar en los pulmones; un frío sedoso le acaricia el estómago y los órganos internos. La espasmódica respiración líquida poco a poco se va relajando hasta llevarle a un éxtasis inerte.

—Ken, ¿puedes oírme?

Aquella voz se abre un hueco en su mente. ¿La escucha ahora o es sólo un eco de otro tiempo? Se encuentra sumido en un torbellino de vivencias, sentimientos e imágenes entrecruzadas. Intenta abrir los ojos para sujetarse a la realidad y descubre que percibe una visión de 360º de todo lo que está en contacto con el denso gel. A través de la pequeña ventana circular también es capaz de recibir un gran ángulo de visión de la sala con un espectro de color desconocido.

—Ken, debes concentrarte en algo. Concéntrate en mi voz.

Siente a su madre acunarle, apoyado contra su piel, contra su pecho. Nunca antes había experimentado una sensación tan placentera. Retrocede. No consigue distinguir su rostro entre reflejos difuminados, acuosos. Sólo escucha su dulce canto. Quisiera acompañarla, pero no recuerda cómo hacerlo. La otra voz le arrebata su estado de total equilibrio. «Concéntrate en mi voz.»

—¿Recuerdas cuando escapamos del laboratorio? Nadie podía encontrarnos en nuestro escondite secreto… ¿Qué me dices del miedo que pasamos cuando probamos el programa por primera vez?

Las instrucciones son claras: una vez iniciado el proceso, nada puede detenerlo. El silencio de su amigo le preocupa, pues el monitor indica que la comunicación con el interior de la cápsula está establecida. Iben tampoco responde; debe de haber abandonado su puesto en la sala de comunicaciones del ARCA para acompañar a Ken. Sin dejar nunca de hablar, Francisco recurre al programa de descarga neuronal que ideó hace años. Instintivamente invierte el sentido y lo activa, dirigiendo una melodía en forma de pulsos neuronales en el interior de la nave, ya sellada, con la esperanza de estimular la consciencia del ausente Ken. Necesita hacerlo volver en sí.

—Ken —continúa Francisco, sin saber si realmente le escucha— la lanzadera está casi lista. Pronto procederé a activar la secuencia de lanzamiento. No tengo elección. Sigo las instrucciones sin saber exactamente lo que estoy haciendo. Lo siento. No podía imaginar que la cápsula te necesitase para despegar.

Una fría luz de emergencia hace que Iben y Erik retrocedan expectantes hasta la plataforma del ascensor. Al alcanzarla, comprueban que ya se ha puesto en marcha automáticamente: desciende. Iben duda en el borde del hueco, que supera el metro, pero Erik le empuja sin contemplaciones y salta tras él. Ambos caen bruscamente sobre la plataforma, que sigue descendiendo.

Francisco continúa hablando, pero Ken no puede escucharle, ni siquiera en su mente. Sumido en un estado de tensa semiinconsciencia, la nave empieza a desplazarse lentamente por las guías del túnel hasta encajarse en el zócalo del ascensor. Unos caóticos acordes resuenan en la mente de Ken justo antes de escuchar la cuenta atrás. Reconoce la voz…

—…cuatro, tres, dos, uno… Ignición. —Reconoce a un delirante Francisco.

Ken apenas nota una vibración y un ligero cosquilleo en el estómago, mientras la cápsula recorre en vertical los kilómetros necesarios para emerger de bajo tierra. Aquel gel amniótico absorbe toda sensación ajena a la aceleración, protegiéndole. Pronto, el ciego ojo de buey despierta entre neblinas antes de un furioso azul.

—Ken, ¿puedes oírme? Te tengo en la consola. ¡El lanzamiento ha sido un éxito!

Ken desea responderle. En un acto reflejo mueve los labios, pero sus palabras se ahogan en el gel, sin llegar a emitir sonido alguno.

—¡Gracias a Dios! Creí haberte perdido. —Siente la aliviada voz de Francisco.

¿Cómo es posible? La respuesta de su amigo le revela que no es necesario hablar para comunicarse, al igual que no necesita oídos para escuchar.

—¿Cuál es el destino? —Ken piensa la pregunta, aunque ya conoce la respuesta.

—Efectivamente. Acabas de escapar de la atmósfera terrestre.

Ken lo sabe: ha visto la ignición por la ventana y es consciente de los cambios de velocidad y gravedad.

—Todavía no sé más. Mientras hablamos continúo recibiendo información del proyecto... Ya sabes, Leslie no revela nada hasta el final.

—Fuimos buenos amigos... ¿Verdad?

—Los mejores —responde Francisco.

—Contigo compartí mi segunda infancia, los mejores momentos de mi vida, pero también estuviste a mi lado antes, en los días más oscuros...

—¿Qué quieres decir?

—Sólo pensaba... En esta cápsula pienso en voz alta.

—¿Qué recuerdas?

—Mi infancia. Estoy reviviendo mi infancia olvidada... Dos veces... Recuerdo según revivo, necesitaré años para recordarlo todo.

—¿Dos veces?

—Creo que los años que pasé en compañía de mi abuelo, en los que te conocí por primera vez, no pasaron para mi cuerpo. Cuando volví a crecer era otra persona... ¿Qué somos si no recuerdos?

—Eso no es posible.

—He revivido las dos veces en que te conocí.

Permanecen unos segundos en silencio. De pronto, Francisco empieza a escuchar una conversación. Una conversación entre dos niños. «Malnacidos». Levanta la cabeza del monitor y queda absorto en aquellas palabras, sus propias palabras. Consigue recordar algunas frases... El fantasma de su propia risa cuando Ken asegura no conocerle le hace ponerse en pie.

—A John le están haciendo lo mismo —vuelve la voz de Ken, cargada de dolor—. Sé que no hay alternativa... Quizá cuando vuelva no me reconozca.

—No digas eso, claro que vas a volver.

—No lo he dicho.

Quedan un rato en silencio. Francisco se concentra en anticipar el siguiente paso, ignorando la avalancha de pensamientos inconexos de Ken. Debe de estar volviendo a sufrir uno de sus ataques.

—La nave ha alcanzado una velocidad impensable. ¿Podrás soportarla? Según el monitor, en diecisiete minutos alcanzarás la órbita lunar. Las misiones Apolo necesitaron tres días y tú tan sólo unos minutos, pese a encontrarse ahora mucho más lejos.

Mientras la nave realiza la inserción en la órbita lunar, se estabiliza y empieza a girar. Ken recurre a Isa, a su fuerza, a su alegría. Quisiera poseerla siempre así, pero la enfermedad, enquistada en el profundo negro de sus ojos, se la arrebata. En los últimos días no quedaba nada de Isa.

—Lo siento. —Escucha la tristeza de su amigo—. ¿Estás preparado? Ya tengo las coordenadas.

La nave describe una circunferencia casi perfecta antes de desacelerar para caer con una órbita elíptica en la cara oculta y situarse a veinte kilómetros sobre la vertical del lugar previsto de descenso. Ken ve el suelo acercándose. La curvatura empieza a convertirse en un interminable plano horizontal. Pronto distingue la infinidad de cráteres que salpican la superficie que, con el efecto de la luz solar reflejada sobre el regolito lunar, se cubre de un aura espectral. Se aproxima a un cráter gigantesco, en cuyo centro destaca un elevado pico que deja a un lado. Casi a ras de suelo distingue la ciudad circular. La cápsula reduce la velocidad antes de detenerse sobre el oscuro centro del gran cuadrado de vacío.

—Ken, hay algo externo a ti, a tus vivencias... algo implantado en tu cerebro, mimetizado en tus recuerdos y que permanece aislado para protegerte de su desconocido contenido. Para proseguir hemos de liberarlo, al igual que Friedrich liberó tu acceso a los recuerdos de infancia. Y me temo que no podemos elegir.

—¿Por qué a mí? ¿Quién…?

—Leslie, el proyecto NOE… Aunque ni ellos mismos conocen su alcance. Si lo liberamos quizá no podamos controlarlo, podría destruirte. Quizá dejes de ser tú mismo. No sólo lo desconocen, también lo temen. Esa liberación sólo está considerada en situación límite e irreversible.

—Adelante. ¿Qué he de hacer?

—Lo ignoro. Aún no hay un procedimiento definido, pero sigo recibiendo instrucciones. Podría tratarse de un proceso complejo, como activar físicamente un mecanismo introduciendo determinada pieza o código en la consola… quizá algo químico… como ingerir alguna droga o reactivo… o tal vez, algo tan sencillo como una combinación numérica, una secuencia de colores o sonidos en un plano mental.

—Quizá Leslie nos lo pueda decir.

—Leslie ya no está…

—Sí está, en mis recuerdos. He de terminar de recordar… No podemos hablar con él, pero él sí con nosotros…

Mientras Francisco se concentra en buscar cualquier pista en la cascada de instrucciones que inunda los monitores, escucha de fondo conversaciones inquietantes entre un hombre y un niño. ¿Qué le hicieron a su amigo? Minutos después, Francisco rompe el silencio:

—¿Has hablado a alguien de Katy?

—A nadie.

Francisco ha formulado la pregunta porque, de pronto, todos los monitores habían cesado su vertiginosa actividad y quedaron en blanco, con una palabra suspendida en su centro:

—YTAK —lee Francisco, con veneración.

En ese instante, Phil se pone en pie en la soledad de su celda, enterrada en la lejana Antártida. Francisco y Ken quedan unos segundos en silencio.

—YTAK —repite finalmente Ken, con intensidad.

Aguardan expectantes alguna reacción, pero nada sucede. La cápsula permanece inmóvil en el radar de Francisco. Durante unos instantes, todo parece detenerse. Hasta el incesante murmullo de los pensamientos de Ken enmudecen. De pronto Francisco levanta la vista y repara en la carta que Katy le mandó a Ken y que, perenne, ha permanecido clavada en la pared todo este tiempo. Sus ojos se humedecen.

—La carta…

Katy llena la mente de Ken al sentir las palabras de su amigo; la habían vuelto a evitar durante toda su transición. «¿Por qué ahora?» Se pregunta.

—¿Se la has enseñado a alguien? —insiste Francisco, con voz acusadora.

—A nadie, ni siquiera a Isa… Sólo a Leslie para que te la entregara, supongo que la leería.

—No es posible, el bloqueo de tu implante es muy anterior. Me refiero a antes, a mucho antes... —Francisco queda pensativo, algo no cuadra.

—Bueno… En una ocasión se la recité de memoria a Phil. Pero eso fue después de entregársela a Leslie. Además, él no podía entender… no lo conoces…

—Phil Rewer aparece en el proyecto que lleva tu nombre —interrumpe Francisco, excitado—. Conocían su contenido… siempre lo han conocido…

Vuelve a hacerse el silencio, un silencio espeso. Cada uno valora las posibles implicaciones de sus palabras. De pronto, al unísono, empiezan a recitar. Ken lo hace con voz monótona y determinación:

… em odipsed arap erpmeis ed sol seroma ed im adiv…

La quebrada voz de Francisco se superpone a la suya propia mientras lee:

… me despido para siempre de los amores de mi vida…

Una tercera voz se suma al cántico. La voz de Phil, que brota sin necesidad de despegar los labios y trasciende su celda; una celda ahora sin muros, sin límites. John y Allenda abandonan sus camarotes y, con resueltos pasos, recorren los pasillos buscándose mutuamente. La nave empieza a descender en vertical, introduciéndose lentamente en el oscuro seno de la pirámide invertida que absorbe la débil luz fugada a través del ojo de buey.

... quisiera retroceder en el tiempo y cambiar las cosas, pero ya no es posible...
... areisiuq redecorter ne le opmeit y raibmac sal sasoc orep ay on se elbisop...

La luz empieza a bañar algunas paredes y terrazas escalonadas, que van estrechándose según desciende, destacándose en un fogonazo sobre la visión de Ken.

... Demasiados recuerdos me rodean como lobos, en ocasiones me cuesta hasta respirar...
... sodaisamed sodreucer em naedor omoc sobol ne senoisaco em atseuc atsah raripser...

Francisco se pone en pie. Phil extiende el brazo derecho. Allenda y John unen sus miradas. Las paredes siguen reduciéndose hasta apenas dejar espacio suficiente para la cápsula.

... Mi alma nula, Isa, acata lobos
... im amla a Luna si ataca Sobol

Cuando Ken termina de pronunciar —con énfasis— el nombre de *Sobol*, la cápsula se detiene. Phil se desploma de nuevo en su silla. Allenda y John liberan sus miradas, dejando atrás el perentorio trance. El germen de un nuevo conocimiento fluye a través de los recuerdos de Ken y le invade la mente.

—Ken, responde. ¿Puedes oírme?

El luminoso gel funde el fuselaje de la cápsula antes de llegar a fusionarse en la misma cúspide de la pirámide invertida, ahora dominada por la nueva consciencia de Ken.

—¿Ken?

La angustiada voz de su amigo ya no es relevante para Ken. No responde. Su mente ahora no le pertenece. Francisco vaga impotente alrededor de la sala, mientras observa cómo los monitores van apagándose con un fugaz punto de luz en su centro. Cuando se hace la oscuridad, la voz de Ken, ahora profunda y metálica, resuena a su alrededor, clavando sus pasos al suelo y helándole el corazón.

—El todo se ha hecho uno. El uno se ha hecho todo.

Año 2055

Complejo ARCA, Antártida

Phil despierta en la soledad de un camarote, aunque sus ojos llevan abiertos durante años sin siquiera haber parpadeado. Tarda en reconocerlo como suyo. Su celda. Ocupa la única silla de la estancia. La cama permanece hecha, intacta, y la puerta cerrada y asegurada. McKee.

El resto de celdas que flanquean el pasillo hasta el laboratorio aparecen abiertas y vacías, pero con claros signos de violencia; aunque nada comparado con el laboratorio: instrumental roto y brazaletes destripados yacen desparramados por todo el piso, paredes y suelo pintados con caprichosos brochazos oscuros sin orden ni concierto, sangre seca. Cuelgan jirones de cuero del tapizado de los sillones, que parecen arrancados a arañazos. Accede al laboratorio anexo, su antiguo despacho. Allí todo está en orden. Su sillón de trabajo luce vacío junto a una camilla con las abrazaderas abiertas sobre ella como las enormes pinzas de un cangrejo metálico. Los aparatos médicos gritan en silencio, como el resto del complejo. Su silla de ruedas se encuentra arrinconada y... ocupada. Correas de cuero sujetan las muñecas y tobillos del doctor McKee. La máscara de cuero no puede ocultar el rígido rictus de su rostro sin vida. Las correas se desabrochan y la máscara cae al suelo.

La omnipresente luz de los pasillos le acaricia la piel, erizando un vello inexistente. Mientras avanza adivina un movimiento imperceptible bajo sus pies desnudos. Los anillos están rotando. Abolladuras y más restregones de sangre le acompañan, adornando las planchas metálicas que revisten los túneles. Los demás laboratorios del Nivel 2 están destrozados. Los restos resecos del primer cadáver se retuercen en el suelo de forma imposible. El uniforme del ARCA ha sido desgarrado a zarpazos y la carne de su estómago y extremidades devorada. La cabeza permanece intacta. Escupe su sangre.

La risa y los pasos de un niño le conducen hasta una sala sin puerta visible. El láser le ilumina la piel al atravesarla. Su interior, en forma de cúpula, le recibe con un resplandeciente e impoluto blanco. Algunas de las pequeñas celdas que componen el panal de la pared de fondo están selladas.

«Allenda… está aquí.»

Desciende al Nivel 3 y encuentra una verdadera carnicería en la enfermería: las camas parecen mesas de disección ocupadas por esqueletos humanos de piel parduzca y acartonada adherida a sus huesos. Allenda no está entre ellos. Todo el nivel se halla vacío y silencioso. No necesita comprobarlo, lo sabe. Por eso se encuentra en el umbral de la puerta que da acceso a la gran sala de conferencias, frente a hileras de cadáveres metidos en bolsas de plástico negro que ocupan el lugar de las sillas, ahora apiladas en un rincón. Tampoco está en aquel cementerio de cincuenta y dos carcasas huecas.

Todo es silencio y desolación. Pero no se encuentra solo en el complejo. Siente presencias. Baja a los camarotes del Nivel 4. Allí le esperan más puertas abiertas y compartimientos vacíos, destrozados. Sin embargo, no todos están abandonados: hay uno que permanece cerrado. Sus pasos le conducen directamente hasta él. Tras unos segundos, la puerta se pliega a su voluntad, retrayéndose sobre sí misma. Una mujer de cuidado cabello largo y oscuro reposa tumbada sobre la cama. Viste un mono inmaculado, pero las cuencas vacías de los ojos desmienten todo lo demás; no es más que una momia atendida con celo. Un ligero zumbido proveniente del aseo revela otra estancia vacía, salvo por la brillante pantalla de un ordenador portátil que trabaja sin descanso, arrinconado en el suelo.

Sólo necesita unos segundos para obligar al ascensor a llevarlo hasta el Nivel 1. La luz es diferente, se filtra un poco del exterior y

Phil la saborea más intensa a través de su piel. Más salas vacías, más signos de haberse librado una batalla campal allí dentro. Una batalla sin armas, con dientes y garras. Silencio y desolación imperan en todo el nivel, excepto en la sala de comunicaciones, cerrada y parapetada, como si alguien se hubiese atrincherado en su interior. Pero ese alguien ya no está allí. Todo parece ocupar su legítimo lugar, salvo el cuadernillo que reposa abierto bajo los monitores. Su mente lo absorbe de un solo vistazo.

Diario de a bordo.

Transcribo un breve resumen del diario de a bordo, pues desconfío de todo aparato eléctrico o electrónico. Los años se rigen bajo el cómputo del viejo calendario: días de 24 horas. El diario original completo se encuentra almacenado en la computadora, si todavía funciona.

Año 2035. Viernes 24 de mayo.

El capitán Acab ordena sellado del ARCA. Proceso completado con éxito. Somos 245 almas a bordo.
Comunicación establecida con Rascasuelos (México) y con Austin.
Rascasuelos también sellado y MEDEX activo.

Año 2036.

Primeros casos de afectados con el mal de la luna en el interior del ARCA.

Año 2037.

Francisco comunica que se ha ralentizado el progresivo alejamiento lunar en sincronía con la rotación de la Tierra. Aún hay esperanzas. Queremos creer que Ken lo ha conseguido.

Anderson e Irwin informan y alertan sobre problemas en Rascasuelos por afectados. Irwin decreta una especie de cuarentena.

Año 2038.

Recibimos informe de Francisco:
El clima ha cambiado drásticamente en la superficie del planeta. Sólo tolerable en Polo Sur y franja septentrional de la nueva línea ecuatorial. Lo previsto.
Los elevados niveles de radiación y de CO_2 en determinados puntos de la Tierra los hacen inhabitables. Se expanden y toda la atmósfera está cambiando.
Hielos del casquete polar antártico casi derretidos.

Año 2039.

Continuas pérdidas de conexión con Austin y Rascasuelos. La nueva ionosfera enrarecida interfiere con las comunicaciones e incluso con los aparatos electrónicos del interior del complejo.
Nuevo informe de Francisco: incluye un mapa por satélite que señala los niveles de radiación, CO_2, O_2... en la superficie terrestre.
Todo lo que queda fuera de la nueva línea ecuatorial y el Polo Sur lo tilda de «zona muerta». Si aún no lo es, lo será en breve.
Imágenes tomadas por satélite corroboran estimaciones de Francisco. Desoladoras.
Aquí tenemos un 30% de afectados. Rebelión en el interior del ARCA. Apenas podemos contenerlos. Capitán Acab ordena el exterminio de los afectados violentos.

Año 2040.

Restablecida conexión con Rascasuelos y Austin.
Austin: la ralentización del alejamiento lunar y frenado de rotación terrestre continúa. A este ritmo, la órbita de la Luna y el ciclo de rotación de la Tierra se estabilizarán en 47 días. La Tierra y la Luna se darán permanentemente la misma cara. Esta curiosa estabilidad sincrónica ocurrirá en el primer trimestre del año 2055.

«Justo ahora», Phil simplemente lo sabe.

Rascasuelos: 50% de afectados. Rebelión. El general Irwin logra contenerla.

Año 2041.

Sublevación en ARCA. A los afectados se les suma parte del personal que no tolera los métodos del capitán Acab.
El capitán ordena apertura del ARCA, pero el complejo no se lo permite. La secuencia de apertura del ARCA no está en nuestras manos. Al parecer intervienen factores no humanos... Estamos encerrados. Condenados.

Año 2042.

Comunicaciones con Francisco muy distantes. La densa atmósfera que cubre la superficie las hace inviables y ciega el satélite. La voz de Francisco suena apagada.
Sin comunicación con Rascasuelos.
Empieza a fallar todo, incluso los brazaletes. Interferencias. El reactor nuclear aún funciona. Dios nos libre de que falle.

Año 2043.

Última comunicación con Francisco:
Ha establecido contacto con Estación Espacial China. Habitada.
Ha detectado una nave o sonda aproximándose a la Tierra. Imposible establecer contacto.

Año 2044.

Comunicación con Anderson en Rascasuelos. Casi todos muertos. Sin noticias de Irwin. Atrincherados en los niveles inferiores. Resto del complejo tomado por revueltas o afectados.

Año 2045.

Última conexión con Rascasuelos.
Nueva conexión recibida por un superviviente. Asegura conocer a Francisco. Alguien vivo en la superficie. En un búnker. No desvela su posición. No comprendo. A veces pienso que lo he imaginado.

Año 2046.

Todo es silencio. Espero una comunicación que nunca llega. No llegará. Están muertos. Francisco está muerto y el complejo Rascasuelos ha caído. Toda la superficie está muerta y nosotros pronto lo estaremos también.

Los trazos de la escritura se vuelven imprecisos.

Año 2047

Erik y yo atrincherados en sala de comunicación. Resto de ARCA es un caos. Sangre y muertos por todas partes. Acab ha

426

perdido el control y lucha por recuperarlo. No meter armas ha sido un grave error. Las descargas y los sedantes de los brazaletes empiezan a fallar, al igual que falla la medicación.

Empiezo a sentirme mal. Las pastillas escasean. Desaparecidos varios lotes.

Año 2048.

El capitán Acab domina el complejo. Quedamos sesenta con vida, diez claramente afectados. Retenidos en la enfermería.

El reactor sigue suministrando energía al complejo y contamos con reservas suficientes para subsistir. Pero las dosis se acaban.

La secuencia automática de apertura se ha iniciado.

Erik y el capitán salen por primera vez al exterior. Todo ha cambiado: ni rastro de hielo y las montañas han emergido, pero no sólo eso...

Primer contacto con afectados. Ya no son humanos. Son animales. Mucho más agresivos que los afectados de aquí. Erik atrapa al cabecilla de una manada para su estudio.

Año 2049.

Hemos sido atacados, aquí ya no queda nada. Excepto esta sala.

Hoy. Año 2050.

Abandonamos el ARCA, quedamos 30.
Mantendremos reactor en funcionamiento.

Si alguien puede leer esto aún será humano. En el primer cajón he dejado un dispositivo de localización. Úselo.

Iben Jacobsen.

—El ARCA ha sido abandonada.

La frase se dibuja en el monitor en respuesta al mensaje «He estado en el exterior», que lleva suspendido en el aire durante dios sabe cuánto tiempo. Unos parásitos de estática invaden los monitores, que no han dejado de parpadear ni por un momento.

Phil queda inmóvil unos segundos antes de girarse. Hay un espejo enorme en la sala que ha estado evitando.

En el reflejo aparece una silueta esquelética y de tez extremadamente blanquecina, casi transparente, dejando al descubierto una intricada red de venas azuladas, que recorren el interior de su torso desnudo; costillas pronunciadas, vientre cóncavo y diversas heridas negruzcas le perforan la piel aquí y allá. Parecen atraer a los corpúsculos luminosos que se entretienen en ellas, bailando a su alrededor con una placentera sensación. Los brazos caen laxos a ambos lados del cuerpo. No los ha separado ni un solo momento desde que ha «despertado». Le cuesta separarlos y levantar la mano derecha para observar sus extremidades, delgadas y retorcidas, inservibles.

Ni un solo pelo en la cabeza, labios secos y mejillas hundidas. Pronunciados surcos de comisuras labiales rodean una boca sin dientes. Un grotesco agujero ocupa el lugar de su oreja izquierda.

Llega la hora de la verdad: aquellos ojos totalmente negros que resaltan como la obsidiana le han estado desafiando todo este tiempo. Se enfrenta a ellos. Quizá no sea su cuerpo, no sea su rostro… pero sí son sus ojos. Se reconoce en ellos. Es él y no es él. Acerca aquellas extremidades nudosas, agarrotadas y sin uñas, a la pronunciada vena violácea que le atraviesa el cuello, aparentando estar fuera de la piel. No tiene pulso. Pero eso ya lo sabía. Ahora sabe quién es, pero no siempre lo ha sabido. Se introduce en aquellos pozos de oscuridad que, esta vez, sí son el vivo reflejo de su nueva alma.

¿Quién eres?

FIN

Aquí termina el libro I de la trilogía LUNA. Continuará en:

Libro II: Luna, NUEVO MUNDO
Libro III: Luna, PERIGEO

BIBLIOGRAFIA

-Revista *Investigación y ciencia*. Enero de 1999, número 268 (Edición española de *Scientific American*). «Meteoritos en hielos polares» (W. Wayt Gibbs)

-Mariano Estrada. *La Luna*. Poema dedicado a Federico García Lorca.

-Federico García Lorca. Poemas Sueltos: *Reflejo.*

-Declaraciones de astronautas en prensa y televisión.

Intensa labor de investigación y documentación en la Red, donde además de innumerables consultas a Wikipedia, la web de la NASA y YouTube, me he apoyado entre otras:

-http://mcdonaldobservatory.org/
-http://austintexas.gov/
-http://www.apo.nmsu.edu
...

LUNA

NUEVO MUNDO

Año 2050

Capítulo 1

Nuevo Mundo

Camina lento e inseguro sobre el duro asfalto, que ya no es tan duro. Aparece agrietado y en ocasiones cruje bajo la goma de sus botas militares como si fuese a quebrarse de un momento a otro. Se detiene en medio de la calzada, una enorme grieta le corta el paso y se ramifica como racimo de finos capilares. Ambos flancos aparecen repletos de coches herrumbrosos y retorcidos, como si hubiesen permanecido miles de años abandonados a la intemperie; los edificios que se elevan a su alrededor parecen las ruinas de una ciudad arrasada hace siglos. Todo ha envejecido.

El silencio es absoluto, la calma extraña y la atmósfera opresiva a causa de una densa niebla que parece cubrirlo todo. No puede ver el sol, tampoco la Luna o las estrellas. Pero la extraña luminiscencia emitida por la propia neblina es suficiente para dotarlo todo de un fulgor blanquecino, nuclear. En ocasiones, los esqueletos deformes de los vehículos resplandecen al contacto de los brillantes corpúsculos luminosos que flotan suspendidos en ella, culebreando sobre ellos cual chispazos eléctricos. Es un ambiente eléctrico, ionizado. Siente el vello erizado —electrizado— dentro del traje hazmat de goma y le pica todo el cuerpo, como si aquella malsana atmósfera pudiera atravesarlo. Espera que sólo sean imaginaciones. Permanece quedo, escuchando el sonido de su propia respiración dentro de la máscara de oxígeno con que cubre su rostro. Una silueta oscura frente a una ciudad marchita, muerta. Se siente el último eslabón de una raza extinta.

Salta sin perder su sitio, siente que tarda en caer, la gravedad es extraña y el crujido de sus botas resquebrajando el asfalto en su caída le llega tarde y distorsionado, como uno de sus vinilos reproducido a menos revoluciones. Se agacha, sus movimientos son lentos e inseguros, toma un objeto del suelo y lo lanza contra su lado izquierdo, la parábola que dibuja es anómala y al chocar contra los restos de uno de aquellos vehículos la zona de impacto destella y emite un zumbido agudo. Sigue la trayectoria del objeto hasta el amasijo informe de lo que otrora debió ser una camioneta, una especie de moho marrón cubre el oxido de su carrocería. Tendida a su lado hay una figura humana fosilizada, carbonizada. La contempla durante un lapso de tiempo antes de pisarla para abandonar la calle, evitando rozar el esqueleto metálico. Al hacerlo el fósil se desintegra en miles de diminutas virutas brillantes que flotan en el aire siguiendo el rebufo de sus pasos mientras continúa caminando en línea recta.

Las cosas no mejoran al llegar a campo abierto: una vasta extensión de terreno yermo y baldío se presenta ante él donde antaño hubo fértiles cultivos. Un muro solitario, último vestigio de una antigua nave o almacén, quiebra la infinita llanura. El resto ha desaparecido. Está ante un desierto, la tierra entre amarillenta y rojiza lo es todo. Sus pasos levantan una nube de fino polvo luminiscente y sus huellas quedan grabadas como las de Armstrong en la luna. El polvo forma espirales en pos de sus pasos para luego caer lentamente. No hay ni un ápice de aire, no había reparado en ello. Todo es árido y seco, la tierra aparece cuarteada como queda tras secarse una gran charca. Pero cubierta por una fina capa de polvo que lo cubre todo. Es como si el alma del propio planeta Tierra hubiese muerto y se marchitara por dentro. Se dirige a grandes zancadas hacia el muro dejando un rastro luminoso a su paso, mientras el polvo se aposenta de nuevo.

Un punto de luz resplandece a su frente, se detiene, por sus caprichosos movimientos no parece un fenómeno natural de aquella nueva atmósfera. Es una simple mariposa, sigue su vuelo con la mirada y una sonrisa se esconde tras su máscara. No es el único ser vivo. El batir de sus alas refleja intensamente aquella luz antinatural, juega con ella, emitiendo mágicos destellos, parece un hada. Zigzagueando con un vuelo aparentemente errático se aproxima a la pared abandonada para posarse en uno de aquellos grotescos tallos que sobresale —retorciéndose sobre sí mismo— horizontalmente de ella unos cincuenta centímetros. El batir de sus alas se torna cada vez más lento y la intensidad disminuye hasta quedar inmóvil y apagada. Al acariciarla con mano trémula se deshace entre sus manos de goma.

Contempla en su mano ahuecada los cenicientos restos de la antes radiante mariposa, se arrodilla y extrae de su riñonera un tubo cilíndrico de vidrio. Lo destapa con paciencia y deja caer el polvo de hada en su interior, al agitarlo vuelve a iluminarse. Se incorpora lentamente y de una patada arranca de cuajo aquella raíz impía que le ha succionado la vida y parte del muro con ella. En el suelo la pisa una y otra vez por si alberga algún tipo de vida, el polvo se eleva a su alrededor iluminando la escena con un halo espectral. Extrae otro bote, no quiere mancillarlo, y con cuidado introduce un trozo de ese tallo asesino. Mira a su alrededor, del resto de la nave no queda nada, sólo aquella pared y montículos de polvo en el suelo.

Ya ha estado expuesto demasiado tiempo a aquella tóxica atmósfera. Pero antes de volver decide explorar una mancha oscura que rompe con lo uniforme de aquella tierra amarillenta.

Es una depresión circular, ¿una explosión? Al alcanzarla se asoma al enorme cráter: algo refleja en su interior, pero aquí todo brilla. Lo bordea lentamente sin perder de vista el origen de aquel brillo metálico. No hay modo de bajar, es profundo y la pendiente excesiva. Detiene sus pasos al descubrir varias huellas geométricas que perforan la tierra a su lado, las examina con detalle y la perspectiva revela que guardan un patrón geométrico. Algo muy pesado parece haberse posado allí, ¿qué ha ocurrido en el exterior durante sus años de reclusión? No muy lejos de su posición vislumbra lo que parece una silueta humana, sola y quieta ante la inmensidad. El primer ser humano que encuentra.

Se aproxima agazapado, interponiendo entre ambos un objeto informe que yace solitario. Son los restos de una cosechadora que parece estar consumiéndose, absorbida por aquella tierra mortecina. Como si la hubiesen bañado en un ácido altamente corrosivo. A su amparo observa al individuo que aún permanece inmóvil: ligeramente encorvado, su cabeza inclinada examina un reflejo en el suelo, pero su brazo extendido queda muy lejos de él, pendiendo en el aire. Su andrajosa ropa parece acartonada y es del mismo color que aquel maldito polvo que todo cubre. Su tez es extremadamente pálida pero no consigue distinguir su rostro.

Dos seres surgen de la nada corriendo en sentido opuesto y se cruzan a su altura pasándolo de largo, el individuo ni se inmuta. Orbitan a su alrededor manteniendo un diámetro fijo uno frente al otro, sincronizados. Pasados unos interminables segundos ejecutan la misma acción pero cada vez se cruzan más cerca del individuo y el diámetro del círculo a su alrededor disminuye. A veces olfatean el aire, se alegra de portar aquel traje de goma no transpirable. Lo que queda de la ropa de uno de aquellos esqueléticos humanoides cuelga a jirones y el otro está completamente desnudo, es una mujer. Un pelo largo y blanquecino cubre parcialmente sus cabezas, vientre encogido y unas costillas marcadas sobresalen en su maciento cuerpo. Continúan con aquella macabra danza estrechando cada vez más el círculo, en uno de los cruces llegan a rozarlo y se balancea pero sin llegar a caer. Acaban por devorarlo ante sus ojos, como hienas. Cada cierto tiempo interrumpen su festín para levantar la cabeza hacia el cielo. De repente se ilumina toda la carrocería que lo resguarda y aquellas criaturas vuelven sus rostros ensangrentados hacia él. Se agazapa cuerpo en tierra. Un sudor pegajoso impregna el interior del buzo y los latidos de su corazón martillean en sus sienes, el fuerte sonido de su respiración entrecortada juraría que delata su posición. Tras olfatear el aire retornan su atención al botín hasta saciar su sed de sangre, después se alejan correteando y escrutando a su alrededor.

Pasado el peligro, permanece hecho un ovillo hasta que consigue serenarse y estabilizar su respiración. La falta de oxígeno le hace dar bocanadas de aire dentro de la máscara empañada. Se aproxima a los restos de aquella carnicería, apenas quedan pellejos y huesos sanguinolentos pero le sorprende la escasa y espesa sangre casi negra. Su rostro es lo único que han respetado, permanece intacto, aquellos ojos vidriosos de iris grande y oscuro le hacen estremecer.

Recoge el objeto que contemplaba el cadáver con tanto fervor, restos metálicos de apenas un palmo de algo mucho más grande, alargado. Al tomarlo uno de los extremos se curva hasta quedar arqueado. Una parte del metal es blando, translúcido, casi líquido. Sujeta aquella extraña pieza a su cinturón y regresa siguiendo su propio rastro de huellas estampado en aquel desierto.

Su vuelta al asfalto, a la avenida principal, es recibida por un aullido gutural, inhumano. Su sangre se hiela dentro de aquel traje de goma al ver una silueta humana correr por la azotea de uno de los edificios medio derruidos. Al cabo, una cadena de aullidos responde, uno detrás de otro, articulados con tonos y desde posiciones diferentes... Suenan distantes y cercanos al mismo tiempo, distorsionados. Cree distinguir más siluetas escabulléndose entre los esqueletos metálicos de los coches, formas vagas que corren agachados, saltan, se ocultan... le están rodeando como una manada de lobos. Corre, pero es imposible correr en aquella extraña atmósfera, su mente va más deprisa que sus pasos, y los ecos de los aullidos resuenan a su alrededor. Cuando el silencio vuelve, levanta la vista y vuelve a toparse con la figura subhumana en la azotea, no se esconde. Aquel ser parece dirigir la cacería desafiándole desde arriba. A un sonido suyo el resto se pone en movimiento, respondiendo con aullidos. Cada vez están más cerca, acechándole, estrechando el círculo como ha presenciado con el pobre infeliz hace unos instantes. Para evitar delatar la ubicación de su morada se introduce en un callejón para intentar despistarlos, es estrecho y aquellas malditas raíces brotan como púas de ambos flancos, las sortea, evitando tocarlas hasta que acaban por cortarle el paso. Se agacha y acaricia la culata de la pistola que reposa en su cinto, sin llegar a desenfundar. Los aullidos penetran por la boca del túnel y sus ecos resuenan incesantemente en aquel angosto pasillo. Repara en un pequeño agujero en uno de los laterales del mohoso muro, y sin pensarlo dos veces golpea a su alrededor —recuerda la mariposa—, la pared seca se deshace ante sus violentas patadas, en su interior se retrae una miríada de las finas raíces de aquellos tallos, a la vez que el polvo impregna todo de aquella aura fantasmal. Lo atraviesa y accede a su casa por una puerta trasera, su interior está saqueado y medio derruido, no queda un mueble, las puertas arrancadas y los muros mohosos repletos de pintadas e infectados también por aquellos parásitos retorcidos. Baja al sótano, agradece la oscuridad, se encuentra mejor conservado, menos expuesto a aquella neblina o atmósfera ionizada. Finalmente queda frente a la enorme puerta de acero que da acceso a su refugio, aún parece sólida.

—He estado en el exterior. —Dibuja esa frase frente al fulgor azulado de su monitor.

CONTINUARÁ

Sobre el autor:

RUBÉN AZORÍN ANTÓN nació en Alicante a mediados de los setenta, en las postrimerías de la carrera espacial. Obtuvo la Licenciatura en Ciencias Económicas y la Diplomatura en Ingeniería Técnica Informática por la Universidad de Alicante al tiempo que la estación espacial MIR acababa sus días, a finales del siglo XX. Actualmente, se encuentra finalizando la Licenciatura en Administración y Dirección de Empresas, espera completarla antes de que China conquiste la Luna.

Trabaja desde 2002 en NEXUS A&C, compañía líder en e-commerce y marketing online, de la que es socio fundador, y empresa madre de NEXUS Game Studios, dedicada a la producción y desarrollo de videojuegos.

Apasionado del cine y la lectura desde niño, dedica a estos intereses sus horas de sol y vigilia, sintiéndose en su ático como en la biblioteca de la abadía. La ciencia ficción ha sido la piedra de toque que le ha lanzado a la aventura literaria con APOGEO, su primera obra y la que parece ser el comienzo de una atractiva carrera. Con una ciencia ficción creíble, cercana y que, sin duda, será del gusto de muchos lectores.

La obra sigue viva en:

www.lunaapogeo.com
twitter.com/rubenazorin
facebook.com/lunaApogeo